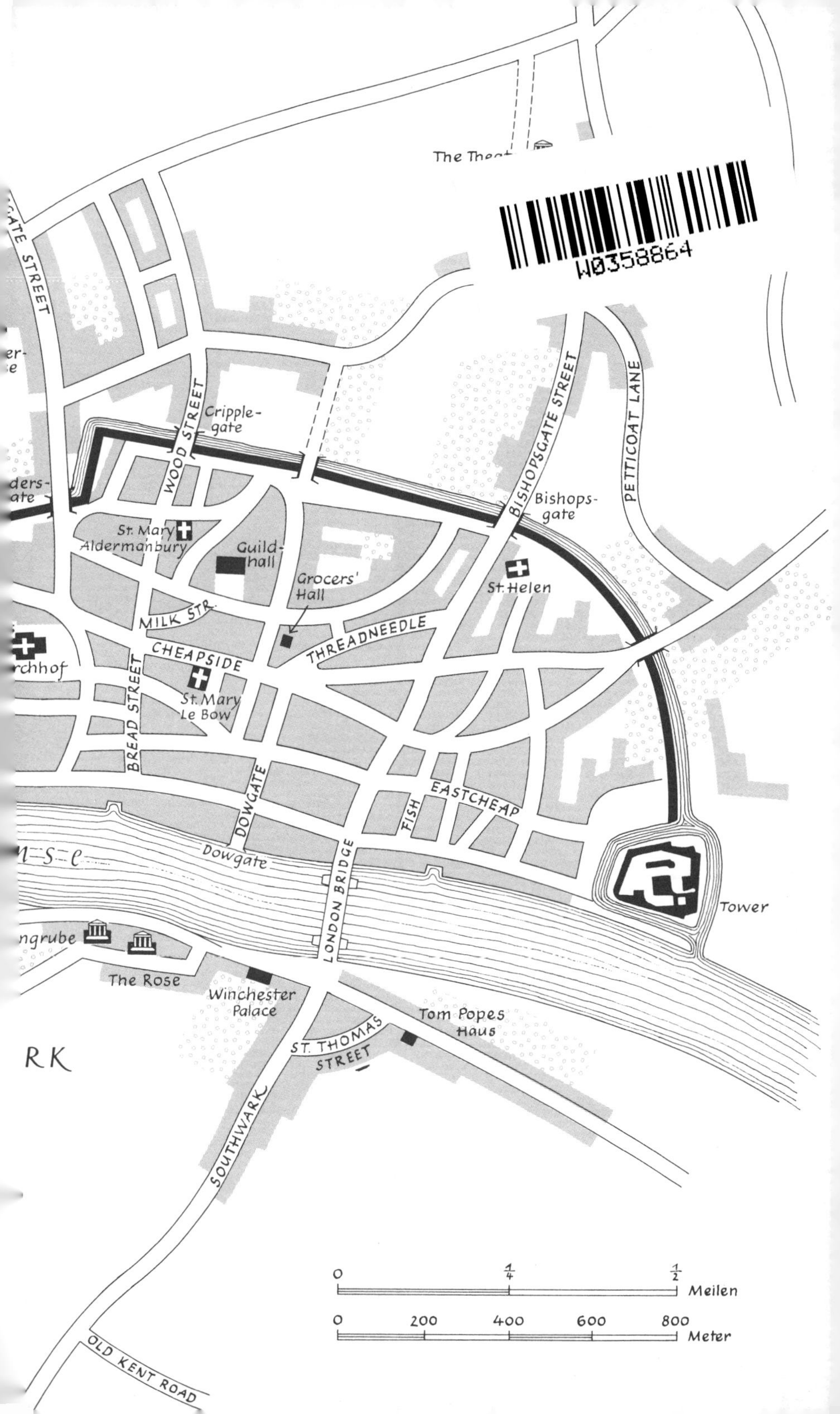
The Theat
W0358864
GATE STREET
er-
e
WOOD STREET
Cripple-
gate
BISHOPSGATE STREET
PETTICOAT LANE
ders-
ate
Bishops-
gate
St. Mary
Aldermanbury
Guild-
hall
Grocers'
Hall
St. Helen
MILK STR.
THREADNEEDLE
CHEAPSIDE
rchhof
BREAD STREET
St. Mary
Le Bow
DOWGATE
EASTCHEAP
FISH
Dowgate
LONDON BRIDGE
Tower
ngrube
The Rose
Winchester
Palace
Tom Popes
Haus
ST. THOMAS
STREET
RK
SOUTHWARK
0
1/4
1/2
Meilen
0
200
400
600
800
Meter
OLD KENT ROAD

Stephanie Cowell
Sonette der Liebe

Stephanie Cowell

Sonette der Liebe

Ein Shakespeare-Roman

Aus dem Amerikanischen von
Marcel Bieger

Piper
München Zürich

Die Originalausgabe erschien 1997 unter dem Titel
»The Players. A Novel of the Young Shakespeare« bei
W. W. Norton & Company in New York.

Der Abdruck der Sonette von William Shakespeare erfolgt
in der Übersetzung von Johann Gottlob Regis.

ISBN 3-492-04018-7

Vorsatzkarte: Jutta Winter
Gesetzt aus der Aldus
Satz: Uwe Steffen, München
Druck und Bindung: Clausen & Bosse, Leck
Printed in Germany

Für meinen Mann Russell
und für A. L. Rowse

Ich erinnere mich jenes Tages, Emilia, wie ich es schon seit langer Zeit nicht mehr getan habe. An jene Momente, in denen die Kerzen fast niedergebrannt waren, wir alle Lieder gesungen hatten, die wir kannten, und wir in der guten Stube zusammensaßen (ich sehe dich noch, wie du einmal neben seinem Stuhl auf dem Boden gesessen hast, während er über dein Haar strich). In diesen Stunden sprachen wir von unseren Hoffnungen, und tatsächlich schienen sie dann unter dem Binsenkraut auf dem Boden und hinter den Vorhängen und Bildern an der Wand zu hängen.

Wir hörten die Glocken zur Mitternacht schlagen, und nachdem noch eine Weile verstrichen war, streckten wir die Beine, die vom langen Sitzen ganz steif geworden waren. Ein Floh hatte mich in den Arm gebissen, und der Hund, der so kräftig nach sich selbst roch, rieb seine Nase an meinem abgewetzten Schuh. Dein Kopf ruhte an seinem Knie, und du hattest die Hand mädchenhaft an die Wange gelegt. Ein Buch, in dem du gelesen hattest, war auf den Boden gefallen, und im trüben Licht in der Kammer glänzten deine Schuhe. Und wie stets wolltest du von mir erfahren, warum ich Schauspieler und Stückeschreiber geworden und wie das alles gekommen sei. Und das habe ich dir dann zu beantworten versucht, obwohl ich mir meiner Gründe selbst nicht so ganz gewiß war.

Es hat zur späten Stunde geschlagen, sagtest du dann.

Darauf haben wir uns mit einigem Unbehagen und etwas Steife erhoben, waren wir doch nicht willens, die letzten Krumen dieser Nacht zurückzulassen; denn diese konnte nur ein Teil all unserer Nächte gewesen sein, wie sie uns immer erschienen waren. Herrje, die Laute! hast du dann gesagt und sofort nachgesehen, ob sie auch in ihren Kasten zurückgelegt worden war. So ganz entsinne ich mich nicht mehr, was danach geschehen ist. Ob er die knarrenden Stufen zusammen mit dir bestiegen hat, oder ob ich das war oder ob wir alle drei zusammen gingen, wie es ja ein oder zwei Male geschehen ist; vielleicht kam dies auch öfter vor, doch ist mir das entfallen.

Wann haben wir den letzten solchen Abend verbracht?... Das letzte Streitgespräch, die letzte Neige im Weinbecher, die letzte Käserinde, das letzte Quietschen der Fensterläden? Waren sie mit einem Mal einfach fort, oder sind sie mählich vergangen? Und warum habe ich sie, obwohl sie so unperfekt waren, dermaßen genossen? Weil ich glaube, meine Liebe, daß ich in diesen Momenten wirklich und wahrhaftig der Ansicht war, keiner von uns würde des anderen jemals müde. Und daß wir auch nie älter werden würden. Ja, tatsächlich, dessen war ich mir so gewiß.

Doch so ist es natürlich nicht gekommen, und die Schuld daran lag allein bei mir. Ich wurde müder. Und älter. Ich habe mich von euch entfernt, und als Folge daraus seid ihr auseinandergegangen; war ich es doch, der euch zusammenhielt. Ach, bei der Gnade Gottes! Warum erinnere ich mich selbst heute noch einer so unsicheren, schmerzlichen und unerfüllten Angelegenheit als der wunderbarsten Sache, die ich je kennenlernen durfte? Und doch vermag ich nichts dagegen zu tun, denn genau so verhält es sich. Mir liegt nichts daran, daß diese Zeit jemals wiederkommt, aber so ganz werde ich sie wohl nie aus meinem Gedächtnis streichen können.

Erster Teil

Der Sohn des Handschuhmachers

Die Stadt Stratford konnte man gewiß nicht klein nennen; mit ihren immerhin zweitausend Einwohnern traf solches Urteil nicht zu. Der Ort erstreckte sich von der Clopton Bridge (die den glitzernden Fluß Avon überspannt), über den Rother Market bis hin zu den Grasniederungen. Rings herum standen Ulmengehölze, und im Frühjahr erblühten an den moosigen Ufern des Wasserlaufs Stiefmütterchen, Narzissen und Rosmarin. Der Wind ging dann schwer mit ihrem Duft. Doch für lange Zeit bestand die Welt des Knaben nur aus der Küche, in der man ihm streng untersagt hatte, dem Feuer im Herdofen zu nahe zu kommen. Einmal hatte er es doch getan und danach wie erstarrt und heulend, wenn auch nicht schlimm verletzt, dagestanden. Hinter dem Haus begann der Garten. So setzte sich sein Universum aus dem Ofen, den Stufen, dem Knarren aus dem oberen Stockwerk, dem Gelärme von Pferden und Wagen von der Straße und dem Geruch der reichen Erde zusammen, zu der er sich oft hinabbeugte, um in sie hineinzugreifen und noch lange danach an den Fingern ihr feuchtes und grünes Aroma riechen zu können.

Auf dem Tisch in der guten Stube befanden sich die anglikanische Bibel und ein Kerzenständer, dessen Ränder dick mit erkaltetem Wachs verklebt waren. Draußen im Garten hatte man eine Wäscheleine aufgespannt, an der die großen Laken aus grobem Leinen, die Leibchen und die Hemden in ihren unmäßigen Proportionen hingen und sanft in der leichten Sommerbrise schaukelten. Wenn der Wind kam, brachte er das Laub an den schweren Baumästen zum Rascheln. Für den Jungen war alles ein großes Geheimnis, am meisten aber er sich selbst.

William erschien die Welt riesig. Das Kinderhemdchen, das er trug, hatte früher dem Vater als Hemd gedient, und sein Saum schleifte über den Boden. Und auch die Wiege, in der die Mutter ihn schaukelte und ihm mit ihrer süßen leisen Stimme Lieder vorsang, erschien ihm sehr groß. Bis er eines Tages an der Seitenwand hochkletterte und in die Binsen am Boden fiel. Ein anderes Mal gelang es ihm, die Klinke zu Vaters Handschuhmacherwerkstatt herunterzuziehen. Doch die Welt jenseits der Theke und der Tische war so immens, daß er sie einfach nicht erfassen konnte. Manchmal stand William in dem Laden einfach nur da und lauschte dem, was von der Straße kam.

Auf dem großen Arbeitstisch lagen altweiße Kalbshäute. Sein Vater beugte sich mit einem Runzeln auf seinem langen, hübschen Gesicht darüber und schnitt sie zu. Dünne Streifen fielen herunter, und diese Reste nähte man später in die fertigen Handschuhe ein. So lernte der Knabe, daß aus einer einfachen, gleichförmigen Substanz etwas Wunderschönes und Eigenständiges entstehen konnte.

Doch jenseits seiner Welt befand sich noch vieles andere. Das erste davon war unzweifelhaft der Fluß Avon, der unter der Clopton Bridge dahinströmte. Williams Mutter, die mit ihrer einfachen weißen Haube die allerschönste Frau auf der Welt war, hielt ihn über dem Brückengeländer fest, damit er Steinchen in den glitzernden Wasserlauf fallenlassen konnte. Als zweites war der Rother Market zu nennen, wohin ihn die Mutter mitnahm, wenn sie Käse, Butter, Gewürze und blutige, unschön anzusehende Fleischklumpen oder Geflügel einkaufte. Tote Hühner, deren Köpfe herabhingen, als würden sie sich schämen. All dies verstaute seine Mutter in dem gewaltigen Einkaufskorb. Der Junge folgte ihr ernst, vorbei an den großen Tischen, über deren Rand er kaum blicken konnte. Mittlerweile trug er ein längeres altweißes Hemd; die Uniform aller kleinen Jungen, bevor sie die Würde erlangten, eine Hose tragen zu dürfen.

Dann wurde William älter und begann, die Welt zu seiner eigenen zu machen. Ihm war nun erlaubt, bis zur Straße zu gehen und sie sogar zu überqueren, nachdem er sich sorgfältig nach Fuhrwerken oder Schafherden umgesehen hatte, die manchmal durch die Stadt getrieben wurden. Jedermann kannte seine Familie und folglich auch ihn, den ältesten Sohn. Die Erwachsenen riefen ihn an, damit er aus dem Weg ginge oder um ihm ein Stück Zuckerwerk in die Hand zu drücken. Und so wurde ihm der Markt langsam zu etwas Vertrautem, zusammen mit den Gesichtern und Stimmen der Händler. Aber es gab auch eine Welt jenseits der Stadt, jenseits der Felder und Wälder, und kam dahinter etwa noch mehr?

Im Oktober bestieg William im Garten den Apfelbaum, denn der Apfel, der es ihm besonders angetan hatte, hing ganz oben. Kaum hielt er ihn jedoch in der Hand, kam ihm der Abstieg nicht ganz geheuer vor. Sein kleiner Bruder Gilbert, dem die Windel schief saß, lief immer wieder mit seinen schmutzigen Knien um den knorrigen Stamm herum. Mehrmals hob er das Gesicht mit dem marmeladeverschmierten Mund und spähte zweifelnd in den Wipfel. William hielt den Atem an. Sehen und nicht gesehen werden.

William, wo steckst du?

Das kam von der Mutter. Er hatte das Knarren der Tür deutlich gehört, die von der Küche in den Garten führte. Von seinem hohen Platz konnte er sie durch das Laub sehen, wie sie dastand und die Hände über der Schürze in die Hüften stemmte. Lange Zeit gab er keine Antwort.

O England, grünes und großartiges Land, und wunderbare kleine Stadt Stratford darin! An einem schläfrigen Fluß nistete sie zwischen Wiesen und Wäldern. Über ihm erstreckte sich der Himmel mit seinen träge dahinziehenden weißen Wolken. Und die Sonne brannte so hell vom Himmel, daß William es nicht wagte, zu ihr hinaufzuschauen. Einmal hatte er es aber doch getan und danach den ganzen Nachmittag über Kopfschmerzen gehabt. Auch hatte er die Buchstaben auf seinem Hornbuch nicht mehr erkennen können – jenen Rindshornrahmen, in den das Vaterunser eingespannt war. Das war ihm besonders unangenehm gewesen, mußte er sich doch mit solchen Texten auskennen. Alle sagten immer, er lerne so rasch.

Für ihn stand mittlerweile eines felsenfest: Seine Stadt war das Zentrum der Welt und er die Mitte darin.

William lief. Jeden Tag eilte er die Stufen des Hauses hinauf und hinab und begeisterte sich an ihrem Knarzen. So wurden seine Beine im Lauf der Zeit stärker und kräftiger. Welch eigenartige Dinge das Gedächtnis aufbewahrte. Mit jeder neuen Jahreszeit kam er sich mächtig verändert vor. Die Welt dehnte sich aus. Für eine unerklärlich lange Zeit war er sieben, und das einzige, was sich im Leben wandelte, waren die Jahreszeiten. Verächtlich blickte William zurück auf die Phase, in der er ein Kleinkind gewesen war. Die Menschen sagten, er käme ganz nach seinem Vater. William lernte, was Würde bedeutet, zumindest die Wichtigkeit, eine solche zu besitzen; und er lernte Ehrlichkeit und Aufrichtigkeit. Auch erkannte der Junge, wie wertvoll es ist, sich umzusehen.

Die Welt erbebte und dehnte sich noch weiter aus.

William war neun und wanderte mit seinem Vater über die dunkle Straße. Von der Stadt trennten sie noch ein paar Stunden Marsch. Die beiden hatten Freunde besucht, waren zu lange geblieben und hatten etwas müde den Heimweg angetreten. Sowohl der Alte wie der Junge kannten die Strecke, denn sie hatten diese schon oft auf einem Wagen befahren, der mit Wolle oder feinem Leder für die Handschuhherstellung beladen gewesen war. Der Junge wußte sogar, wann dieser oder jener Baum sie am Wegrand erwarten würde. Einer davon, die Straße führte um ihn herum und bog dahinter ab, sah so knorrig und alt aus, daß William sich gut vorstellen konnte, ein Waldgeist säße darin gefangen. Im Gleichklang schritten sie voran, und der Knabe ergriff die Hand seines Vaters; er spürte die breite Narbe von der Wunde, die der Meister sich zugezogen hatte, als ihm das Arbeitsmesser abgerutscht war.

Über ihnen erstreckte sich der Sternenhimmel, so weit das Auge sehen konnte. William erzählte, was er im Unterricht gelernt hatte, und hin und wieder bemerkte von viel weiter oben der Vater etwas mit seiner dunklen Stimme dazu. Doch während die Nacht dunkler und dunkler wurde, wuchs in seinem Sohn der

Eindruck, daß John Shakespeare gar nicht mehr zuhörte und lieber der ernsten Stimme seiner eigenen Gedanken lauschte.

Sie trugen eine schwach leuchtende Laterne zwischen sich. Der Vater hatte den Docht heruntergedreht, damit er möglichst lange halte; denn der Mond war noch nicht aufgegangen. In der Dunkelheit nahm alles ganz neue Formen an. Der Junge schaute auf die verwandelten Bäume, die Steinmauern und ein Gebilde, bei dem es sich wohl um eine Hütte handelte.

Endlich meinte der Vater mit der leisen Stimme, in der er für gewöhnlich Gutenachtgeschichten erzählte: »Manche glauben, in den Sternen liege das Schicksal der Menschen. Sie würden alles wissen, was uns eines Tages widerführe. Selbst was jetzt gleich geschehe, wüßten sie ganz genau.«

»Das vermag ich kaum zu glauben, Herr Vater.«

»Ja, aber solches haben die Menschen sich immer schon vorgestellt.«

William dachte voller Ehrfurcht darüber nach, und so marschierten sie für eine Weile schweigend weiter. Nur wenig Licht warf die Lampe auf den Pfad vor ihnen. Der Frühling war trocken gewesen, und Staub flog bei jedem Schritt aus den Fahrrinnen. Es hieß, wenn nicht bald Regen käme, würde es wieder eine Hungersnot geben und das Futter für die Schafe nicht ausreichen.

»Da vorn liegt bereits Shottery, mein Junge«, sagte der Handschuhmacher. »Kannst du schon die Tiere riechen?«

Tatsächlich tauchten vor ihnen kaum erkennbare Schemen auf: Dächer, Höfe, Scheunen und der Turm. Wie konnte er seine tiefe, eindringliche Neugier in Worte fassen? Mehr noch als die Sterne mit ihrer Schicksalskraft zogen den Jungen die Häuser des Dorfes an, durch das sie jetzt kamen. In beinahe jedem Fenster brannte eine Laterne oder Kerze, um Licht zu spenden ... wofür? Was mochte derjenige tun, der sich gerade in der Kammer aufhielt – lesen, schnitzen oder sich mit einem anderen über dieses und jenes unterhalten? Lagen dort Säuglinge in ihrer Krippe, oder hockten alte Männer am Feuer? So viele Häuser standen hier, schmucke Anwesen der Reichen wie auch elende Hütten der Armen, und innerhalb eines jeden Gebäudes fand sich eine unvorstellbare Vielfalt von Träumen, die insgeheim und mit großer Leidenschaft ersonnen wurden. Stellte sich hier jemand vor, wie er in die Schlacht hinausritt, sah sich dort ein Mädchen mit Blumenkränzen, oder ersehnte da eine junge Maid den Hochzeitstag? Wovon träumten die Menschen? Schließlich erhoffte sich ein jeder, gleich ob demütig und bescheiden oder in den allerhöchsten Stellungen, etwas von ganzem Herzen.

William wuchs das Herz, um alle Träume, Wünsche und Sehnsüchte zu umschließen. Der Junge hatte das Gefühl, er, der Fremde in der Nacht, könne sie als einziger im Vorübergehen allesamt erfassen. Dies war nicht Hochmut in ihm, denn dafür war er ein zu einfacher Knabe, aber er sagte sich das mit stiller Sicherheit. In jedem Haus brannten ein oder zwei Lichter, und im Lauf der Stunden würden sie nach und nach gelöscht; und dann läge die Welt wieder unter Träumen.

Nun hatten sie den Flecken hinter sich gelassen, und der Junge drehte den Kopf, um einen letzten Blick zurückzuwerfen. »Ich kannte dort einmal ein Mädchen«, bemerkte der Vater.

»Wirklich?«

»Ich habe sie geliebt, oder mir das zumindest eingebildet, aber damals war ich ja noch mehr Bengel als Jüngling.«

»Wie das, Herr Vater, ist die Mutter denn nicht deine einzige und wahre Liebe?«

»Doch, mein Lieber, natürlich ist sie das.« William spürte die große Wärme, als der große Mann mit so viel Zärtlichkeit auf ihn herabblickte, daß man sie greifen konnte und gar nicht zu sehen brauchte. Der Knabe sehnte sich nach einem neuen Dorf, doch diese Route würde sie durch keines mehr führen.

»Bist du müde?« fragte John.

»Ein bißchen.«

Sie erreichten die Brücke, unter der das Wasser hindurchströmte, und dann ging es die Henley Street hinunter. Der Nachtwächter grüßte den Vater, denn schließlich war John Shakespeare der Lord Bailiff, der Vogtverwalter. In den Häusern, in denen seine Schulkameraden lebten, brannten keine Lichter. Doch als ihr eigenes Heim zu sehen war, hatte dort jemand eine Kerze entzündet und ins Fenster gestellt. William hüpfte das Herz vor Freude. Sie bekamen warme dicke Suppe und Brot vorgesetzt, und später stieg der Junge in Frieden mit sich und der Welt die Treppe hinauf und schlief zu dem Geräusch der leisen Stimme seiner Mutter ein.

William liebte das Heulen der Nachteulen, das unaufhörliche Strömen des Wassers und die blühenden Kräuter an der Gartenmauer. Die Welt kam ihm sehr lebendig vor, aber er hatte erkannt, daß es deren zwei gab: die Welt in seinem Kopf und die außerhalb davon. Der Junge lebte in beiden, und das war ihm so selbstverständlich, daß ihm gar nicht in den Sinn kam, die meisten anderen Menschen vermöchten dies nicht. Manchmal loderte die Energie in ihm so rasch und heiß auf, daß der Junge nicht so recht wußte, was er mit sich anfangen sollte. Dann rannte er mit einem langen Stecken zwischen den Kälbern umher, sang ein Stück aus diesem und aus jenem Lied, kletterte auf Bäume, Pfähle und Felsen, sprang über Stock und Stein und genoß es, wie sein Körper rauher, härter und kräftiger wurde.

Am Sonntag wurde in der Kirche gesungen. »Jesus, unsere Zuversicht« oder »Großer Gott, dessen Gnade wir erflehen«. William hatte sich mit seiner Familie im Gotteshaus eingefunden und lauschte wieder den gemurmelten Worten. Sie waren so alt, daß niemand der Gläubigen auf den Einfall kam, es möge einmal eine Zeit gegeben haben, in denen sie noch nicht existiert hatten. »... durch Ihn, und mit Ihm und in Ihm in der Einheit des Heiligen Geistes ...« Ein Spatz hatte sich verflogen, war in die Kirche gelangt und hüpfte von Bank zu Bank. William und sein jüngerer Bruder fingen an zu kichern und rissen sich dann zusammen. Der übertrieben dienstfertige Kirchendiener schob sich heran, und sein breites Hinterteil wackelte vor rechtschaffener Empörung. Er stieß mit seinem Stab nach dem Eindringling. Fort mit dir, Frechling. Wart nur, Bürschchen, dich spieß ich auf und stopf dich aus ...

Der Spatz erschrak, schwirrte mit den stumpfbraun gefiederten Flügeln, sauste steil nach oben und ward nicht mehr gesehen. Später, als die Messe vorüber war, trottete der Knabe zwischen seinen Eltern und anderen Verwandten hinaus, und sein wattierter Sonntagsstaat knirschte steif bei jedem Schritt. Ein jeder legte seine besten Manieren an den Tag (sein Onkel rotzte so lange nicht auf die Straße oder fluchte beim Teufel, bis er zur Mittagszeit zu Hause angelangt war). William spürte, wie sein jüngerer Bruder schelmisch grinste, und drehte sich rasch zur anderen Seite, um nicht wieder in Lachen auszubrechen. Grabsteine erhoben sich im Kirchhof aus dem süßen Frühjahrsgras. Respektvoll lief William an ihnen vorbei und fuhr manchmal mit der Fingerspitze über die verwitterten Inschriften. *Zum Angedenken an meine außergewöhnliche und liebe Frau, Rosalind ...* Was für ein langer Text. Und dennoch hoffte er, immer noch mehr zu finden. Mittlerweile konnte er auf englisch alles und sogar etwas Latein lesen und verstehen. *Magnae copiae hostium Roman oppugnabant.*

Ein Sperling flatterte in den Wipfeln. William schirmte die Augen gegen die Sonne ab und suchte nach ihm. War es derselbe Vogel wie vorhin? Hatte er womöglich eine Botschaft für ihn? Und wenn der Kleine herabfiel, würde Gott das wissen und seinen letzten Ruheplatz zwischen den Blättern segnen? Der Junge lief den Weg hinunter, bis er zurückgerufen und aufgefordert wurde, wieder, wie es sich schickte, zusammen mit der Familie zu gehen. Vorbei an den Läden und Werkstätten der Stadt. »Einen gesegneten Sonntag, Mylord Bailiff!«

Ach, das Licht!

William paßte sein Leben dessen ständig sich wandelnder Präsenz an. Im Morgengrauen, wenn das Licht schlaff und grau wie altes Leinen im Waschzuber lag, machte er sich auf den Weg in die Schule. Am Samstagnachmittag durchstreife er die Felder, wenn das Licht wie Gold über die hohen Bäume trieb. Und in der langen Sommerdämmerung spazierte er würdevoll mit seinem Vater, der die Robe seines Amts trug, die Straße hinunter. Das Licht erstreckte sich dann über die gefurchten Felder und die höchsten Wipfelspitzen. Immerhin war William der älteste Sohn. Nach ihm kam Gilbert, der ihm überallhin folgte, und nach diesem kam Richard, der noch viel zu klein war, um für irgendwelche Unternehmungen ernsthaft in Betracht gezogen zu werden. Hinter ihnen schritten geziert seine Schwestern Joan und Anne. Manchmal konnte er sie kaum ertragen.

Sein allerbester Freund war ein Gerberssohn, der rundgesichtige, herrische Dickie Field mit seiner rotfleckigen, sommersprossigen Haut, den verschorften Knien und einem starken Gefühl für das, was sich gehörte. Mit kurzen, scharfgewetzten Messern, die in selbstgemachten Scheiden am Gürtel hingen, marschierten sie viele Meilen weit über das Land. An langen Sommerabenden, wenn die Schulaufgaben erledigt waren, saßen sie mit gekreuzten Beinen auf dem Hof des Gerbers und schnitzten Schiffe für sich selbst, aber auch für die jüngeren Geschwister. Diese standen um sie herum, spähten den Größeren mit offenem Mund über die Schulter und wollten wissen, wohin die Segler fahren würden. »Dieser hier wird ausziehen, die Franzosen zu besiegen!« rief William dann. Bevor die Sonne ganz untergegangen war, liefen sie los, um ihre Flotte im Avon schwimmen zu lassen; manchmal verfing sich eines der Schiffchen in den Ästen und dem Laub am Ufer. Dickie hatte sieben Brüder, und man konnte nirgendwo hingehen, ohne auf einen von ihnen zu stoßen. William mit seiner lebhaften Phantasie dachte sich die Spiele aus, und Dickie organisierte dann die Umsetzung derselben.

Für seine Schwester schnitzte der Handschuhmachersohn eine Puppe, die sie mit hellbraunen Samtresten ankleideten und Eleonore von Aquitanien nannten. William dachte sich für sie Geschichten aus, in denen Liebespaare in die Wälder flohen und Zwerge und Geister unter dem Efeu wohnten. Das Mädchen atmete dann immer lauter durch den Mund, und er mußte sie schütteln, um sie in die Wirklichkeit zurückzuholen.

»Blöder Trottel!«

»Selber!«

Die Schwester gab gern vor anderen mit ihm an: »Will kann jede Geschichte erfinden.«

Einmal, an einem besonders schönen Tag, brachten die Jungen es einfach nicht übers Herz, in die Schule zu gehen. So streiften sie durch die Felder und wurden am nächsten Tag dafür vom Lehrer übers Knie gelegt. William ertrug die leichten Rutenschläge in einer Mischung aus Scham und Neugier ... Schmerzen kamen auch in anderer Form und durchströmten einen: aus einer Prügelei blutige Knöchel, eine aufgeplatzte Lippe oder ein aufgeschlagenes Knie. Ein sitzengelassenes Mädchen wurde ertrunken am Flußufer gefunden. Sie hatte sich Blumen ins Haar geflochten und wurde nicht auf dem Kirchhof beigesetzt, sondern außerhalb der Friedhofsmauern. Einer Frau wurde ihr einziges Kind durch ein heftiges Sommerfieber genommen; darüber verlor sie den Verstand und kroch seitdem in zerrissenen Kleidern auf der Suche nach der Tochter durch Sträucher und Hekken. Schmerz befiel andere, aber auch William. Laute Stimmen wechselten sich ab mit zärtlichsten Momenten. »Warum, John, warum nur!« schrie seine Mutter hinter der geschlossenen Schlafzimmertür. Sein eigener Friede wurde dann vom Streit der Eltern gestört; oder von Mutters Schluchzen, wenn sie unten an der Treppe stand.

Um solchen unschönen Dingen zu entkommen, floh er ins Haus des Gerbers mit den acht lärmenden Söhnen, die ständig die Treppe hinauf und hinunter tollten und bei Tisch um die besten Plätze rangelten. Das Haus mit seinem schweren Ledergeruch, der aus der Werkstatt und von den Häuten drang, die im schmutzigen Hof zum Trocknen hingen, erinnerte ihn an ein teilweise übertünchtes Wandgemälde mit einer Kreuzigungsszene, das er einmal in einer Kirche gesehen hatte. Der schwüle Geruch von zu vielen Jungen, die hier zusammengepfercht waren, zu denen er gehörte und denen er doch wieder fremd war. Wenn die Bande schmutzig und verschwitzt über den schlammigen Hof rannte, konnte man den einen nicht vom anderen unterscheiden.

In der Schule wurden Stücke in Latein aufgeführt, und hin und wieder kamen Schauspieltruppen in die Stadt. Als eine Wandertruppe eine Tragödie gab, schlichen sich William und Field auf den Hof einer Herberge, um inmitten der Bauern und Händler und in kaltem Regen zuzuschauen. Auf dem Weg nach Hause zitterten sie, und der Gerbersohn erklärte: »Jener, der den Vater spielte, war kaum zu verstehen. Doch auch wenn er den Mund voller Watte hatte, sah er eigentlich ganz in Ordnung aus.«

William lehnte sich an einen Baum. »Und derjenige, der die Königin gegeben hat, besaß kaum noch Zähne im Mund!« bemerkte er und rief: »Aber, bester Field, solche Stücke zu spielen! Fürwahr, das kann das Schlechteste nicht sein!« So liefen sie nach Hause und diskutierten über die himmlischen und die niederen Charakterzüge des Menschen. Nach dem Guten und Höchsten zu streben, sei Pflicht aller Christenmenschen, doch erweckten die niederen Dinge manchmal das weitaus größere Interesse. Eine alte Frau, die im Verdacht stand, eine Hexe zu sein; ein schwachsinniger Junge, welcher, wie einander zugetuschelt wurde, seinen Samen in das wollige Hinterteil eines größeren Schafs vergossen haben sollte. Vorkommnisse eben, die sich verheiratete Frauen hinter vorgehaltener Hand mitteilten. Sündiges in all seinen faszinierenden Aspekten, aber auch der Tod. Weniger der Tod, der, begleitet von scheinheiligen Gebeten, ins Grab gelegt wurde, sondern derjenige eines in Panik geratenen Kaninchens, das sich auf irgend jemandes Grundstück in einer Schlinge verfangen hatte.

William war vierzehn, als er mit einer Gruppe älterer Burschen auszog, ein Reh zu wildern, und er fühlte das Blut auf seinen Händen, nachdem sie die Beute erlegt hatten. Doch dann wurden sie vom Jäger erwischt, und alle rannten durch den Wald davon. Zusammen mit Dickie verbarg William sich in einem Bach. Einer der Burschen wurde gefaßt und bekam die Peitsche zu schmecken. Wenn William davon träumte, wachte er mit rasendem Herzen auf und verriegelte die Zimmertür. Doch niemals kam der Konstabler durch den Garten heran.

Dickie Field und er waren immer zusammen. Manchmal kletterten sie in dem Gehölz hinter dem Kirchhof eine Ulme hinauf und blickten vom Wipfel hinab auf die Welt. Die unten vorbeigingen, konnten die beiden nicht sehen, und wenn die zwei mit den Zweigen raschelten, schauten die Mädchen sich verwirrt um. Manchmal pfiffen sie leise wie eine Nachtigall. Einmal heulten sie wie Geister, und eine Frau rannte schreiend aus dem Wald. Etwas später erschienen ihr Mann und ihre Brüder mit Knüppeln und drangen bedrohlich durch das Unterholz.

Im Ulmenwipfel tauschten die beiden ihre Geheimnisse aus. William gestand, wie er einmal bei einem Streit seine Schwester gegen den Tisch gestoßen habe; wie er ein anderes Mal in größter Wut eine Wäscheleine heruntergerissen habe und alles im Matsch gelandet sei; oder wie er manchmal nicht wisse, was er in einem so schönen und gepflegten Haus zu suchen habe.

Er rang um Worte. »Alles in den Kammern ist so perfekt, bis auf mich, aber bei euch ...«

Field drehte sich ruckhaft zu ihm um. »Was? Glaubst du denn, bei mir daheim sei es besser?« fragte er in seiner ernsten Jungenart.

»Etwa nicht? Dein Vater ist nie so streng.«

»Ach, meinst du, was? Dann will ich dir mal etwas sagen.« Der ältere Junge leckte sich über die Lippen, senkte den Kopf, und zwischen den beiden entstand die längste Pause, zu der es jemals gekommen war. »Bei uns zu Hause tun sich Dinge ...« flüsterte er und wollte kein weiteres Wort darüber verlieren.

Als die Nacht sich über die Felder und Häuser senkte, nahmen die Jungen sich in die Arme und drängten sich aneinander, um sich Wärme zu geben. »Was willst du einmal werden, Will?« flüsterte Dickie, als sie sich auf den Weg nach Hause machten.

»Weiß nicht.« William ärgerte sich, am meisten über sich selbst, weil er spürte, daß er eigentlich eine Antwort darauf parat haben müsse. Das hohe Gras wisperte an den Beinen seiner Wollhose, die Bäume rauschten, und die Luft roch süß, als sie stehenblieben, um ihre Jacken auf links zu drehen, damit keine Geister sie packen konnten. »Ich glaube«, erklärte William schließlich, »ich möchte die Welt sehen.«

»Kannst du dich noch an das Reh erinnern?«

»Ja.«

»Würdest du es wieder tun?«

»Du denn?«

»Klar.«

Die Jungen waren vierzehn und fünfzehn Jahre alt in jenem Frühling, als sie wieder in dem Baum einander gegenübersaßen und Dickie wie beiläufig erwähnte: »Mein Vater schickt mich nach London, damit ich dort bei einem flämischen Buchdrucker in die Lehre gehe. Stell dir vor, in der Stadt haben sie dreiundfünfzig Buchpressen, so begierig sind die Menschen dort aufs Lesen. Hier haben die Leute ja nur Interesse an Bibeln und Gesangbüchern, aber in London lesen sie einfach alles! Nächste Woche geht es los.«

Er streckte das aufgeschlagene Knie und fügte hinzu: »Ich werde dich furchtbar vermissen.«

Ein paar Tage später stand William auf dem Hügel und verfolgte, wie Dickie und der Gerber zusammen auf einem Pferd davonritten. Und so lernte er die Art der Einsamkeit kennen, die nicht vergehen will. Noch Monate glaubte er an den Markttagen einen Jungen zu entdecken, der wie sein bester Freund aussah. Die beiden schrieben sich, sooft sie einen Penny für die Post erübrigen konnten.

»Lieber Will,

wahrlich, Du würdest es nicht für möglich halten, daß ein Ort wie diese gewaltige Stadt mit ihren einhunderttausend Einwohnern existieren könnte! Unserem lieben Erlöser sei's gedankt, daß ich mit nur zwei Schillingen im Beutel hier angekommen bin; denn die wurden mir gestohlen, als ich in der Nähe des Kirchhofs von St. Paul's in einem Buch las, das beschrieb, wie man ein Gentle wird. Später kam ein Bursche auf mich zu, der meinen ländlichen Akzent gehört hatte, und schlug mir vor, den Ring meines Vaters gegen Münzen Londoner Prägung zu tauschen. Wie sich dann herausstellte, handelte es sich bei diesen nicht um Silber, sondern lediglich um glänzend gemachtes Zinn. Wie ein anständiger Christenmensch in diesem Pfuhl von Sünde leben und dann auch noch ins Himmelreich gelangen kann, ist mir ein Rätsel! Doch davon abgesehen habe ich mein irdisches Paradies an der Buchpresse gefunden. Ich bin bis zu den Ellenbogen hinauf mit Tinte beschmiert und gebe keinen Deut auf irgendein anderes Leben.

Ich habe sehr über die Ballade aus Deiner Feder gelacht, die Du mir geschickt hast. Du fragst in Deinem letzten Brief, ob die Menschen hier für so etwas tatsächlich Geld bezahlen. Bei meiner Seele, sie tun es! Was uns angeht, so kaufen wir ständig religiöse Traktate und Pamphlete, in denen man sich über Ausländer lustig macht. Die Menschen vom Kontinent werden hier ziemlich verachtet, obwohl sie in gewaltigen Scharen aus den Niederlanden, aus Frankreich und dem Baltikum – von dort hauptsächlich Schmiedegesellen und Eisenarbeiter – herbeiströmen, und überall sieht man Schilder, auf denen Unterricht in ihren grauenhaften Sprachen angeboten wird.

Somit bin ich jetzt Mitglied bei der allerehrwürdigsten Vereinigung unter den Lehrlingen Londons. Wir wissen alles, und uns kann man nicht hereinlegen. Ich bin kein Bauerntölpel aus Stratford mehr, sondern ein richtiger Londoner geworden. Den Akzent habe ich abgelegt, ich trage das Haar so lang, wie die Zunft es erlaubt, und ich kenne mich aus – oder weiß, wieviel man dem Fährmann geben muß, wie man hier bei uns sagt. Nie mehr werde ich mir von jemandem das Geld aus der Tasche ziehen lassen. Mehr noch, ich habe mir fest vorgenommen, reich zu werden.

Zur Traurigkeit dieses Lebens gehört es, daß man voneinander scheiden muß, aber unser beider Trennung muß ja nicht für immer sein. Mein Meister hat gesagt, Du könntest oben bei uns in der Kammer eine freie Bettstatt haben, wenn Du auf Besuch kommst. Dann zeige ich Dir die Unholde im Tower und wie die Huren in Bridewell sich herausgeputzt haben – ein toller Anblick, das schwöre ich Dir. Also, faß das mal ins Auge, liebster Freund, denn Du bist hier immer auf das herzlichste willkommen.

Wir haben von den traurigen Dingen gehört, zu denen es in Deiner Familie gekommen ist. Mein Bruder hat mir geschrieben, daß Deine hübsche Schwester Anne, die so lange krank gelegen hat, nun gestorben ist und unter großer Anteilnahme beerdigt wurde. Er schreibt auch, daß Dein Vater nicht mehr zu den Ratsversammlungen geht und seine Freunde befürchten, daß es bei ihm auch sonst nicht mehr zum Besten stehe. Wenn Du Dich darüber äußern möchtest, so sei versichert, daß alle Deine Worte mit der größten Vertraulichkeit behandelt werden. Glaub mir, ich habe Deine Familie stets in meine Gebete eingeschlossen.«

John Shakespeare aus der Henley Street war schon seit einiger Zeit nicht mehr der zuverlässige Ratsherr, der mit seiner rotbesetzten Amtsrobe pünktlich zu den Sitzungen erschien; und er war auch nicht mehr der großzügige Freund aller in der Stadt, der niemals vorschnell über einen Nachbarn urteilte; und nicht einmal mehr der Mann, welcher nach Einbringen der Ernte ein Alefaß herbeirollte, um mit den Bauern beim Erntedankfest zu trinken und zu tanzen. Der Vater saß manchmal Stunden allein in seinem abgesperrten und dunklen Laden, dessen Türglocke eigenartigerweise immer seltener läutete, so als fürchteten die Kunden, sich in der Werkstatt mit irgend etwas anzustecken. Eines Tages entdeckte William den Handschuhmacher wie ein Häufchen Elend im Holzschuppen. Die Hände bedeckten das Gesicht, und neben ihm lag griffbereit die Axt.

Der Junge reparierte an einem Novembertag in der oberen Kammer einen Fensterladen. Als er sich bückte, um einen heruntergefallenen Nagel aufzuheben, fuhr seine Hand über eine Bodendiele, die lose zu sein schien. Er hob das Brett am Ende an und blickte hinab in das Dunkel zwischen den Balken. Der kalte, abgestandene Geruch von einem zu lange verschlossenen Raum trieb ihm entgegen, und ihm sprang etwas Weißes ins Auge, auf das ein verlorener Sonnenstrahl fiel. Neugierig zog er das Papier heraus, eine mit einem alten Faden zusammengebundene Rolle. Der Junge faltete das Dokument auseinander und wunderte sich schon über den religiösen Tonfall des Textes, bis ihm aufging, daß er hier ein katholisches Glaubensbekenntnis vor sich hatte.

William hatte genug Gerüchte mitbekommen, um zu wissen, daß Jesuiten unerlaubt durch das Land zogen und diese Dokumente im Volk verteilten. Am Ende des Textes war etwas Platz freigelassen, damit der Supplikant, der auf einen Platz im Himmelreich hoffte, dort seinen Namen eintragen konnte. Natürlich wußte jedermann, daß die Unterstützer des Katholizismus auch den verderbten Wunsch hegten, die Königin zu ermorden; und daß man jemand, der lieber Rom und dem Papst folgte, niemals vertrauen durfte.

Als der Junge das Dokument zu Ende gelesen hatte, entdeckte er darunter den Namenszug seines Vaters. William bewegte tonlos die Lippen zu einem »Großer Gott!«. Was trieb einen guten und einfachen Handwerker, dessen durch harte Arbeit errungene Ehrenstellung in dieser Stadt auch von seinem richtigen Glauben, dem anglikanischen nämlich, abhängig war, dazu, ein solches Pamphlet zu unterschreiben? Je orthodoxer der Glauben eines Mannes nach außen, desto besser für ihn. Und je weniger er innerlich darüber nachdachte, gab es doch gewiß lohnendere Dinge zu bedenken, desto zufriedener würde sich sein Leben gestalten.

Der Junge sprang auf, und ehe er sich's versah, rannte er schon die Treppe hinunter. Dabei verbarg er das Blatt mit beiden Händen an der Brust, damit weder seine Brüder noch seine Schwester Joan, wenn sie ihm denn entgegenkamen, gleich erkennen mochten, was er da mit sich führte. Ach, das ist nichts. Eine Rechnung für eine Lieferung Wolle, eine Bestellung für ein paar Laken. Der Weg zum Laden erschien ihm unendlich lang.

John Shakespeare stand mit dem Rücken zu ihm, und seine breiten Schultern unter der abgewetzten alten Lederschürze waren gebeugt, während er eine gerade eingetroffene Ladung Tierhäute abzählte. Als der Handschuhmacher sah, was der Junge da an die Brust gepreßt hielt, schob er die Ware zur Seite und verriegelte rasch die Tür. Er packte den Ältesten am Arm, sah ihm ins Gesicht und fragte streng: »Wissest du, wes' Inhaltes das ist? Hast du den Text gelesen?«

»Etwas davon«, antwortete William erregt. »Herr Vater, wenn ich auf Geschriebenes stoße, kann ich doch nicht die Augen davor versperren!«

Der Handschuhmacher nickte und leckte sich über die Lippen. »Ja, du kannst die Augen nicht davor versperren. Gesegnet seien dein Witz und dein scharfer Verstand. Ach was, bei der Liebe Gottes, ich bin froh, daß jemand darauf gestoßen ist; denn dieses Geheimnis lastet so schwer auf mir, daß ich es nicht mehr ertragen kann. Selbst deine Mutter weiß nichts davon! Die Sorge um mein Seelenheil droht mich manchmal um den Verstand zu bringen, mein Junge. Ich werde verfolgt, von Teufeln, die um mein Bett herumtanzen und mir die Feuer der Hölle zeigen.«

Williams schmale Brust unter dem weißen Leinenhemd hob und senkte sich ungeduldig. »Warum dir die Feuer der Hölle? Es gibt doch keinen gerechteren und gottesfürchtigeren Mann als dich!«

»Weh, ich bin kein guter Mensch!« stöhnte der Vater und schüttelte dabei den Kopf, als empfinde er Abscheu vor sich. »Ich verdiene Strafe, denn ich bin schlecht! Wir Menschen ahnen ja nicht einmal, wie sehr wir uns in Sünde verstricken!«

»Dieser Zweifel ist die einzige Verderbtheit, die du jemals begangen hast, das kann ich bezeugen, bei meiner Seele!« rief der Junge voll inbrünstiger Zuneigung. »Gott liebt dich. Im Gottesdienst heißt es immer, daß Er uns liebt. Diese Zweifel haben sich auf hinterhältige Weise in deinen Kopf geschlichen, das kannst du mir glauben.« Impulsiv bedeckte er die Stirn seines Vaters mit einer Hand, so als wolle er die Quelle dieser Krankheit aufspüren und wegwischen. Irgend etwas saß dort unter dem Knochen, etwas Dunkles und Furchtbares, und doch vermochte er nicht, es zu fassen. Vielleicht hatte der Kummer über den Tod der Tochter den Keim dazu gelegt. Auch William hatte darüber heiße, jugendliche Tränen vergossen.

Der Handschuhmacher schob den Sohn mit aus Scham geborener Unbeholfenheit von sich und murmelte: »Warum befragst du mich und sprichst über Dinge, von denen du nichts verstehst? Ich bin schließlich dein Vater. Wir werden nicht mehr darüber reden. Leg das Papier dorthin zurück, wo du es gefunden hast, und vernagle die Diele. Danach vergessen wir das alles. Ich vermag nicht zu sagen, woher das Dunkel in meinem Geist kommt, und zu wem könnte ich darüber reden? Das tiefste Verlangen des Herzens muß ewig stumm bleiben und von uns mit ins Grab genommen werden. Denk dir nichts, Lieber. Leg das Dokument zurück, nagel das Brett fest, aber verbrenn den Text nicht. Gott allein weiß, ob ...« Er wandte das schweißbedeckte Gesicht ab.

»Vater, o Vater«, flüsterte William.

»Tu, was ich dir sage. Gehorch mir!«

Der Junge nickte unwillig. Er nahm das Blatt, lief die Treppe wieder hinauf, legte es in das Loch zurück und hämmerte dann mit grimmigen, präzisen Schlägen den Nagel ein. Danach kniete William davor, hielt die Hände vors Gesicht und bat im Gebet sowohl darum, daß sein Vater geheilt werden möge, wie auch, daß alles wieder so werden möge, wie es einmal gewesen war.

In diesem Moment erkannte der Junge, daß er Stratford niemals verlassen durfte.

Der junge Mann

Als William fünfzehn war, hatte er alles gelernt, was die Lehrer ihm beibringen konnten, und so verließ er die Schule. Zu Hause war das Geld knapp, und so drängte der Jüngling nicht darauf, die Universität zu besuchen. Statt dessen arbeitete er jeden Tag mit seinem Vater in der Werkstatt. Manchmal standen sie so nah nebeneinander, daß ihre Schultern sich berührten. John Shakespeare drehte sich dann zu seinem Sohn um und lächelte ihn müde an.

In seiner Freizeit rannte William durch die Felder. Er warf sich ins Gras, kletterte die höchsten Bäume hinauf, schlug sich die Knie auf, zerriß sich die Kleider und sauste durch die Straßen. Der Junge wußte nicht, wo all seine Energie herkam, und er hatte nicht genug Worte, um seine Wünsche und Phantasien zu beschreiben.

Der Sohn lernte, wie man mit feinem Leder arbeitet und wie man einen Spitzenrand an einen Handschuh näht. Die Nadel hinterließ kleine Eindrücke auf seinem Finger, die nur langsam vergingen. William veränderte sich. Weiches braunes Haar entstand zwischen Oberlippe und Nase sowie am Kinn. Zufrieden strich er mit der Hand darüber.

Eines Tages spazierte William am Stadtrand entlang, als er in ein offenes Hausfenster schaute und dort den stämmigen, muskelbepackten Schmied entdeckte, der gerade mit seinem Weib im Bett lag. Ihre blanken weißen Beine umklammerten den Rücken des Mannes, und sie bog den Rücken so durch, daß ihr Haar in losen Wellen über die Bettkante hing. Beide stöhnten und grunzten, und die Frau schien ihren Gatten gleichzeitig zu sich heranzuziehen und von sich fortzustoßen. Und noch mehr preßte sie sich an ihn, und noch mehr. Der Jüngling stand ein paar Sekunden, die ihm jedoch wie Jahre erschienen, vor dem offenen Fenster und rannte dann davon.

Später traf er auf einen Hügel und rollte sich hinab. Der unebene, felsige Boden rüttelte seinen mageren Körper durch, bis er mitten zwischen wildwachsenden Maßliebchen auf dem Bauch zu liegen kam. Dort blieb er und fühlte sich eins mit dem Gras, den Blumen, den Bäumen, dem Fluß, der Luft und der Sonne. Etwas wurde hart in seiner Hose, und in seiner zornigen Erregung stieß er leise Verwünschungen aus.

Und damit mußte er fertig werden: Von rauher Kraft saß es tief in ihm drin, war ungebeten gekommen und lastete wie eine Bürde auf ihm. Stammte das wirklich von ihm, oder hatte er eigentlich überhaupt nichts damit zu tun? Und welche Verbindung bestand zwischen diesem Fremden und dem Reichtum an unterschiedlichsten Gefühlen, von denen er nur selten sprechen konnte? Bedeutete das Sünde? Dieses Gefühl und Verlangen, das stärker als alle anderen Empfindungen sein konnte und manchmal alle Regungen in ihm regierte, sie andere Male sogar erstickte. Das Fremde sprach auch mit ihm: Ich bin ich, bin menschlich, muß lieben, muß besitzen. Oh, dieses unerklärliche, brutale und brüllende Wesen in ihm!

Seine Erregung fand schließlich Erleichterung auf dem harten Boden. Der Jüngling rollte sich auf den Rücken und fühlte sich verletzt und leer. William schlich in die Stadt zurück, und als er am Haus des Schmieds vorbeikam, senkte er dumpf den Kopf und vermied es krampfhaft, zu der Frau des Meisters hinzusehen, die gerade im Hof nasse Wäsche aufhängte und vor sich hin summte. In der Nacht träumte er von ihrem weißen Fleisch.

Der Junge liebte seine Familie so sehr, daß er gar nicht damit aufhören konnte. Doch manchmal hatte er das Gefühl, in ihrer Mitte zu ersticken, und dann mußte William fort vom Abendbrottisch. Er lehnte an dem Baum, von dem man auf den Avon hinabschauen konnte. Manchmal, wenn der Jüngling mit seinem Vater arbeitete, glaubte er, keine Luft mehr zu bekommen.

Nach einer Weile suchte er sich eine andere Arbeit und trat als Schreiber in den Dienst eines Advokaten. Der Vater war darüber enttäuscht, machte dem Sohn aber keine Vorwürfe. Er wußte, daß der Junge mittlerweile einen unverzichtbaren Bestandteil des Hauses darstellte und alles richtete und reparierte, was kaputtgegangen war.

Manchmal dachte William daran, die gut hundert Meilen lange Reise nach London anzutreten, um seinen Freund Field zu besuchen. Doch im letzten Moment fiel ihm immer wieder eine Ausrede ein. Erwachsen zu werden bedeutete, dumme, kindische Träume abzulegen; und wenn man es recht bedachte, waren die doch genauso wie die Phantasien, die ihn überkamen, wenn er im schönsten Sonnenschein durch die Felder streifte.

Das Funkeln des Wassers war nur das Funkeln des Wassers, nicht mehr; und auf dem Friedhof gab es auch keine Geister. Und nur das Kratzen seiner Feder begleitete ihn, als er den Letzten Willen eines sterbenden Stadtbürgers niederschrieb. William hockte neben dessen Bett und führte schließlich die Hand des Klienten, damit der auf dem Testament an der richtigen Stelle sein Zeichen machen konnte.

Das Kratzen der Feder, das Geräusch des Messers, wenn er Handschuhleder zuschnitt, und das Scheppern des großen eisernen Suppentopfes, wenn sein Bruder ihn von der Feuerstelle hob. Seiner Mutter tat immer häufiger der Rücken weh, und sie sagte, sie werde langsam alt. Abends leuchteten die silbernen Haare im Feuerschein, die unter ihrer Haube hervorgerutscht waren. William hielt sie immer noch für wunderschön.

Er borgte sich Bücher von den Nachbarn aus. Über Kriege, die Seefahrt, Entdeckungen oder ferne Länder und Städte. Auch bewahrte der Jüngling Dick Fields Briefe gut auf und las sie so oft, bis er sie auswendig konnte. Mit den anderen Burschen wilderte William noch einmal ein Reh. Danach rannte er durch die Nacht nach Hause, und nur das Klopfen seines Herzens klagte ihn an. Nichts folgte aus dieser Untat; doch einmal hörte er, wie der Wildhüter und der Waldbesitzer auf dem Friedhof standen und über den Vorfall schimpften. Der Junge schritt mit vollkommener Unschuldsmiene an ihnen vorbei und schob sich das

Haar aus dem Gesicht. Die beiden würden niemals den Sohn des Ratsherrn verdächtigen, der zudem im Ruf stand, daß aus ihm einmal ein Gelehrter würde – auch wenn er noch immer den Geschmack von halb gebratenem Rehfleisch im Mund hatte. Woher auch, sie erkannten ja nicht einmal seinen Zorn, der unaussprechlich tief in ihm loderte.

So gingen die Jahre ins Land, bis er auf einmal achtzehn war. Als William mit seinen Freunden auf dem Land eines Nachbarn Hasen jagte, sah er eine junge Frau unter den Bäumen. Die Jungfer erschien ihm in ihrem weißen Gewand zwischen den Ulmen wie eine Vision, und als er ihr folgen wollte, war sie verschwunden.

Die Jungfer hieß Anne Hathaway, und das nächste Mal sah William sie vor der Kirche, aus der sie gerade mit ihren Brüdern gekommen war – der Vater hatte vor einigen Jahren das Zeitliche gesegnet. Die junge Frau stand am Tor, und der Sonnenschein, der durch die Zweige drang, färbte ihr Haar kupferrot golden. Als der Wind ihre Haube davonwehte, sprang William gleich los, um sie einzufangen. Anne wartete auf ihre Brüder, die mit einem anderen Bauern an der Kirchmauer einige Fragen zu klären hatten, und William lief, die Hände hinter dem Rücken verschränkt, vor ihr auf und ab.

Die junge Frau war bereits einem anderen versprochen, wie sie ihm schließlich traurig mitteilte. Und damit ließ sie ihn stehen. Der Jüngling fluchte leise, suchte nach seinem Taschentuch und konnte es nicht finden. Dann spürte er, daß er ihr beistehen mußte, und spendete ihr Trost. Schließlich war William derjenige, der Spindeln, Puppen und Tische reparierte, und er fühlte sich vom Schicksal dazu auserkoren, Anne zu helfen.

Hinter der Kirche warf sie sich in seine Arme. Er tröstete sie mit seinem schweren Atem, und sie preßte ihren Busen gegen seine Brust, bis er das Gefühl hatte, von innen heraus zu verbrennen.

Jeden Tag wanderten sie an einen anderen Ort. Die beiden entdeckten selten benutzte Pfade, eine verlassene, eingestürzte

Kapelle, eine Scheune, welche die Hälfte ihrer Schindeln verloren hatte – die Sonne schien durch die Lücken –, und eine leerstehende Hütte. Anne hielt adrett die Röcke hoch, um den Saum nicht im Schafsdung auf den Feldern zu beschmutzen.

Und täglich berührte William neue Stellen an ihr. Einmal die nackte Brust, ein anderes Mal strich er ihren warmen Bauch hinab, und wieder ein anderes Mal wanderten seine Finger unter den Röcken den weichen Oberschenkel hinauf. Mit jeder Wanderung nahm der Jüngling mehr von ihr in Besitz. Der Mond nahm ab und wurde wieder voll, und der Nachthimmel brachte die Wolken ein. Fast gehörte Anne ihm ganz, und er bellte wie ein leidender Hund.

Dann endlich gab die Jungfer sich ihm hin.

Sie lagen in einem wilden Garten, und ein Teppich von Kamille war ihnen das Lager. Anne hatte kleine Brüste mit dunklen, runden Brustwarzen, einen flachen Bauch und gewölbte Pobacken, die ihm wie ein Wunder vorkamen. William war so sehr von Leidenschaft ergriffen, daß er die junge Frau nicht wirklich sah – wie wenn man in die Sonne hinaustritt und dann im hellen Licht die Formen der Gegenstände nur wie Silhouetten wahrnimmt. Der Kopf dröhnte ihm bei dem Versuch, sich auf sie zu konzentrieren.

»Ach, Liebster!« stöhnte sie. »Ach, mein Herz, sei der meine!«

»Ja, bei allem, was mir heilig ist!« schwor er und griff wieder nach ihr.

Und so wurde aus den beiden ein Liebespaar wie die anderen, die sich in dieser Jahreszeit heimlich in die Wälder und Felder rings um Stratford verzogen. Eine ganze Weile hätte der Jüngling vor Glück zerspringen mögen, wenn er mit ihr zusammen sein konnte; und wenn die Bedürfnisse seines Körpers befriedigt waren, brachte das auch die Zweifel in seinem Kopf zum Schweigen.

William konnte Anne nichts von dem sagen, was tief in seinem Herzen geschrieben stand, besonders dann nicht, wenn das ihren Wünschen zuwiderlief. Aber was hätte er mehr erwarten können? Das Problem lag doch darin begründet, daß man in der Jugend alles erwartete. Für einen jungen Mann schien alles möglich zu sein und die ganze Welt offenzustehen. Sollte er in den Krieg ziehen und ein Held werden, sollte er Ratsherr werden oder Land und Besitz anhäufen, ferne Länder bereisen oder unglaubliche Weisheit erwerben? Vielleicht bedeutete das Erwachsenwerden vor allem, nicht zuviel zu erwarten und sich mit wenigem zufriedenzugeben. Für jeden stand ein Eckchen bereit, und in dem mußte man sich einrichten und froh sein, wenn man abends in saubere Laken sinken und sich seines bescheidenen Wohlstands erfreuen konnte.

So lag er im Feld neben Anne, schaute hinauf durch die Äste und Wipfel in die glitzernde Sonne und die flüchtige Luft, die über ihnen zu tanzen schien. Und schon schalt sie ihn: »Denkst du wieder, William? Ich wünschte, du würdest das nicht tun. Bei Gott, wie sehr ich das hasse!«

»Aber wie kann man denn nicht denken?«

»Manchmal glaube ich, ich kenne dich kein bißchen«, entgegnete sie und setzte einen Schmollmund auf. »Du denkst und denkst, und was immer dir durch den Kopf gehen mag, es hat nichts mit mir zu tun … nein, ganz gewiß nicht. Ich wünsche, daß du das nicht mehr tust, wenn du mit mir zusammen bist; wenigstens nicht so schweigend!«

Als die junge Frau ihm das vorhielt, verwandelte sie sich vor seinen Augen. Der Jüngling sah sie als eine der verheirateten Bürgerinnen, die beim Zusammenfalten von Tüchern Lavendel zwischen die Stoffe legte und beim Kirchgang nur platte Nichtigkeiten von sich gab. Und vor allem sah er sich an ihrer Seite. Vor seinem geistigen Auge erkannte William sich als alten Mann, dem man die Jugend geraubt hat, und das Herz wurde ihm sehr schwer.

Von diesem Moment an wußte der Jüngling, daß er Anne nicht liebte. Nur Neugier hatte ihn zu ihr getrieben, und bei der handelte es sich um etwas ganz anderes als Liebe. Sein Vater sagte immer, die Neugier könne einen Mann in die größten Schwierigkeiten bringen. Behalte die Hände bei der Arbeit, ehre Gott und vergiß alles andere.

Ach, welcher junge Mann wollte das schon hören?

Wenn William mit Anne fertig war, wünschte er sich manchmal, sich höflich bei ihr zu bedanken und dann rasch zu verschwinden. Aber das schlechte Gewissen machte ihm solches Tun unmöglich. Wenn er seine Lust gestillt hatte, empfand er die junge Frau nur noch als lästig und langweilig. Und die Vorstellung, ein Leben lang mit ihr zusammen zu sein, kam ihm entsetzlich vor. Statt die Welt zu ergreifen, die berstend voll mit Abenteuern und Möglichkeiten auf ihn wartete, hatte er sie von sich gestoßen.

Der Jüngling beschloß schließlich, Anne zu meiden.

So gingen die Wochen ins Land. Mal schlüpfte er, um der Maid zu entgehen, vor Meßende aus der Kirche, bevor die Gläubigen herauskamen und selbstgefällig und scheinheilig über den Ulmenpfad strömten. Ein anderes Mal stieg er hinten zum Fenster hinaus, als Anne mit ihrer Freundin an der Tür anklopfte. Der Jüngling dankte Schicksal und Schöpfer dafür, daß die junge Frau nicht schreiben konnte. Sonst hätte er wohl Briefe voller bitterer Vorwürfe von ihr erhalten. William hoffte aus ganzem Herzen, daß sie ihn über kurz oder lang vergessen würde.

Doch als der junge Mann an einem wunderschönen Morgen zur Kanzlei eilte, spürte er, daß sie hinter ihm war. Du mußt ihr jetzt die Wahrheit sagen, befahl er sich, nahm all seinen Mut zusammen, drehte sich mit dem Stapel Akten unter dem Arm zu ihr um und begann höflich und freundlich: »Teuerste Anne …«

»Ich trage ein Kind in mir«, unterbrach sie ihn jammernd, so als ob er die alleinige Schuld daran trüge. »Du hast mich genossen, und jetzt müssen wir heiraten.«

Die dunkelsten Tage seines Lebens brachen damit an.

Eine Schauspieltruppe war in die Stadt gekommen, und er begab sich in den Gasthof, um sich ihr Stück anzusehen. Die Finger in den Gürtel geschoben, lehnte er mißmutig an der Wand. Am nächsten Tag lief er auf den Hügel, um der kleinen Schar hinterherzusehen, die singend und schwatzend mit ihrem Wagen weiterzog.

Ja, so wie diese Menschen um die Welt zu ziehen und nirgends zu bleiben ... Nicht tagaus, tagein das gleiche zu tun, sondern immer wieder etwas Neues sein und schauen ... Jawohl, er würde Schauspieler werden.

Der Jüngling lief fort und blieb zwei Wochen bei der Truppe, bis er ungeschickt stürzte und sich das Knie verletzte. Als er beschämt und humpelnd heimkehrte, erwartete ihn der Handschuhmacher mit strenger Miene.

»Mistress Annes Brüder klopften an meine Tür!« begann er. »Welche Schande willst du mit deiner Fleischeslust über uns bringen? Nun wirst du sie heiraten und zusehen, wie du mit ihr zurechtkommst.«

Williams Schwester und die drei Brüder sahen ihn mitleidig an, und Edmund, der Kleinste, der gerade erst zwei Jahre alt war, warf sich ihm ans Bein, um ihn festzuhalten.

Die Braut trug ein helles Leinenkleid mit aufgestickten gelben Blumen, und nach der Trauung kamen viele, um ihnen alles Gute zu wünschen und zur Musik der Stadtkapelle zu tanzen. Als William in der Nacht mit seiner Braut allein war, fiel er über ihren schwangeren Körper her, als könne er seine Verzweiflung in ihren Umarmungen ersticken. Susanna wurde geboren und etwas später die Zwillinge Hamnet und Judith.

Drei Jahre vergingen.

William war Lehrer in der Lateinschule geworden. »Knaben, wir lesen Cäsars Bericht über den Gallischen Krieg.« Er liebte die jungen Burschen sehr und haßte es, ihnen Zucht beibringen zu müssen und sie zu strafen. Manchmal war William während des Unterrichts tief in Gedanken versunken. Wenn er dann aufblickte, kam es des öfteren vor, daß der Schüler mit seinem Vortrag fertig war und ihn erwartungsvoll und verwirrt ansah.

Während all der Jahre schrieb der junge Shakespeare sich mit seinem Freund in London. Fields Briefe waren voller Neuigkeiten und Wunder. William preßte sie sich ans Gesicht, um die Fremdheit der großen Stadt einzuatmen und herauszufinden, ob er die Worte in sich aufnehmen konnte, die in den Salondebatten gefallen waren; wo die Männer über die neuen wissenschaftlichen Erkenntnisse, die neu entdeckten Länder, die neuen Buchdrucker und die neuen Schenken redeten.

All diese wunderbaren Dinge formten sich in seinem Kopf zu einem Refugium, so stark wie eine Festung. Fields Meister starb, und der junge Geselle war klug genug, die Witwe zu heiraten und so seine eigene Druckerei zu bekommen.

Ein Entschluß bildete sich in ihm, so fest und doch so unmerklich, daß er später nicht mehr sagen konnte, wann es angefangen hatte. William fing an, Geld beiseite zu legen, und das verbarg er unter ebenjenem Brett, unter dem auch die Geheimpapiere seines Vaters lagen. Zum ersten Mal trug ihm die Feder ein paar Pennies ein. Der junge Mann schrieb Grabreden, gelegentlich Sonntagspredigten und einmal sogar Liebesbriefe für einen reichen Kaufmann.

Abends, wenn der Unterricht vorüber war und die Burschen es in ihrer Freude, endlich nach Hause zu kommen, so eilig hatten, daß sie sich nur mit der knappsten Verbeugung von ihm verabschiedeten – wenn sie die nicht ganz vergaßen –, blieb der Lehrer gern noch im Schulhaus. Hier schrieb er dann Verse und gelegentlich an einem Schauspiel, bis die Kerze eigentümliche Schatten auf die leeren Bänke warf, auf welchen Knaben ihre Namen eingeritzt hatten, die längst zu alten Männern geworden waren.

Wenn William dann nach Hause kam, schliefen oft schon alle, und er hielt den Atem an bei der Vorstellung, wie die schmalen Schultern seines Weibes ihm wieder einmal schweigende Vorwürfe machen würden. Warum konnte er sie nicht mehr lieben? Warum kümmerte er sich nicht mehr um sie? Was war mit ihm geschehen? Manchmal, nachdem William Anne geliebt hatte, fühlte er sich leerer als zuvor. Am liebsten hätte er den Kopf gegen den Bettpfosten geschlagen, so groß war der Zorn in ihm. Einmal hatte er es sogar getan – zum blanken Entsetzen seiner Frau.

Er war jetzt dreiundzwanzig Jahre alt.

»Du liebst mich nicht«, jammerte Anne unter Tränen.

»Doch, sosehr ich es vermag.«

»Du kommst mir fremd vor und beschreitest nicht die Wege eines rechtschaffenen, gottesfürchtigen Ehemanns.« Sie zerriß ihr Taschentuch und starrte ihn anklagend an. »Du hast mir nie gesagt, wie du wirklich bist, als du mich im Garten voller Lust genommen hast.«

»Ich weiß doch selbst nicht, wie ich bin«, murmelte William.

»Dann bist du ... ein schlechter Mensch!«

»Oh, bei der Gnade Gottes!« brüllte er so laut, daß der Ruß im Schornstein erbebte. Der junge Mann wußte, daß jetzt bald der ebenso vorwurfsvolle wie leise Schritt seines Vaters zu hören sein würde, gefolgt vom tadelnden Klopfen an der Tür. Und danach die Strafpredigt.

Du hast zu viele Grillen im Kopf! Die sind bitter wie Galle, mein Sohn. Du hast Arbeit, ein Weib und ein Heim ... was willst du mehr? Ach beim Erbarmen Christi, du weißt, wie viele Sorgen mich plagen, und vergrößerst meinen Kummer noch! (Letztere Worte begleitet von einer leidenden Miene.)

In der Nacht ihres letzten Streits wartete William, bis Anne sich in den Schlaf geweint hatte, suchte sich dann Papier und Feder und hockte im letzten Schein des Herdfeuers am Küchentisch. Mehrere Male setzte er zum Schreiben an, überlegte es sich jedes Mal wieder anders und mahlte mit den Zähnen.

»Teures Weib,

ich muß meinem Herzen folgen und für ein Jahr nach London gehen, um in dieser Welt etwas aus mir zu machen. Dieses Geld hier sollte dir einstweilen ein Auskommen sichern. Wenn ich in der Zeit in der großen Stadt nicht viel mehr verdient habe, kehre ich zurück und fange hier wieder an zu unterrichten. Sei gewiß, daß ich meinen ehelichen Treueschwur befolgen werde. Gott allein weiß, wie sehr es mich schmerzt, dich so unglücklich gemacht zu haben. Ich wollte niemals einer Frau solches antun.

Nun gehe ich zu meinem Freund Field und hoffe, daß er mir weiterhilft.

Dein Gemahl Will«

Das Haus lag im Schlaf, als er die Diele löste und die Münzen herausnahm. William teilte sie in zwei Haufen, nahm den kleineren an sich und machte sich daran, die hundert Meilen nach London zu Fuß zurückzulegen.

Die Buchdruckerei

Ein warmer Tag Anfang Oktober war angebrochen, als William die Straße von Warwickshire herunterspazierte und zum ersten Mal in der Ferne die Türme von London vor sich aufragen sah: die alte Stadt, die es schon zur Zeit der Römer gegeben hatte und die noch immer mit ihren Holzhäusern, strohgedeckten Dächern, hundert Kirchen und der alten Steinmauer darum einer Festung glich.

Während der langen Reise trug er eine einfache braune Hose, ein Wams, ein dickes weißes Hemd und die schweren Schuhe, die auf dem Lande üblich waren. Über die Schulter hatte William sich ein Bündel geworfen, das er von Zeit zu Zeit von links nach rechts oder umgekehrt schob, weil die Bücher darin ihm doch arg schwer wurden. Seine großen und leicht vorstehenden braunen Augen blickten müde drein, sein mittellanger Bart bedurfte dringend einer Rasur, und er sehnte sich nach einem sauberen Bett mit Kissen. Zur selben Zeit sah der junge Shakespeare sich jedoch mit der größten Wißbegier um und setzte in Gedanken Briefe auf, in denen er seiner Familie von allem berichtete.

Da William von Westen in die Stadt gelangte, verlor er sich zwei- oder dreimal in den Gassen, die von The Strand abgingen, bis er endlich durch Temple Bar auf die Fleet Street gelangte und von dort in die City selbst. Links erhob sich der verbrannte Turm der St. Paul's Cathedral, und die Straßen zur Rechten liefen steil zur Themse hinunter, von welcher der Gestank nach Fisch, Booten und Unrat heranwehte. Wann immer er in eine Gasse spähte, führte diese in eine andere, und manchmal waren sie so verwinkelt, daß der junge Mann nicht länger wußte, in welche Richtung er weitergehen sollte. Die größeren Straßen besaßen Kopfsteinpflaster, aber die kleineren waren voller Staub und Dreck und wiesen Pfützen vom letzten Regen auf. Und von allen Seiten drang ihm das Geschrei der Höker und der Burschen in die Ohren, die Austern, Muscheln, Küchlein und Balladentexte feilboten oder sich anboten, Senkgruben zu leeren und Fußwege zu fegen.

Der junge Mann blieb stehen und blickte nach oben. Über ihm zogen große grauweiße Möwen ihre Bahn, kreischten, tauchten herab und warfen sich wieder in die Lüfte. Die Vögel kamen vom weiten Meer und hatten die Reise den Fluß hinauf mit den Flügeln oder auf einem Schiff zurückgelegt. Einige hockten nun auf den strohgedeckten Dächern und sahen den Neuankömmling aus halboffenen, kritischen Augen an. William starrte zurück, und seine Lippen teilten sich vor schierer Freude, endlich angekommen zu sein. Dann zog er weiter, verschob wieder das Bündel und hinkte leicht, wie immer seit seinem Sturz, wenn er erschöpft war.

Schließlich erreichte der junge Mann aus Stratford das Tor zu dem Viertel, das im letzten halben Jahrhundert auf den Klosterruinen der Blackfriars Priory entstanden war. Nachdem der Torwächter ihn nur kurz ins Auge gefaßt hatte, eilte William durch die Gassen zu dem Ort, wo sich seines Wissens Fields Druckerei befinden mußte. Der Betrieb befand sich im ersten Stock eines Fachwerkhauses, dessen oberer Teil viel weiter in die Straße hineinragte als der untere. Der junge Mann entdeckte jedoch sofort, daß das Druckerschild nicht über der Tür hing. Kurz darauf mußte er feststellen, daß die Tür verschlossen und die Fensterläden zugezogen waren. Auch ließen sich von drinnen weder die Geräusche einer Presse noch sonst etwas vernehmen.

William schirmte die Augen ab und schaute die Straße hinauf und hinunter. Er hätte Richard seinen Besuch in einem Brief anmelden sollen. Während der Stratforder noch ratlos dastand, kam eine Bürgersfrau mit mehlverklebten Armen aus dem Nachbarhaus und leerte einen Eimer mit Abfällen in den Rinnstein. Der junge Mann tippte zum Gruß an seinen Hut und fragte sie, ob sie wisse, wo der Buchdrucker und seine Familie seien, die hier lebten.

»Nun, die sind heute morgen ganz eilig fortgegangen!« rief die Frau. »Die Lehrlinge haben heute doch einen freien Tag, wußtet Ihr das denn nicht? Der Lord Mayor, unser oberster Bürgermeister, hält heute seine Parade ab. Halb London zieht mit ihm über die Themse, und sein Boot hat Ruder aus Silber. Unsere gute Königin Bess zeigt sich auch in ihrer beflaggten Barke. Die Hofdamen umringen Elisabeth, um ihre tugendhafte und jungfräuliche Protestantenseele zu schützen. Und später finden sich alle in der Guildhall ein, um endlos zu tafeln und zu schmausen.« Die Nachbarin blinzelte züchtig und faltete die Hände vor dem Bauch zusammen.

»Ich bin gerade in der Stadt angekommen«, erklärte der Stratforder, »und weiß daher von solchen Feierlichkeiten nichts. Aber sagt mir doch, gute Frau, wohin der Buchdrucker gegangen ist.«

»Na, zu einer Hochzeit.«

»Und wann wird er zurückkehren?«

»Das weiß ich nicht.«

»Könnt Ihr mir denn zeigen, wie ich in die Cheapside gelange?«

»Die große Marktstraße? Nun, da müßt Ihr dort entlang, und dann könnt Ihr jeden anständigen Christenmenschen nach dem weiteren Weg fragen.«

Wenn es Euch jemals nach London verschlägt, junger Herr, müßt Ihr unbedingt die Schenke The Bear and Bull in der Cheapside aufsuchen.

So hatten die Schauspieler es ihm erklärt, als er wegen Annes Schwangerschaft von zu Hause fortgelaufen war und ein paar Wochen bei ihnen verbracht hatte. Während der junge Mann nun auf die Marktstraße mit ihren vielen Werkstätten und Geschäften gelangte, die viel breiter war, als er sich das je vorgestellt hätte, überlegte er sich etwas genauer, was ihm zu tun blieb.

Wenn sein alter Jugendfreund nicht zu Hause war, konnte William ja vielleicht etwas über die lustigen Schaustellergesellen in Erfahrung bringen, an die er sich trotz des kurzen Zusammenseins noch so lebendig erinnerte. Und wenn er sie gefunden hatte, würde er ihnen verkünden, daß der junge Shakespeare endlich seine Entscheidung gefällt habe und zu ihnen in die große Stadt gekommen sei ...

Jenkins – William erinnerte sich noch sehr gut an den Prinzipal der Truppe mit dem groblockigen roten Haar und den fauligen Zähnen, der dem Jüngling erlaubt hatte, mit der Truppe zu ziehen, auch wenn er nicht mehr hatte tun dürfen, als den vier oder fünf vagabundierenden Schauspielern zur Hand zu gehen. Vergangenheit und Zukunft der Truppe schien darin zu bestehen, Tag um Tag dieselbe Tragödie aufzuführen, sei es nun in einem Gasthof oder auf einem Jahrmarkt unter freiem Himmel.

Das Stück war erbärmlich schlecht gewesen, und William hatte die eine oder andere geschickte Verbesserung vorgeschlagen. Die Künstler griffen das alles begierig auf, hatten es aber am Abend längst wieder vergessen, wenn sie wie gewöhnlich aus dem Stegreif improvisierten – ex tempore, wie das bei ihnen vornehm umschrieben wurde.

Schließlich stieß der Stratforder auf The Bear and Bull. In einem großen Raum drängten sich unter feuergeschwärzten Deckenbalken Tische und Bänke; den Saal daneben hatte man in Nischen und Kammern aufgeteilt. Über der Theke war eine Tafel angebracht, auf der angeschrieben wurde, und entlang den Wänden hingen Becher aus Holz oder Ton bunt durcheinander. Neben der Tür hatte man mehrere Zettel angeschlagen, auf denen entweder Lehrbuben gesucht, neue Bücher angekündigt oder irgendwelcher Kram zum Verkauf angeboten wurden. Und wer anheuern oder Waren ordern wollte, fand dort auch Schiffe, die zu fernen Ländern aufbrachen.

Der Wirt, ein Mann mit einem auffallend scharfen Kinn, sah von dem Buch auf, in dem er gerade geblättert hatte.

»Gott zum Gruß. Was ist Euer Begehr?«

»Ich habe gehört, hier sollen Schauspieler verkehren.«

»Schauspieler, Schriftsteller, Gaukler und Bärenhetzer«, entgegnete der Mann. »Schaut Euch doch die Anschläge an. Da kündet einer ein Drama an, und dort hat einer ein Gedicht für Harry Hunks, den blinden Bären, verfaßt. Sucht Ihr vielleicht jemand bestimmten? Schuldet er Euch Geld? Da könnt Ihr drauf pfeifen, glaubt's mir. Und von wo kommt Ihr?«

»Stratford.«

»Wo, bei der heiligen Mutter Gottes, liegt das denn, guter Mann?«

»Oben im Norden, am Avon. Der Mann, den ich suche, hat rotes Haar und wird Jenkins gerufen.«

Der Wirt lehnte sich zurück gegen die Tafel, auf der vermerkt war, wer ihm noch wieviel an Zeche schuldete. »Ach, Jenkins!« spuckte er nach einem Moment aus. »Ich sag Euch, wo Ihr den finden könnt: auf dem Friedhof von Lawrence Jewry, sechs Fuß unter der Erde und längst nicht mehr so lebendig wie ehedem. Irgendwelche gemeinen Pocken haben ihn erwischt, und er ist einfach gestorben, obwohl er mir noch zwei Kronen schuldig war!«

»Das ist wirklich Pech!« rief William. »Ich kenne in dieser Stadt nur zwei Männer. Der eine ist Gott weiß wohin unterwegs und der andere tot. Jetzt muß ich mich erst einmal stärken. Gebt mir für einen Penny Rindfleisch, Brot und ein kleines Bier.«

Er aß hungrig, schnitt sich mit dem Messer das Fleisch zurecht und ignorierte die freundlich-neugierigen Blicke des Wirts. Die ganze Zeit über kamen höchstens zwei oder drei Männer herein; schließlich fand heute die Wasserprozession des Lord Mayor statt, und die ganze Stadt hatte sich am Flußufer eingefunden, um die Prachtbarken und geschmückten Boote zu bestaunen.

Irgendwann wurde der Wirt des Wartens müde und bemerkte: »Ich erkenne sofort, wenn ich jemanden vom Land vor mir habe, der nichts davon ahnt, wie es hier in der großen Stadt zugeht. Seid Ihr ein ehrlicher Mann? Dann werdet Ihr es hier nicht weit bringen. Mal angenommen«, fuhr er freundlicher fort, »nur mal so angenommen, Ihr findet Euren Freund nicht. Was wollt Ihr dann unternehmen? In London treiben sich nur wenige Engel herum, sehr wenige.«

»Meint Ihr, auf dem Land sei das anders?« platzte es aus dem jungen Shakespeare heraus. »Engel leben im Himmel, was haben sie also hier bei uns auf den Straßen verloren? Nur wir beschreiten sie, denn wir sind Menschen und stehen zwischen den Engeln und den Teufeln ...« Das kleine Bier, im Durst viel zu hastig getrunken, war ihm zu Kopf gestiegen.

Der Mann hinter dem Tresen sah ihn mitleidig an. »Ich kann Euch nur raten, Euch von Schauspielern, Schaustellern und ähnlichem Volk fernzuhalten. Sie sind ein elender Haufen.«

William hörte zu seiner Linken das Getöse des Umzugs, das vom Wasser herandriftete, und bog sofort in die steilen, ungepflasterten Straßen ab, die ans Ufer führten. Eine ganze Weile stand er da, lauschte der Musik und sah den seidenen Bannern zu, die auf den Booten vorüberzogen. Auf einem standen die reich in Spitze gekleideten Damen, und er vermutete, daß sich irgendwo in ihrer Mitte die Königin befinden mußte. Die Stadt rings um ihn herum erweckte den Eindruck, ins Mittelalter zurückgesunken zu sein, als die Könige noch unablässig Krieg führten. Ihm war, als sammle sich der Staub der toten Fürsten und Barone auf seinen Schuhen. Dieser Staub vermischte sich mit dem Flattern fadenscheiniger Banner von noch älteren Königen, die nun auf den königlichen Flußbarken vorüberzogen, und dazu erschollen die unheimlichen Klänge der Oboen, die über das Wasser drangen und von den Steinen der Brücke widerhallten. Williams Phantasie bebte, und für einige Zeit zitterte er vor Erregung, bis sie von ihm abfiel und er nur noch Müdigkeit und Mutlosigkeit verspürte. Woher sollte er wissen, wann Richard zurückkehrte? Außerdem besaß er nur noch einen Penny und wußte nicht, wie er sich die Zeit vertreiben sollte. Als er noch einmal im Wirtshaus vorbeischaute, hatte sich noch keiner der Schauspieler eingefunden. Mit einem einzigen Penny würde er nicht einmal in einem verwanzten Bordell weit kommen, hatte ihm der Wirt nützlicherweise mitgeteilt.

Die Dämmerung kam auf und legte sich über die Dächer und Türme der Stadt. Später wurden die Laternen und die Kerzen hinter den geschlossenen Fensterläden eine nach der anderen gelöscht. Und noch etwas später hörte man kaum noch etwas anderes als den Wind, der ein Ladenschild an seinen Ketten hin und her bewegte, einen schreienden Säugling oder das rauhe

Schwatzen von Männern, die in einer Seitenstraße auf einem Faßdeckel würfelten.

William hörte einmal hinter einem Fenster über der Straße eine junge Frau mit hoher Stimme leise rufen: »Harry, nicht ...« Dann das hartnäckige Murmeln ihres Gatten und schließlich sein befriedigtes tiefes Lachen.

Die Glocken läuteten von der Kathedrale, und später noch einmal. Ein paar Straßen weiter rief der Konstabler seine knurrige Warnung: »Zwölf Uhr und Gottes Segen auf Euch, Ihr guten Menschen.

Seht nach Euren Schlössern,
Dem Feuer und dem Licht.
Daß Gott Euch gebe eine gute Nacht,
Denn Zwölfe hat's geschlagen!«

Der junge Shakespeare zögerte wie ein Tier, das eine gefährliche Witterung aufgenommen hat, und sog die Luft ein mit ihrer Mischung aus Dreck, Unrat, dem Rauch und Ruß von Kohlefeuern, Abfall, Pferdekot, altem Gemäuer, nassem Holz und trockenem Stroh. Seine eigene Stadt und sein Haus schienen ihn im Flüstern des Windes zu rufen, und mit dem kam wie in einem Traum der viel angenehmere Duft von den süßen Ulmen, die entlang der Straßen in seiner Heimat standen.

Und wie William so dastand und nicht wußte, in welche Richtung er sich wenden sollte, war ihm, als könne er wirklich an seiner Brust die weichen und biegsamen Körper seiner noch sehr kleinen Kinder spüren. So, wie er sie in der Dunkelheit der Nacht schaukelte, wenn sie nicht schlafen konnten und er sie auf den Kopf küßte und ihnen Geschichten erzählte. Judith, Susanna und sein Sohn Hamnet, dem ständig die Nase lief. Auf und ab war er zahllose Nächte mit ihnen durch die Kammer geschritten und hatte sie fest an sein leinenes Nachthemd gedrückt, während draußen die Straßen der kleinen Stadt zu den Feldern und Weiden davor eilten.

Heimweh befiel ihn mit solcher Wucht, daß William sich mit einer Hand an eine Wand lehnen mußte. Was um alles in der Welt hatte er hier verloren? Was konnte ein ehrlicher Mann in

London schon anfangen? Verzagt ging der Stratforder langsam weiter, nahm die Hunderte von Häusern und die Menschen in ihnen nicht mehr wahr und sehnte sich nach etwas Vertrautem, Bekanntem.

Ein paar Stunden nach Mitternacht stolperte der junge Shakespeare noch einmal in das Viertel von Blackfriars, und als er diesmal um die Ecke bog, sah er zwei Pferde und mehrere Personen vor dem Haus des Druckers.

Richard Field war schwerer geworden, und er trug einen dichten dunklen Bart. Dennoch sah William in ihm nur den Jungen, den er von früher kannte. Der Buchdrucker schickte seine Familie zu Bett, und die beiden trugen Essen und ein Licht in die Werkstatt. Aufgeregt lief Shakespeare mit der Kerze von einer Ecke zur nächsten, um die Papierstapel zu betrachten. Zwischen zwei gegenüberliegenden Wänden war eine Schnur gespannt, und an der hingen Blätter zum Trocknen, die in der vergangenen Nacht bedruckt worden waren. Ihm war bereits aufgefallen, daß ungebundene Bücher, die man mit einem Band umwickelt hatte, auf jeder einzelnen Stufe der Treppe lagen. Und in der guten Stube standen etliche Kisten mit unbedrucktem Papier herum. Flaschen mit Tinte und Schwärze und Setzkästen mit verschiedenen Lettern standen peinlich genau aufgereiht in den Regalen, und mitten in dem Raum befand sich das Herzstück, die Presse. Wo ein Platz freigeblieben war, stand eine Kiste mit halbfertigen Druckwerken. William fielen vor allem Unmengen an Broschüren und einige kostbar gebundene und geprägte Bände mit Klassikern ins Auge. Auf einem Stehpult lag, umrahmt von Farbfläschchen und einer Auswahl an Pinseln, ein aufgeschlagenes Pflanzenverzeichnis. Jemand kolorierte die Blumen und Kräuter mit der Hand.

Die eigentümliche Stunde vor dem Morgengrauen hatte begonnen, in der sie als Knaben an Allerseelen auf den Friedhof geschlichen waren und dort tatsächlich einen Geist auf der Mauer sitzen gesehen hatten. Als William den alten Freund nun in Fleisch und Blut im Schatten seiner Druckerei stehen sah, mußte er ihn einfach noch einmal umarmen.

»Nun iß doch, iß«, murmelte der Mann verlegen, rieb die Hände aneinander und wischte sich kurz eine Träne aus dem Auge. »Du hast dich überhaupt nicht verändert, immer noch keinen Moment stillsitzen können und mager wie ein Hering. Aber sieh dir mich an, ich habe all das angesetzt, was dir fehlt.«

Er schüttelte den Kopf.

»Da hast du also die Tochter vom alten Farmer Hathaway gefreit, und es ist dir nicht gut bekommen.«

Der Buchdrucker schüttelte noch einmal den Kopf und schob dem Freund die Fleischplatte hin.

»War natürlich dumm von dir, aber jetzt, da es nun einmal geschehen ist, solltest du versuchen, das Beste daraus zu machen. Wenn du mir vorher geschrieben hättest, hätte ich dir bestimmt geantwortet, daß du besser nicht kommen solltest. Ich weiß nicht, Anne einfach so allein zu lassen ...«

»Dann tut es dir also leid, daß ich hier bin?«

»Bei der Liebe Christi, Will!« entgegnete Dick mit einer tiefen, kräftigen Stimme, die in seiner breiten Brust widerzuhallen schien. »Wie habe ich mich danach gesehnt, dich wiederzusehen ...«

Dann begann Field zu berichten, wie es ihm hier ergangen war. Während er sprach, schob er unablässig Papierstapel zusammen oder ordnete Gerät. Richard hatte Stiefkinder, und sein Geschäft entwickelte sich von Tag zu Tag zu einer lohnenderen Sache.

Dann war William an der Reihe, und er erzählte von seinen neuen Tätigkeiten, teilte vieles von dem mit, was er nicht in seinen Briefen erwähnt hatte, und beschrieb seine drei Kinder mit viel Liebe und Zuneigung.

Shakespeare spürte, wie der Freund im Halbdunkel lächelte. »Will, du bist immer noch so, wie ich dich im Gedächtnis behalten habe. Ich kann mich nicht entsinnen, jemals wieder mit jemandem so geredet zu haben wie früher mit dir. Und heute stehst du wieder vor mir. Doch glaub mir, ich habe mich verändert. Früher war ich ein sündiger Mensch, aber seitdem habe ich zu Gott gefunden. Diese Stadt hält viele Versuchungen bereit, und am besten meidet man sie alle ...«

Shakespeare entgegnete seinem Freund in aller Aufrichtigkeit: »Ich muß eine Arbeit finden und so viel verdienen, daß ich ausreichend Geld nach Hause schicken kann. Da bleibt mir sicher keine Zeit für die Verlockungen Londons.« Er beugte sich vor und knackte mit den Fingergelenken. »Kannst du mir irgendeinen Rat geben, wo ich etwas Passendes finden mag?«

»Mal nachdenken ... Du warst immer klug und verstehst dich auf die Feder. Am besten wäre eine Sekretärsstellung bei irgendeinem Lord, vor allem, wenn du sein Wappen tragen dürftest ... Ja, mein Bester, so geht es hier in der großen Stadt zu. Ohne die Protektion eines Mächtigen kommt man nur schwer voran. Aber bis du eine solche Stellung gefunden hast, habe ich hier bei mir bestimmt ausreichend für dich zu tun.«

Field nahm die Kerze, kramte in den Kisten auf dem Regal herum und kehrte mit einigen dünnen Broschüren zurück, die er vor seinem Freund ausbreitete. »Wir drucken viele Abhandlungen. Kleine Büchlein für alle Lebenslagen – wie zum Beispiel Reiseführer, Gartenratgeber oder Wege zum Eheglück. Die verkaufen wir dann auf unserem Stand im Kirchhof von St. Paul's. Wenn du mir solche Texte schreiben könntest, bis du eine bessere Stellung gefunden hast, will ich dich gern dafür bezahlen, damit du deiner Familie Unterstützung zu schicken vermagst.«

»Kann man denn von so etwas leben?« fragte der Neuankömmling.

»Und ob! Hier ist alle Welt ganz verrückt danach, das eigene Leben zu bereichern!«

Für einen Moment schwieg Richard. Als er dann wieder sprach, war ihm lange unterdrückter Zorn anzuhören. »Was Stratford angeht, so hat sich dort nicht alles so verhalten, wie ich es gern in Erinnerung haben würde! Saubere Wiesen und saubere Moral, von wegen! Mein Vater hat sich auf die widernatürlichste Weise an meinen Brüdern vergangen. Das habe ich dir stets verschwiegen. Dieses Spiel hätte er sicher auch gern mit mir betrieben, hätte ich mich nicht mit aller Kraft gegen ihn gewehrt! Vergiß nie, Freund, das Herz der Menschen ist ein dunkler Ort. Wir müssen uns von ihm abwenden und die Gedanken gen Himmel richten.«

»Ach, der alte Ziegenbock!« rief William, und seine Augen füllten sich mit Tränen. Zu dieser Stunde drang bereits das zarteste Dämmerlicht durch die Ritzen der Fensterläden.

Field erhob sich kurzentschlossen, zog den Riegel an der Tür zurück und atmete tief die Luft der alten Abteistraße ein.

Für Shakespeare wurde in der Dachkammer ein Platz gefunden, wo auch der Lehrling untergebracht war. Hier standen ihm eine Bettstatt, eine Truhe für seine Kleider, ein paar Haken an der Wand und ein Tisch zur Verfügung, auf dem er schreiben konnte. Als Lichtquelle diente ihm eine Laterne mit Glasscheiben. Von der Kammer aus konnte man über die Stadt bis hinunter zum Fluß blicken. Manchmal ließen sich Möwen auf den Dachschindeln nieder und krächzten dem Wasser etwas zu. William betrachtete manchmal die Mastspitzen von Schiffen oder das Meer von vollbehangenen Wäscheleinen, die von Haus zu Haus gespannt waren. Durch das offene Fenster wurden aber auch die Gerüche von Abfällen und Wasser, von Tierkot, Booten und Kohlefeuern hereingetragen.

Ein Kanonikus von St. Paul's hatte sich bereitgefunden, ein Buch mit gebräuchlichen lateinischen Zitaten zusammenzustellen, war aber mitten in der Arbeit schwer erkrankt. William half ihm bei der Auswahl der Sprüche und stellte selbst ein Merkbüchlein mit Zitaten zusammen. So zum Beispiel *dura lex sed lex* – das Gesetz mag hart sein, aber es bleibt das Gesetz; oder *per angusta ad augusta* – durch Schwierigkeiten zum Erfolg; oder *abyssus abyssum invocat* – ein Mißerfolg führt zum nächsten.

Die ganze folgende Woche schrieb der Stratforder von Morgengrauen bis zur Abenddämmerung an seinem Tisch unter dem Fenster in der Dachkammer. Erst bei Einbruch der Nacht verließ er das Haus und spazierte durch die Blackfriars Liberty, die einst zum Kloster gehört hatte. Wie bei den anderen Liberties der Stadt auch handelte es sich bei diesem kleinen Bezirk um einen Freiraum, der außerhalb der Jurisdiktion des Sheriffs stand. Unnötig zu erwähnen, daß man hier die Boheme traf, Künstler und Kunstförderer. Sobald es richtig dunkel geworden war, kehrte Shakespeare nach Hause zurück und schrieb weiter bis zur Schlafenszeit.

Kaum hatte William die Broschüre fertig, entriß Field sie ihm geradezu und legte ihm eine neue Arbeit vor: die miserabel geschriebene Anleitung eines Apothekers zur Schönheitspflege für Frauen. Der Stratforder verfaßte den Text neu und lernte dabei, daß man Haar mit einer Mixtur aus Blei, Schwefel, ungelöschtem Kalk und Wasser kastanienrot färben kann; oder daß man sich mit einer Mischung aus Eiweiß, Essig und Bleiweiß eine hellere Haut verschaffen würde. Mittlerweile brummte ihm von der vielen Arbeit der Schädel, und einmal reichte es ihm so sehr, daß er die Feder quer durch die Kammer warf, wo sie auf einer der frischgekalkten Wände einen Tintenklecks hinterließ. Aber Shakespeare verdiente mit der Schreiberei so viel, daß er Geld nach Hause schicken konnte.

Wenn William hinaus auf die Straße ging, um Brot zu kaufen oder Wasser zu holen, kamen ihm alle Gesichter sehr fremd vor. Shakespeare begriff nicht, daß die große Herzensfreude, mit der er in London angelangt war, sich längst verflüchtigt hatte. Und auch daß sein großes Vorhaben nun, da er sein Ziel erreicht hatte, neue Fragen und Wünsche aufwarf, die er nicht zu definieren vermochte.

An einem Morgen erklärte Richard ihm: »Bring diese Traktate zu meinem Verkäufer, der auf dem Kirchhof von St. Paul's einen Bücherstand unterhält. Achte auf deine Börse und deine Uhr, denn da draußen treibt sich genug Gelichter herum, das dir beides nur zu gern abnehmen würde. Wenn du bei Einbruch der Dämmerung noch nicht wieder zurück bist, schicken wir den Konstabler auf die Suche nach dir. In dieser Stadt kann einem alles mögliche zustoßen.«

»Ich kann sehr gut auf mich selbst aufpassen«, erwiderte William mit einer Gereiztheit, die ihn selbst überraschte.

Doch er schaute sich in den Gassen und Straßen so voller Neugier um, daß er einige Male vom richtigen Weg abkam. Zwar konnte Shakespeare die große Kathedrale, die hoch über London aufragte, fast von überall sehen, aber er hatte Mühe, eine Straße zu finden, die dorthin führte.

Irgendwann gelangte der Stratforder durch ein Tor und fand sich auf dem ehemaligen Friedhof wieder. Bunte, gestreifte Zelte und farbenfrohe Buden drängten sich hier dicht an dicht, und William bekam mehr Bücher zu sehen, als er sich je erträumt hatte. Wo früher nur Knochen gelegen hatten, breitete sich nun eine Heerschau von Druckwerken aus. Er gab seine Broschüren ab und spazierte dann umher und sah sich ausgiebig um.

Der Tod wohnte immer noch an diesem Ort, denn neben einem anderen Zutritt hatte man einen Galgen aufgestellt, und von dem hing – wie ein Schatten über den geschäftigen Buchhökern – ein Elender mit schwarz angelaufenem, verzerrtem Gesicht. Der Anblick erzeugte eine unangenehme Leere in Williams Bauch, so als würden die Muskeln den Hering und das Brot nach oben drücken, die er kurze Zeit vorher zu sich genommen hatte. Noch während Shakespeare dastand, bewegte sich der Leichnam, als wolle er zu ihm kommen. Irgendein verlauster Straßenjunge hatte einen Stein auf den Schurken geworfen, und nun schaukelte dieser mit schrecklicher Würde und deutlichem Tadel für eine Weile vor und zurück. Der Stratforder konnte den Blick nicht wenden, so als sei er persönlich für das gräßliche Ende dieses Mannes verantwortlich.

»Was hat er getan?« fragte William einen Straßenhändler.

»Ein Mädchen überfallen und totgeschlagen, obwohl die nur zehn Pence bei sich hatte. Aber wir kennen auch einen anderen, der das gleiche für eine Beute von einem einzigen Kupferpenny getan hat.«

Shakespeare spürte, wie etwas an seiner Seite zog. Er drehte sich um und sah zwei zerlumpte Weiber, die sich gerade anschickten, seinen Geldbeutel abzuschneiden. Die beiden lachten wie Gänse, stießen sich mit den Ellenbogen durch die Menge und entschwanden rasch seinem Blick.

Das Geschrei der Fuhrmänner und Händler, das Läuten der Glocken und der Tumult eines derben Puppenspiels drangen wie Hämmer auf seinen Geist ein. Ständig fand er sich im Geschiebe und Gedränge wieder, und unaufhörlich stieß man ihn auf das unhöflichste in diese oder jene Richtung. Alles mögliche Volk drängte hierher: Fremde, Diebe, Höflinge, Höker, Kaufleute, Dirnen und reiche, zerbrechlich und fromm wirkende elegante Damen – gefolgt von ihren Zofen, die gewollt so plump und gewöhnlich aussahen, daß sie ihrer Herrschaft keine Konkurrenz machen konnten.

Und was hier nicht alles feilgeboten wurde: Gold, Kuchen, Lotterielose, Blumen, Ratgeber, Mumienpulver oder zwei Spatzen für einen Penny. Ein Prediger auf der Außenkanzel hämmerte unentwegt auf das Geländer ein, während er die Höllenfeuer beschwor.

Irgendwann wandte Shakespeare sich abrupt ab und rannte auf die Stadttore zu. Doch auch jetzt fand er keine Ruhe und sah sich begleitet von den weniger schönen als lauten Stimmen der Bänkelsänger oder vom Muhen einer Rinderherde, die zum Schlachthof geführt wurde.

Weiter und blindlings lief William. Die Menschen drehten sich nach ihm um und sandten ihm wütende Beschimpfungen hinterher. Einmal jaulte zwischen seinen Beinen ein Straßenköter, mit dem er zusammenstieß, als er einem Karren ausweichen wollte. In diesen Momenten hätte Shakespeare seine Seele dafür gegeben, wieder daheim auf den Feldern vor Stratford sein zu dürfen, wo die einzigen Geräusche von seinem Atem, dem Rascheln des Grases, das sich vor ihm teilte, und dem Wind stammten, der durch die sterbenden Blätter in den Wipfeln fuhr.

»In grünstem Gras ich schlafend lag
Die Vögel, sie besangen süß den Tag ...«

Er floh aus der Innenstadt und wandte sich in Richtung Aldersgate, um Schmutz und Gestank, die toten Tiere und die Geister möglichst weit hinter sich zu lassen. Als William zum Tor gelangt war, warf er einen Blick zurück und sah die Häuser, welche in die Stadtmauer und darüber gebaut waren, den Glanz des hellen Sonnenscheins auf den typischen roten Ziegelsteinen und das Flattern der sauberen Wäsche, die an von Fenster zu Fenster gespannten Leinen über den goldgelben Bäumen hing ... Jetzt erschien ihm London wie eine ehrbare Stadt voller strebsamer

Kaufleute und fleißiger Bürger, die ihren Garten pflegten und ihre Pennies beisammenhielten.

Der Stratforder wandte sich ab und spazierte langsam an dem mittelalterlichen Charterhouse – dem alten Karthäuserkloster – und der Kirche St. Giles in the Fields vorüber.

Hier präsentierte sich ihm eine deutlich ruhigere Welt. Das Geschrei des Viehs driftete nach Smithfield ab, und die Mixtur aus Sinneseindrücken und säuerlichem Gestank, die ihm Übelkeit bereitet hatte, war lange hinter ihm zurückgeblieben. Eine kühle Herbstbrise fuhr durch das offene Hemd in die Haare auf seiner Brust, und überall sangen Vögel.

William ließ sich auf einem Baumstumpf nieder und dachte über all das nach, was ihm hier in der großen Stadt widerfahren war. Endlich stieß er auf die Ursache seines Unmuts: Dick Field. Einmal abgesehen von dem langen Gespräch in der Nacht seiner Ankunft redete der Freund nur noch über Geschäftliches mit ihm. Wahrscheinlich liegt das nur daran, sagte Shakespeare sich, daß wir so lange voneinander getrennt gewesen sind. Ich muß mich in Geduld üben, dann wird alles wieder so wie früher.

Er erhob sich und trat den Rückmarsch zur Druckerei an. Unterwegs sammelte William fallende Blätter auf.

Shakespeare fragte überall in der City nach den wenigen Schauspielern, die er kennengelernt hatte, und erhielt zur Auskunft, daß die eine Truppe sich in alle Winde zerstreut und die andere sich aufgelöst habe und deren Mitglieder anderweitige Beschäftigung gefunden hätten. So sei es eben mit den Vagabunden vom Land, erklärte ihm der Wirt in der Cheapside eines Morgens.

»Doch innerhalb dieser Stadtmauern findet Ihr mehr als genug andere Schauspieler«, fügte er hinzu, während er ein Tablett voll Becher abtrocknete. »London scheint der ideale Ort für sie zu sein, und so mancher junge Bursche schaut sehnsüchtig auf die Bühne, muß es ihm doch wunderbar vorkommen, nicht länger der einfältige Tropf vom Lande zu sein, sondern in die schönsten Seidengewänder gewandet und unter dem Jubel der Menge einen Kaiser zu geben!«

Nachdem William sein erstes Geld nach Hause geschickt hatte, spazierte er an einem Donnerstagnachmittag zur Stadt hinaus; denn jenseits der Mauern erhob sich das Theater. Der Stratforder hatte sich angesichts des kühlen Frühwintertages warm angezogen und wollte sich sein erstes Londoner Drama ansehen.

Der Gesang der Knaben, die auf der Bühne die Maiden spielten, war köstlich, und der Klang der Kapelle drang bis hinauf zu den beiden Galerien, die sich über der Bühne und dem Parkett erhoben, in dem sich das gewöhnliche Volk drängte. Die Musik erhob sich sogar bis ins Stroh des Daches, durch dessen Geviertlücke William einen Blick auf den windigen Himmel werfen konnte.

Gelegentlich drang das Knallen von Musketen herein. Draußen auf dem Feld übten sich nämlich die freiwilligen Milizverbände der Stadt im Zielschießen.

Die Bühne, die sich auf einem Podium befand, war ganz mit schwarzem Stoff behängt, um anzuzeigen, daß ein Drama gegeben wurde. Goldfäden glänzten auf den gefütterten Samtkostümen, Schwerter blitzten, Liebende konnten nicht zueinanderkommen, und bis zum Ende wurde die überwiegende Mehrzahl der Akteure gemeuchelt, ehe sie alle auf wunderbare Weise wiederbelebt nach der Aufführung auf der Bühne erschienen, um den letzten Tanz darzubieten, sich vor dem Publikum zu verbeugen und dabei zu rufen: »Hebt Eure Hände und klatscht für uns. Adieu, Ihr alle!«

Shakespeare verließ so ergriffen über das Gesehene den Ort, daß er gar nicht mitbekam, in welche Richtung er seine Schritte lenkte. Der Stratforder blieb erst stehen, als er bereits eine halbe Meile am Haus seines Freundes vorbeigelaufen war.

Schon bald nach Königin Elisabeths Thronbesteigung vor dreißig Jahren waren Schauspieler nach London geströmt. Und nicht nur Zunftgesellen, die zu einem Feiertag etwas aufführten, sondern auch Gaukler, Akrobaten, Feuerschlucker und sonstige Schausteller, die einer solchen Tätigkeit nachgingen, weil sie bislang nichts Besseres gefunden hatten. Viele der braven Bürger der Stadt hielten diese Personen für Marktschreier und Herumtreiber. Und bei vielen darunter war das sicher nicht übertrieben (wie der Wirt William erklärte). Aber es fand sich bei ihnen auch so mancher, der hart arbeitete und nicht in den Tag hineinlebte. Wie in jedem Gewerk gab es auch bei den Schauspielern Faule und Fleißige. Einige hatten es sogar zu Ansehen gebracht, und ein paar besaßen ein eigenes Haus, parfümierten sich den Bart und gingen sonntags brav zur Kirche.

Aber nur wenige Männer im London dieser Jahre besaßen die Vision, daß Theater mehr sein könne als ein paar schreiende, grimassierende Kerle, die schlecht auswendig gelernte und miserabel geschriebene Texte von sich gaben. Einer von diesen war James Burbage, der eigentlich Zimmermann gelernt, sich dann aber einer der neuen Schauspielertruppen angeschlossen hatte. Diese nannte sich Lord Leicester's Men, und das aus dem einfachen Grund, weil sie unter der Protektion dieses Mannes standen. Burbage hatte Geld aufgetrieben und ein Stück Land nördlich der Bishopsgate gemietet, um dort ein vieleckiges, mit Galerien versehenes Schauspielhaus mit einer erhöhten Bühne zu errichten, das er dann »Theater« nannte.

Das Grundstück befand sich außerhalb der Gerichtsbarkeit der Stadt, und Burbage hatte sich aus gutem Grund dafür entschieden; denn andernfalls hätten die sittenstrengen Puritaner ihm nie die Bauerlaubnis erteilt. Der Mann hatte zwei Söhne. Der jüngere von beiden, Richard, war mit seinen neunzehn Jahren schon einer der beliebtesten und bewundertsten Schauspieler in der Stadt. Viele Menschen weinten, wenn sie ihn auf der Bühne bewundern durften.

Bei dem zweiten Visionär, der glaubte, auch mit der Schauspielerei ließe sich ein gutes Leben ermöglichen, handelte es sich um den ebenso lauten wie groben Philip Henslowe. Geboren als Sohn eines Försters, hatte er sich stetig hochgearbeitet und es vom Färber zum Landhändler im Süden Londons gebracht. Heute gehörte ihm auch noch ein Pfandhaus, in das Männer und Frauen aus allen Schichten kamen, um irgendeine Habe beleihen zu lassen: Umhänge, Zinnteller, Lauten, gestohlene Handschuhe, Ringe, Taschenuhren, Astrolabien oder Winkelmesser und sogar Nachttöpfe. Jugendliche Diebe sollten hier, wie man sich erzählte, ihre Sore loswerden können.

Henslowe nun erbaute ebenfalls ein Theater am Südrand der Stadt und nannte es The Rose; denn es erhob sich auf einem ehemaligen Rosengarten in der Liberty of the Clink, des einstigen Gefängnisses. Nachbarn berichteten, daß man ihn nachts sehen könne, wie er mit einem Karren voller Gebrauchtkleider über die Brücke rollte. Die einzelnen Teile besorgte er sich in den Abendstunden auf den Kleidermärkten in der Cheapside. Seine Frau und seine Magd nähten daraus dann edle Gewänder für Könige und Königinnen, und er selbst färbte die Stoffe in einem großen Bottich, den er im Hof aufgestellt hatte, erbsengrün oder blau. Der Mann führte seine Stücke nicht nur in The Rose, sondern in allen Theatern der Stadt auf.

Als William drei Monate in London war, beschloß er, bei Henslowe vorstellig zu werden, der sich gerade in Burbages Theater aufhielt, und ihm vorzusprechen. Er hätte gern eine Rolle oder sonst eine Anstellung bekommen, denn die Schauspielerei erschien ihm doch deutlich interessanter, als Anleitungen zur Marmeladezubereitung zu schreiben.

»Henslowe sucht Schauspieler«, hatte ihm ein Mann ein paar Tage zuvor verraten, mit dem er sich vor einem Wirtshaus unterhielt. »Ihr hättet gute Chancen, von ihm aufgenommen zu werden und für einen Shilling am Tag kleinere Rollen zu spielen. Bischöfe, Bauern, komische Diener oder unglückliche Liebhaber und dergleichen. Könnt Ihr mit einem Schwert umgehen? Und auch singen? So etwas wird nämlich von einem rechten Schauspieler verlangt.«

Auf dem Buchmarkt im St.-Paul's-Friedhof wurden neben vielem anderen auch gedruckte Schaustücke feilgeboten. William erstand für sechs Pence ein Exemplar der großen alten Tragödie *Gorboduc*, ein nur lose gebundenes Heft, das dringend eines festeren Einbandes bedurft hätte.

Angetan in seinem besten braunen Wams, das er in der Vorwoche gebraucht gekauft hatte, machte er sich auf den Weg zum Theater außerhalb von Londons Stadtmauern. Shakespeare landete schließlich in einem Raum hinter der Bühne, der mit Kostümen, Kulissen, Truhen, Schwertern, ausgesägten und bemalten Bäumen, einem Bett, einem Richtblock, mehreren Thronen und Bannern und Wimpeln in allen Farben und Mustern vollgestopft war. Ein alter Mann, der sich nicht die Mühe machte, bei jedem Neuankömmling den Kopf zu heben, klebte Locken an eine Frauenperücke, und der Boden um ihn herum war mit Federn und Stoffresten übersät. Ein paar andere Männer standen mit einem Blatt herum, auf das sie ihren Vorsprechtext geschrieben hatten. Auch Musikanten hatten sich mitsamt ihren Instrumenten eingefunden. Alle warteten auf ihren Auftritt, und William sagte sich, daß dies der Ort sei, an dem Märchen wahr und Wunder geschaffen würden.

»Idiot! Pißpott! Scheißhaufen!« kreischte der Alte. »Lehnt Euch nicht gegen die Kostüme! Ja, Euch meine ich, den Kerl mit dem braunen Wams! Die Gewänder sind nämlich mehr wert als Euer trauriger Arsch!«

Die Tür zur Bühne stand offen, und von dort drangen lautes Geschrei und dann eine längere Schimpfkanonade von enormer Lautstärke in die Kammer, unter der die Schilder an der Wand zu beben begannen.

»Jeder Furz aus meinem Arsch ist mehr wert! Kommt nie wieder hierher, um meine Ohren mit solchem Gestammel zu peinigen! Werdet Beutelschneider, oder raubt die Toten aus, oder kratzt der Königin die Flohbisse, alles, bloß bildet Euch nicht für einen Moment ein, jemals Schauspieler zu werden!«

Wenige Momente später stürzte ein Jüngling mit einer Wollmütze und hochrotem Kopf durch die offene Tür und murmelte wütend vor sich hin. Nachdem der Bursche aus dem Haus war, erhob sich der Alte triumphierend, stellte sich auf die Zehenspitzen und schlug mit der Faust auf den Tisch.

»Meister Henslowe hat ihm das gegeben, was er verdient, dieser Küchenjunge, dieser flohbefallene Igel! Nicht an die Perükken lehnen, verdammter Idiot! Spitzbube!«

William stand jetzt neben der Tür und bekam einiges vom Vorsprechen mit. Ein Bewerber sprach mit einem derben walisischen Akzent, und ein italienischer Musikus gab kein Wort von sich, sondern spielte auf einem Instrument nach dem anderen und äußerte sich ansonsten in wilder Gestikulierererei. Und dann war nur noch Shakespeare selbst übrig.

Die Sonne glitzerte auf den strohgedeckten Dächern der Galerien, als er vorsichtig bis an den Bühnenrand trat. Unter ihm im Parkett stand ein verblüffend kleiner Mann mit Riesenohren, vor der Brust verschränkten Armen und einer tiefen, donnernden Stimme. Breite Falten hatten sich in sein Gesicht gegraben. William verbeugte sich tief, warf einen Blick hinauf zum Balkon und trug dann mit seinem leichten Warwickshire-Akzent eine Rolle aus der alten Tragödie vor.

Schon nach den ersten Worten unterbrach Henslowe ihn brüllend. »Müßt Ihr da herumstehen wie ein Märtyrer am Pfahl, der darauf wartet, von Pfeilen durchbohrt zu werden? Schaut hinauf zur obersten Galerie, und laßt die Leute Euer Gesicht sehen! Reckt die Faust zum Himmel! Fletscht wütend die Zähne! Wer empfiehlt Euch mir? Woher soll ich wissen, ob ich in Euch einen ehrlichen, vertrauenswürdigen Menschen vor mir habe? Seid Ihr nüchtern? So viele Trottel bilden sich ein, sie könnten vor Publikum auftreten! Die haben ja keine Ahnung, wie schwierig das ist! Ihr erhaltet eine Rolle und ein Blatt, auf dem Eure Stichworte stehen. Dann bekommt Ihr ein oder zwei Tage, den Text auswendig zu lernen. Wir proben einmal und den Schwertkampf und den Tanz zweimal. Kein Handwerker oder Kaufmann in der Stadt arbeitet härter als wir Schauspieler, die wir manchmal sechzehn Stunden am Tag zu tun haben!«

Sein Zorn war damit verflogen, und er winkte den jungen Mann zu sich, um ihm deutlich leiser mitzuteilen: »Vielleicht haben wir im Frühling etwas für Euch, wenn die neuen Stücke vorliegen. Hinterlaßt eine Adresse, unter der wir Euch finden können.«

»Sir, braucht Ihr nicht vielleicht einen Stückeschreiber? Ich könnte Euch jedes Drama umschreiben, für sehr wenig Bezahlung.«

»Habt Ihr so etwas schon einmal gemacht? Kommt mir nicht so vor. Seid Ihr am Ende gar ein Studierter? Dann, bei der Nase Gottes, nein! Himmel noch mal, jeder, der schon einmal einem

Milchmädchen einen Liebesbrief geschrieben hat, frönt dem Wahn, er könne Stücke verfassen!«

Shakespeare lief den ganzen Weg bis zum Fluß, ehe er beschloß, eine Schenke aufzusuchen und etwas zu trinken. Er wollte keinesfalls jemandem begegnen, der ihn kannte, denn zu deutlich schienen ihm Träumerei, Enttäuschung und noch nicht ganz erstickte Hoffnung auf der Miene geschrieben zu stehen. Ein Gesicht voller starker Gefühle. Er war aber der Ansicht, daß ein Mann sich nicht ansehen lassen sollte, wie es in seinem Innern aussah. Vielmehr mußte ein Mann seine Gefühle verbergen, auch wenn er kaum wußte, wie man das anfangen sollte.

Der Stratforder stieß auf eine Flußfahrerschenke, in der vornehmlich die Männer verkehrten, die Menschen über die Themse beförderten. Aufgrund der späten Nachmittagsstunde herrschte im Schankraum nur wenig Andrang. Ein Fährmann hatte seine Ruder neben die Tür gestellt, damit sie nicht gestohlen würden und er sie im Auge behalten konnte. Diese Menschen waren wettergegerbte, rauhe Männer, die glaubten, die Stadt besser als jeder andere zu kennen. Eine Möwe watschelte vor der Tür auf und ab, der aufkommende Wind war nicht übermäßig kalt, und der rote Zaun klapperte unter der Brise. William bestellte hartgekochte Eier und Butter und verlor sich bald in einer Übersetzung von Boccaccios schlüpfrigen Geschichten über willige Frauen. Das Buch befand sich in einem bemitleidenswerten Zustand, hatte ihn aber nur zwei Pence gekostet.

Nach einer Weile nahm ein großer, sehr korpulenter Mann mit breiter Brust, fleckigem Wams und dem unschuldigen Gesichtsausdruck eines Bauern auf der Bank neben ihm Platz. Auch wenn Shakespeare noch ganz in den Geschichten von drallen unbekleideten Damen gefangen war, fiel ihm doch gleich auf, daß er diesen Riesen im Theater gesehen hatte. Im ersten Moment hoffte William, Henslowe habe ihm diesen Mann hinterhergeschickt mit der guten Nachricht, er sei auf der Stelle eingestellt und solle sofort eine Rolle übernehmen.

Aber der Schwergewichtige schien nicht solche Absicht zu hegen. Die beiden nickten sich formell zu, gesüßter Wein und ein

Teller mit gekochtem Aal wurden gereicht, und als der Neuankömmling sich mit seinem Messer über die leicht auseinanderfallende Masse hermachen wollte, meldete er sich unvermittelt mit tiefer, volltönender Stimme zu Wort.

»Ihr wollt also Schauspieler werden! Ich selbst habe in einer unflätigen Komödie aus Italien mitgewirkt, aber dem Publikum hat das Stück nicht gefallen, und jetzt wird es nicht mehr aufgeführt. Ich heiße übrigens John Heminges, aber alle nennen mich nur Jack, und gehöre der Krämerinnung an. Doch ich liebe das Theater mit der heißen Leidenschaft eines jeden Londoners, der nicht zu den Puritanern gehört; auf die spucke ich nämlich.« Jack wandte tatsächlich den Kopf ab und spuckte auf das Binsenkraut am Boden, das so alt aussah, als sei es zu Zeiten der ersten englischen Könige hier ausgestreut worden.

»Ei, dem Puritanertum bin ich auch nicht gerade hold«, gab William sich zu erkennen, der noch gut die dreistündige Predigt im Gedächtnis hatte, zu der Richard ihn am letzten Sonntag mitgenommen hatte und in deren Verlauf er eingeschlafen war. Überhaupt spürte Shakespeare im Hause des Druckers immer deutlicher die Anwesenheit eines patriarchalischen Gottes, der die Stufen hinauf- und hinabschritt, um die Tugend aller Bewohner zu schützen. Und wie der moralisch gefestigte Hausherr verabscheute auch Gott alles, was in London getrieben wurde.

Heminges schabte Essensreste auf der Klinge an der Tischkante ab und hielt sie dann mit dem Griff voraus dem Stratforder hin. »Wollt Ihr etwas abhaben?« platzte es aus ihm heraus. »Mir steht heut' nicht der Sinn danach, allein zu essen.«

Mit skrupelbehafteter Höflichkeit entgegnete Shakespeare: »Ich hatte gerade den Gedanken gefaßt, mir selbst einen Teller Hammelfleisch zu bestellen.«

»Dann nur zu, junger Mann, auf daß wir gemeinsam tafeln können. Ihr scheint mir ein ehrlicher Bursche zu sein, und mir gefällt Eure Art. Doch dürft Ihr beileibe nicht jedem Londoner trauen. Ich sage das nur, weil ich so eine Ahnung habe, daß Ihr vom Lande stammt.«

Und so kamen sie miteinander ins Gespräch, wenn auch anfangs etwas zögerlich. Nach einer Weile seufzte Shakespeare, zog sein eigenes Messer aus dem Gürtel und öffnete die Knöpfe seines braunen Wamses. Die Magd brachte das aufgeschnittene Hammelfleisch, dazu ein Stück Austernpastete, und inmitten des Geschreis der Fährmänner beugten die beiden sich über ihre Teller und aßen. William verlangte Brot, das die Bedienung auf der Tafel anschrieb. Mehrere Male hob er den Kopf, den Krämer mit seinem breiten, freundlichen Gesicht anzusehen, und sie lächelten sich zu. Der Stratforder schätzte ihn auf Anfang Dreißig, und er strahlte eine vertrauenerweckende Harmlosigkeit aus. Williams Beklemmung legte sich, wie es immer dann vorkommt, wenn man unter Fremden jemanden entdeckt, der einem gleich sympathisch ist, auch wenn man sich den Grund dafür nicht erklären kann.

Der Wein und die Magd, die mit ihren großen Brüsten jedesmal über seine Schultern strich, wenn sie sich an ihm vorbeiquetschte, lösten ihn noch mehr; und das unablässige Rufen nach Rotwein und das Geschrei der Möwen, die draußen auf der Fensterbank hockten, ließen seine Zunge noch flinker werden. Er aß mit einer Hand und gestikulierte mit der anderen. »Nun ist es ja nicht so, als hätte ich noch nie auf einer Bühne gestanden. Tatsächlich habe ich zu Weihnachten in der Schule von Stratford einige längere Texte in fehlerfreiem Latein zu Gehör gebracht.«

»Mag ja sein«, erwiderte Heminges, »aber in einem Londoner Theater geht es doch etwas anders zu.« Er schüttelte den Kopf wie ein Lehrer, dessen Schüler ein Fehler unterlaufen ist. »Wohlan, dies ist die größte Stadt der Welt, und wenn Henslowe sagt, wir müssen das Beste bieten, dann deswegen, weil die Bürger sich mit weniger nicht zufriedengeben!«

Er lachte, nahm mit dem Messer ein Stück Aal auf und schloß seine Ausführungen mit den einfachen Worten: »Ich mag ja nicht der größte Schauspieler aller Zeiten sein, aber ich bemühe mich redlich, und das werdet Ihr auch, wenn er Euch auf die Bühne stellt.«

Der gesüßte Wein rauschte in seinen Adern, und Shakespeare hatte das Herz auf der Zunge. »Ich könnte vielleicht das eine oder andere Stück umschreiben«, erbot er sich leise, als spräche er zu sich selbst.

Heminges sah ihn nachdenklich an. »Die meisten Stückeschreiber bringen nur Murks zustande, deswegen hält Henslowe auch nichts davon, es mit einem Neuen zu versuchen. Doch auch wenn ein Mann den festen Wunsch verspürt, etwas zu bewirken, und selbst wenn er über einige Erfahrung verfügt, so mag er doch am Ende scheitern ... ja, wirklich.« Seine Miene verfinsterte sich, und er atmete tief ein. »Das muß man sich mal vorstellen, trotz starken Willens und der nötigen Gabe kann ein Mann scheitern.«

Nach einer Weile nahm der Riese die zähen Stücke vom Hammelfleisch und warf sie liebevoll den aufgeregten Hunden zu, die bettelnd von Tisch zu Tisch liefen. Dann legte sich ein dunkler Schatten über seine schönen Augen.

»Mein Vater war schon Krämer, und mein Großvater ebenso ... in unserem Familienladen, den ich geerbt habe, am Nordende der Bread Street, genau an der Ecke zur Fish Street.« Heminges atmete schwer, so als schmerze ihn die Erinnerung, und er fing an, etwas in den Tisch zu schnitzen. »Ja, so ist es gewesen. Eines Nachts hat es schwer geregnet, und ich war gerade mit meiner Frau nach Hampstead unterwegs, zu ihrer Mutter. Das Wasser stieg, und als ich zurückkehrte, war der Großteil meines Lagerbestands ruiniert. Kurze Zeit später segnete mein Weib das Zeitliche. Möge sie den ewigen Frieden gefunden haben und mit den Engeln singen ... Jetzt lebe ich im Süden der Stadt, einer ganz üblen Gegend, zusammen mit meiner Tochter Susan, und habe dort einen viel kleineren Laden. Aber sie wartet auf mich, mit der alten Frau, die nach ihr sieht, und die Kleine liebt mich mehr, als ich es verdiene. Vielleicht bin ich kein so guter Mensch, wie ich mir immer einbilde, und Gott wird sicher längst meine Fehler bemerkt haben ... Aber ich liebe das Leben nun einmal, und das kann doch wohl nicht Sünde sein, oder was meint Ihr?«

»Nein, denn dann wäre auch ich verdammt«, antwortete William. »Doch wenn ich es weniger liebte, würde das anderen, die mir sehr teuer sind, sicher ein Wohlgefallen sein ... aber wie heißt es so schön: Wer dir am nächsten steht, kann dir vollkommen fremd sein, wohingegen ein Fremder dir sehr nahe sein mag.« Shakespeare erzählte nun von seiner Heirat und den Kindern. Er schob die Essensreste von sich und verrieb einen Fettfleck auf seinem Wams.

Sie schwatzten lange miteinander. Die ersten Fährmänner gingen wieder, und neue trafen ein, um hier zu trinken und zu essen. Endlich brachen auch Heminges und Shakespeare auf und liefen, tief ins Gespräch miteinander vertieft, über die groben Straßen hinter dem Tower of London. Die Nacht war sehr dunkel, denn heute zeigte sich kein Mond am Himmel. Als sie eine Gasse erreichten, in dem es nach altem Fisch und Fäkalien stank, hörten sie leise Schritte und gedämpfte Stimmen.

Bevor William seinen Dolch ziehen konnte, wurde er schon von hinten festgehalten. Rauhe Hände griffen ungeniert nach seinem Geldbeutel. Doch Shakespeare konnte sich befreien und rang mit dem Dieb. Der preßte ihn an sich, und Williams Gesicht wurde gegen schmutzigen Stoff gedrückt, der einen ungewaschenen Körper bedeckte. Während er versuchte, die Nase abzuwenden, traf ihn ein Faustschlag am Rücken.

Der Stratforder stieß den Mann mit einem Wutschrei von sich, packte ihn dann mit beiden Händen und schleuderte ihn hart von sich, so daß dieser ein paar Fuß weiter im Unrat landete. William war sofort über ihm und würgte ihn mit beiden Händen. Der Dieb krächzte erbärmlich »argh! argh!«, und Shakespeare ließ von seinem Hals ab, um ihn statt dessen mit Hieben zu traktieren. Erst jetzt ging ihm auf, daß der Angreifer nicht allein gewesen war. John rannte gerade hinter einem zweiten Mann her und stieß ihn derb, so daß dieser in den Dreck der Straßenrinne fiel. Die schwere Faust des Krämers traf den Dieb, und man konnte das Krachen von Knochen hören.

Der Mann kam ächzend wieder hoch und brachte sich mit seinem Kumpan in Sicherheit. Während die beiden Fersengeld gaben, riefen sie: »Würmer! Stinkende vornehme Pinkel! Mögen Eure Ruten verfaulen und wie Essiggurken verschrumpeln!« Die Diebe stolperten weiter und prallten gegen etwas aus Eisen, das polternd umstürzte. Danach ließ sich nur noch das Geschrei der Möwen vernehmen.

Keuchend und voller Wut brüllte Heminges: »Ich hebe Mehl- und Zuckersäcke mit einer Hand, so wie andere es nicht mit beiden können. Und da kommen diese Taugenichtse und glauben, mit mir ihr Spielchen treiben zu können!«

Der Krämer wischte sich über den Mund und lief zu William, um festzustellen, ob dieser verletzt war. »Bei der Gnade Gottes, den zweien haben wir es aber gegeben, was? Lob sei dem Herrn in der Höhe! Wir hätten eben leicht das Leben verlieren können, aber Er beschützt mich, auch wenn Er mich mitunter arg in Versuchung führt ... Vornehme Pinkel haben sie uns geschimpft! Dabei zähle ich nur acht Pence in meiner Tasche, und die beiden halten uns für Lords! Erkennt Ihr jetzt den Wert des Zusammenspiels von Kleidung und Dunkelheit? In der Nacht und auf der Bühne mag selbst ein Bettler einen Wappenrock tragen!«

Mit einem Schrei stieß sich Shakespeare von dem bloßen Straßenboden ab, schwang die Beine hoch und lief geschickt und mit Ausdauer ein Stück Wegs auf den Händen. Seine Schuhschnallen glänzten im Licht einer Kerze, die jemand über seiner Tür angebracht hatte, und das zerzauste Haar fiel ihm über das Gesicht.

Heminges stemmte die Fäuste in die Hüften. »Das war wohlgetan!« rief er. »Solches Talent würde so manchem Theatermann frommen und ist fast noch besser als das eines guten Gedächtnisses. Welche Gaben besitzt Ihr noch, Ihr heiterer Narr?«

»Nun, sieht man mir das nicht an, Kamerad?« rief William durch den Haarvorhang. »Ich verstehe mich auf die Laute, und ich singe die zotigsten Lieder. Wollt Ihr vielleicht eine Kostprobe hören?«

»Nein, besser nicht, sonst kommt noch die Nachtwache und läßt ihre Stöcke auf unseren Rücken tanzen.«

»Das schert mich wenig. Alles, was Männer aus dieser Welt vollbringen können, vermag ich auch, beim Erbarmen unseres Herrn!« Keuchend stellte Shakespeare sich wieder auf die Füße, roch an seinen Händen, verzog angewidert das Gesicht und suchte nach seinem Taschentuch.

»Ich jage das Reh, und ich fertige für Ladies Handschuhe an. Ich schreibe Traktate über alles, was die anderen sich nicht zu tun getrauen oder worauf sie sich nicht zu verstehen glauben. Sogar Anleitungen über Dinge, die man besser nicht tut. Ich verstehe mich darauf, auf jeden Lobreden zu halten oder für ihn ein Totengedicht zu schreiben. Und ganz besonders gelingt mir das bei denen, die ich nie gekannt, gesehen oder gehört habe! Mit meiner Stimme singe ich, daß selbst den Weisen unter den Männern die Tränen in die Augen steigen. Und ich bin in der Lage, mir das Mädchen zu suchen, das im ganzen Land am schlechtesten zu mir paßt, und sie zu freien!«

»Bei der Mutter Gottes, Ihr bringt mich zum Lachen. Gott der Gerechte, mir tut schon der Bauch weh! Genug davon für heute nacht!«

Der Krämer rang mit sich, bis er sich wieder beruhigt hatte, und dann schien er sich darauf zu besinnen, was sich vor wenigen Minuten hier ereignet hatte. Heminges führte die aufgeplatzten Fingerknöchel an die Lippen und meinte nachdenklich: »Ich kann Euch gut leiden. So etwas widerfährt mir nicht leicht, aber bei Euch steht mein Entschluß schon felsenfest, daß ich Euch mag. Und wenn man mich dafür vors Gericht zerren würde, ja, selbst vor dem Chancery Court würde ich es allen Advokaten ins Gesicht schleudern: Dies ist ein Mann nach meinem Geschmack! So laßt uns hier und jetzt einen Pakt schließen. Im kommenden Frühling wollen wir Seite an Seite auf den Brettern stehen!«

»Den Handel schließ ich gern! Hier ist meine Hand, und ich will folgendes geloben: Entweder gewinne ich diesen Henslowe für mich, oder ich steige zu seinem häßlichen Weib ins Bett!«

»Bei den Wunden Christi, wie lautete noch mal Euer Familienname, Ihr lustiger Geselle?«

»Shakespeare.«

»Hinterlaßt mir eine Nachricht im Mermaid and Boar's Head, und jetzt wünsche ich Euch eine gute Nacht, Freund. Ich muß zurück über die Brücke; denn meine Kleine schläft nicht wohl, bis ich zurück bin.«

Der Stratforder wartete unten am Brückenpfad, während Heminges die Rampe hinaufstieg, kurz vor den Häusern über dem Wasser stehenblieb und noch einmal winkte.

William stieß einen Freudenschrei aus und balancierte wieder auf den Händen zwischen den Gassen und der Brücke. Vollkommene Dunkelheit lag über der Stadt, und es roch in ihr nach Abfällen und dem Meer.

Die Freunde

Wie die beiden es beschworen und mit Handschlag besiegelt hatten, standen sie im Frühjahr tatsächlich gemeinsam auf der Bühne, und zwar in dem alten Stück *Die wehrhafte Burg*. Man hatte es umgeschrieben, um ein paar Possenreißer auftreten zu lassen, die Witze und Kommentare über die Teuerung in der Stadt zum Besten gaben, und um vier Madrigale einzubauen. Jack sang mit wunderbarer Baßstimme, doch bei William erwies es sich, daß mit seiner Singstimme nicht viel Staat zu machen war. Zehn Männer und vier Knaben drängten sich in der engen Garderobe und kleideten sich in Seide und glitzernden Brokat. Auch setzten sie sich breite Hüte mit atemberaubend langen Federn auf den Kopf, die bei jedem Schritt auf und ab wippten und Wohlstand symbolisierten. Und in solcher Aufmachung stolzierten sie hinaus auf die Bühne. Das Publikum langweilte sich jedoch furchtbar, und nach zwei Aufführungen wurde das Stück abgesetzt; übrig blieb ein Haufen Schulden für die Herstellung der vornehmen Gewänder.

»So geht es eben zu im Leben«, meinte Heminges philosophisch, während er sich das verschwitzte Spitzenhemd seiner Rolle auszog und gegen das einfache Alltagsleinenhemd austauschte, das im Laufe der Zeit bereits die Form seiner Tonnenbrust angenommen hatte.

»Dieses Stück war schon vor hundert Jahren ein Reinfall, und nicht einmal mit Tanzeinlagen läßt sich daran etwas ändern. Doch verzagt nicht, man wird uns neue Rollen geben. Und jetzt müßt Ihr mitkommen und mit meinen Freunden zu Abend speisen. Die haben nämlich schon gefragt, wer denn der flinke und blitzgescheite Jüngling sei, der singe wie ein Frosch in der Brunst.«

»Oh, Ihr sprecht mit mir?« entgegnete Shakespeare lächelnd, nahm den gefiederten Samthut ab, mit dem er eine der Tugenden dargestellt hatte, streifte sich wieder das braune Wams über und knöpfte es zu. Sorgfältig legte William seine Rolle auf den Tisch zurück, die Blätter, auf denen nur sein Text zu lesen stand nebst ein paar Zeilen seiner Mitspieler. Er vermutete aber, daß diese Papiere in Zukunft nur noch dazu dienen würden, an einem Marktstand frischen Fisch einzuwickeln und diesen einer braven Hausfrau zu reichen. Das Stück würde in dieser Form nie wieder eine Bühne sehen.

Nach dieser Pleite ließ er, wann immer ihm das irgend möglich war, die Traktatschreiberei ruhen, schlich sich aus dem Haus des Buchdruckers und eilte nach Eastcheap, um dort mit Jack und einigen Schauspielerkollegen, Stückeschreibern und Musikanten zusammenzutreffen, die ebenso am Hof wie im Theater auftraten. Alle liebten den großen und lustigen Krämer, der ins Stottern geriet, wenn er zu aufgeregt war. Das kam sogar auf der Bühne vor, wenn Heminges für einen Moment verwirrt war und sich dann nicht mehr auf seinen Text besinnen konnte.

An einem frühen Sommerabend suchten sie zuerst die Schenke Boar's Head Tavern auf. Eine so schwere Wärme lag über der Stadt, daß selbst die Fliegen sich lieber in die Ritzen und Ecken in den Balken zurückzogen, um dort zu dösen, oder nur über den großen, runden Käse taumelten, der auf dem Tisch in der Mitte zum Trocknen lag.

Der Schankraum befand sich in einem Keller, und man erreichte ihn über einige ausgetretene Steinstufen. Die Stimmen der Zecher drangen wie von selbst gegen die Balken der niedrigen Decke und bis in die Küche. Eine pummelige und schwitzende Maid hastete hin und her, um die Gäste zu bedienen und deren dreiste und anzügliche Bemerkungen mit dem allersüßesten Lächeln zu quittieren. Wenn die Küchentür sich unvermittelt auftat, drang ein Schwall Hitze vom Herdfeuer in den Raum, und die Flammen schlugen dann wie von Sinnen höher, um es den Höllenfeuern gleichzutun, welche die Prediger in Williams Kindheit stets so ausgiebig und mit anscheinender Wonne beschrieben und ausgemalt hatten.

Shakespeare ließ den Blick über die Runde wandern, die sich dicht an dicht hier an dem Tisch versammelt hatte. Auf demselben brannte eine schwalkende Kerze, denn das einzige kleine Fenster der Schenke war zerbrochen, und man hatte es so mit Wachspapier zugeklebt, daß nun überhaupt kein Licht mehr von außen hereindrang.

William wandte das Gesicht fast schüchtern demjenigen zu, der gerade die Rede führte, dem schönsten Jüngling, den er je gesehen hatte. Shakespeare sollte wenig später erfahren, daß es sich bei ihm um einen Gelehrten aus Cambridge handelte: Christopher Marlowe stand in Literatenkreisen in höchstem Ruf, weil er den antiken römischen Dichter Ovid übersetzt hatte. Man erzählte sich auch von ihm, er kenne Sir Walter Raleigh, den Entdecker und Günstling der Königin, der über den weiten Ozean gereist sei, um in der Neuen Welt eine Kolonie zu gründen und sie der reinen, tugendhaften Herrscherin zu Ehren Virginia zu taufen. Marlowe nun sollte einige Zeit in Raleighs Haus gelebt haben, und er hatte stets ausreichend Barschaft dabei, auch wenn niemand wußte, wie er an sein Geld kam.

Zu Williams Rechter saß ein kräftiger, barscher junger Mann mit breiten Schultern, einem eckigen Gesicht und strahlenden Augen von mitunter stechendem Blick. Mit seinen weit ausholenden und heftigen Armbewegungen hätte er Shakespeare mehr als einmal beinahe von der Bank gefegt. Dies war Benjamin Jonson, der noch keine zwanzig Jahre zählte und sich bei seinem Vater im vierten Lehrjahr als Maurer befand. Die Armut allein hatte ihn gezwungen, sich solch grober Verrichtung zuzuwenden, und so wurde Benjamin nicht müde, den anderen gegenüber zu betonen (wenn er nicht gerade brüllend Bier und Eier bestellte), daß er bei dem berühmten Gelehrten Camden in Westminster studiert habe und sich bestens mit der lateinischen und griechischen Sprache auskenne.

Heute abend ging es wieder einmal ums Theater, denn zwei der anderen in der Runde hatten zur Zeit eine Anstellung als Stückeschreiber inne.

»Ich werd's Euch sagen!« rief Benjamin und hieb zur Betonung seiner Worte mit einer gewaltigen Faust auf den Tisch. »Was heutzutage für die Bühne geschrieben wird, ist nicht mehr als Schweinefutter! Das klassische Drama muß alle Handlung in einem Tag unterbringen! Und nicht mehr als drei Schauspieler dürfen auf die Bretter treten! Wartet's nur ab, wenn man mir endlich die Möglichkeit geben würde, schriebe ich Euch alle in Grund und Boden. Sogar mit auf den Rücken gebundenen Händen. Selbst wenn ich mit den Zähnen schreiben müßte, käme zehnmal Besseres dabei heraus!«

Seine Faustschläge ließen den Tisch wackeln. Das Beben des Holzes ging William durch und durch, so als habe ihn jemand bei den Schultern gepackt, um ihn aus langem Schlaf zu wecken. Jonson starrte die anderen der Reihe nach herausfordernd an, so als warte er nur auf Widerspruch. Hier und dort schwatzten sich zwei etwas zu, bloß um von einem anderen angerufen zu werden und sich sofort diesem zuzuwenden.

Benjamin drehte sich schließlich zu Shakespeare hin. »Das Theater ist nichts als eine verpißte Krankheit, aber ohne Theater wäre das Leben nichts, gar nichts! Kommt, nehmt von meinem Mahl. Nun los doch, oder, bei der Mutter Gottes, seid Ihr mit Dummheit geschlagen? Wenn ja, so ersäufe ich Euch noch heute in der Themse, denn ich kann bei einem Mann Unehrlichkeit ertragen, aber nicht Stumpfsinn. Keine Sünde ist größer als die der Trägheit, so spricht schon der Herr! Worauf wartet Ihr noch, Kerl, versteht Ihr nicht einmal zu fluchen? Ihr Bauernlümmel, Ihr Schimmelkäse!«

»Ihr Schweinearschgesicht!« entgegnete William. »Und auf Euren Großvater gefurzt!« Die schwitzende dicke Bedienung kam zu ihnen gelaufen, und das Feuerlicht ließ ihren speckigen nackten Hals glänzen. Sie zwinkerte den jungen Männern zu und zeigte das untere Ende ihrer langen roten Unterhose.

Shakespeare lehnte sich mit seligem Lächeln an die mitgenommene Wand. Seine Wangen waren stark gerötet, und er fühlte sich unendlich wohl, sich in dieser Gesellschaft zu befinden und mit den Männern zu trinken. Der Lebenshunger rauschte so stark durch ihn, daß ihm beinahe die Sinne schwanden, und am liebsten hätte er den Schankraum und die ganze Stadt an seine stolzgeschwellte Brust gedrückt.

Nicht ein Stück kam in dieser Zeit zur Aufführung, sei es neu oder eine Überarbeitung, das nicht von der Runde besucht wurde. Man gab *Die schwierige Regentschaft von König Johann* und auch *Galathea,* das in der Neubearbeitung auf dem englischen Land angesiedelt war. Einem alten Fluch Neptuns zufolge mußte jedes Jahr eine Jungfrau einem Seeungeheuer geopfert werden. In dem Stück wimmelte es von Göttinnen, Schiffswracks und schmachtenden Maiden.

John Heminges tauchte mehrfach in kleineren Rollen auf. Als Vater einer der Jungfrauen hatte er sich fürchterlich aufzuregen und begann dabei einige Male zu stottern, wofür er sich nachher auf das bitterste selbst verfluchte.

William kannte mittlerweile etliche Schauspieler. Er stand vor dem Morgengrauen auf, um bei Kerzenlicht die Büchlein zu schreiben und dann schon den Nachmittag freizuhaben. Shakespeare zog es dann regelmäßig in eines der Theater und danach mit den Theaterleuten und Stückeschreibern zum Abendessen. Oft genug kehrte er erst heim, wenn die ganze Familie des fleißigen und tugendhaften Buchdruckers längst zu Bett lag.

Allmählich teilte sich sein Leben so wie zwei Kontinente, die auseinandengebrochen waren, um fortan in verschiedene Richtungen zu streben. Auf der einen Seite stand die Welt der ehrbaren Arbeit mit ihren pünktlichen, regelmäßigen Mahlzeiten und dem saubergewischten Ziegelsteinküchenboden. Auf der anderen Seite aber gab es die Welt des schalgewordenen Biers, der losen Reden und des stark gewürzten Bratenfleisches, um seine oft erbärmliche Qualität zu überdecken.

Die Schauspieler waren fehlbar wie er selbst auch, und er konnte ihr Leben fühlen wie den Wind. Manchmal knotete er die Kragenbänder seines Hemds auf, damit die Brise gegen die feinen Haare auf seiner Brust wehen konnte.

Benjamin Jonson war fast immer dabei. Mitunter konnte man den Eindruck gewinnen, er übernachte in der armseligen Schenke in der Eastcheap, zu der man über ausgetretene Stufen gelangte und in der es so düster war und so aufdringlich nach Talgkerzen, abgestandenem Wein, aufgewärmtem Hammelbraten und hartgewordenem Brot roch. Manchmal kam Jonson auch hereingestürmt und schrie: »Ein Licht, gebt mir ein Licht, Gesindel, Halunkenbande. Gebt mir ein Licht, auf daß ich diesen Keller bis in den letzten Winkel absuchen kann, bis ich endlich einen ehrlichen Mann gefunden habe!«

Benjamin hatte mehrfach angefangen, sein erstes Stück zu schreiben, und oft genug ließ er Mörtel, Kelle und Ziegelsteine liegen, um loszulaufen und sich zu seinen Freunden zu gesellen; denn in manchen Momenten war es ihm schier unmöglich, seine Gedanken für sich zu behalten. Jonson schien jedem, gleich welchen Standes oder Gewerbes, sagen zu müssen, was er zu tun und zu lassen habe; und genauso leidenschaftlich beschwerte er sich dann darüber, daß niemand ihm zuhören wolle.

In der Regel erschien er in einem blauen Maurerkittel voller Mörtelflecken. Seine großen Hände waren rauh und die Fingernägel rissig. Von Zeit zu Zeit prügelte er sich mit seinem Stiefvater und lief danach von zu Hause fort. Benjamin nächtigte dann an so vielen verschiedenen Orten, daß er am nächsten Tag nur selten zu sagen wußte, wo er geschlafen hatte.

Jonson erzählte jedem, der es hören wollte oder auch nicht, daß er für Henslowe eine Burleske schreibe, sich aber nicht erinnern könne, wo er den Text liegengelassen habe. Und dann beklagte er die verdammte Verschwendung von Papier, weil er sich das eigentlich doch kaum leisten könne. Benjamin borgte sich von William eine Feder aus, vergaß aber regelmäßig, sie zurückzugeben. Als er Shakespeare das nächste Mal sah, konnte er sich nicht einmal an dessen Namen erinnern. Als Jonson keinen Penny mehr in der Tasche hatte, schrieb er sein Stück auf der Rückseite von Balladenblättern zu Ende. Und als er dann dafür sein Honorar erhalten hatte, zog er durch sämtliche Wirtshäuser und beglich überall seine Schulden.

Mal fluchte er ohne Ende, und dann wieder übermannte ihn seine Liebe zu Gott so sehr, daß ihm die Tränen über die Wangen rannten. Benjamin prahlte damit, die Hälfte aller Huren in den Southwark-Bordellen mit Namen zu kennen, und zählte sie dann alle auf, auch wenn niemand die Richtigkeit überprüfen konnte. Dreimal hatte man ihn wegen Wirtshausraufereien ins Gefängnis geworfen, und er schwor, daß die Läuse, die er sich bei der Flotte geholt habe, immer noch in Treue fest zu ihm hielten. Jonson konnte geschickter als jeder andere in fremde Taschen greifen, war aber viel zu ehrlich, um damit seinen Lebensunterhalt verdienen zu wollen.

»Ich werde das Publikum erziehen!« verkündete er gern und lautstark.

»Das Publikum will sich aber nicht erziehen lassen.«

»Und wenn sie sich einen Gänsekiel in den Hintern schieben, ich werde es trotzdem tun! Wartet nur, ich will aus jedem Londoner Beutelschneider einen Gelehrten machen!«

Christopher Marlowe verschränkte bei solchen Gelegenheiten die Arme vor der Brust, schob das Stück Kautabak im Mund hin und her und spuckte es dann aus, als wisse er alles viel, viel besser. Seine mandelförmigen braunen Augen bekamen einen besonderen Glanz. Auf den ersten Blick hätte man ihn aufgrund seiner exquisiten Kleidung für einen Baron halten können, zu dessen liebster Freizeitbeschäftigung es gehörte, sich unter das einfache Volk zu mischen. Doch wenn man genauer hinsah, erkannte man rasch, wie schmutzig und geflickt seine Sachen waren.

Manchmal ließ Christopher sich tagelang nicht blicken, und dann hieß es, er halte sich im Hause seines Förderers, Sir Francis Walsingham, auf. Marlowe schrieb auf der Grundlage von Fortescues Geschichtswerk ein Stück über Timur-Leng, den mongolischen Eroberer, den er Tamurlan nannte.

William lieh sich von einem Freund Christophers Ovid-Übersetzung und fand in einer Schenke einige unbearbeitete Seiten des Tamurlan. Er las sie im Kerzenlicht und staunte ergriffen über die auf und ab schwellenden Verse.

Ungefähr zu dieser Zeit lernte er einen hervorragenden italienischen Übersetzer mit Namen John Florio kennen. Dieser stellte ihn dem bei Hof verkehrenden Sir Fulke Greville vor. Shakespeare durfte fortan für ihn Briefe in dessen riesiger Bibliothek schreiben.

Zum ersten Mal erhielt William damit Zutritt zu einem vornehmen Stadthaus, und vor der Bibliothek war er eine ganze Weile stehengeblieben, um mit der Handfläche über den messingnen Türknauf zu streichen, der die Form eines Engelsgesichts hatte. Auf den freistehenden Regalen standen alle Werke der altgriechischen, altrömischen und Renaissanceliteratur. Wunderbare Poesie fand sich hier, und er stieß auch auf die Texte des jungen Christopher Marlowe, von dem es hieß, er stiege in London wie eine Flamme empor. Shakespeare dachte mit Schwermut an seine Traktate und errötete bei der Vorstellung, jemand von seinen Freunden könnte sie jemals zu Gesicht bekommen. Er mühte sich redlich mit seinen Texten ab und hatte bereits seinen Hang zur Komödie erkannt, aber er spürte auch den Mangel, keine Ausbildung an einer Universität genossen zu haben.

Wenn man dagegen Christopher Marlowes Verse las, erwachte in einem unweigerlich der Gedanke, ihr Autor sei wie weiland Aphrodite gereift und gebildet aus dem Meer gestiegen. Manchmal fragte der junge Stratforder sich, was wohl aus ihm werden würde, so hin und her gerissen war er. Gelegentlich befiel ihn eine lähmende Schüchternheit, und andere Male entwickelte er einen Wagemut, als könne er alles und jedes erreichen. Das Leben rauschte an ihm vorüber wie eine Prozession, bei der man sich weit aus dem Fenster beugt, um all die bunten, fröhlichen Farben zu bestaunen, und die Hände so weit ausstreckt, wie die Arme es nur zulassen.

Doch auch, wenn ihn solche Überlegungen meist mit Schwermut erfüllten, faßte er doch nicht den Entschluß, nach Stratford zurückzukehren.

»Mein lieber und bester Bruder Gilbert,

an den lieben, der brav zu Hause geblieben ist, von dem verlorenen Sohn, den es weit fort in die Fremde gezogen hat. Na, alter Dummkopf, wie geht's? In dieser schönen Stadt habe ich in Gedanken eine feine Abhandlung über die Entfernung ausgesponnen. Der Geist ist auch der rechte Ort für solches Unterfangen, denn nur in Gedanken vermag man die Entfernung wie ein

Tuch zusammenzufalten oder zu einem Nichts werden zu lassen. Zum Beispiel vermag ich Dich im Geiste sehr wohl auf den Arm zu boxen, blöder Schafsarsch. Aber ach, wenn ich die Gedanken verlasse, wird die Distanz gewaltig, wohl an die hundert Meilen. Wieviel Schuhleder verbraucht man, wenn man diese Strecke abschreitet? Und um wieviel verringert sich diese Menge, wenn man die Entfernung auf den Knien zurücklegt? Und wieviel würde mich das von der Zeit kosten, die ich brauche, um Geld zu verdienen, mehr Geld zu verdienen und, richtig, noch mehr Geld zu verdienen?

Heirate bloß nie in jungen Jahren, Schweineohr! Ich wage nicht, vor Mutter und Vater auch nur zu erwähnen, wie bitter es mich danach verlangt, die Kleinen zu sehen. Wie sehr ich jede Nacht für sie bete! Kann es sein, daß die Kinder schon sprechen können und was weiß ich wie gescheit sind?

Alle hier in London sorgen sich, daß die Spanier ins Land einfallen könnten und wir dann mit ihnen fechten müßten.

Versteh bitte, daß ich meiner Familie nicht unbedingt die Wahrheit über mein Leben hier berichten möchte; erst wenn diese Wahrheit ein weniger schäbiges Kleid trägt, werde ich mehr von ihr erzählen.«

Seiner Frau Anne schrieb William leidenschaftliche Briefe über seine Erfahrungen in der Hauptstadt; aber er schickte sie nie ab. Schließlich konnte sie nicht lesen und hätte ohnehin kaum etwas von dem Text verstanden. Aber Shakespeare schickte noch soviel Geld an sie wie eben möglich und einmal auch einen kleinen Ballen schönes Tuch.

An einem Tag im August geschah es, daß das Geschrei von der Straße bis hinauf in Williams Dachkammerfenster drang. Ohne die Hemdbänder zu verknoten und barfuß rannte er gleich die Treppe hinunter. Die ganze Stadt schien aus dem Bett gesprungen zu sein, jede einzelne Glocke wurde geschlagen, und über ihnen schwärmten Tauben und Spatzen gen Himmel, die das Getöse aus einer friedlichen Nacht im Glockenturm oder auf den Wasserspeiern vertrieben hatte. Ein klobiger Bursche, der

Schuhe reparierte, stürmte auf Shakespeare zu und zog ihn heftig am Arm.

»Habt Ihr es schon gehört!« brüllte der Schustergeselle. »Die Armada ist vertrieben, verjagt und versenkt! Alle Spanier hat es in die Hölle verschlagen, wo man sie gerne aufnehmen wird!«

»Was? Haben wir etwa die Invasion zurückgeschlagen?« schrie William.

»Ja doch, bei der Liebe Gottes! Die Spanier können jetzt ihre Knochen aus Fischmäulern zusammensuchen! Das haben sie nun davon, sich mit Francis Drake und den englischen Seeleuten anzulegen!«

Später am Tag wurde eine entsprechende Bekanntmachung vom Paul's Cross in der Kathedrale verlesen. Die Kriegsgefahr sei vorüber, die Invasion abgewehrt und das Heer der Ungläubigen vollkommen vernichtet. Alle eilten zum Fluß, darunter auch viele Männer, die in ihrer Hast noch nicht dazu gekommen waren, sich das Schwert umzugürten. Die Frauen hingen in den Fenstern, hatten sich das Mieder noch nicht zugebunden, und ihre Brüste lagen offen fast bis zu den Brustwarzen.

Alle blieben ergriffen stehen, als über das Wasser Kanonen donnerten und danach die Glocken dazu einfielen. Männer weinten vor Freude, und Wildfremde umarmten sich. Auf beinahe jeder Straße wurde ein Freudenfeuer entzündet, und auf jeder Kreuzung verbrannte man den spanischen König in Form einer Strohpuppe mit einer Papierkrone auf dem Haupt.

Gott schütze unsere wunderbare Königin Gloriana!
Lang lebe die tugendreiche Gloriana!

Shakespeare schrie, bis er heiser war.

Eine ganze Woche lang schien die Stadt nur zu feiern. Zusammen mit John ließ William sich ein Stück die Themse hinauf übersetzen, um sich die prachtvolle »Golden Hind« anzusehen, Francis Drakes Schiff, mit dem er vor einigen Jahren die ganze Welt umsegelt hatte. Sie lag nun im Hafen von Greenwich und war über und über mit Bannern und Wimpeln geschmückt. Die Kapellen der Stadt spielten vor dem Stadthaus des Seehelden auf, und zu seinen Ehren wurde eine nicht mehr überschaubare Anzahl von Balladen geschrieben. Sie alle lobten Drake über die Maßen und stellten ihn als wahren Heiligen dar.

Doch auch sonst brodelte London vor Leben. Ein heißer, schwüler August war ins Land gezogen, und die Menschen litten unter ihren Läusen und dem geradezu unstillbaren Drang, sich zu amüsieren. Die Theater konnten nicht über Besuchermangel klagen, und die Mädchen hinter den Lagerhäusern und den Ziegelbrennereien kosteten zehn Pence. Die Zeit des Bartholomew-Jahrmarkts in Smithfield stand an, des größten, schimpflichsten, wunderbarsten und fröhlichsten Volksfestes in ganz England, vielleicht sogar der ganzen Welt. Nirgendwo kam mehr Gelichter zusammen, und diejenigen, welche den Markt schon einmal besucht hatten, schworen Stein und Bein, kein Basar des Ostens könne es mit diesem prachtvollen Großereignis oder dessen Schmutz aufnehmen, ganz zu schweigen von den Menschenmengen, die zu dieser Jahreszeit nach London strömten. Alle Arten von Spielen, Wetteinsätzen und Gaukeleien fänden dort statt, die sonderbarsten Tiere würden vorgeführt, und man könne buchstäblich alle Waren erstehen – von Steingut bis zu Stecknadeln. Geschicklichkeits- und Kraftdarbietungen seien zu bewundern, und Musik, Tanz und Speisen von allen Ecken des zivilisierten Erdballs könne man genießen. Jeder Taschendieb und Betrüger hielt sich bereit, bei diesem Jahrmarkt sein Glück zu machen.

Wie verabredet trafen die Freunde sich am Ingwerbrotzelt mit seinen heißen, würzigen Düften und der zerschlissenen Fahne. John Heminges hatte seinen Kramladen in der Obhut des nicht recht gescheiten Knaben gelassen, der ihm zur Hand ging, und erschien als erster. William war nur der zweite. Er kam einfach nicht schnell genug voran, weil es hier so viel zu bestaunen gab. Sein Gesicht war noch gerötet von einem Streit mit Field. Richard hatte ihm verbieten wollen, den Markt zu besuchen, und schließlich waren beide grußlos und mit steinerner Miene auseinandergegangen.

Ben Jonson tauchte als nächster hinter den Bäumen auf, so als habe er sich kurz zuvor dorthin zurückgezogen. Heute trug er weder Wams noch Schürze, und das Hemd klebte ihm dank der Hitze des Tages an Brust und Rücken. An seiner Seite befand sich ein zartgliedriger knabenhafter Mann mit einem wilden Haarschopf, dessen feuriges Orangerot aussah, als habe ein Maler unachtsam Farbe auf seiner Palette verschmiert. Sein Bart hingegen, von derselben Tönung wie das Haupthaar, war derart gerade geschnitten, daß man den Eindruck gewinnen konnte, er bestünde aus einer harten Substanz, deren Ecken und Kanten abgeschliffen waren.

Benjamin stellte den Neuen als einen echten Schatz vor. Er habe an der Universität studiert, arbeite als Stückeschreiber und sei so begabt, daß er binnen Minuten einen Text über jedes gewünschte Thema verfassen könne. Obwohl der junge Mann erst seit vierzehn Tagen in London weile, habe er Henslowe bereits ein Drama präsentiert. Davor sei er als Vikar in einer Pfarrei in Tollesbury in Essex tätig gewesen.

Doch darüber wollte der kleine Mann kein Wort verlieren, wie er gleich voller Ingrimm und mit bebenden Lippen verkündete. Jonson sagte, sein Name sei Robert Greene.

Robert war nicht allein, denn mit ihm kam eine Frau, die noch zierlicher war als er und dazu sichtlich schwanger. Alle paar Minuten blieb Greene rücksichtsvoll stehen und küßte seine Begleiterin. Mehrmals stellte er sie betont als seine Gemahlin vor, und bei solchen Gelegenheiten hob die Frau den Kopf und lächelte verlegen in die Runde. Robert achtete darauf, daß sie ständig bei ihm untergehakt war, so als handle es sich bei seiner Frau um einen wertvollen Besitz, den er im Gedränge nicht verlieren wolle.

»Ich will Euch meine Geschichte erzählen!« rief Greene plötzlich, während sie weiterschlenderten und heißes Ingwerbrot mit Sahne verputzten. »Bess war einem anderen versprochen, aber der hat seine erste Frau geschlagen, die schon längst unter der Erde ruht, und Bess hat es mit der Angst zu tun bekommen, nicht wahr, so war es doch? Also habe ich meine Pfarrei verlassen und bin mit ihr durchgebrannt. Wir haben in Scheunen übernachtet, und Gott wachte über uns. Am Hafen haben wir dann geheiratet, wo man die Menschen rasch traut und nicht viele Fragen stellt. Dort schert man sich auch nicht um das Aufgebot, und warum auch, wenn die Liebe für sich selbst spricht? Vor allen Dingen muß die Liebe immer frei und ohne Zweifel sein.« Die Miene auf seinen scharfgeschnittenen Zügen schwankte zwischen Predigergewalt und reinster Unschuld.

»Ah!« entfuhr es Robert dann im nächsten Moment, und er deutete erregt auf die Abbildung eines muskelbepackten, halbnackten Mannes auf einer Holztafel vor einem Zelt. »Der Kraftmensch! Mit dem werde ich mich messen.« Schon begann er, die Ärmel aufzukrempeln.

»Ach, tatsächlich?« fragte Benjamin und verzog die Oberlippe.

»Nichts ist mir unmöglich, wenn ich mir erst einmal etwas in den Kopf gesetzt habe!« rief der kleine Mann wütend. Er reckte das Kinn, so daß der spitz zulaufende Bart ihm wie eine Lanze vorauseilte, zerrte die Schwangere hinter sich her und führte die ganze Gesellschaft in das Zelt. Sofort baute er sich vor dem Ungeheuer von einem Mann auf, der wesentlich älter wirkte als auf dem Bild, aber immer noch ein wahrer Hüne war. Der Kraftmensch wandte sich mit einem Rülpser Jonson zu, weil er natürlich annehmen mußte, ein so stämmiger Bursche wolle ihn herausfordern. Als der aber nicht reagierte, vermutete der Halbnackte, der korpulente Heminges wolle es mit ihm aufnehmen. Als aber alle auf den schmächtigen Greene zeigten, verzog er nur höhnisch den Mund.

Gähnend ließ er sich an seinem Tisch nieder und nahm Robins Hand, um sich mit ihm im Armdrücken zu messen. Dennoch verging eine ganze Weile, ehe Greenes Handrücken auf dem Tisch aufschlug. Das Gesicht des kleinen Mannes hatte angezeigt, daß er große Schmerzen litt, und er hatte sich mehrmals auf die Unterlippe gebissen, aber bis zum unvermeidlichen Ende nicht aufgeben wollen.

»Dieser Hund!« murmelte er zornig, als sie das Zelt wieder verließen.

Jonson räusperte sich und sah den Kleinen nachdenklich und mitfühlend an. Dann beugte er sich über ihn und meinte: »Bei einem Wettkampf des Geistes hätte der Riese längst im Staub gelegen.«

»Ja, ganz recht«, murmelte Robert, und nach einer Weile konnte er schon wieder lachen. Die Freunde blieben stehen und schauten hinauf zu einem straff gespannten Seil, auf dem sich ein fremdländisches Mädchen mit bloßen Füßen bewegte. William klatschte, pfiff und warf geröstete Nüsse in die Luft, zuerst der Artistin zu, doch als die ihm keinerlei Beachtung schenkte, einfach in die Höhe, um sie mit dem Mund aufzufangen. Nun stieß auch Christopher Marlowe, bis zum Bart parfümiert, zu ihnen und wurde den Neuen vorgestellt.

Greene umarmte sie alle der Reihe nach und sagte leise: »Schenkt uns Eure Segenswünsche, Gentles. Wünscht uns das Allerbeste, denn Bess und ich, wir lieben uns sehr! Kann ein kluger Kopf hier etwas mit seiner Feder erwerben? Wollen wir Freunde sein, wir fünf, und immer zusammenhalten. Selbst Ihr, liebster Will, der zwar ein gutes Herz besitzt, von dem es aber heißt, er könne nicht singen?«

Sie trieben sich bis zur Mittagsstunde um elf Uhr auf dem Jahrmarkt herum, dann schlug Jonson vor, doch lieber die Bärengrube im Süden aufzusuchen; denn heute sollte dort der große blinde Bär Harry Hunks gegen vier Hunde antreten.

Dabei handelte es sich um ein verwinkeltes Gebilde mit schmuddeligen Außenmauern, auf den viele Gäste mit Holzkohle eine kurze Mitteilung hinterlassen hatten. Manche hatten dort die Namen von Bären verewigt, die im Lauf der Jahre für das Vergnügen der Städter ihr Leben gelassen hatten. Andere Inschriften bezogen sich auf die leichten Mädchen in der Liberty of the Clink und priesen ihre Talente. Liebespaare hatten ihre Namen hinterlassen und mit einem Herzen und Blumen umgeben, und wieder andere hatten die Mauern als Nachrichtenbörse genutzt: »Mark, Ihr Scheißhaufen, ich habe hier seit dem Morgengrauen vier Stunden auf Euch gewartet, doch Ihr habt Euch nicht blicken lassen. Möget Ihr dafür verdammt sein!« Wer genau hinsah, konnte auch ein Loblied auf einen bemerkenswerten Bären entdecken, dem die Flucht gelungen war. Mit der

Kette um den Hals, deren Glieder über das Kopfsteinpflaster klirrten, war er durch ein Viertel im Süden der Stadt gepoltert und hatte schließlich bei einem Pastetenbäcker Station gemacht. Dort hatte das Tier sich ein Dutzend Pasteten einverleibt, ehe der erzürnte Ladenbesitzer erschienen war, bewaffnet mit Stock und Peitsche. »Bei Jakob! Bei allen Heiligen! Du Schrumpfpimmel! Du Haufen Hundekot!« Seit der Zeit war der große Bär der Liebling der Stadt. Man nannte ihn Meat Pie nach den gemopsten Fleischpasteten, und die Bürger wetteten mehr Geld auf ihn als auf jeden seiner Genossen.

Die Freunde fanden den Weg in die Arena, in der es nach wilden Tieren und deren Ausscheidungen roch, nach dem schweißnassen Fell der Hunde, nach alter Wolle, schaumigem Ale und den süßen, warmen Erdbeeren, die hier verkauft wurden. Der Tag war so heiß, daß das Holz auf den Galerien unter der bloßen Berührung zu splittern schien. Die Bretter knarzten unter ihren Schritten, als sie nach oben stiegen. Mindestens ebenso viele Auswärtige wie Einheimische hatten sich hier bereits eingefunden, und einer stieg über den anderen, weil er gerade einen alten Bekannten entdeckt hatte, mit dem er eine Wette darauf eingehen wollte, welcher Hund oder welcher Bär in welchem Kampf als Sieger hervorgehen würde. Überall wurden Handzettel verteilt, die auf andere Schaukämpfe dieser Art hinwiesen.

Vier Bären sollten heute hier antreten, doch zur großen Enttäuschung der Gruppe waren zwei dieser Kämpfe bereits vorüber. Die dritte Bestie, die Apollo gerufen wurde, rollte man gerade in einem Wagen in die Arena. Der Bär brüllte fürchterlich, und der Geruch seines dicken braunen Fells versetzte die Hunde in Raserei. Sie zogen an ihren Leinen und knurrten wütend, bis der Knabe, der sie festhielt, ihnen mit einer kurzen Gerte eins auf die Nase gab. Die Tiere ließen sich gleich auf den Boden hinab, knurrten nur noch leise, richteten sich dann auf den Hinterbeinen auf, hechelten, ließen die Zunge aus dem Maul hängen und verspritzten Speichel.

»Zwei Pence auf den blinden Harry!« schrie Jonson seinen Freunden zu. »Ich kenne diesen Apollo nicht, denn der Bursche ist noch nicht sehr oft aufgetreten. Wer setzt in diesem Kampf auf die Köter?«

»Äh ... einen Groat auf die Hunde.«

»Geschissen auf deinen Groat! Willst du mich mit deinen vier Pence beleidigen?«

Greene kaufte bei einem fliegenden Händler für einen Penny Erdbeeren, die er in altes Papier eingewickelt erhielt. Das Obst wirkte frisch und roch süß. Die anderen schrien gleich nach Nüssen und Kuchen und waren vor Aufregung kaum zu bändigen.

Endlich öffnete sich die Wagentür, und man trieb das Untier mit Peitsche und Stock hinaus, um es dann mit Ketten an dem Pfahl in der Mitte anzubinden. Der Bär stand auf allen vieren da und sah sich verwirrt um, so als wisse er nicht, was das alles zu bedeuten habe; schließlich hatte das Tier heute erst seinen zweiten Kampf zu bestehen. Unsicher hob er den Kopf, entdeckte die brüllende und schreiende Menge. »Laßt endlich die Hunde los!« – »Wir wollen sehen, wie er sich schlägt!« – »Der letzte aus Martins Stall war ein ziemlicher Brocken ...« – »Um des alten Meat Pie Willen, fangt endlich an!«

Die Hunde zerrten wieder an ihren Leinen, und Geifer troff aus ihrem Maul. Mittlerweile bellten sie so laut und ausdauernd, daß man das Gejohle der Menge kaum noch verstehen konnte. Dreier starker Männer bedurfte es nun, um die Köter zurückzuhalten. Langsam bewegten die Schausteller sich mit der Meute auf den Bären zu, kamen fast bis auf Bißweite heran. Der Riese fing an zu knurren, doch die Ketten hielten ihn zurück. Die Männer schritten im Kreis um den Bären herum, und das Untier drehte sich mit ihnen. Einer der Hunde hatte eine große Narbe auf dem Rücken.

Ein Possenreißer erschien auf Stelzen im Rund und fing an, das Publikum zu beleidigen. »Ihr Läusepimmel! Ihr Pißpötte! Seid nicht mehr wert als ein Furz aus meinem Arsch! Herrje, zieht den Feigling da zurück ... Was ist mit Euch, Gesindel, Waschweiber, getraut Ihr Euch nicht zu wetten?«

»Blödian!« brüllte die Menge zurück.

Zwei italienische Artisten mit wallendem dunklem Haar und in schmutzigen Glitzeranzügen flogen durch die Luft und einander in die Arme. Ein Knabe erschien, führte Kunststückchen vor, lief auf den Händen und ärgerte Hunde wie Bär. Danach wurde ein Junge von vielleicht zehn Jahren, den man als Meerjungfrau kostümiert hatte und der vom Bauch aufwärts nackt war, auf einem Wagen hereingerollt. In den dürren Armen hielt er eine Laute, doch im allgemeinen Getöse konnte man weder etwas von dem Instrument noch von seiner hellen Stimme hören.

Die Männer auf den Galerien waren mittlerweile aufgesprungen und zahlten es dem Possenreißer in gleicher Münze heim, der sich seinerseits nicht lumpen ließ und sie weiter verhöhnte. Schließlich begann die Menge, ihn mit Eiern und Obst zu bewerfen. Die faulen Eier regneten auf die Hunde herab, der ältere Junge erhob sich, verbeugte sich vor dem Publikum, und die kleine Meerjungfrau wurde wieder hinausgerollt. Der Mann, der bei ihm war, versetzte ihm links und rechts Ohrfeigen.

Nun erschien ein Kraftmensch und sprengte die Ketten, die man um ihn gelegt hatte, und der Bär brüllte in seiner Verwirrung lauter und bedrohlicher. Endlich ließen die Männer mit lautem Schreien die Hunde von der Leine und traten die Tiere, bis sie den Gegner angingen. Den Bären beließ man aber noch an seiner Kette. Doch die ermöglichte ihm, sich zur vollen Größe aufzurichten. Als er das Maul öffnete und brüllte, konnte man das jenseits der Wände, über den Fluß hinweg und noch weiter hören. Die Hunde hatten ihn gebissen, und das machte ihn wütend. Einer der Männer schlug mit einer Peitsche auf seinen Rücken ein, um ihn noch wilder zu machen. Der Bär sprang auf und zerriß mit seinem Gewicht und seiner Kraft die Ketten.

Auf den Galerien hielt es nun auch den letzten nicht mehr auf seinem Sitz.

Das Untier richtete sich drohend vor seinen Peinigern auf, ließ sich dann blitzschnell auf die Vorderbeine fallen und bekam mit der Schnauze einen Hund zu packen. Er schüttelte sein Opfer heftig hin und her, das nur noch ein schreckliches Jaulen und Winseln von sich gab. Ohne auf die anderen Köter zu achten, die ihn in den Rücken bissen, stand der Bär wieder auf und schleuderte den reglosen, blutigen Gegner durch die Arena. Dann richtete er sich erneut zur vollen Größe auf, stieß sein Siegesgebrüll aus, und Blut tropfte aus dem Maul auf sein Fell. Die Menge stöhnte vor Begeisterung, viele beugten sich vor, umklammerten das Geländer oder die Schulter des Vordermannes, und einige versuchten sogar, über die Absperrung zu klettern. Der Bär, nun wieder auf allen vieren, taumelte durch das Rund und knurrte wütend, weil er die Hunde loswerden wollte, die sich in ihn verbissen hatten. Noch einmal stellte er sich aufrecht hin und reckte sich, als wolle er den Himmel erreichen.

»Tötet den Bastard!« schrie ein Zuschauer. »Zwei Shilling auf Master Henleys Hunde!«

»Gebt dem Bären den Rest!« riefen nun auch andere. Die Menge begann zu heulen und mit den Fäusten auf das Geländer zu trommeln. Jemand warf eine Flasche in die Arena, ein zweiter einen Knüppel, und mehrere sprangen auf und verlangten nach dem Blut des Bären.

Der schwankende, brüllende Riese drehte sich im Kreis, während die Hunde immer noch an seinem Rücken hingen. Blut floß aus seinem offenstehenden Maul. Jonson hatte sich auf das Geländer gestellt und stützte sich mit den breiten Händen am Dach ab, um nicht aus dem Gleichgewicht zu geraten. »Stirb nicht, tapferer Apollo!« schrie er. »Doch auch, wenn dein Ende unabwendbar ist, so wird deine Seele sicher Frieden und Rache finden.«

Christopher verschränkte indigniert die Arme vor der Brust und knurrte: »Gebt Ruhe, Maurerssohn!« Im nächsten Moment sprang er auf, schob sich mit William im Gefolge durch die johlende, entfesselte Menge zum Ausgang, eilte an dem kleinen Jungen vorbei, der die Meerjungfrau gegeben hatte und jetzt weinte, erreichte den Hof, rannte zielstrebig auf den Abfallhaufen zu und übergab sich dort.

Wenig später kamen auch Greene mit seiner bleich gewordenen Frau und Jack Heminges heraus. Scham erfüllte ihre Mienen, und sie schüttelten die Köpfe, als ließen sich so der Staub und der Gestank dieses Ortes abschütteln. »Den Leuten gefällt so etwas besser als das Theater«, meinte der Krämer. »Wie wir gehört haben, sollen Eure Stücke auch ziemlich blutrünstig sein, Christopher.«

»Haltet den Mund.«

»Oh, hier ist heute aber jemand empfindlich.«

Benjamin tauchte als letzter auf und bewegte sich nur langsam, so als müsse er seinen schweren Körper erst überreden, den nächsten Schritt vorwärts zu tun. Dann nahm Jonson ein Stück Holzkohle und schrieb damit in großen Buchstaben an die Mauer: MÖGE SEINE SEELE IN FRIEDEN RUHEN.

»Sie haben ihm keine Chance gelassen, aber, bei Gott, wie hat er sich gewehrt, Gentles! Er war der Tapferste von allen ... Kommt, wir wollen in eine Schenke. *Requiescat in pacem, in nomine Patris, et Filii et Spiritus Sancti!* Rasch, Freunde, fort von hier, ich könnte es nicht ertragen, mitanzusehen, wie sie seinen Kadaver hier herausschleifen.«

Sie fanden eine Nische in einer der vielen Wirtshäuser am Südufer, die in dem unebenen, sumpfigen Boden auf einer Plattform errichtet waren, und bestellten heißes Bier, in dem Butter ausgelassen war, Wein und aufgeschnittenen Hammelbraten. Aus der Küche kam auch eine großer, klobiger Laib gelbbraunen Brots, das die Freunde sofort mit bloßen Händen auseinanderrissen. Bald füllte sich die Schenke mit anderen Männern, die dem Kampf zugesehen hatten, und gleich entstanden lautstarke Debatten über die Darbietungen in der Bärengrube. Man fluchte viel auf den Anfänger von einem Bären, der sich wie ein Tölpel von den Hunden hatte niederringen lassen. Lob spendete man dagegen Harry Hunks, dem alten Kämpen mit dem flohbesetzten Pelz und dem von Peitschenhieben vernarbten Fleisch, der in seiner philosophischen Art wieder einmal einen Triumph errungen hatte. Und noch mehr verwünschten die Männer das Geld, das sie beim Wetten verloren hatten.

Robert Greene blickte mit schüchternem Lächeln in die Runde und verkündete leise: »Ich werde Euch nun mein Stück vortragen. Hört zu und berichtet mir, was es in Euch bewegt hat, denn ich muß es in dieser Woche verkaufen, sonst haben wir nichts mehr zu essen.«

Damit rollte er ein Bündel loser Blätter auf, die er unter seinem Wams aufbewahrt hatte, und las mit melodischer Stimme aus seiner Komödie. Ermattet von der Hitze und Speise und Trank beugten die Freunde sich vor, um zu lauschen. »Ah, ein Poet«, bemerkte John mit sanftem und zärtlichem Blick. »Wir haben einen wirklichen Dichter unter uns, meine Herren.«

Während Greene Seite um Seite vortrug, lehnte sein Weib sich immer schwerer an ihn, so als drohe sie, unter den Tisch zu rutschen. »Ach, Robert, laß gut sein«, flüsterte Bess schließlich. »Ich bin so müde. Bring mich nach Hause.«

Aber weil er ihr gar nicht zuhörte, aß sie von den Erdbeeren, die man in der Arena gekauft hatte, und der Saft der Früchte klebte wie Blut um ihren kleinen Mund. Bald standen ihr die Tränen in den Augen.

Greene schien seine Frau endlich zu bemerken. »Sie will zurück nach Tollesbury«, sagte er traurig, »ausgerechnet an den Ort, an den wir nie zurückkehren dürfen. Nimmermehr darf ich Vikar sein. Hab Geduld, süße Bess, denn ich muß alle Seiten verkaufen, wenn wir nicht verhungern wollen.«

So vergingen die Stunden, und die Männer, die von dem Bärenkampf hierhergekommen waren, erhoben sich grunzend und verabschiedeten sich unwillig voneinander. Die Dunkelheit kroch durch die wenigen Fenster des Wirtshauses, und die Runde rief nach Kerzen. Doch als sie ihre Taschen durchsuchten, mußten sie feststellen, daß nur Christopher noch genug Geld bei sich hatte, um dafür zu bezahlen.

Der Tod des Bären, dessen Zeuge sie geworden waren, und die hübschen Zeilen und Verse Roberts bewegten sie alle auf eigenartige Weise. Keiner wußte mehr so recht, wo er eigentlich sein oder wohin er lieber gehen wollte; und deswegen verspürte niemand in der Runde die rechte Lust, sich zu erheben und zu verabschieden. John Heminges war so bewegt von dem Stück, daß er ganz gegen seine Gewohnheit lange schwieg, mit den großen Fingern über den Rand seines Bechers strich und an seine Tochter denken mußte, die nun zusammengerollt mit ihrer Puppe in dem kleinen Bett lag. Die allergrößte Liebe für seine Kleine erfüllte ihn und gleichzeitig der Ärger, daß er ihr nicht ein besserer Vater war. John schwor sich bei seiner Seele, auf der Stelle den Kreis zu verlassen und zu ihr zurückzukehren, doch dann mußte er feststellen, daß er keine Lust dazu hatte.

Die Kirchenglocken schlugen zehn Uhr, und der Küchenjunge spülte die Becher in einer großen Schüssel, die er an der Pumpe mit Wasser gefüllt hatte. Bess war endgültig eingeschlafen. Ihr Kopf lag auf dem Tisch, und das blonde Haar quoll unter ihrer Haube hervor. William streichelte die Strähnen sanft, denn ihr Schicksal ergriff ihn sehr. Die junge Frau war vor der Ehe mit einem brutalen Schläger davongelaufen, und das in Begleitung dieses unaufmerksamen und schwatzhaften jungen Schreibers, der gerade mit Triumph in der Stimme zum Schluß seines Stückes kam.

Benjamin schluckte schwer und fing dann an zu weinen. Alle drehten sich zu ihm um und sahen, wie ihm die Zähren über die Wangen liefen. Jonson schluchzte hilflos wie ein kleiner Junge und heulte: »Er war doch so ein guter Bär ... der beste ... Die Menschen stoßen mich ab, aber ich, aber ich gehöre doch zu ihnen. Wißt Ihr eigentlich, wie man sich fühlt, wenn man von den Menschen abgewiesen wird, zu denen man doch unwiderruflich gehört? Ich werde meinen Stiefvater umbringen, wenn er mich nicht vorher tötet, und das noch bevor meine Lehrzeit abgelaufen ist. Denn jeder Tag ist einerlei. Ziegel auf Ziegel setzen, und das stets in der gleichen Weise ... immer in der gleichen Weise, *ad infinitum, ad nauseam,* mein Leben lang. Bei den Wunden Christi und bei der Gnade Gottes! Wenn man den langen Weg des Lebens vor sich sieht und nur solches schaut ... und das mit dem Wissen dereinst im Grabe, nichts anderes vorweisen zu können!«

Schwankend erhob Ben sich. Das Hemd hing ihm halb aus der Hose, und er sah sich verwirrt um, so als suche er nach einem Plätzchen, wo er sich erleichtern könnte. John lehnte sich zurück und fragte mit einem Stirnrunzeln: »Wohin des Wegs, Freund?«

»Zurück zur Bärengrube«, erfolgte die gelallte Antwort. »Um den alten blinden Harry zu befreien.«

»Ihr seid nicht bei Trost, Ben.«

»Doch, mein Geist war nie klarer. Ich werde den armen Harry Hunks befreien, und jeder, der mich daran hindern will, wird seinen Kadaver in der Gosse wiederfinden!« Er fuhr sich durch das wilde dichte Haar, starrte die Freunde mit Verzweiflung im Blick an und stürmte dann durch die Tür nach draußen.

Die Männer sahen sich betroffen an. »Er muß verrückt geworden sein!«

»Der ist gleich wieder da!«

»Wieviel Uhr ist es eigentlich?«

»Mist, meine Zwiebel ist schon wieder stehengeblieben.« Schweigend hockten sie am Tisch und warfen immer wieder einen Blick auf die Uhr neben der Theke.

»Benjamin kommt nicht mehr«, bemerkte Robert nach einer halben Stunde besorgt. »Wollt Ihr ihn suchen, Freunde? Ich kann leider nicht mit, weil ich dieses Mädchen nach Hause bringen muß.« Er warf einen abschätzigen Blick auf Bess und verzog die Oberlippe, als stünde diese Frau zwischen ihm und allem, was er sich wünschte. Dann kehrte übergangslos die zärtliche Miene zurück, und er rüttelte sie sanft. »Gute Nacht, Gentles«, verabschiedete sich Greene, als sie im Hof auseinandergingen – der Poet mit der Schwangeren, die sich schwer an ihn lehnte, in die eine Richtung und die anderen in Richtung Bärengrube.

Über ihnen zogen dunkelrote Wolken am Mond vorbei, und darunter zeigten sich das Rose- und das Hope-Theater als Silhouette. Hinter sich hörten sie die Wirtsfrau, die einen betrunkenen Zecher beschimpfte. Die meisten Lichter hinter den geschlossenen Fensterläden der einfachen Bürgerhäuser waren bereits gelöscht, und wieder hatte die Stunde begonnen, in der sie glauben mußten, daß außer ihnen bereits alle Welt im Bett lag und sie zum alleinigen Bewußtsein Londons geworden waren und die Stadt beschützten.

Wenig später tauchte die Bärengrube vor den Freunden auf, und gleich empfing sie der vertraute Gestank von dreckiger Kleidung, Apfelsinen und verschwitzten Tierfellen. John blieb stehen, blinzelte und schob die Hände in den Gürtel.

»Ben steckt nicht in der Arena, sonst würde man ihn doch hören können. Und an dem Brückenwachmann kommt er auch nicht vorbei, denn er hat keinen Penny in der Tasche. Wo mag er bloß abgeblieben sein? Ich muß auch wirklich bald zu meiner Kleinen zurück.«

Während sie dastanden und lauschten, vernahmen sie das Knurren eines der hier untergebrachten Bären, das sofort vom Warngebell der Hunde beantwortet wurde, die man auf der anderen Seite der Arena hielt, damit die Bestien sie wittern konnten. Beide Parteien befanden sich also in Riechweite zueinander und verhielten sich aggressiv, weil sie den Gegner nicht erreichen konnten.

Der Mond beschien die Gesichter der Freunde. »Nun«, meinte William schließlich, »Ben hält sich nicht dort drinnen auf, das steht wohl fest. Und wir sollten auch lieber machen, daß wir nach Hause kommen, ehe wir noch Räubern in die Hände fallen.« Shakespeare dachte mit einigem Verlangen an die Bücher, in denen er gerade las und die zusammen mit der Kerze neben seinem Bett standen, in der Dachkammer von Fields Haus.

Im nächsten Moment hörten sie ein leises Pfeifen, sahen sich verwundert an und bewegten sich dann leise zu der Tür, die sich sofort, wenn auch mit einem Knarren öffnen ließ. Das große Amphitheater ragte in seiner Leere vor ihnen auf, und der Sandboden roch nach wilden Tieren und Blut. Etwas lag neben der Tür, und als sie sich darüber beugten, entdeckten sie, daß es sich um den leise stöhnenden Wächter handelte.

»Dann war er also doch hier«, murmelte William und biß sich auf die Lippe. »Der Himmel möge mich abweisen, wenn Ben nicht diesen Burschen hier niedergeschlagen hat und dann hineingegangen ist. Das war nicht wohlgetan. Der Teufel wird bald erscheinen und uns seine Rechnung präsentieren.«

Sie schlichen auf die Käfige zu. Die Tiere wurden unruhiger, knurrten und fingen schließlich an zu brüllen. Die meisten Bären lebten bei ihren Führern, aber den blinden Harry hielt man schon seit einiger Zeit hier. Die ganze Stadt kannte und liebte ihn, mochte sie den Bären auch noch so sehr mit dem Sport quälen, aus dem er bislang noch jedes Mal als Sieger hervorgegangen war und der ihn ziemlich langweilte. Einige behaupteten sogar, Harry besäße das ewige Leben; tatsächlich war er schon sehr alt und sehr weise, wenn man das von einem Bären überhaupt behaupten kann. Oft genug hockte das Tier sich nämlich einfach in eine Käfigecke, wenn er es nach dreihundert Malen oder mehr müde war, auf dem begrenzten Raum im Kreis herumzulaufen.

Im Mondlicht erkannten die Freunde, daß jemand die Käfigtür offengelassen hatte. Und sie mußten entdecken, daß der junge Jonson mit seinem zerzausten Haar mittendrin stand und einen Stock schwang, den er der großen, trägen Bestie von Zeit zu Zeit in die Seite stieß.

»Erheb dich, Harry!« schrie Ben jetzt. »Steh auf, und wähle wie ein wahrer Engländer die Freiheit. Warte nicht, bis das Leben dich niedergetrampelt hat, sondern ergreife es, pack es mit beiden Händen, Freund! Beweis uns allen deine tierische Weisheit! Sehet den Bären Gottes, der für uns die Sünden von der Welt nimmt. Ziehe hin in Frieden. *Ite, missa est* – gehet, die Messe hat geendet.«

Der Bär legte den Kopf schief und hob eine Tatze. Ein Hieb genügte, um den stämmigen Maurerlehrling niederzustrecken, so daß er keuchend auf dem Käfigboden liegenblieb. John Heminges fand neben der Tür eine Peitsche und näherte sich mit zitternden Knien und raschem, konzentriertem Atem der offenen Tür. »Jonson, kommt heraus!« drängte er. »Nun macht schon, Junge, säumt nicht, Harry wird nicht mehr lange bloß mit Euch spielen!«

Ben rappelte sich auf und rief: »Verlangt Ihr von mir, einfach zu gehen, ohne diesem würdigen Tier zur Freiheit verholfen zu haben, zu der ich es wahrscheinlich nur noch ein klein wenig überreden muß? Niemals, meine tapferen Freunde! Ich fürchte diesen Bären nicht, denn ich lebe unter den Menschen, und diese sind viel schlimmer ... sehr viel schlimmer!«

»Jonson, Ihr blutet!«

»Blutet mir nicht auch das Herz?« donnerte Benjamin zurück. »Warum sollte ich nicht diese eine große Tat vollbringen? Was sonst bleibt mir von Wert zu tun? Niemand wird um mich weinen, denn ich habe keinen Menschen!«

»Bei der Liebe Christi, seid endlich still! Sonst hört Euch noch der Konstabler!«

»Nein, ich weiche nicht! Du, mutiger Harry, magst deiner Wege ziehen! Lieber Harry, geh du in die alten englischen Wälder, wo einst kühne Männer von den Reichen stahlen, um den Armen zu geben! Sorge für die Witwen und Waisen, Harry. Tu es um der Liebe Ben Jonsons willen, der dich so gepriesen hat, wie es nur ein Poet vermag! Nun auf mit dir, Harry!«

Der riesige Bär betrachtete ihn nur aus seinen blinden Augen. Dann löste er sich doch aus seiner Ecke, schnüffelte, erhob sich auf die Hinterbeine und schlug mit der Tatze um sich. John ließ die Peitsche vorschnellen, und das Tier taumelte brüllend zurück. Die Hunde in ihrem Zwinger bellten wütend. William und Christopher zogen den Maurer aus dem Käfig, der sich heftig dagegen wehrte.

»Ich kann ihn nicht allein lassen!« schrie Benjamin. »Harry vermag doch nicht zwischen Freund und Feind zu unterscheiden, denn er hat so lange ohne menschliches Wohlwollen auskommen müssen, daß er verlernt hat, es zu erkennen. Aber ich vermag ihn mit Worten allein zu zähmen! Gebt mir nur Zeit ... Nutze die Gelegenheit, du guter Bär, und höre die Lieder des unvergleichlichen und unübertroffenen Ben of Westminster!«

In diesem Moment vernahmen die Freunde Stimmen und Schritte. Dann wurde die Eingangstür aufgestoßen.

»Beim Atem Gottes!« flüsterte John. »Ich will der größte Sünder sein, wenn da nicht gerade Harrys Besitzer erschienen ist. Der lebt nämlich ganz in der Nähe, und vermutlich haben ihn die Nachbarn geweckt. Nun steht Ihr zwischen ihm und dem Bären und dürft Euch aussuchen, von wem Ihr Euch das Fell gerben lassen wollt. Wo ist der Schlüssel, im Namen Christi? Benjamin? O Benjamin, Ihr beschissenster aller Hundehaufen, wo habt Ihr den verpißten Schlüssel gelassen?«

Die Freunde wagten nicht, danach zu suchen, und ließen die Käfigtür weit offenstehen. Mit bangem Gefühl, was der Bär nun unternehmen würde, rannten sie um ihr Leben, erreichten die Galerien und prallten gegen die Stützbalken, während der Fackelschein sich ihnen näherte. Da lagen sie zwischen Nußschalen und Apfelkernen auf dem Bauch und hörten Schritte und Schreie. Geräuschlos drehte William sich auf den Rücken. Über ihm ragten die Sitzreihen wie einst das alte Kolosseum in Rom auf, und darüber stand bleich und ungerührt der Mond. O Göttin Luna, dachte er.

»Kommt«, drängte Marlowe schließlich, als klar geworden war, daß die Männer die Suche nach ihnen eingestellt und den Bären wieder in seinem Käfig eingeschlossen hatten. »Die Lustbarkeiten sind für heute zu Ende. Gott der Gerechte, wir wollen unseren Maurerfreund nach Hause bringen.«

»Ich pinkle auf Euch, Christopher.«

»Und ich auf Euch zweimal.«

Sie stolperten so leise wie möglich und unter dem letzten Gebrüll Harrys durch die Dunkelheit, stiegen in ihrer Not durch ein zerbrochenes kleines Fenster und landeten auf der anderen Seite im Unrat. William zerriß sich bei dem Sprung das Hemd und fluchte leise. Die Freunde liefen über finstere Straßen, denn der Mond hatte sich mittlerweile hinter den Wolken verkrochen. Ihre Herzen schlugen schneller unter den Wämsen, als sie die Brücke erreichten. Jonson entdeckte eine Lücke zwischen den Brückenhäusern, von der aus man auf die Stadt blicken konnte, befreite sich von den Freunden und kletterte auf das Geländer, um dort der Welt kundzutun: »Höre, Stadt, hier steht dein Sohn, der dich unsterblich machen wird! Hure, wirst du mich lieben, wie ich dich geliebt habe? Oder willst du mich gemein betrügen?

Einen Sprung will ich dir zeigen
Von St. Paul's bis in Cheapsides Marsch
Und dort tanzen einen Reigen
Wie eine span'sche Nadel mit 'nem Faden am Arsch

Das Gedicht ist übrigens von mir.«

Dann schien er in Nachdenken zu verfallen und meinte: »Ich glaube, das Mistvieh hat mir den Arm gebrochen oder ihn ausgekugelt. Unter dem Strich scheinen Bären auch nicht besser zu sein als Menschen. Wißt Ihr was, von nun an glaube ich an gar nichts mehr. Aber denkt Euch nichts dabei, denn jetzt gehe ich nach Hause.«

Jonson schüttelte die Freunde endgültig ab, schwankte vornübergebeugt zwischen den Brückenhäusern auf dem schmalen Gehweg davon, hielt sich mit dem gesunden Arm den verletzten und schüttelte immer wieder den großen Kopf.

John, Christopher und William standen einen Moment ratlos auf der Brücke. Heminges meinte endlich bedauernd: »Gott weiß, was mein Kind wohl denkt, wenn sie aufwacht und feststellt, daß ich nicht da bin. Die Kleine hat manchmal so komische Träume und kommt dann in mein Bett gekrochen, um die Arme um mich zu legen. Das Leben ist ein einziger Jammer, seit ich meine Frau verloren habe. Eine gute Nacht, Freunde. Ein langer Tag liegt hinter uns.«

Er reichte ihnen die Hand und eilte zu seinem Krämerladen und den dahinterliegenden Kammern. Langsam zeichneten sich die Häuser und Türme wieder im Mondlicht ab. Christopher fand in seiner Tasche noch ein paar Pennies, um den Brückenzoll zu entrichten, und so gingen die beiden verbliebenen Freunde über den Fluß.

Als sie zur Eastcheap aufstiegen, wurde ihr Schritt langsamer und nachdenklicher. Christopher ging vornüber gebeugt und verschränkte die Arme vor der Brust, als wolle er sein Wams schützen. Nach einer Weile fragte Shakespeare: »Wo werdet Ihr diese Nacht schlafen?«

»Um der Wahrheit die Ehre zu geben, ich weiß es noch nicht. Heute morgen habe ich mich mit meinem Zimmergenossen gestritten und kann jetzt nicht dorthin zurück.«

»Dann kommt doch mit mir, Kit!« forderte William ihn auf. »Aber wir müssen leise sein, denn mein Freund wird nicht begeistert sein, wenn er mitbekommt, daß ich erst zu so später Stunde heimkehre.«

Noch während er sprach, hörten sie die Glocken leise zwölf schlagen. Beide blieben gleichzeitig stehen und lächelten sich kurz an, ehe sie ihren Weg fortsetzten. Ach, was für ein herrliches Gefühl, um diese Zeit noch unterwegs zu sein, in der sich nur noch Halsabschneider und Geister herumtrieben und die Bettler sich in dunkle Gassen zurückgezogen hatten und unter ihren Alpträumen mit den Zähnen knirschten. William und

Marlowe hätten meinen mögen, die beiden einzigen lebendigen Menschen auf der ganzen Welt zu sein.

Die leeren Straßen waren übersät mit Papier, Apfelgrieben und Knochen – wie stets, wenn die Kirmes über die Stadt gekommen war. Einmal pfiffen sie einem Hund zu, der herangelaufen kam und sie hungrig beschnüffelte. In vier Stunden würden die Karren von den Gehöften im Umland Londons durch die Tore gerollt kommen. Und im ersten Tageslicht würden die Mägde auf die Märkte der Cheapside eilen, große Körbe im Arm tragen und sich den Schlaf aus den Augen reiben. Der Tag begann dann von neuem, doch was er bringen würde, wußte keiner der beiden zu sagen.

Christopher meinte plötzlich mit einiger Düsternis in der Stimme: »Benjamin wird keine dreißig werden, aber wer weiß, ob ich es überhaupt so weit bringe? Ich fürchte, irgendeine Wirtshausrauferei wird meine letzte werden. Oder aber man findet mich draußen bei meiner Arbeit liegen.«

»Und was für eine Arbeit könnte das sein?«

»Das mag ich Euch nicht erzählen.«

»Doch, bitte«, forderte Shakespeare ihn auf, »denn ich fühle mich noch überhaupt nicht müde.«

Sie erreichten das Haus des Druckers. William sperrte mit dem Schlüssel auf, und leise schlichen sie die Stufen hinauf. Dort teilte er seinem Gast im Flüsterton mit, daß er aus der Küche ein Licht und Regenwasser besorgen wolle, denn beide litten wieder Durst. In der Dunkelheit krachte er gegen eine Kiste, die polternd umfiel. William fluchte, zog sich in der Dachkammer die Schuhe aus, schloß die Tür vorsichtig hinter sich und stellte dann die Becher auf den Tisch. Der Lehrling schnarchte in seiner Ecke und hatte das Gesicht zur Wand gedreht.

»Nicht einmal die Posaunen des Jüngsten Gerichts könnten ihn jetzt wecken«, bemerkte Shakespeare.

»Aber vielleicht einiges von dem, was ich sagen werde.«

»Dann, ich bitt' Euch, sprecht leise. Wie hat es Euch in Cambridge gefallen, Kit? Ich wäre ja selbst gern dorthin gegangen und dann sicher nicht in dem Schlamassel gelandet, der nun mein Leben regiert. Nun berichtet schon!«

Marlowe lächelte und betrachtete das Wasser, als habe er eine solche Flüssigkeit noch nie zu Gesicht bekommen. »Wir sollten mehr davon trinken, aber dann wären wir immer nüchtern, und ich weiß nicht, ob ich dann noch der Welt entgegentreten könnte.«

»Haltet Ihr die Welt denn für einen so finsteren Ort?«

»Die Männer, welche heute gebrüllt haben, der Bär solle die Hunde zerreißen, und auch die, welche die Köter aufgefordert haben, den Bären zu töten, standen für die Menschheit, wie sie nun einmal ist. Schlimmer noch, ich selbst kenne mich mit solcher Gewalttätigkeit aus. Habt Ihr nicht die sexuelle Erregung verspürt, das Aufwallen von Mitleid, Tränen und Liebe, die sich auf dem Höhepunkt des Schaukampfes miteinander vermischten …? Wir hätten viel früher gehen können, aber wir sind geblieben. Warum? Das frage ich unablässig mein Herz, doch es gibt mir nur blöde, zimperliche Antworten. O ja, ich war sexuell erregt, und ich habe Mitleid verspürt. Wir Menschen sind nur einen Atemzug von Bestien entfernt, mein Freund. Mit dem Unterschied, daß wir über den Verstand verfügen, das auszusprechen.«

William nickte, und große Scham überkam ihn. In der Erinnerung zog der Tag als einzige Ansammlung von Sinnlichkeit, Verderbtheit und sinnlosem Geplapper an ihm vorüber. Er konnte wahrlich nicht stolz auf sich sein, und seinen Überzeugungen war er ganz gewiß nicht gefolgt … Während Shakespeare so nachdachte, wußte er nicht mehr, welches überhaupt seine Überzeugungen waren. William war absolut unehrlich, zu den anderen wie zu sich selbst, und dies hatte ihm der schöne, schlecht rasierte Dichter geoffenbart, der in einem Moment der Engel der Wahrheit sein konnte und im nächsten etwas, das aus dem Dunkeln kam.

Christopher lehnte sich zurück, verengte die Augen zu Schlitzen und sagte: »Ihr habt doch genug Witz, warum schreibt Ihr nicht selbst? Ihr könntet vieles anfangen, William, und doch steht Ihr immer nur daneben und seht allem zu … Was mich selbst angeht, so fürchte ich, schon so viel getan zu haben, daß ich kaum glauben kann, erst dreiundzwanzig Jahre zu zählen. Ich stamme aus einer kleinen Stadt mit eigener Kathedrale und bin von dort in die Welt gezogen ... Aber ich spreche in Rätseln, und Ihr versteht nicht ein Wort. Also gut, glaubt Ihr an Gott?«

»Natürlich«, lautete die überraschte Antwort.

»Nun, ich nicht. Na gut, wenn ich mich fürchte, ja, aber sonst nicht. Das teile ich Euch einfach so mit, obwohl ich dafür vor ein Gericht gezerrt oder sogar wegen Gotteslästerung auf die Folterbank gelegt werden könnte. Wie eigenartig, daß wir zweitausend Jahre nach der Zeit des Perikles immer noch Menschen für das foltern, was sie glauben oder was sie nicht glauben, obwohl das doch jedermanns Privatangelegenheit ist. Doch was stört mich der Splitter im Auge meines Nachbarn, wenn ich doch den Balken in meinem eigenen nicht sehe! Bei der Liebe Christi, der Maurerssohn hat allen Schlaf aus mir gesaugt! Manchmal liege ich bis zum Morgengrauen wach und kann dann zwei Nächte hintereinander nicht einschlafen. Das Leben rauscht so rasch an uns vorüber. Wie wenig bedarf es doch, einen Menschen niederzustrecken und ihm so das Leben zu nehmen. Ich liebe sehr, zumindest bilde ich mir das ein. Ich weiß es nicht. Kommt, trinkt mit mir.«

»Ja, gern.«

»Ich bin nicht ein Mann wie Ihr, William; denn ich bevorzuge Knaben. Mich drängt es so sehr nach ihnen, daß das Verlangen mich ganz krank macht. Und wenn ich meine Lust an ihnen gestillt habe, fühle ich mich noch elender und gehe mit mir ins Gericht. Wenn wir doch nur lieben könnten, ohne den Namen des anderen zu kennen, ohne ihm in die Augen sehen zu müssen. Ich will mich ergießen, einen Kuß empfangen und danach alles vergessen. Aber Ihr, mein Freund, besitzt ein Gewissen. Obwohl Ihr Eure Frau verlassen habt, seid Ihr ein guter, moralischer und zuverlässiger Mensch. All die Eigenschaften, die ich so sehr bewundere und gleichzeitig verabscheue ... Ich hätte nicht hierher kommen dürfen ...«

Shakespeare legte ihm eine Hand auf den Arm. »Nein, Kit, bleibt!« rief er aufgeregt und vergaß ganz, daß er eigentlich nur flüstern durfte. »Warum bin ich nach London gekommen? Weil ich die Dinge kennenlernen und erfahren muß, für welche ich keine Worte besitze! Dort, wo ich herstamme, sind die Menschen es zufrieden, die Jahrhunderte wie eine Decke über sich zu ziehen und darunter zu schlafen. Das ist vermutlich der Grund, warum ich fortgelaufen bin. Dies und die Furcht, so glaube ich, daß nicht alles so bleibt, wie es ist. Bei den Malen Christi, wir werden umhergewirbelt wie Vögel in einer Böe. Wissen nicht, wohin der Wind uns weht, und landen auf fremden Kontinenten!«

»Dann habt Ihr also keine Einwände, wenn ich sagte, Gott ist verdammt?«

»Ich sehe das zwar nicht so, aber ich habe auch keine Einwände.«

»Habt Ihr hier in London schon Dirnen aufgesucht?«

»Ja.«

»Gefällt es Euch besser, sie zu besteigen oder unter ihrem Gewicht zu liegen?«

»Bei der Heiligen Jungfrau, wie es gerade kommt.«

»Wundervoll, mein braver Junge! Ich sehe in Euch mich, wie ich einmal gewesen bin, und ich glaube, wir werden ein Stück des Wegs gemeinsam gehen, bis wir einander fade finden und uns voneinander trennen!« Marlowes braune Augen blinkten leicht benommen von Trunkenheit, aber seine Stimme klang klar und fest.

»Ich glaube, vielleicht seid Ihr von allen der einzige, der empfindsam genug ist, um zu erfahren und zu verstehen. Auf unserem Thron sitzt eine tugendhafte protestantische Königin, und überall bilden sich katholische Verschwörungen, um sie zu stürzen oder gar zu meucheln ... Unser Land ist ein Spinnennetz von Agenten und Gegenagenten. Die einen spionieren gegen Elisabeth, die anderen gegen die Verschwörer. Bei den Katholiken kann man nicht mehr sagen, wer von ihnen ist ehrlich und gut und wer ein Verräter? So viele Männer sind damit beschäftigt, alles herauszufinden, daß wir uns selbst nicht mehr kennen. Daher ist nichts so, wie es von außen den Anschein hat, genausowenig wie ich selbst.«

»Versucht Ihr mir beizubringen, warum stets genügend Münzen in Eurer Tasche klimpern?«

»Das ist einer der Gründe dafür. Ich genieße das Wohlwollen eines sehr großzügigen Mäzens. Wollt Ihr Euch uns anschließen? Ihr scheint mir ein gescheiter Bursche zu sein, und solche Köpfe werden immer gebraucht.«

»Bei der Jungfrau, was würden sie zu Hause dazu sagen?«

»Wahrscheinlich, daß der Teufel einen gewaltigen Furz abgelassen hat, der Euch in diesen Landstrich blies, um hier eine fröhliche Zeit zu verbringen.«

Beide lachten darüber und vergaßen bald ganz zu flüstern. Einige Male drehte sich der Lehrjunge im Schlaf um, und die Freunde warfen besorgte Blicke in seine Richtung. Irgendwann legten sie sich zur Ruhe. Doch noch vor dem Morgengrauen weckte Christopher William, wünschte ihm einen guten Tag und malte mit dem Daumen das Kreuzzeichen auf dessen Stirn. »Wo wollt Ihr hin?« fragte Shakespeare schlaftrunken.

»Mich mit dem versöhnen, mit welchem ich Streit habe, denn ihm gehört mein ganzes Herz. Gott segne Euch, Lieber.«

Als William zum zweiten Mal erwachte, drang der Sonnenschein schon mit Macht durchs Fenster, und er erkannte an den Geräuschen der Händler und Fuhrwerke auf der Straße, daß der Tag bereits ein gutes Stück fortgeschritten war.

Als Shakespeare sich angezogen hatte und die Treppe hinunterlief, stand Richard am Absatz, und sein Gesicht bebte vor gerechter Empörung. Er zog William gleich in die Werkstatt, schloß die Tür hinter sich, baute sich vor dem Jugendfreund auf und flüsterte zornig: »Wer war der Bursche, der gestern bei dir genächtigt hat? Im Namen alles Heiligen, ich betreibe doch kein Bordell! Der Lehrjunge hat so manches von dem aufgeschnappt, was ihr miteinander beredet habt. Und genauso erging es meinem Weib und mir, denn durch das offene Fenster wurde vieles hereingetragen. Was treibst du dich zu nachtschlafender Zeit herum und schleppst auch noch einen Gottesleugner und Sodomiten, einen Kinderschänder, heran?«

William hob einen Stapel lose gebundener Traktate vom Tisch und ließ ihn wieder fallen. »Er hatte keinen Platz für die Nacht«, entgegnete er erregt. »Ich konnte ihn doch nicht auf der Straße zurücklassen!«

»Beim Leiden unseres Herrn, William Shakespeare! Was mußte ich mir da anhören über Verschwörungen, Agenten, Dirnen und Euren Besuch derselben! Du gehst ins Hurenhaus und hast die Stirn, in diesem guten und gottesfürchtigen Haus zu wohnen?« Field ließ sich schwer auf einen Hocker plumpsen und bedeckte sein Gesicht mit den Händen.

William spürte, wie seine Wangen brannten. »In dem Punkt habe ich ihn belogen, das schwöre ich!« Er schob die Finger in den Gürtel, trat ans Fenster und starrte hinaus.

Richard erhob sich langsam, und großer Kummer stand in seinen Augen. »Ach, erzähl mir doch nicht so etwas ... Als wir noch jung waren, war ich der ältere von uns, und das bin ich auch heute noch. Also wirst du dich vielleicht um unserer alten Freundschaft willen von mir führen lassen. London ist kein Ort für einen Mann, der nicht gewillt ist, seine Tür zu versperren und sein Herz zu verschließen, auf daß das, was in ihm enthalten ist, nicht herausquillen möge. Du wirst hier nur in Schwierigkeiten enden. Am besten kehrst du gleich nach Stratford zurück.«

»Lieber Jesus, das wünschst du mir doch nicht wirklich, oder?« William verließ das Fenster und erreichte den Drucker mit zwei großen Schritten. »Jetzt hör mir gut zu. Ja, es stimmt, ich bin nicht immer nur glücklich hier. Ich weine um meine Kinder, ja, ich vergieße ihretwegen Tränen! Aber Anne und ich sind so vollkommen verschieden. Ist mein Herz für alles offen, so bleibt ihres stets verschlossen. Willst du mich wirklich dorthin zurückschicken? Glaubst du tatsächlich, ich würde nicht leiden? Du hast weder das Recht noch die Macht, mich dazu zu zwingen. Oder bildest du dir ein, ich könnte in Stratford jemals glücklich werden?«

»London ist nicht so groß, als daß ich nicht erführe, wohin du gehst und mit wem. Und jetzt auch noch zu den Huren!«

»Ich habe keine von ihnen je angefaßt!« schrie Shakespeare. »Und das habe ich dir vorhin schon gesagt. Oder bezeichnest du mich etwa als Lügner? Und selbst wenn ich zu den Dirnen ginge, wäre das denn nicht viel besser, als gar nichts zu haben?«

William wandte sich mit zitternden Lippen von ihm ab. Er strich sich mit der Hand über den Mund und sah seinen Freund dann bittend an. »Ich muß noch eine Weile in London bleiben, bei meiner Seele, ich kann nicht anders. Bislang ist mir wenig geglückt, aber ich werde meinen Weg schon finden. Weißt du, ich glaube, mir ist etwas vorherbestimmt, das mir zu einer gewissen Würde verhelfen wird ... Hast du überhaupt eine Ahnung, wie sehr ich mich danach sehne?«

Doch nun begann auch Field zu schreien. »Solange ich zurückdenken kann, sind wir Freunde gewesen. Glaub ja nicht, ich könnte mich nicht daran erinnern, wie du über die göttliche und die dunkle Seite des Menschen gesprochen hast. Das habe ich mir immer im Gedächtnis aufbewahrt, und nur deswegen habe ich damals als Knabe nicht den Verstand verloren, als ich Dinge mitansehen mußte, die ich nicht einmal dir anzuvertrauen wagte. Doch heute weiß ich, daß wir als reine Menschen leben müssen. Und deshalb sage ich dir, wenn du unter diesem Dach bleiben willst, mußt du damit aufhören, dich mit diesem Abschaum zu treffen.«

»Das werde ich nicht tun.«

»Dann geh und lebe unter ihnen.«

William entgegnete nichts darauf, sondern lief hoch zur Dachkammer und packte seine wenigen Habseligkeiten zusammen. Als er wieder unten war und Field in der Tür sah, wie dieser wütend auf die Straße hinausstarrte, erbarmte sich sein Herz, und er legte ihm eine Hand auf den Ärmel.

»So verhält es sich eben unter den Menschen. Selbst eingeschworene Freunde verändern sich, und niemand weiß heute schon zu sagen, wie er morgen sein wird. Aus alter Liebe zu dir, Dick, bricht es mir das Herz, aber ich bin nicht in dein Haus gekommen, um hier weniger zu sein als vorher ...« Dann konnte er nicht länger an sich halten: »Wie sehr hast du mich enttäuscht! Mein Gott, es betrübt mich über alle Maßen!«

Zwei Herren betraten den Laden, um nach ihren Druckwerken zu fragen. William verbeugte sich steif vor dem Freund, verließ das Haus und lief in Richtung Fluß.

Zweiter Teil

Der Krämerladen

Die Gegend, in welcher der Krämer John Heminges lebte, wurde Liberty of the Clink genannt. Entlang des Ufers befanden sich zahllose Läden und Handwerksbetriebe für den Bedarf der Bootsfahrer und Fährleute, welche die Reisenden den großen Strom hinauf und hinunter beförderten oder noch häufiger übersetzten. Am Rand der Vorstadt hier im Süden standen Bauernhöfe, die sich in grüner Fülle fort von London bis hin in die Grafschaft Kent erstreckten.

Heminges' Krämerei war nicht am Stadtrand angesiedelt, sondern quetschte sich in die dicht an dicht stehenden Häuserfronten mit ihren Bordellen, Hahnenkampfarenen, Wettstuben und Bärenhatztheatern. Dieses sumpfige Stück Land gehörte zu einem großen Teil dem Bischof von Westminster, dessen Palast sich ebenfalls hier erhob, und der Rest verteilte sich auf Personen, die in diese Gegend investierten. Unter ihnen war auch Henslowe, von dem es hieß, anfangs habe er in diesem Stadtteil ein Hurenhaus betrieben.

William lief den steilen Pfad vom Wasser hinauf und entdeckte bald den stämmigen, breitschultrigen Heminges, der gerade einen Nachttopf auf dem Misthaufen am Ende der Straße leerte. Shakespeare rief ihm gleich zu, in welch mißliche Lage er geraten sei. John ließ das Nachtgeschirr fallen, wischte sich die Hände an der Hose ab und umarmte den Mann aus Stratford.

»Zieht doch zu mir!« rief der Krämer. »Auf daß wir ein Leben in Dichtung, Arbeit und Freundschaft verbringen!«

Hinter dem Laden befanden sich zwei Kammern. Die eine diente als Küche und enthielt einen kleinen gemauerten Herd und einige alte Töpfe, und so herrschten dort an diesem Spätsommertag angenehme Temperaturen. William hängte seine wenige Habe an den hölzernen Haken auf und sah sich um. Hier und dort fanden sich Kleidungsstücke eines kleinen Mädchens. Die meisten Kleidchen waren wohl einmal in Grünblau und anderen schönen Farben erstrahlt, wirkten heute jedoch so verblaßt, daß er vermutete, sie seien bereits von mehreren Kindern getragen worden, ehe sie in den Besitz von Johns Tochter gelangt waren. An einem Haken hing auch eine kleine Rosengirlande, die man wohl auf dem Kopf trug und die augenscheinlich von einem Sommerfest stammte. Allerdings mußte das bereits vor einem Jahr oder länger stattgefunden haben, denn die Blüten wirkten brüchig und hatten braune Ränder, und die Blätter raschelten unter seiner Berührung wie Papier. In der zweiten Kammer stand ein niedriges Bett mit einer ordentlich eingeschlagenen Decke, und darauf hatte jemand einige feierlich dreinblickende Stoffpuppen aufgereiht, die schlaff gegeneinander lehnten.

Shakespeare trat an die Hintertür, um festzustellen, ob dieses Haus auch über einen Garten verfügte, und wurde mit einem reichen und fruchtbaren Stück Grün belohnt. Als er in die Hocke ging, um etwas Erdreich zwischen den Fingern zu verreiben, bemerkte er das runde Gesicht eines ernsten Mädchens von vielleicht sechs Jahren, das um eine Ecke schaute und ihn neugierig betrachtete.

Noch am selben Tag befiel die Kleine ein Fieber. Der Arzt mußte kommen. Er erschien in seinem pompösen schwarzen Mantel und ebenso dunkler Hose und verkündete schon nach dem ersten Blick auf die Kranke: »Das sind die Pocken! Haltet sie warm und möglichst nah am Feuer, damit die Krankheit ihr ins Gesicht steigt. Besser in der Haut als im Herzen, denn dort töten die Pocken ein Kind.« Für diese Diagnose verlangte er drei Shilling, und die beiden Männer mußten zusammenlegen, um ihn bezahlen zu können.

»Ich habe die Pocken schon gehabt«, erklärte William, »und kann die Kleine deswegen versorgen.«

»Wie überaus dankbar ich Euch bin!« rief der Krämer ergriffen und schüttelte dem Freund die Hand. So verbrachte Shakespeare die nächsten drei Tage damit, den Herd am Brennen zu halten und bei dem Mädchen zu sitzen. Er nahm ihre Hände in die seinen, damit sie sich nicht kratzen konnte, und betupfte die schwärenden Wunden mit destilliertem Gurkenwasser.

»Ich erzähle dir eine Geschichte von Feen«, erklärte Shakespeare. »Die leben im Ardenwald in meiner Heimat. Den Namen hat er vor ein paar Generationen von der Familie meiner Mutter bekommen, und es heißt, dort lebten die Feen auf Bäumen und unter Blumen. Hast du vielleicht schon einmal ein solches Wesen gesehen?« Er erfand für sie ein Märchen um ein Liebespaar und Zauberei, und wenn die Kleine nichts mehr davon hören wollte, stellte William sich auf die Hände und beschrieb ihr, wie alles in der Kammer aussah, wenn man verkehrt herum darauf schaute. Meist schlief sie dann etwas später in seinen Armen ein.

Tagsüber stand Jack zusammen mit seinem stumpfsinnigen Lehrjungen hinter dem Tresen seines Ladens, und wenn er schließlich die Läden zugezogen hatte, löste er den Freund am Lager seiner Tochter ab. »Ich werde eine Mitgift für sie zurücklegen«, schwor Heminges feierlich und verschränkte die Arme vor seinem Kittel. »Das ist das mindeste, was ich für sie tun kann. Jede Nacht bete ich zu unserem Herrn, daß Er sie mir nicht nehmen möge. Ich würde ja auch gern wieder heiraten, wenn ich es mir nur leisten könnte; denn schließlich gehöre ich noch lange nicht zum alten Eisen. Ach ja, das würde ich wirklich gern.«

Der Herbst kroch in die Stadt, und von neuem begann das Ritual, welches so alt war wie die Erde selbst: Die Blätter verfärbten sich gelb, als erstes jene in Flußnähe. William verfolgte das mit Schwermut im Herzen, denn er war sich nicht sicher, in welche Richtung er sein Leben wenden sollte. Außerdem besaß er wieder einmal viel zuwenig Geld, das er nach Hause schicken konnte.

Der Krämerladen befand sich so nah am Wasser, daß William über die Straße auf den Hafen und die Boote schauen konnte, die ohne Pause vorüberzusegeln schienen. Man mußte nur vor die Tür gehen und sah sich schon von den Läden, den Möwen und den roten Milanen umgeben.

Shakespeare sammelte im Garten Kräuter und Obst ein, um sie zu trocknen oder einzuwecken; nach einem Rezept seines Onkels mütterlicherseits legte er Birnen in Zucker ein. John bot gleich in seiner direkten, großzügigen Art an, alles mit ihm zu teilen. Zu dieser Jahreszeit konnte man in den Theatern nicht allzuviel Arbeit bekommen, doch wenn einer von ihnen eine oder zwei kleinere Rollen in einem Stück angeboten bekam, war es selbstverständlich, daß der andere sich so lange um den Laden kümmerte.

Auch wenn Heminges sich zum Schauspiel hingezogen fühlte, sah er darin doch nicht Sinn und Zweck seines Daseins. John liebte zwar alle Menschen, die mit dem Theater zu tun hatten, doch im Grunde seines Herzens konnte er nicht umhin, sie für ihre Art zu verachten. Stückeschreiber und Schauspieler, was leisteten die denn schon. Verbrachten den ganzen Tag damit, ein paar Pennies mit dem Niederschreiben von Worten zu verdienen oder sich mit Perücke auf eine Bühne zu stellen und diese niedergeschriebenen Worte in die Galerien hinaufzuschreien. Wenn sie am Tag des Jüngsten Gerichts vor ihren Schöpfer treten mußten, was konnten sie dann schon angeben, aus ihrem Leben gemacht zu haben?

Der Krämer war des weiteren der festen Überzeugung, daß ein solcher Lebenswandel unweigerlich im Armenhaus oder Schuldturm enden mußte. Sein Vater war schon Krämer gewesen und sein Großvater ebenso. Deren Laden hatte innerhalb der Stadtmauern gestanden, ein großes, geräumiges Geschäft in einem stattlichen Haus mit roten Dachziegeln. Diesen Besitz hatte Jack geerbt und ihn durch großes Unglück verloren. Sein ganzes Streben zielte darauf, dieses Haus irgendwie erneut an sich zu bringen.

Heminges' neuer Laden hingegen war klein und feucht, aber ordentlich. Säcke und Krüge voller Kräuter und gängigerer Gewürze wie Rosmarin oder süßem Senf standen auf Regalen oder in Schränken. Man fand hier Kartoffeln und Mehl in verschiedenen Stärken, von dem reichhaltigen gelben bis zu dem grünbraunen, dem man Erbsmehl untergemischt hatte, dazu alle Sorten von getrocknetem Obst und schwere Zuckerblöcke;

wenn man davon ein Stück abschnitt, entstand auf dem Binsenkraut am Boden eine körnige Staubschicht. Zu manchen Jahreszeiten bot John goldglänzenden Honig von der Wabe an und in den Erntemonaten sogar etwas frisches Gemüse. Er verkaufte auch gepreßtes Öl, Steinsalz und Hartkekse, die man erst in Wasser legen mußte, ehe man sie essen konnte; diese eigneten sich besonders dazu, auf langen Schiffsreisen mitgeführt zu werden. Allerdings zog es nur wenige aus seiner Kundschaft jemals weiter als bis zu den Feldern von Kent, und der große Entdecker Raleigh bevorzugte Schiffszwieback, und den bezog er woanders.

An ein paar Morgen in der Woche kaufte Heminges Feldfrüchte auf dem Markt in der Cheapside ein oder bestieg direkt die Frachtboote, die in der Stadt anlegten. John hatte ein großes Interesse am direkten Seeweg nach Indien, und wenn er einen Entdecker traf, der dorthin wollte, erhielt dieser von ihm nur Vorräte von der besseren Qualität und dazu noch zu einem günstigeren Preis. In der Innungshalle der Krämer hatte er von einem gewissen Kolumbus gehört, einem Italiener, der vor fast hundert Jahren fest entschlossen gewesen war, diesen Seeweg zu finden, statt dessen aber ganz woanders vor einem wilden und weiten Inselland angekommen war. John dachte, typisch Italiener, und schüttelte den Kopf über so viel Dummheit. Wenn ein Engländer diese Reise angetreten hätte, wäre bestimmt etwas mehr dabei herausgekommen. Darüber redete er auch oft und gern mit William.

Shakespeare hörte ihm geduldig zu. Ihn verlangte nicht nach Muskatnüssen oder Schiffszwieback oder den harten Keksen, sondern nach neuen Erfahrungen und Abenteuern. Wenn die Zeit es zuließ, spazierte er morgens zum Haus des Florio, um für ihn Briefe in Französisch, Englisch oder Latein abzuschreiben. Der Gelehrte arbeitete gerade daran, ein italienisches Wörterbuch zusammenzustellen, und es hieß, die verwitwete Gräfin von Southampton sei seine Förderin.

Florios Haus war klein, aber respektabel; eigentlich mehr ein Vorraum zu den großen Anwesen, die sich auf der langen Straße zwischen den Stadttoren und den Palästen und Höfen von Westminster aufreihten. Als England noch katholisch gewesen war, hatte der Großteil dieses Geländes zu einem Bischofssitz gehört. Doch nachdem die Krone vor einem halben Jahrhundert Kirchenbesitz konfisziert hatte, war dieses Land bald unter den Reichen und Adligen aufgeteilt worden.

In Florios Haus gab es nur einen Diener, der in Filzpantoffeln über die geflochtenen Strohmatten am Boden lief, aber in den Räumen hingen einige fadenscheinige Wandteppiche, die dem Übersetzer von dankbaren Auftraggebern und Mäzenen überlassen worden waren. In dieser Gegend konnte man beim Abendessen Männern begegnen, über welche die ganze Stadt sprach. So Walter Raleigh oder die Mitglieder des Intellektuellenzirkels, der kreuz und quer durch Europa reiste und bei Kerzenschein über die Wissenschaften, die Geographie und die Neue Welt diskutierte, wenn der Rest der Stadt längst schlief.

An einem Tag, als William sich gerade seinen Weg zwischen Karren, Hökern und Gauklern bahnte, die für ein paar Münzen akrobatische Kunststückchen aufführten, wurde er von einem Freund angerufen. Ein älterer Jude tafelte gerade an Florios Tisch. Er winkte Shakespeare durch das offene Fenster heran. Seit nunmehr dreihundert Jahren, seit man die Hebräerrasse aus London vertrieben hatte, traf man hier nur noch sehr selten ein Mitglied dieses Volksstamms an. Shakespeare lief zu dem Haus und eilte durch die Küche. Doch obwohl Schüsseln mit den Resten von Fisch und Fleisch hier noch herumstanden, war von dem Alten nichts mehr zu entdecken. »Wie ging es ihm?« fragte er den einzigen Diener. »Ich hätte viel darum gegeben, ihn anzutreffen.«

Als er am nächsten Tag wiederkam, bestieg der Jude gerade sein Pferd. Seine dunklen Augen wirkten müde, weise und ein wenig grollend. Monate später entdeckte William in einem Laden mit Büchern aus zweiter Hand ein Werk in Hebräisch. Er hielt es lange in der Hand und strich mit den Fingerspitzen über die eigenartigen Buchstaben.

Viele Männer gingen in Florios Haus ein und aus. Einige kamen, um über einen sich rasch verbreitenden neuen Glauben zu diskutieren, der einer Häresie sehr nahe kam. Allen war daher auch unausgesprochen bewußt, daß kein Wort davon über die Wandteppiche oder Portieren hinausdringen durfte, welche den Luftzug von der Tür abhielten. William mußte an die spirituellen Fragen denken, die sein Vater sich nur in aller Heimlichkeit stellen durfte; und daran, um wieviel weniger schwierig es war, in der Weite Londons einen Ort zu finden, an dem man mit Gleichgesinnten darüber sprechen konnte.

Einige Männer und sogar Frauen kamen zu Florio, um bei ihm Italienisch zu lernen. Auch erschien ein dunkelhaariger, abweisender Musiker namens Bassano, der mit schwerer Hand Cembalo spielte. Seine Musik hallte durch die holzgetäfelten Räume wider. William borgte sich bei dem Italiener Bücher aus, weil er es sich nicht leisten konnte, sie in einem Laden käuflich zu erwerben. Einmal schenkte Florio ihm eine wasserfleckige Ausgabe von Holinsheds *Chroniken von England, Schottland und Irland*.

Der Weg nach Hause war weit, und er mußte dazu über die Brücke, doch der Wächter dort ließ ihn oft genug hinüber, ohne von ihm den Penny Gebühr zu verlangen, denn er mochte den jungen Mann. Unter ihm floß das Wasser gegen die Wellenbrecher, und die Holzverkleidung, die um die tief in die Themse eingelassenen Grundpfeiler angebracht war, stammte aus einer Zeit, an die sich kein Londoner mehr zurückerinnern konnte. Zahllose Boote, Kähne und Schwäne trieben ihrem Ziel entgegen. Shakespeare kam an der wunderbaren St.-Thomas-Kapelle vorüber, die mittlerweile in ein Lagerhaus für die Waren irgendeines Kaufmanns umgewandelt worden war. William sandte fast alles Geld nach Hause, das in seinen Besitz gelangte, und wenn doch noch etwas übrigblieb, kaufte er davon Heminges' Tochter Susan ein buntes Band. Auch brachte Shakespeare ihr Kuchen aus Florios Küche mit, die süß und nach fernen Ländern dufteten.

Die Möwen schrien, die Sperlinge kamen, und die Blätter wurden braun und fielen in Massen auf die ungepflasterte Straße hinab. Shakespeare las in den geliehenen Büchern, wenn er auf den Laden aufpassen mußte. Manchmal war er so tief in seine Lektüre versunken, daß Minuten vergingen, ehe ein Kunde sich bemerkbar machen konnte. Seeleute kamen, um Zucker, Gewürze oder Trockenobst für die Küche ihrer Ehefrauen zu erwerben. Manchmal blieben sie danach noch ein Weilchen oder länger, um davon zu berichten, wie endlos weit das Meer bei Nacht sein konnte, wenn man an Bord glauben konnte, der einzige Mensch auf der Erde zu sein, und nur die Sterne Zeuge davon wurden.

Ein alter Soldat kam regelmäßig. Oft stand er stolz mit seinem Einkaufskorb im Arm da und erzählte, wie er einmal auf einem Schlachtfeld die Toten abgesucht habe, um seinen gefallenen Freund aus Jugendzeiten zu finden, und wie er von dessen zerstochener Brust ein heiliges Amulett genommen. Die Flußfahrer der Umgegend erschienen hier mit ihrer lebendigen Sprache, und unter ihnen war einer, der von sich behauptete, seine wahre Berufung sei Dichter. Und dann ließ der Mann es sich nicht nehmen, inmitten der Gewürze und Zuckersäcke seine Knüttelverse zu deklamieren:

»Gäbe es unsere Themse nicht,
Hätten wir weder Fisch noch Licht,
Die Brauer zögen ein langes Gesicht,
Denn wie man Bier ohn' Wasser mischt?«

Manchmal kamen die Jungen aus der Küche des Bischofs von Winchester in den Laden gelaufen, weil ihre Herrschaft eine Abendgesellschaft geben wollte und in der Speisekammer keine einzige Feige oder Rosine mehr aufzufinden sei. Und wenn der Koch dahinterkäme, würde er ihnen die Ohren langziehen. Hin und wieder bekamen die beiden Freunde auch den Kirchenfürsten selbst zu sehen, einen kleinen, ungelenken Mann in mittleren Jahren. Einmal trat er ein entlaufenes Schwein aus seinem Garten und rief dem Krämer wütend zu: »Gehört diese Sau Euch?« Vielleicht waren sie aber auch gar nicht gemeint, denn der Gottesmann hatte mit dem Bistum unter anderem auch das Stück Land erworben, auf dem sich die meisten Hurenhäuser befanden; daher nannte man im Volksmund die Dirnen, die dort arbeiteten, auch Winchester-Gänse.

Diese lieblichen jungen Dinger kamen natürlich auch in den Laden. Meist erschienen sie am Vormittag, nach getaner Nachtarbeit, bleich und mit schwarzen Ringen unter den Augen, und kauften am liebsten getrocknete Früchte. Mitunter bezahlten sie mit ausländischen Münzen, die irgendein weit herumgekommener Seemann dagelassen hatte, der zu ihnen gekommen war, um mit ihnen auf den Laken zu ringen. Manchmal hockten die Mädchen auf den Fässern, und die Reste des Rouges hingen wie das allerletzte Überbleibsel von Würde auf ihren verschlafenen Gesichtern. Dann erzählten sie von den dunkleren Seiten der Lust. Von den Männern, die ihnen gefallen hatten, von denen, die sie um den Hurenlohn betrogen, von denen, die sie anbeteten, und von denen, die sie schlugen. All das hörte sich der junge Mann vom ländlichen Stratford an und träumte nachts davon. Jack aber war schockiert.

»Ihr seid eben ein Puritaner«, hielt William ihm vor.

»Nein«, entgegnete der Krämer, »es ist nur so, daß meine eigene Fleischeslust und die der anderen mich mit Trauer erfüllt. Und daß Gott den Menschen nicht mit solch schwachem Fleisch geschaffen haben kann. Was mich angeht, so schäme ich mich meiner Wollust. Wenn überhaupt, sehne ich mich vielmehr nach Liebe, Freund. Ich will eine Ehefrau haben!«

Kaum zwei Tage vergingen, ohne daß die Stückeschreiber und anderen Freunde zum Abendbrot vorbeikamen. Man redete über alles, was sich auf der Welt, bei Hof, auf der Bühne und jenseits der Ozeane getan hatte. Benjamin Jonson hämmerte gewöhnlich mit seiner Riesenfaust an die Tür und stampfte dann herein, wobei Mörtelbröckchen von seinen Stiefeln abfielen und im Binsenkraut landeten. Einmal erschien der Maurerlehrling ganz krank von Gewissensbissen, weil er seinen Vater zu Boden geschlagen hatte. Den ganzen Abend über begrub er das Gesicht in den rauhen Händen.

Greene tauchte mit untrüglichem Instinkt rechtzeitig zur Essenszeit auf und führte dann Kleidungsstücke wie ein feinbesticktes Wams nebst Hemd mit weiten stachelbeergrünen Ärmeln vor. Die Kombination mußte so unvorstellbar teuer gewesen sein, daß alle sich nur wundern konnten, wie er daran geraten war. Robert nahm meist direkt am Herd Platz, weil ihn ständig fror, und beklagte sich dann gleich über die Plagen, die man als Ehemann zu ertragen habe. Sein Weib bestehe fast nur noch aus Bauch, doch noch immer habe sie das Kind nicht zur Welt gebracht; sie fänden nirgends ein Zimmer oder zwei, die sie sich leisten könnten; und es gelinge ihm nicht, schnell genug zu schreiben, um seine Gläubiger und sich selbst auch zufriedenzustellen. Manchmal nahm Greene ein Stück Brot oder einen Rest Käse vom Mahl mit. Er wickelte es sorgfältig in ein durchgestrichenes Manuskriptblatt ein und schob sich das Paket in die Tasche.

Der vornehme Christopher ließ sich nur selten und unregelmäßig blicken. Manchmal tauchte er nach Mitternacht bei ihnen auf und prahlte dann mit seinem ersten Stück, das sich tatsächlich zu einem Erfolg entwickelte, oder mit einer neuen Liebschaft. Nur wenn John und William ihm dann direkt in die braunen Augen sahen, erkannten sie, wie betrunken er war.

Wenn die beiden kein Geld mehr hatten, um sich im Speisehaus am Ende der Straße Essen zu kaufen, wo die Schiffer sich verpflegten, suchten sie die Säcke und Krüge ab. Und in einer Winternacht blieb ihnen nichts anderes übrig, als steinhartes Brot in Wasser und Wein einzulegen und dann mit Schweineschmalz zu bestreichen.

Wenn wieder einmal nichts Rechtes im Hause war, pflegte Greene aufzustehen und schwankend zu verkünden: »Wenn ich endlich mein Glück gemacht habe, werde ich Euch alle freihalten.« Robert wies dann darauf hin, daß er irgendwo einen reichen Verwandten habe, von dem er ein kleines Vermögen erwarten dürfe, beließ es dann aber mit einem scheuen Lächeln bei diesen Andeutungen. Einmal zog Greene sein Messer und schnitzte die Namen der fünf Freunde in die Innenseite der Tür. Er fügte auch den seiner Frau hinzu und ritzte um den seinen und den ihren ein Herz. In derselben Nacht kam sie mit ihrem ersten Kind nieder, und Robert war so stolz, daß er einen Nachbarsjungen losschickte, es ihnen zu berichten.

Die Freunde kannten einander in- und auswendig oder bildeten sich das wenigstens ein. Sie hatten gemeinsame Ansichten, deren Wahrheit sie in keinem Moment bezweifelten. Dazu gehörte die Einsicht, daß auch schlechte Zeiten einmal vorübergehen. Nicht selten litten sie Hunger, und noch öfter erwiesen sie sich als Skeptiker. Die fünf fühlten sich in einer Welt miteinander verbunden, die sie wie ein Ball hin und her zu werfen beliebte – so wie die See alle Arten von Gegenständen an den Strand wirft, um sie dann mit der nächsten Flut wieder einzusammeln und ganz woanders hin zu tragen. Gelegentlich unterhielten sie sich so lange, bis alle zu müde waren, um sich noch von ihren Plätzen zu erheben. Und wenn sie so zusammensaßen, glaubten sie zu spüren, daß außer ihnen niemand auf der großen weiten Welt übriggeblieben war. Hin und wieder zog es die Freunde zu später Stunde hinaus auf die stillen Straßen, und alle Häuser erschienen ihnen verlassen und leer, so als seien die Bewohner vor der Pest oder einem neuen Krieg geflohen. Dann unterhielten sie sich gern über die Angst vor dem, was auf der Straße, aber auch in ihren Herzen wohnte: Grausamkeit, Zorn und Stolz. Sie sprachen aber auch über Hingabe, ihren zu geringen Glauben an Gott und ihr Bedürfnis nach Schönheit und Liebe.

In der Nacht verhüllte die Dunkelheit die Stadt, und unter deren Decke passierten Dinge in den Seitenstraßen und Gassen. Im Morgengrauen fand man dann die Leichen von Männern oder auch Neugeborenen, die in grobes Leinentuch gewickelt waren. Oder eine Katze, die man in irgendeinem geheimbündlerischen Ritual erschlagen und ausgenommen hatte, um die Geister der Hölle zu beschwören. Sobald die Hausherren die Fensterläden verriegelt und an der Tür bis zu drei Bolzen vorgeschoben hatten, legte sich der faule Geruch, der vom Wasser kam, über alles.

In einer solchen Winternacht wurden William und John von einem heftigen Klopfen an der Ladentür geweckt. Sie stolperten aus der Bettstatt, öffneten die Tür und sahen sich Marlowe gegenüber. Das Licht der weit heruntergedrehten Laterne spiegelte sich auf einem goldbestickten braunen Wams wider. In seiner nur leicht Falten werfenden, allerdings geflickten weißen Seidenhose wirkte er wie ein Bote der Götter, der herniedergesandt worden war und sich um ein paar Jahrhunderte vertan hatte, bloß um dann den langen Weg bis in ihre Zeit zurückzulegen.

Die Oberlippe unter dem schmalen Schnurrbart spöttisch hochgezogen, betrachtete er die verschlafenen Freunde mit ihrem zerzausten Haar und zerlegenen Nachthemden. »Meiner Treu, es hat doch gerade erst zehn geschlagen. Ich bin unterwegs zu den Hahnenkämpfen, denn ich habe ein hübsches Sümmchen auf einen Vogel mit Namen Luzifer gesetzt und will zehn Goldstücke einstreichen, bevor ich mich zu Bett begebe. Wie steht's, kommt Ihr mit?«

Heminges winkte ab und entgegnete ärgerlich: »Gepißt auf Euch, Euren Luzifer und Eure Goldstücke! Ich muß morgen in aller Frühe auf und zum Markt.«

»Dann Ihr, William, ja?« beharrte Christopher.

Shakespeare schaute nach links und nach rechts, während er sich mit der Hand durch das ungekämmte Haar fuhr. »Nein«, murmelte er dann mit verlegenem Lächeln. Er wäre gern mitgekommen, sagte sich aber, daß er John nicht alleinlassen dürfe.

Marlowe brach in lautes Gelächter aus. »Ihr wollt es doch! Ach, mein lieber Junge! Zieht Euch nicht zu fein an, denn ich will danach noch weiter zu den Winchester-Gänsen. Wäre doch eine Schande, zu viele Bänder zuzuschnüren, bloß um sie später wieder entwirren zu müssen.«

»Zu den Gänsen ... den Huren?« Der Krämer sog hörbar die Luft ein, wandte dann den Blick ab, hustete und legte die Stirn in Falten.

»Ach, kommt doch!« bat Christopher und schaute auf die im Düstern liegende Straße. »Wir sterben viel zu früh! Warum sollen wir nicht alle Vergnügungen genießen, solange uns Gelegenheit dazu bleibt?«

William straffte die Schultern. »Also gut, ich bin dabei.«

John hob die Hände und winkte ab. »Da bleibt mir wohl nichts anderes übrig, denn Kit hat mir den Schlaf verdorben. Dann machen wir uns jetzt besser fertig.« Der Krämer atmete schwer, so als habe er gerade einen längeren Lauf hinter sich. Die beiden zogen sich an, schauten nach der Tochter, die fest schlief, bewaffneten sich mit Laternen und folgten ihrem Freund durch die finsteren Straßen.

Sie schritten durch die Schatten unter den überhängenden Obergeschossen, vorbei an Lagerhäusern, Bootsbauern und den unheimlichen Silhouetten umgedrehter Kähne, die man mit reichlich Stoff abgedeckt hatte. John stolperte in einen Stapel Bauholz und fluchte laut. Ein schlafender Hund erwachte, als sie näherkamen, lief mit wedelndem Schwanz auf sie zu und trottete ihnen in der Hoffnung auf einen Leckerbissen hinterher, bis Marlowe ihm auf die Schnauze schlug. Der Köter verschwand jaulend in der Nacht.

»Der Bote Satans«, bemerkte William keck.

»Nein, das war der gefallene Engel höchstpersönlich.«

»Und warum flieht er uns dann?«

»Wegen mir; denn ich bin noch schrecklicher, als der Leibhaftige je sein kann ... Kommt, wir wecken die Toten, ja? Wir buddeln die Erde auf, versetzen die Grabsteine, brechen ins Leichenhaus ein und sprechen mit den Gebeinen.« Als sie am Friedhof der Kirche Mary Overy vorbeikamen, knöpfte Christopher seinen Hosenstall auf und ließ in aller Ruhe sein Wasser gegen die Mauer spritzen. »Ach, dieses ewige Binden, Knöpfen und Entwirren«, murmelte er ärgerlich. »Viel besser wäre es für uns Menschen, nackt wie die Wilden herumzulaufen; denn in unseren Herzen sind wir Wilde geblieben, die das nur unter Gold und Seide verdecken. Wir sind alle Wilde, wir alle!« Damit hob er einen zerbrochenen Topf auf und ließ ihn mit einem Tritt laut polternd über die Straße fliegen.

Einige Männer in langen Umhängen kamen ihnen auf den schmutzigen Gassen entgegen. Nur hie und da konnten sie über Bretter laufen, meistenteils schmatzte der Dreck unter ihren Schuhen. Ein Rinnsal schmutzigen Wassers bahnte sich seinen Weg, und einmal wurde die Straße so eng, daß sie nur noch hintereinander vorankamen.

Der unerlaubte Hahnenkampf fand im verborgenen in einem Lagerhauskeller statt, und als die drei davorstanden, konnten sie aus dem Untergrund der Stadt die Anfeuerungsrufe, die Begeisterungsschreie und das wilde Krähen der Kampfvögel hören. Die Freunde schoben die dicke Eingangstür auf, schritten die glitschigen Stufen hinab und kamen dem Gejohle und Geschnaube immer näher. Shakespeare stellten sich die Nackenhaare auf.

Der große Keller war von den vielen brennenden Fackeln so verraucht, daß William die Menschenmenge nur schemenhaft wahrnahm, so als bewege er sich durch Dantes Inferno und höre das Heulen der Verdammten. Die drei drängten näher an das Geschehen heran, schoben und wurden gestoßen und fanden sich unvermittelt an der Umzäunung der Arena wieder, in der sich gerade zwei Vögel nach dem Leben trachteten. Im Feuerschein machten sie den zerfetzten großen Kamm eines mächtigen Hahns aus, an dessen Klauenfüßen man scharfe und glitzernde Rasiermesser befestigt hatte. Die dummen großen Augen leuchteten im Licht, Federn flogen durch die Luft, und das ganze Gewölbe roch streng nach Blut.

Shakespeare sah sich um und spürte wieder die eigentümliche Erregung in seinem Innern, die von Gewalttätigkeit ausgelöst wurde. Zwischen diesem Ort und den Tagen, als er über die hübschen baumbestandenen Straßen zur Kirche von Stratford gelaufen war, schienen so viel Zeit und Raum zu liegen, daß er sie kaum ermessen konnte. Damals hatte William ein sauberes weißes Hemd getragen, und er erinnerte sich an den Duft des Sommerwindes und an ein Kirchenlied, das er als Knabe gesungen hatte.

»Gott, gewähre uns Gnade,
In Seiner Umarmung ich labe,
Seine Sanftmut nehme den Schmerz,
Und segnen möge Er unser Herz.«

Die Kleider der hier Versammelten stanken nach Vieh und Markt, nach Hof, Hafen und Schlachthaus oder nach der Tinte der Schreiber. Shakespeare atmete tief ein und blähte die Nasenflügel, bis er sich als Teil dieser Menge fühlte. Doch was hatte er hier eigentlich verloren? Eben noch hatte William im Kerzenschein in einer zarten Liebesgeschichte gelesen, und jetzt fand er sich in diesem unterirdischen Raum wieder, war aus eigenem freien Willen hierhergekommen und erbebte unter unkeuscher Erregung.

Wieder sah er sich um und nahm alles in sich auf: den dicken Kellermeister, der sich mit einem Tablett voller Gläser durch die Menge schob, die stark geröteten, gierigen Gesichter, das Geschrei der Wetteinsätze und das rasche Flattern der Kampfhähne, deren Flügel so schnell schlugen wie sein Herz. Einer der Freunde kaufte eine Flasche, und William bekam sie in die Hand geschoben. Er setzte sie an den Mund, trank und spürte, wie die Flüssigkeit ihn von innen wärmte und anfüllte, bis er sich selbst nicht mehr wiedererkannte.

Die Pflicht soll verdammt sein, dachte er. Und auch zur Hölle mit der Ehre … ich will leben, denn viel zu bald schon muß ich von dieser Welt gehen.

Dieser Gedanke verwunderte ihn. War das immer noch er selbst, der Sohn seines Vaters, der so ergriffen und gläubig an einem sommerlichen Morgen in der Kirche die Lieder gesungen hatte? Er verrenkte den Hals und entdeckte Jack, der nicht weit von ihm stand. Dem Krämer war auf dem breiten Gesicht abzulesen, wie unglücklich er sich hier fühlte. Wie üblich hatte er die Arme eng vor dem Wams verschränkt.

Ein toter Vogel, der an den Füßen vorbeigetragen wurde, streifte Shakespeares Hand. Wenig später begann neben der Tür ein Mann damit, dem Hahn die Messer zu entfernen und ihn dann zu rupfen.

William bekam Kopfschmerzen, und die Männer um ihn herum waren ihm nicht so fremd wie er sich selbst. Eigenartig, welch unterschiedliche Gefühle sich zur gleichen Zeit in der Brust eines Mannes tummeln konnten! Verwirrt trank er noch mehr von dem Gebräu in der Flasche, als sie ihm wieder gereicht wurde, und schob sich dann zu Christopher durch.

Ein Mann in einem Bauernkittel raunzte ihn an und reckte ihm das grobe Gesicht entgegen. »Obacht!« knurrte er und hob die Faust zum Schlag.

»Was juckt Euch, Bursche?« gab William drohend zurück.

»Dorftrottel! Erstickt in Eurem Dung!«

»Sehnt Ihr Euch nach Streit?« entgegnete der Stratforder mit lauter Stimme. »Wartet nur, ich werd's Euch besorgen!« Es wäre sicher zu einer Rauferei gekommen, wenn nicht eine Gruppe Neuankömmlinge erschienen wäre und sich zwischen die beiden geschoben hätte. William erreichte Christopher an der Absperrung und redete wie im Fieber auf ihn ein, um alles loszuwerden, was er hier sah und fühlte.

Marlowes Oberlippenbart zuckte. »Ihr seid ja betrunken!«

»Schweigt, wenn Euch Euer Leben lieb ist«, erhielt er grimmig zur Antwort.

»Ihr wollt mich verdreschen, Will? Nun, dann sag ich's doch gleich noch einmal: Ihr seid besoffen!« Die Bänder seiner Kniebundhose hatten sich gelöst, und der Saum war bis zu den Knöcheln hinabgesunken. Auch hatten die goldenen Stickereien an seinem Wams allen Glanz verloren. Er zog Shakespeare am Arm zu sich heran und flüsterte ihm zu: »Macht Euch nichts draus, Ihr Bauernbursche. Dieser Ort bereitet mir Übelkeit, und mein Geld habe ich auch verloren. Kommt, wir wollen in den Puff.«

Heminges, der inzwischen zu ihnen vorgedrungen war, stellte sich nun breitbeinig vor die Freunde und verkündete mit fester Stimme: »Nein.«

»Ach, seid kein Tropf.«

»Habt Ihr denn Geld?«

»Mehr, als ich brauche, aber weniger, als ich mir wünsche. Kommt Ihr nun mit, oder sollen wir Euch hier inmitten der Federn zurücklassen?«

»Nein, laßt mich nicht allein«, bat der große und zur Verstellung unfähige Krämer und setzte sich umständlich den Hut auf. »Auf, worauf warten wir noch?«

Die drei legten einander die Arme auf die Schultern und schwankten in solcher Reihe die Gasse zum Fluß hinunter. Träge Wellen lappten in der Finsternis gegen die Hafenmauern, und alles hier roch nach fernen Reisen und weitem Meer. Sie hoben die Laternen, als sie auf einer Tür das eingeritzte und von der

Meeresluft matt gewordene grobe Porträt einer barbusigen Schönen entdeckten. Das Bildnis versank wieder in der Nacht, als die Freunde die Lampen senkten und in das Haus traten.

Diesmal ging es die Stufen hinauf, und sie fanden sich in Räumlichkeiten wieder, die einmal einem minderen Bischof zur Verfügung gestanden hatten. Heute drängten sich hier Seeleute und Händler aus der ganzen Stadt. Alle hatten sich herausgeputzt, und man bekam zuhauf gefütterte Wämse, Seidenhosen und modische Rüschenhalskrausen zu sehen, die jedoch oft vom Schweiß erschlafft waren. Derselbe Knabe, den die Freunde in der Bärengrube als Meerjungfrau gesehen hatten, spielte hier Laute und sang dazu. Heute trat er jedoch als Eros auf, und seine furchtsamen Augen schienen zu flehen: O bitte, schlagt mich nicht, o bitte, schändet mich nicht ...

Jack war verschwunden, ohne daß William wußte, wohin, und Christopher ließ sich auch nirgends blicken. Eine alte Vettel nahm Shakespeare an die Hand und zog ihn eine weitere Treppe hinauf in einen Raum mit niedriger Decke. Durch das einzige Fenster konnte man auf die Häuser und Lager im Hafen hinausschauen. Hinter einem ausgefransten Vorhang hockte eine junge Frau mit dunkelbrauner Haut auf einem durchgelegenen Bett, die ihre großen blanken Brüste zur Schau stellte. Sie hatte ein Bein untergeschlagen, und die lange Unterhose hing ihr auf die Knöchel. Dicke schwarze Ringe malten sich unter ihren Augen ab, so als habe sie schon sehr lange nicht mehr richtig durchgeschlafen.

William trat unbeholfen an ihr Lager, setzte sich unbequem auf die Bettkante und ließ sich von ihren kalten und rissigen kleinen Fingern das Hemd aufbinden. Das bin nicht ich, dachte Shakespeare, als er sich vorbeugte und ihre Brüste küßte. Während seine Lippen sich um die Brustwarze schlossen, mußte er an seine Frau denken, und das löste einen Sturm der Verwirrung in ihm aus, der ihn leer und wütend zurückließ. Anne erschien ihm in diesem Moment heilig und entrückt an einen Ort, den er nie wiedersehen würde.

Nach einer Weile hob William den Kopf und erinnerte sich mit ausdruckslosen Augen der Fremden, die er gerade berührt hatte. Er schob die Frau aufs Bett zurück und bestieg sie. Shakespeare betrachtete die zerschlissenen Vorhänge und das Wackeln ihres Busens. Die Dirne hatte einen Arm über den Kopf gelegt, als schliefe sie, und ein Bein angehoben, damit er besser in das Nest von feuchtem Haar zwischen ihren Schenkeln eindringen konnte. Nachdem er seinen Samen vergossen hatte, tat sie ihm nur noch leid.

»Wie heißt Ihr?« fragte William freundlich.

»Ich werde Katie gerufen, aber getauft wurde ich auf den Namen Katherine.«

»Und wo hat man Euch getauft?«

»Daran kann ich mich nicht mehr erinnern. An meine Mutter auch nicht. Sie hat mich alleingelassen, und ein paar Männer haben mich in dieses Haus gebracht, wo ich regelmäßig etwas zu essen bekomme.«

Er nickte und legte sich bäuchlings neben sie. Nach einer Weile begann sie, seinen Rücken zu streicheln. Shakespeare schloß die Augen und fiel in einen Halbschlaf. Als das erste graue Tageslicht durch das Fenster kroch, wachte er wieder auf. Katie schlief neben ihm und schnarchte leise. Neugierig berührte er das Haar zwischen ihren Beinen und fühlte dort die Klebrigkeit seines eigenen Lebenssaftes. Das Mädchen zitterte, und er deckte sie zu. Dann murmelte sie etwas im Schlaf, rieb sich die geschlossenen Augen und rollte sich zusammen, bis sie ganz klein wirkte.

William suchte so leise wie möglich seine Sachen zusammen und kehrte mit der erloschenen Laterne in die Diele zurück. Aus einer Kammer drang Schnarchen, aus einer anderen schnaubendes Lachen. Er hatte einen schlechten Geschmack im Mund, und jeder Knochen tat ihm weh.

Als er an der Küche vorbeikam, blieb er stehen. Christopher lag dort halbnackt auf der Binsenstreu und schlief. Er hatte den Arm schützend um die nackte Schulter des Küchenjungen gelegt. Nach einigem inneren Widerstand huschte William zu ihm, hockte sich vor ihn und flüsterte: »Kit! Kit! Wo ist Jack?«

»Was zum Teufel … mir doch egal …«

»Ist er schon gegangen?«

»Natürlich ... war so wütend auf sich ... laßt mich doch schlafen ... Seit vielen Jahren habe ich das nicht mehr getan ... Tut mir leid, mein Lieber.«

Der Himmel verfärbte sich gerade über dem Fluß, als William auf den schwergewichtigen, breitschultrigen Mann zuging, der an der Hafenmauer stand und auf die geisterhaften Gebilde der ankernden Boote hinausstarrte. Johns Gesicht wirkte älter und zermartert, und er drehte sich traurig zu seinem Freund um. »Wird bald schneien«, meinte er heiser. Dann hakten die beiden sich unter und kehrten den Weg zurück, den sie gekommen waren. Das erste Tageslicht stieg über die weißen Segel auf dem Fluß, die Lagerhäuser und weiter über den Bischofspalast und alles Land dahinter mit seinen Gärten, Feldern, Obstgärten, Wäldern und Wiesen.

William vergaß in keinem Monat, nach Hause zu schreiben.

»Geliebter Vater, teuerste Mutter,

ich sende Euch hiermit meine hochachtungsvollsten Grüße verbunden mit der Versicherung, ständig für Eure Gesundheit und die meiner Brüder und meiner Schwester zu beten. Grüßt mein Weib Anne von mir, und umarmt tausendmal meine über alles geliebten, lieben Kinder.

Ich finde nur wenig Beschäftigung, und deswegen kann ich Anne und meinen lieben Kleinen diesmal nur eine geringe Summe Geldes schicken. Ich gebe es einem Freund mit, der auf seinen Reisen in Eure Gegend kommt. Wenn es mir nicht bald gelingt, eine lohnendere Anstellung zu finden, werde ich wohl wieder heimkehren.«

Sein Vater antwortete ihm ebenso regelmäßig.

»Mein lieber Sohn William!

Die Schmerzen und die Schwere des Herzens, die ich durchlitten habe, sind Dir sicher gut bekannt, und ebenso weißt Du, daß ich nur durch Dich auf Heilung von denselben hoffen darf. Du bist kein Jüngling mehr und hast doch noch keinen ordentlichen Beruf erlernt. Warum kommst Du nicht nach Hause und arbeitest an meiner Seite, der ich alt geworden bin? Ich warte atemlos auf Deine Antwort, liebster Sohn. Dein Weib weint um dich.«

Darauf konnte William nichts entgegnen, aber er schrieb seinen Eltern weiterhin Briefe und beschrieb ihnen darin, was es in London zu sehen und sonstwie zu erleben gab. Natürlich teilte er ihnen nichts wirklich Wichtiges mit, denn der junge Mann spürte, daß alles, was ihn in seinem Innersten bewegte, jenseits ihrer Vorstellung lag. Vater und Mutter mißtrauten allem, was ihrem Sohn Freude bereitete. Und sie hätten sicher auch nicht geglaubt, wie sehr er sie vermißte.

Der Winter kam und brachte bittere Kälte mit.

Greene und seine kleine Familie hatten endlich ein Zimmer im Osten der Stadt nahe dem Tower gefunden, eine übelbeleumdete Gegend, wo Diebe Waisenkindern beibrachten, wie man unbemerkt Geldbeutel von Gürteln schnitt, und trotz des gesetzlichen Verbots Nahrungsmittel angeboten wurden, die bereits schlecht oder gar von Maden befallen waren. Die Häuser hier waren sehr alt und stanken nach Unsauberkeit. In der Gosse schwamm offen der Kot, und die oberen Stockwerke konnten nur durch Außentreppen erreicht werden, an denen Stufen fehlten oder zerbrochen waren. William und John wagten sich mit grimmiger Miene eine solche Stiege hinauf und brachten einen Korb voll mit Brot, Eiern und Fleisch.

Sie blinzelten, bis ihre Augen sich an das trübe Licht in der Kammer gewöhnt hatten, und entdeckten dann Greenes Weib, die mitten im Raum auf dem Boden kniete und ein Hemd ihres Mannes in eine Schüssel mit Wasser tunkte. Die Frau wirkte so klein und ohne den Schwangerschaftsbauch fast gewichtslos.

Robert hingegen sprang begeistert von dem Bett hoch, auf dem er sich bisher träge ausgestreckt hatte. »Bei Gott, Euch hier zu sehen! Glaubt mir, Freunde, die Vaterschaft ist beileibe kein reines Zuckerschlecken. Ich arbeite und arbeite an diesem Stück und einigen Geschichten, die ich verkaufen muß, damit wir etwas zu beißen haben, und bin seit ewigen Zeiten nicht mehr ausgegangen!« Er nickte in Richtung des Säuglings, der auf dem Boden auf einer Decke lag und leise wimmerte, als sei er krank. »Der Kleine verlangt einen unentwegt«, fügte Greene traurig hinzu.

Als wäre dies ein Signal, nahm die schmächtige junge Frau das Kind an sich, öffnete ihr Mieder und legte ihre kleinen, flachen Brüste bloß. Greene fiel sofort vor seiner Familie auf die Knie und drückte Mutter und Kind an sich, als müsse er sie vor der ganzen weiten Welt beschützen. Dann bemerkte er den Korb. »Ei, was ist denn das, Will? Was habt Ihr da mitgebracht?«

»Essen für das Baby und Bess.«

»Bei meiner Seel', Ihr guten Menschen! Wie sehr ich Euch liebe!«

»Sagt so etwas nicht«, widersprach Shakespeare gleich, »denn ich bin kein guter Mensch. Mein eigenes Weib und meine Kinder habe ich seit zwei Jahren nicht mehr zu Gesicht bekommen. Und ich habe erfahren müssen, daß Anne sich wegen mir die Augen ausweint.«

»Ach, papperlapapp!« rief Robert. »Seid guter Dinge. Der Fluß ist zugefroren. Warum gesellen wir uns nicht zu den anderen fröhlichen Menschen und laufen über den Fluß bis zum Jahrmarkt? Jonson hat fest versprochen, auch mitzukommen. Wie ernst das Leben einen doch machen kann. Sogar er plant, während des Ziegelsetzens für einen Weinkeller eine Tragödie in Latein zu verfassen! Auf, Freunde!«

Der Himmel zeigte sich in einem undurchdringlichen Weiß, und die ganze Stadt schien nur noch aus grauem Stein und hier und da ein paar roten Dachziegeln zu bestehen. Vor ihnen breitete sich majestätisch die Themse aus, so weit das Auge sehen konnte, und von oben fielen langsam und träge Schneeflocken. Wenn William ausatmete, entstand vor ihm eine leichte Rauchwolke, so als schwebe seine Seele vor ihm her.

Die vier Freunde wagten sich zuerst nur vorsichtig aufs Eis. Dann stellte sich Jack auf die Schultern der anderen und mühte sich, sein Gleichgewicht zu halten. Bald rutschten sie los, lärmten und versuchten auch sonst, den großen Mann abzuwerfen.

»Möge man Euch einen Stock in den Arsch schieben!« brüllte Benjamin, der als nächster nach oben gedurft hatte, und jetzt hinunterfiel. Er landete auf dem Rücken und rutschte über das Eis. Die braune Wollhose war an der Unterseite des Oberschenkels aufgerissen, und in seinem dicken Wams wimmelte es von Mottenlöchern. Jonson rappelte sich wieder auf, setzte dem kleinen Greene nach und schlug mit seinen Pranken nach ihm. Papiere und Schreibgerät flogen dem Maurer aus den Taschen.

»Gott steh mir bei, das ist doch die Feder, die ich Euch geborgt hatte!« rief Shakespeare.

»Sie taugt nichts. Alle schlechten Verse habe ich allein ihr zu verdanken. Wenn Ihr mir nicht eine so schlechte Feder gegeben hättet, könnte ich längst ein reicher Mann sein. Sie kritzelt nur traurige Zeilen, wie ›Mein geliebtes Weib‹, obwohl Ihr doch ganz genau wißt, daß ich Junggeselle bin.«

»Wartet, wenn ich Euch erwische, knüpfe ich Euch auf!« lachte William. Er balancierte auf den Händen über das Eis, wackelte übermütig mit den Beinen, schlug einen Purzelbaum, landete geschickt auf dem Rücken und breitete die Arme aus, als wolle er sich ergeben.

»Haltet den Burschen!« schrie Benjamin mit lachenden Augen und roten Wangen.

Aber Greene war schneller als die anderen. Er rannte zwischen den Zelten umher und wich behende den Leinen und Seilen aus. »Vorsicht!« herrschte ihn eine alte Frau an, und er drehte sich im Lauf um und verbeugte sich vor ihr.

Der Geruch von Ingwer und Holzfeuern breitete sich in der kalten Luft aus, als sie schreiend und jauchzend nach Westen über den gefrorenen Strom glitten. Die große Brücke wurde hinter ihnen immer kleiner. Robert drehte sich gewandt, und selbst wenn er zu stürzen drohte, gelang es ihm doch stets mit breitem Lächeln, das Gleichgewicht zurückzugewinnen. Sie trafen auf einen Mann, der ein Flageolett, eine kleine Flöte, spielte, und Greene umtanzte ihn. Sein roter Bart hüpfte unter seinem frohen Lachen auf und ab.

Jack mühte sich nach Kräften, aufrecht auf dem Eis zu bleiben. »Wenn mich jetzt einer schubst, steht er nicht mehr auf«, drohte er finster, nachdem er zum dritten Mal auf dem Allerwertesten gelandet war. »Das gilt auch für Euch, Will. Glaubt mir, ich könnte jeden von Euch mit einer Hand über dem Knie in zwei Teile zerbrechen.«

»Ach, bitte, zeigt uns das doch einmal!«

»Nein, ich bin viel zu sehr damit beschäftigt, in der Balance zu bleiben.«

Jonson eilte heran, hielt die anderen fest und schrie, wobei sich der Atem in der kalten Luft abzeichnete. »Haltet ein, Freunde, und salutiert! Dort drüben liegt die Bärengrube, und nicht weit davon erhebt sich das Rose-Theater!«

Sie blieben alle stehen und wandten sich nach Süden zu den Lagern und Ziegelsteinmietshäusern. Dahinter ragten die beiden verwinkelten Gebäude mit ihren Galerien in die Höhe. Benjamin bildete mit den Händen einen Trichter vor dem Mund. »Lang lebe das Theater des Hurenscheuchers. Lang genug lebe Henslowe, um endlich meine Überlegenheit und meine göttliche Begabung anzuerkennen! Und langes Leben allen Schauspielhäusern!«

Zur vierten Stunde dieses Februarnachmittags wurde es bereits dunkel, und sie liefen, so weit es ihnen beliebte, zu den Westtoren der Stadt hinaus, ehe sie ans Umkehren dachten. Immer noch laut und guter Dinge zogen die Freunde ostwärts auf die Brücke zu und wieder vorbei an den grobgezimmerten hölzernen Anlegestellen und zur Zeit unbrauchbaren Fähren, die man dort angebunden hatte. Die ersten Lichter brannten in den Häusern am Flußufer.

Die Luft roch immer noch würzig nach Holzfeuern, verbrannten Blättern, kalten Bäumen und Schnee. Dann ragte die große Brücke vor ihnen auf, die mächtig die breite Themse überspannte. Die Spitzen der gedeckten Dächer und Türme trugen eine weiße Haube. Hie und da entdeckten sie ein von seinen Segeln entblößtes Boot, das wie ein unvorsichtiger Vogel im Eis gefangen saß.

William ließ den Blick über das Nordufer wandern. In einem Fenster stand eine Frau und schaute hinab auf den Fluß, während sie ihre Kappe mit Klammern befestigte. Überall hatte man gestreifte Zelte aufgeschlagen, und von Dutzenden Kohlepfannen stieg Rauch auf. Ein paar Knaben liefen vorbei, und denen folgte ein Wagen, dessen Ladung mit einem Tuch aus grobem Leinen abgedeckt war.

Eine kalte Nacht, Herr.

Laßt Euer Feuer nicht ausgehen.

Greene fragte: »Wo steckt eigentlich Christopher? Warum ist er an diesem schönen Tag nicht mit uns hier draußen?«

William schüttelte den Kopf. »Sein Mäzen hat ihn nach Frankreich geschickt. Doch weiß ich nicht, in welchem Auftrag. Als wir uns verabschiedeten, habe ich ihn meinen Freund genannt, aber er meinte, nein, er sei niemandes Freund, am allerwenigsten sein eigener. Verdammter Kerl, soll Kit doch tun und lassen, was er will.«

Der Schnee fiel nun dichter, und im Dämmerlicht schien die ganze Welt silbern zu glänzen. Während Shakespeare so dastand, erwachte in ihm eine große Liebe für alle Menschen, die er kannte, und auch für die anderen. Vor lauter Glücksgefühl traten ihm Tränen in die Augen. William glaubte, eine Reinheit in sich gefunden zu haben, wie er sie seit seiner Kindheit nicht mehr gekannt hatte.

Als die Freunde die Brücke erreichten, war es Nacht geworden. Sie liefen unter der Konstruktion durch, kletterten über die massiven Steinklötze und sprangen an einem Straßenhändler vorbei, der nur Lumpen am Leib trug und neben seinem Lagerfeuer eingeschlafen war. Dann blieb das Quartett auf der anderen Seite stehen und schaute hinaus auf die Stelle, wo der Strom abbog, um ein gutes Stück weiter im Meer zu münden. William drohte erneut vor schierem Glück das Herz zu zerspringen.

Ach Gott, dachte er, könnte dies doch ewig so weitergehen! Möge dieser Moment verweilen und sich ausdehnen, so daß die weniger schönen keine Möglichkeit erhalten, ihn und seine Intensität jemals zu beflecken oder zu verdunkeln! Und während Shakespeare sich das wünschte, verging das letzte Licht und mit ihm der wunderbare Augenblick.

Erste Auftritte

In diesen frühen Jahren empfand William das Theater als einzigen Born der Freude. Und er gelangte zu der festen Erkenntnis, daß hier die Arbeit wartete, der er sich verschreiben wollte. Doch wußte der Stratforder nicht, wie er darin jemals Erfolg haben sollte.

Ihm wohnte so viel Leben inne, daß er gar nicht wußte, was er mit dieser Menge anfangen sollte. William griff begierig alles auf, was an der Oberfläche seines Innenlebens auftauchte – und die erschien ihm wie ein Fluß, von dem man nur die obersten Schichten sehen kann, während die tieferliegenden einem verborgen bleiben. Christopher hatte ihm einmal sehr deutlich gesagt, er fürchte sich vor dem Großteil dessen, was in ihm stecke. Dann hatte er ihm die Hand auf die Brust gelegt, und William hatte für etliche Sekunden geschwiegen, so als offenbare ihm ein Engel oder ein noch höheres Wesen mit dem Auflegen dieser harten und doch so zierlichen Finger die Wahrheit über sich selbst. Doch nach einem Moment hatte Shakespeare die Hand abgeschüttelt und Kit den Rücken zugekehrt. Christophers Worte, er sei niemandes Freund, brannten immer noch schmerzlich in ihm, und er verdrängte sie lieber.

Der Winter verzog sich nur langsam, und viel Eis blieb im Wasser zurück, das gegen die Brücke schlug. Die Sonne stieg bleich vom Ostende der Welt auf und kletterte steif und wie altersschwach den Himmel hinauf. Nackte Bäume reckten ihre Äste, und kleine Spatzen mit aufgeplustertem braunem Gefieder hüpften hungrig über den kalten Boden im Garten hinter dem Krämerladen. Ständig sah man sie innerhalb der Mauer zwischen den gepflegten Kräuterbeeten. Allmählich taute die Erde auf, und in die Bäume, die ungeschützt die Flußwinde ertragen mußten, kehrte das Leben nur langsam zurück. Doch diejenigen, die an geschützteren Orten standen und mehr Sonne abbekamen, trieben schon erste Knospen.

Die eine oder andere Theatergesellschaft hatte Arbeit für William, manchmal für ein paar Tage in der Woche, andere Male für länger. Die Welt schien zu glitzern, wenn er zum Schauspielhaus eilte, gelegentlich zu dem unweit des Ladens, aber auch zu dem über eine Meile entfernten, zu dem man über die Brücke mußte, dann die Bishopsgate hinauf und hinaus auf die Felder vor der Stadt. Sonnenlicht funkelte auf Abfallhaufen, auf denen sich stellenweise noch Eis hielt, auf den alten Ziegelsteinhäusern und auf ein oder zwei Märzenbechern, die sich scheu an Schenkenwände kauerten. Wenn Shakespeare das jeweilige Theater vor sich sah, beschleunigten sich seine Schritte, und manchmal rannte er sogar. Und in diesen Zeiten strotzte sein Körper so sehr von Saft und Kraft, daß er hätte glauben mögen, ewig zu leben.

Er spielte einen auf dem Schlachtfeld gefallenen Soldaten und lag an einem warmen Frühlingsnachmittag auf der Bühne, während seine Kameraden über ihn stiegen und vor oder zurück wichen. Der tödlich Getroffene hörte das Stampfen der Stiefel und sah, wie die Soldaten in Stellung gingen oder mit dem Schwert aufeinander einhieben, während sie leise mitzählten, um zu wissen, wie lange sie ein Manöver durchführen mußten, wann sie wieder an der Reihe wären oder wann ein neues Stichwort fiele. Die Bühnenbretter wackelten unter ihrem Springen und Fallen, und William spürte sogar die Erregung der Zuschauer, die hingerissen den Ausgang des Stücks verfolgten.

Er öffnete die Augen einen Spalt weit und gewahrte weit über sich das strohgedeckte Dach und durch die Lücke darin und jenseits davon den perfekten blauen Himmel, über den nur eine oder zwei kleine Wolken glitten.

In diesem Moment glaubte der Stratforder, sein Leben könne nicht perfekter sein. Und er konnte sich nicht mehr wünschen, als daß es immer so und genau so bleibe. Der junge Mann fühlte sich dann rein und frei, denn in den Stunden auf der Bühne konnte er dem entfliehen, was ihm die meisten Schwierigkeiten bereitete, nämlich Will Shakespeare zu sein. Ja, so nannte man ihn. Will. Ab und an glaubte er, alles in dieser Welt erreichen zu können, wenn er nicht damit fertig werden mußte, er selbst zu sein.

Für eine gewisse Zeit war Benjamin ihm der Liebste unter den Freunden. Er staunte über das Wunder dieses unentwickelten Talents und verfolgte ehrfürchtig, wie dieser Mann keine zehn Seiten schreiben konnte, ohne vorher nicht mindestens fünfzig zerrissen zu haben. Daß Ben nur selten etwas zu Ende brachte, störte William nicht, genausowenig wie die Besessenheit des Maurers für das Römische Imperium. Jonson konnte Stunden damit verbringen, von nichts anderem als seinem leidenschaftlichen Wunsch zu reden, in jenen fernen Tagen gelebt zu haben, von denen er behauptete, dort sei es weit rationaler zugegangen als heute.

Doch irgendwann empfand Shakespeare die Art dieses Mannes, der oft genug die Wahrheit nicht von wilden Geschichten unterscheiden konnte, als ziemlich erschöpfend. Ähnlich erging es ihm mit dem leicht aufbrausenden Robert, der sich nur noch mit seinem Weib stritt und sie sogar schon mehr als einmal geschlagen haben sollte. Marlowe weilte noch immer im Ausland, und so blieb ihm nur der offene und praktisch veranlagte John Heminges. William hatte diesen ruhigen Mann im Kreise der Freunde oft zuwenig bemerkt, und nun blieb ihm Zeit, das Versäumte nachzuholen.

In der ganzen Stadt fand man wohl keinen ehrlicheren Menschen als diesen breiten und schweren Krämer. Obwohl viele Maiden durchaus Gefallen an ihm fanden, schreckte er sie doch durch seine ernste Art ab. Als gläubiger Mann kannte er sich mit der Heiligen Schrift und dem Gesangbuch bestens aus, und nicht einmal versäumte er es, am Sonntag Hand in Hand mit seiner Tochter die Gemeindekirche zu besuchen. An einem Tag im Monat versah er freiwillig in der Gemeinde Dienst als Nachtwächter, und dann war er bis zum Morgen auf den Beinen, spähte in Gassen und Kellertreppen hinab und sorgte auch sonst dafür, daß die Nachbarn ruhig schlafen konnten. Als zutiefst sinnlicher

Mensch bereitete ihm genau diese Sinnlichkeit den größten Kummer. Aber William erging es ja kaum besser. Und wenn sie etwas mehr liebten als das Theater, dann die Frauen, wie sie sich beide untereinander gestanden.

John wünschte sich mit jeder Faser seines Herzens, ein zweites Mal zu heiraten. Doch plagte ihn die Überzeugung, sein erstes Eheweib sei an Gram gestorben, weil seine Krämerei sich als Fehlschlag erwiesen hatte. Und er wollte nicht noch einmal freien, wenn seine neue Frau ebenso in Armut leben mußte. Solange er sich keinen Rüschenkragen, keinen Diener leisten konnte oder auch gelegentlich ein Mietpferd, wollte er nicht um die Hand einer Schönen anhalten.

Die beiden teilten sich die Arbeit im Laden, aber William empfand diese Tätigkeit als so fade, daß er es sich zur Angewohnheit machte, hinter dem Tresen zu lesen. Oft fesselte ihn die Lektüre derart, daß er gar nicht mitbekam, wenn jemand die Krämerei betrat oder wieder verließ. An einem Hochsommertag mußte John zum Priester, weil es darum ging, die Not der Armen in der Gemeinde zu lindern. William blieb allein zurück. Er hatte am Vortag zweimal auf der Bühne gestanden und fühlte sich rechtschaffen müde. Irgendwann legte Shakespeare den Kopf auf die Theke und war kurz darauf eingeschlafen.

Einige Stunden später fuhr er hoch und befand sich in jenem Zustand der Benommenheit, in dem man nicht weiß, ob Minuten oder Tage vergangen sind, ob man sich noch auf demselben Fleckchen Erde oder weit fort davon aufhält, ob inzwischen ein neuer König den Thron bestiegen oder ob sich sonst ein bedeutendes Ereignis abgespielt hat. Der Tag war so angenehm warm, er konnte vom Garten die Vögel singen hören, und trotzdem schien irgend etwas nicht zu stimmen. William erhob sich, gähnte ausgiebig und sah sich dann um. Als erstes fiel ihm auf, daß die Tür zwischen dem Laden und den Privaträumlichkeiten, die normalerweise abgeschlossen war, nun offenstand. Shakespeare konnte sich nicht daran erinnern, sie selbst geöffnet zu haben, und so rief er schläfrig: »Jack, seid Ihr da? He, alter Pißpott, seid Ihr etwa nach Hause gekommen, ohne mir Bescheid zu geben?«

Er erhielt keine Antwort und begab sich verwirrt in die beiden Kammern hinter dem Laden. In der ersten entdeckte er, daß Kochgeschirr auf dem Boden lag und jemand ihrer beider Bettstatt verschoben hatte. Sein Herz schlug schneller. Auch im zweiten Raum befand sich alles in Unordnung. Susans Puppen lagen umgekippt auf dem Bett, einige Kleidungsstücke des Mädchens hatte jemand auf dem Boden verstreut, und ihr Hut, der sonst stets auf der Truhe thronte, war in eine Ecke geworfen worden. William kehrte in die Küche zurück und erkannte jetzt, daß man ihre Betten durchwühlt hatte. Auch hatte jemand die Schatulle aufgebrochen, in der er seine Briefe aus Stratford aufbewahrte. Irgendwer mußte etwas dringend gesucht haben.

Der Riegel an der Hintertür, die zum Garten hinausführte, war offen. Shakespeare riß die Tür auf, stand auf der Schwelle und starrte benommen auf den Birnbaum, die Kräuterbeete, die Kohlköpfe und die Blumen. Ja, tatsächlich, jemand hatte, während er schlief, den Laden durch die Vordertür betreten und war durch den Garten wieder verschwunden. Das Gitterwerk an der Wand, an dem sich Reben rankten, war an einer Stelle zerbrochen, so als habe sich jemand beim Hinübersteigen dort festhalten wollen.

Oh, bei den Wunden Christi! dachte er und fühlte sich entblößt, weil der Eindringling in seinen Briefen herumgestöbert hatte. William wußte nicht, was der Mann hier gesucht oder ob er es gefunden hatte. So lief er immer noch ziellos hin und her, als Heminges zur sechsten Stunde pfeifend heimkehrte.

»Zieht die Fensterläden zu«, forderte er seinen Mitbewohner gutgelaunt auf. »Wir wollen an der Brücke eine Partie Bowling spielen. Und auch auswärts essen, denn ich gestehe freimütig ein, daß meine Kochkünste noch dreimal schlechter sind als die Euren!«

»Jack«, entgegnete William leise und unglücklich, »jemand hat hier eingebrochen.«

Der Krämer blähte die Nasenflügel auf, und ein gefährlicher Zug trat in seine dunklen Augen. Dann zuckte er die Achseln und eilte zielstrebig in die hinteren Kammern. Sein Weg führte ihn gleich zum Herd. Er kniete sich davor hin und zog einen losen Stein heraus.

Ein gurgelnder Schrei entfuhr John, und er keuchte: »Diese Filzlaus! Ja, Will, jemand ist eingedrungen und hat alles genommen! Irgendwer hat alles gestohlen, was ich bis auf den heutigen Tag zusammengespart habe!«

»Wieviel war das denn?«

»Vierzig Pfund und etwas Gold.«

»So viel?« entfuhr es Shakespeare fassungslos. »Das ist ja ein Vermögen! Warum habt Ihr das denn hier aufbewahrt? Ich hatte ja keine Ahnung, daß Ihr eine solche Summe auf die Seite gebracht und sie hier versteckt hattet!«

»Ich habe das alles in langer Zeit zusammengetragen. Bis letzte Woche hatte ich die Summe beim Goldschmied hinterlegt, doch dann holte ich sie zurück, weil ich diesem Mann nicht traue.«

»Und habt alles hier versteckt?«

»Ja, in einer kleinen, verschließbaren Schatulle.«

»Vielleicht habt Ihr das Geld ja doch woanders hingelegt. Denkt scharf nach, Jack!«

Der Krämer preßte die Hände an die Schläfen und murmelte verzweifelt: »Nein, nein, genau dort habe ich es hineingelegt ...«

Dennoch suchten sie auf Händen und Knien die Kammern ab, schauten in allen Krügen und Schachteln auf den Regalbrettern nach, sahen auch in die hintersten Ecken und stülpten leere Gefäße und Töpfe um. John lief in den Garten und beäugte die beschädigte Stelle im Gitterwerk. Dann stieg er selbst daran hoch und spähte über die Mauerkrone. »Aha!« rief er. »Der Schuft ist dort entlang zum Fluß gelaufen ... den holen wir nie mehr ein. Drei Jahre hat es mich gekostet, diese Summe zusammenzutragen! Jetzt kann ich nie mehr Vaters Laden zurückkaufen.« Heminges sank an der Mauer zusammen, hockte sich auf den Ziegelsteinhaufen, den er schon vor Jahren angeschafft hatte, um die Mauer zu erhöhen, und stöhnte vor sich hin.

Als William vor diesem riesenhaften gebrochenen Mann stand, fand er zunächst keine Worte, verschränkte dann aber fest die Arme und sagte leise: »Nun, Jack, die Schuld daran trage wohl ich. Denn ich bin am Tresen eingeschlafen, und der Einbrecher muß sich an mir vorbeigeschlichen haben.«

»Ihr habt geschlafen ...«

»Vermutlich hat der Eindringling den Schlüssel zu unseren Kammern an sich gebracht, der hinter der Theke hängt.«

Heminges sprang hoch und richtete sich zur vollen Größe auf. Seine Nasenflügel bebten, und seine dunklen Augen sprühten Zornesfunken. »Wie konntet Ihr nur?« brüllte er. »Was habt Ihr mir und meiner kleinen Tochter damit nur angetan? Ach, Ihr seid auch nicht besser als der Rest. Was für ein Wahnsinn von mir, etwas mit Euch zu schaffen haben zu wollen! Wahnsinn, der schiere Wahnsinn! Dabei bin ich doch ein gottesfürchtiger Mann und aufrechter Christ!«

William war so verwirrt, daß er nur stammeln konnte: »Ich schwöre, Euch eines Tages alles wiedergutzumachen ... Weiß ich auch jetzt nicht, wie mir das je möglich sein sollte ...«

Shakespeare fing an zu weinen, wischte sich mit einem Ärmel die Tränen fort, stolperte dann in die Kammer zurück und fing an, seine wenigen Sachen zusammenzupacken. Aus dem Garten vernahm er Johns Schimpfen, und unter neuerlichen Tränen konnte er nur entgegnen: »Nun denn, ich verlasse Euch, denn ich verdiene es nicht besser.« Damit überkam ihn so großer Kummer, daß er sich auf die Bettstatt hockte und das Gesicht auf die Knie legte.

Nach einer Weile kam auch Heminges herein und stampfte unruhig auf und ab.

»Nein, geht nicht«, murmelte der Krämer, »denn Ihr seid ein guter Mensch und mein bester Freund, wenn ich je einen gehabt haben sollte. In diesen Zeiten weiß ich nicht, wie sehr mich die anderen scheren, doch Ihr wohnt immer noch in meinem Herzen. Wenn ich Euch auch verlieren sollte, wäre damit alles dahin; denn nur mit meiner Tochter würde ich mich zu einsam fühlen ... Verlaßt mich bitte nicht, Will. Kommt, laßt uns lieber nachdenken, denn nicht umsonst hat der Herr uns mit Verstand gesegnet. Ich hätte das Geld nicht vom Goldschmied zurückholen dürfen, aber es ist nun einmal geschehen, und wir sollten jetzt besser nachsinnen, wie wir mit allem fertig werden. Meine

Halbjahresmiete für den Laden wird in diesen Tagen fällig ... zehn Pfund ... und ich weiß nicht, wie ich eine solche Summe aufbringen könnte.«

»Henslowe kann Euch doch etwas borgen«, schlug Shakespeare mit kläglicher Stimme vor und wischte sich noch einmal über die Augen.

»Nein, er ist es leid, immer Münzen lockermachen zu müssen, und außerdem läuft die Saison für ihn nicht so gut ... Wir gehen zu meinem Bruder nach Kent und bitten ihn um die zehn Pfund, obwohl ich mich vor diesem Gang fürchte. Er mißbilligt alles, was ich tue, und wirft mir vor, den Laden unseres Vaters durch Unbedachtsamkeit verloren zu haben, weil ich an dem Tag, als die Flut kam, nicht zu Hause, sondern mit meinem Weib bei ihrer kranken Mutter war.«

Am nächsten Morgen brachen sie mit dem Kind zwischen sich auf, liefen an den Buchdruckereien und Herbergen der Old Kent Road vorbei, die sich durch die gleichnamige Grafschaft windet. Sie erreichten Canterbury, dann Dover und wenig später die weißen Klippen über dem Meer. Hier legten sie Rast ein, und Susan sprang herum und pflückte Blumen. Als das Kind mehr beisammen hatte, als es tragen konnte, setzten sie ihren Marsch fort und standen vier Stunden später mit schmutzigem Schuhwerk und ziemlich erschöpft vor der Tür des Bauernhauses.

John war nur wenige Jahre jünger als sein Bruder, aber dieser wirkte deutlich älter. Beide besaßen die gleiche stämmige Statur, doch wo Johns Miene Leidenschaft und Herzlichkeit aufwies, fand man bei dem Bruder nur Härte und Strenge. Aber der Mann besaß ein schönes Haus mit vielem Zinngeschirr und sogar einigen Gegenständen aus Silber. Mit der geliehenen Summe war allerdings eine längere Predigt verbunden, die der Krämer mit gesenktem Haupt stoisch über sich ergehen ließ. Danach verschwanden die beiden Brüder in Richtung Mühle, und William erhielt von der Küchenmagd nicht nur ein Paket mit Nahrungsmitteln, sie küßte ihn auch hinter der Tür.

Am späteren Nachmittag traten sie den Rückmarsch an, und Jack verhielt sich sehr schweigsam. Einige Male bewegten sich seine Lippen, blieben aber stumm. William hielt das Mädchen an der Hand, und das Stoffbündel mit dem Essen hatte er an einen Stock gebunden, der auf seiner Schulter lag. An einem Bach hielten sie an, öffneten das Tuch, packten Brot und Fleischpastete aus und tranken Wasser aus einem kleinen Holzbecher. Danach lehnte Heminges sich an der Böschung zurück, legte die Hände unter den Kopf und blickte stirnrunzelnd in die Baumwipfel. »Shakespeare?«

»Ja, mein Freund?«

»Ich glaube, im zurückliegenden Jahr bin ich älter und reifer geworden! Wenn ich zurückblicke auf die Dinge, die ich früher getan, oder die Häuser, welche ich aufgesucht, dann glaube ich, daß mich ein Wahn befallen hatte! Mein Vater war ein rechter Puritaner, na, Ihr wißt schon, und er verbot mir auch die kleinste Freude. Zu oft habe ich von ihm Prügel bezogen, und ich glaube, davon rührt vieles in meiner Entwicklung her. Ich lebte lange hin und her geworfen zwischen Vaters ständigen Ermahnungen und etwas anderem – vor allem nach Beths Tod ... Doch heute glaube ich, von mir sagen zu dürfen, daß ich zwar nicht so wie mein Vater geworden bin, mich aber dennoch zu einem guten Menschen entwickelt habe. Ich bin eben so, wie ich bin, und daran kann man nichts ändern. Irgendwann kommt für jeden die Zeit, da er wissen muß, wie es in seinem Herzen aussieht, und dorthin zurückzukehren.«

William saß im Schneidersitz daneben und zupfte die Blätter von einem schlanken Schößling. Er betrachtete mit traurigen Augen Susan, die durch den Bach watete und vor Vergnügen quietschte.

Der Krämer fuhr fort: »Ich muß ehrlich sein, nicht um seines Angedenkens willen, sondern weil ich es mir selbst schuldig bin ... Und ich glaube an die Gnade Gottes. Vielleicht hat Er mir Seine Prüfungen nur geschickt, um mich stärker zu machen, aber das vermag ich nicht zu sagen ...« Unvermittelt fügte er leise hinzu: »Ich will Euch berichten, was mein Bruder mir beim Mühlengang mitzuteilen hatte.« Seine Stimme bebte leise. »Ein Großonkel von uns, der in London lebt und mit mir kein Wort mehr gesprochen hat, seit ich den Laden meines Vaters verlor, ist sehr krank und alt. Wie es heißt, sollen ihm nicht mehr viele

Tage beschieden sein. Wenn er stirbt, werden wir einiges Geld von ihm erben, und dann kann ich Vaters Laden zurückkaufen.«

»Und was wird dann aus mir, Jack?«

»Wieso? Ihr bleibt natürlich so lange bei mir, wie ich lebe«, antwortete der Krämer in aller Selbstverständlichkeit. »Wißt Ihr denn nicht, daß wir wirkliche Freunde sind? Wir beide sind uns sehr ähnlich, William, davon bin ich überzeugt, also mögt Ihr das auch so sehen. Und ich muß es zu Wohlstand bringen, ich will als reicher Mann sterben.«

»Ja, das würde mir auch gefallen«, entgegnete Shakespeare mit seligem Lächeln.

Die Dämmerung war hereingebrochen, als sie an den Druckereien vorbeikamen, die sie bereits am Morgen passiert hatten. Der muffig-feuchte Abfallgeruch ihres Viertels erhob sich, um sie zu begrüßen, und mit ihm kam eine leichte Brise mit dem Gestank von Bären und Hunden.

William ging wieder auf Tournee. Ein festangestellter Schauspieler hatte absagen müssen, und einer der Besitzer der Queen's Men, einer respektablen Truppe, die einst oft bei Hof gespielt hatte, heute aber ein karges Dasein an den Rändern der Stadt und in den Provinzen fristen mußte, schickte einen Lehrjungen zu den beiden jungen Männern. John wollte das Geschäft nicht so lange alleinlassen, und so packte William binnen einer Stunde das wenige zusammen, das er für die Reise brauchte, und traf dann mit dem angesehenen Ensemble aus sechs Männern und zwei Jünglingen im White Horse Inn zusammen.

Ein Wagen wurde mit den Kulissenteilen und der persönlichen Habe der Schauspieler beladen. Während sie langsam aus der Stadt zogen, schlug William die neuen Stücke auf, die man ihm in die Hand gedrückt hatte, und fing an, seine Rollen auswendig zu lernen. Der Straßenstaub legte sich auf sein Haar und seine Kleidung, und er schritt dahin, den Text wieder und wieder leise murmelnd.

Wenn Shakespeare sich nicht auf ein Stück vorbereitete, stand er auf der Bühne, und wenn er diese verlassen hatte, lernte er wieder Text auswendig. Irgendwo unterwegs lehnte William einmal an einem Baum, während die anderen sich auszogen, um in einem kleinen Fluß zu baden. Das Wasser strömte durch eine herrliche Landschaft, und am Horizont konnte man die Ruinen eines uralten Klosters erkennen. Nicht einmal die Menschen in dieser Gegend kannten sein wahres Alter oder seine Geschichte. Und in diesem Moment formulierte er seine eigenen Worte. Nicht wie diejenigen in seinen Briefen nach Hause, in die er noch Blumen, Münzen und Zeichnungen von den Dingen packte, die ihn begeistert oder erstaunt hatten. Nein, er legte die Rückseite eines Textblattes aufs Knie und fing an, ein altes Stück umzuschreiben. Jeden Tag hatte Shakespeare den Worten gelauscht, die seine Freunde in den Wirtshäusern einander zuriefen: die glänzend formulierten Ansprachen eines Christopher Marlowe, von dem inzwischen zwei oder drei Dramen aufgeführt worden waren; die lyrischen Ausführungen des Robert Greene; und die Beiträge all der anderen. Die Sehnsucht nach seinen Kindern, die Gemeinschaft mit den Kameraden und die Leidenschaft, die William für die Welt rings um ihn herum verspürte, hatten sich in seinem Innern so angesammelt, bis kein Deckel sie mehr halten konnte und sie unbedingt in Form von Dialogen hinausmußten.

So saß er an jenem schönen Tag unter dem Baum, bekam von dem Planschen der Schauspieler im Wasser kaum etwas mit und fing an zu schreiben. Spät in der Nacht, wenn sie in einer Herberge abgestiegen waren, hockte Shakespeare sich vor den Küchenherd und schrieb im Licht des niedergebrannten Feuers. Das matte Glühen warf tiefe Schatten auf das Blatt und die Finger, welche die Feder hielten, während er dic betagten Szenen von Blutvergießen und Rache umdichtete. Auch versuchte er sich an einer Komödie über das alte Thema von Zwillingen, die nach ihrer Geburt getrennt werden.

William erzählte niemandem davon. Doch frühmorgens stand er schon wieder auf dem Herbergshof und lauschte dem Schwatzen der Fuhrleute und Stallknechte. Er lachte und fluchte mit ihnen, trank ihr warmes Ale. Und in diesen Momenten, wenn seine Kollegen noch oben in ihren Kammern schliefen, zu zweit oder zu dritt in einem Bett, überkam ihn mitunter das Gefühl, mit seinen immerhin sechsundzwanzig Jahren erst am Anfang seines Lebens zu stehen.

Auch während der Weihnachtszeit und der windigen Wintermonate setzte er seine Arbeit fort. Er schrieb leise, zerriß, was ihm nicht gefiel, und machte sich von neuem daran. Manchmal vergingen mehrere Tage, in denen er nichts zu Papier brachte, weil ihm nichts Rechtes einfallen wollte oder er sonst zuviel zu tun hatte. Einmal zeigte er Greene eines seiner Werke. Dieser überflog den Text und lächelte leise vor sich hin, sagte aber nichts. William verdroß das sehr, wußte er doch, daß seine Arbeit so ganz schlecht nicht sein konnte. Neben seinen eigenen Werken erhielt er auch Aufträge, zusätzliche Zeilen oder Monologe in Repertoirestücke zu schreiben. Bei einem Werk mußte er Possenreißer einbauen und in wieder einem anderen eine ganz neue Szene einfügen.

In dieser Zeit fühlte Shakespeare sich ständig verliebt. Eine Woche seufzte er über die eine Schöne, in der nächsten über eine andere. Rings um ihn herum waren Frauen, und begegnete er einer, war es meist schon um ihn geschehen. Bei der einen faszinierte ihn das Knistern des Reifrocks, bei der nächsten die Falten in einem Überwurf, und gut einen halben Monat verfolgte ihn das Bild einer jungen Maid, die sich an einem warmen Wintertag gerade bückte, um ihren Waschkorb aufzunehmen. Sie hatte sich die Röcke hochgebunden, und Shakespeare erhaschte einen Blick auf ihre bloßen braunen Oberschenkel. Bei einem wogenden Busen hinter geschnürter Bluse und festem Mieder geriet er in Verzückung. Einmal strich er zärtlich über den Samtstoff eines der Kleider im Fundus zu *Der Jude von Malta* und stellte sich vor, weiches Fleisch darunter zu spüren. John Heminges hatte eine junge Frau gesehen, die ihm über die Maßen gefiel, und er erzählte pausenlos von ihr. Doch zu diesem Zeitpunkt hatte William bereits derartige Sehnsüchte abgelegt. Wie unter Zwang kehrte er regelmäßig zum Schreibtisch zurück. Wenn er nach Hause kam, schien dort schon das stumpf glänzende, billige Papier auf dem Tisch zu rufen: Beschreib mich, fülle mich mit Worten.

Und Worte waren für ihn mehr als bloße Bezeichnungen oder Beschreibungen; in ihnen steckte alles. Worte allein konnten ihn trunken machen und ernüchtern, denn in ihnen befanden sich die ganze Welt und er selbst, alles, was er je gelernt hatte, und sämtliche Wünsche und Hoffnungen für die Zukunft.

Als der Winter sich endlich verzogen hatte, konnte er immer noch nur kleine Geldbeträge Freunden mit auf den Weg geben, die zu seiner Heimatstadt unterwegs waren. Der Kramladen warf nicht viel ab, und der hartlebige Großonkel dachte anscheinend gar nicht daran zu sterben und John in den Genuß der Erbschaft zu bringen. Pestepidemien und politische Intrigen sorgten immer wieder dafür, daß das eine oder andere Theater geschlossen werden mußte – und manchmal fragte sich William, ob er sich wirklich für den richtigen Weg entschieden hatte.

An einem Aprilabend fand er sich in der Bishopsgate wieder und bestieg aus einer Laune heraus die Außentreppe zu Christopher Marlowes Räumlichkeiten. Der Mann lebte über der Werkstatt eines Kerzendrehers in einem Haus, das mindestens hundert Jahre alt war.

Marlowe hatte sich im zurückliegenden Jahr mal blicken lassen und dann wieder nicht und einen ganzen Schwung eindringlicher und hervorragender Texte der unterschiedlichsten Genres veröffentlicht. Seine literarische Spur erinnerte an eine zerrissene Perlenkette, deren Kugeln sich in alle Richtungen auf dem Boden ausgebreitet haben. Dennoch schien Christopher sich kaum für seine Arbeit zu interessieren. Und wenn er wieder auf Reisen ging, brachte er angefangene Texte rasch und halbfertig zu Ende. Einige seiner Bekannten verbreiteten, Kit hasse die Schreiberei und verachte seine Auftraggeber. Er und seine Freunde waren sich im letzten Jahr vollkommen fremd geworden. Beinahe konnten sie schon nicht mehr glauben, daß es einmal einen Christopher gegeben hatte, der in tiefster Nacht an die Tür der Krämerei gehämmert und sich ihnen wie ein Sendbote der Götter präsentiert hatte. Marlowe schien sich vollständig aus der Welt zurückgezogen zu haben. William ärgerte sich über Kit, empfand sein Verhalten als Verrat und hätte auf halber Treppe beinahe kehrtgemacht, um sich zu zuverlässigeren Freunden zu begeben. Aus irgendeinem Grund nahm er dann doch die restlichen Stufen in Angriff.

Shakespeare rechnete kaum damit, den Dichter zu Hause anzutreffen, doch als er eintrat, saß Marlowe auf dem Boden, beugte sich über einen Stapel Papiere und wendete die Blätter rasch mit seinen zierlichen Fingern. Trotz des trüben Kerzenscheins meinte William wahrzunehmen, daß Christopher sich seit ihrer letzten Begegnung verändert hatte. Sein Gesicht zeichnete sich immer noch durch unvergleichliche Schönheit aus, wirkte jetzt jedoch ein wenig abgenutzt; so ähnlich wie die Abbildung an der Tür zum Hurenhaus am Fluß, der Wind und Wetter zugesetzt hatten. Seine Kleidung war allerdings makellos und schien neu und teuer erworben zu sein.

Marlowe sprang mit einem Grinsen auf und schritt sofort auf den Besucher zu. »Wie geht es Euch, mein Lieber?« rief er. »Ein Mirakel, wenn man es recht bedenkt. Ihr kommt just in dem Moment meine Treppe heraufspaziert, in dem Ihr meine Gedanken absolut beherrscht! Was macht der alte Jack? Ich habe Euch beide in meinem Drama *Dr. Faustus* gesehen und muß sagen, daß jeder von Euch ein beschissen schlechter Schauspieler ist. Man hört, Jonson, der Trottel, sei in die Niederlande gezogen, um gegen die spanischen Besatzer zu kämpfen.«

William entdeckte, daß Christopher für eine lange Reise gepackt hatte. Zwei große lederne Satteltaschen enthielten Hemden, Unterzeug, Bücher und Papier. »Warum habe ich Eure Gedanken beherrscht?«

»Nun, es gibt Arbeit für Euch.«

»Was für eine Arbeit?«

»Stückeschreiben. Mein Mäzen drängt mich zu neuen Unternehmungen, und ich muß in aller Eile nach Scadbury. Kommt mit mir zu Master Henslowe, auf daß wir alles regeln.«

So liefen sie durch die süßen und sauren Düfte des Nachmittagsmarktes, wo welker Salat und dumpfglänzende Seide feilgeboten wurden, und erreichten schließlich die Schenke Boar's Head. In dem Raum, in welchem der Prinzipal hofhielt, hatte man die Wände mit dunklen Blumen bemalt. In einer Ecke stand ein Bett hochkant an der Wand, verborgen hinter einem safrangelben Vorhang, und am Tischrand fanden sich die Reste eines üppigen Mahls aus gebratenen Tauben und Rindfleisch. Vor Henslowe befanden sich eine gefüllte Wasserschüssel, in der Blütenblätter schwammen, und ein benutztes Handtuch. Der Theaterdirektor pflegte sich nach dem Essen sorgfältigst die Hände zu waschen, ehe er sein Rechnungsbuch aufschlug. Davor saß der Mann auch jetzt gerade und kratzte mit der Feder peinlich genau hinein, wie viele Schauspieler bei ihm gerade eine Anstellung hatten, die Kosten für die hergerichteten Perücken und das geschätzte Honorar für eine gebrauchte Laute und einen Trottel, der sie schlagen sollte.

William bemühte sich, gerade zu stehen und bescheidenen Anstand auszudrücken, obwohl ihm das Herz bis zum Hals schlug. Alles in diesem Raum, angefangen von den schäbigen Wandbehängen bis zu der gelockten und schiefsitzenden Perücke Henslowes, erschien ihm in solch brillanter Klarheit, daß er das in Gedanken in Verse umschmiedete. Selbst das Lachen der Kellnerin im Schankraum klang ihm wie Glockengeläut auf dem Land in den Ohren.

»Gott gebe Euch einen guten Tag, Marlowe«, grüßte der Prinzipal.

»Mir hat Er einen schönen gegeben, aber Euch nicht, Henslowe.«

»Und warum nicht, wenn ich fragen darf?« entgegnete der Theaterdirektor, und eines seiner Elfenohren zuckte unter der Perücke.

»Weil in Eurer Brust das Herz eines Geizhalses schlägt.«

»Und ausgerechnet Ihr wollt Euch zum ehrenwerten Richter über Menschen aufschwingen, der Ihr Euch doch am liebsten in der Gesellschaft von Huren und Taschendieben herumtreibt?« schrie Henslowe verärgert. »Wenn Ihr nicht solche Kunstfertigkeit an den Tag legtet, würde ich nicht einmal in Eurer Straße in die Ecke pissen! Wo bleibt das Stück über König Heinrich den Heiligen, das Ihr mir für diese Woche versprochen habt?«

»Das ist noch nicht fertig.«

»Wie soll ich das verstehen, Ihr Pimmel?«

Christopher ließ das Papierbündel achtlos auf den Tisch fallen, griff nach einem Kapaunbein und fing an, es abzunagen. »Die Sache ist die, Henslowe«, begann er und zeigte mit dem Knochen auf den Mann, der die Hände über seinem Rechnungsbuch hielt, als müsse er es vor Feinden schützen. »Ich habe ein paar Stunden die Feder geschwungen, um aus diesem erbärmlichen alten Stück was zu machen, und den Text dann eine Woche lang Greene überlassen. Doch seit sein Weib ihn verlassen hat, treibt er sich nur noch bei Dirnen und anderem Gesindel herum und hat noch nicht einen Tropfen Tinte zu Papier gebracht. Deswegen gebe ich Euch hiermit dieses Meisterwerk zurück. Es gehört wieder Euch, fangt damit an, was Ihr wollt.«

Der Prinzipal schlug mit den kleinen Fäusten auf den Tisch, so daß die Blütenblätter im Wasser durcheinandergerieten und das Buch erzitterte. »Marlowe, Ihr Hurensohn!« schrie er und sprang auf. »Habt Ihr etwa vor, von hier fortzugehen, ohne Euer Versprechen einzuhalten und das Stück zu Ende zu schreiben?«

Christopher gähnte und puhlte sich mit der Messerspitze Essensreste aus den Zähnen. »Keine Bange, ich habe Shakespeare mitgebracht, und der wird sich darum kümmern.«

»Unmöglich! Will hat bislang nie mehr als ein oder zwei Szenen verfaßt!«

»Auf meinen Eid, ich setze mein ganzes Vertrauen in ihn.«

»Na, das beruhigt mich aber«, entgegnete Henslowe bitter. »Heutzutage scheint einem nichts leichter über die Lippen zu gehen als ein Eid. Was soll ich denn machen, wenn Shakespeare scheitert?«

William betrachtete die beiden mit einem leisen, spöttischen Lächeln. Schon vernahm er in Gedanken Ansprachen, Wortstreit und das Klirren von Waffen auf französischen Schlachtfeldern, die sich allesamt in einem Drama verwenden ließen. Die Bilder und Texte hallten so laut in seinem Geist wider, daß er nicht verstehen konnte, warum die anderen sie nicht hörten. Mit einem Mal wußte Shakespeare genau, wie er dieses Stück angehen mußte, und rief voller Leidenschaft: »Master Henslowe, ich werde nicht scheitern!«

Seine Stimme erfüllte die Wände der Schenke und klang voller Sehnen. Er blinzelte mit den sanften braunen Augen, und der Kerzenschein spiegelte sich auf seinem goldenen Ohrring wider.

Der Prinzipal starrte ihn für einen Moment an und schüttelte dann den Kopf. »Nun, was bleibt mir anderes übrig, als mich auf Euch zu verlassen?« murmelte er, und seine verärgerten Züge weichten etwas auf. »Doch kann ich Euch nicht viel zahlen, eigentlich nur wenig; denn auch wenn ich Euch Vertrauen schenke, so weiß ich doch nicht, wie sehr dies gerechtfertigt ist. Außerdem ist dieses Vertrauen aus Not erwachsen und nicht aus Weisheit. Ach, scheiß doch der Hund drauf! Ich brauche das Stück innerhalb von vier Wochen. Was steht Ihr hier noch herum und haltet Maulaffen feil? Geht und fangt an zu schreiben!«

Shakespeare brachte den dünnen Papierstapel, der in einem fleckigen Pergamentumschlag steckte, an sich, preßte ihn gegen die Brust, verbeugte sich vor den beiden und eilte aus der Schenke in die strahlende Helligkeit des Frühlingsnachmittags. Als er die Brücke erreichte, verspürte er einen Bärenhunger, erstand eine Fleischpastete und trank ein ungekühltes Bier. Und als William auf der anderen Seite des Flusses angelangt war, legte er sich neben einem Laden mit Bootszubehör auf einen umgedrehten Fährnachen, packte das Manuskript aus und fing gleich an zu lesen.

Umgeben vom Geruch der See, altem Fisch und sonnenverbranntem Holz ging er rasch die Szenen mit den vielen eingefügten oder angehefteten Seiten durch und hielt nur gelegentlich inne, um die feine Schrift aus Kits Feder zu bewundern. Mit Ausnahme der Zeilen seines Freundes handelte es sich bei dem Stück um das armseligste und blödsinnigste Drama, das ihm je untergekommen war. Weder die Charaktere noch die Historie hatte der Autor stimmig zustande gebracht. Und Robert Greene hatte wohl tatsächlich nicht mehr getan, als die Seiten umzudrehen, vermutlich noch nicht einmal das. Doch während Shakespeare sich Blatt um Blatt vornahm, fing sein Geist an, wie von selbst die einzelnen Ideen und Entwicklungen zusammenzufügen. Ein Schlachtfeld ... dieses Wort allein löste eine Menge in seinen Gedanken aus. Obwohl er sich nicht vom Fleck rührte, raste sein Herz, als wolle es dem Brustkorb entfliehen … Ein Schlachtfeld …

Er hob den Kopf und nahm doch so gut wie nichts von dem Glitzern auf der Themse wahr, während der Tag sich in aller Ordnung auf die Abenddämmerung zu bewegte. Statt dessen sah William die Edelleute der Häuser York und Lancaster, die in den Rosenkriegen gegeneinander gefochten hatten und die wie Geister aus dem Fluß gestiegen zu sein schienen und sich ihm nun näherten. Die ehebrecherische Königin Margarete und der arme Heinrich selbst, welcher sich besser darauf verstanden hatte, fremde Knöpfe zu öffnen, als in die schwarzen Herzen der Menschen in seiner Umgebung zu schauen.

Ein Schlachtfeld … ein Königshof … *Verhängt sollen sein die Himmel mit Schwarz, ergebt den Tag der Nacht.*

Szene um Szene entstand in seinem Kopf, und Texte, fragmentarisch noch, einige zärtlich, andere voll kriegerischem Ingrimm … dazu die Stimmen … Wortstreit, Untreue, Angriffslust. Diese Hexenjungfer aus Orléans, die Jeanne d'Arc genannt wurde und die dem französischen Dauphin zu Hilfe kam, um ihn zu unterstützen, die kostbaren Städte seines Reiches zurückzugewinnen. *Der Ruhm ist wie ein Ring im Wasser, der nicht aufhört, sich auszudehnen, bis er so breit geworden ist, daß er zu Nichts zerfällt …*

Shakespeare sprang auf, rannte nach Hause, breitete den Text und einige leere Blätter auf dem Tresen aus und fand bald unter seinen Kleidern Holinsheds ausgezeichnete Studie über die englische Geschichte, um darin die einzelnen Schlachten und deren Teilnehmer nachzuschlagen. Schon begann er zu schreiben. Als John einige Stunden später zurückkehrte, mußte er feststellen, daß die Suppe auf dem Herd angebrannt war und Shakespeare sich die Finger über und über mit Tinte bekleckert hatte. Vier Seiten aus dem ursprünglichen Werk lagen fertig umgearbeitet vor ihm.

Das Historiendrama wurde von zwei Dutzend Zetteln angekündigt, die man an die Pfosten im Kirchhof der Kathedrale, an

Schenkentüren und an die Portale von einigen Zunfthallen anschlug. Die Neuigkeit verbreitete sich rasch, denn die Rosenkriege, in denen sich die Fürsten der Häuser York und Lancaster erbarmungslos bekämpft hatten, lagen gerade erst hundert Jahre zurück, und etliche der älteren Männer erinnerten sich, in ihrer Jugend davon gehört zu haben. Der Name des Autors stand nicht auf den Ankündigungen, denn den kannte ja doch niemand.

Das Stück wurde an einem heißen Junitag uraufgeführt, und der Schweiß rann den Schauspielern hinunter in den dicken Kostümen, die man bombastisch ausstaffiert hatte, um sie extravagant erscheinen zu lassen. Die Schuhe waren in den unterschiedlichsten Tönen gefärbt worden, so daß man den Eindruck gewinnen konnte, auf der Bühne bewege sich ein Blumenfeld. Das Historiendrama wurde in jener Woche als drittes Stück gegeben, und nichts schien an ihm außergewöhnlich zu sein außer der unübersehbaren Anzahl an Charakteren. Die Schauspieler standen sich in der Garderobe gegenseitig im Weg, wenn sie nach den Perücken und Umhängen suchten, die sie für ihren nächsten Auftritt benötigten. Sie fluchten und scherzten, erkundigten sich untereinander nach den neuesten Liebschaften und tauschten sich darüber aus, wo man noch ein paar Münzen hinzuverdienen könne. Das neueste Gerücht drehte sich um einen Lautenspieler, der im Bett des Weibes eines Schauspielers entdeckt worden war.

Henslowe stampfte durch den Raum hinter der Bühne. Als er an William vorbeikam, murmelte er ihm aus dem Mundwinkel zu: »Viel zu lang! Zu viele Schlachten, zu viele Personen ... nein, nein, nein!« Doch als jemand meldete, daß die Galerien und das Parkett sich füllten, gestattete der Prinzipal sich ein erstes, vorsichtiges Lächeln.

William selbst spielte mehrere Rollen. Zwar hörte er das Lob seiner Kollegen kaum, doch dafür nahm er übergenau alles andere wahr: wenn jemand sich versprach; als eine Taube sich auf dem Thron niederließ, um sich dann laut gurrend wieder in die Lüfte zu erheben; die beiden Trompeten, die nicht synchron spielten – die eine hinkte der anderen eine halbe Sekunde hinterher, und beide endeten in einem vagen mittelalterlichen Mißklang.

Als dann die Szene kam, in der Talbot sinnlos in der Schlacht gegen die Franzosen fiel und sterbend in den Armen seines Sohnes lag, stand Shakespeare hinter dem Vorhang am Bühnenrand und spähte hinaus. Viele der Lehrbuben unten in den ersten Reihen kauten ergriffen an ihren Fingernägeln, und oben in den Galerien fing eine Frau an zu schluchzen.

William gehörte zu den letzten, die an diesem Abend das Theater verließen. Während er seine Sachen zusammensuchte, bemerkte er den Prinzipal, der mit strahlendem Gesicht und befriedigtem Blick auf ihn zu eilte. In den Armen trug er einen Stapel Papier, der mit Zwirn zusammengebunden war. Diesen warf Henslowe vor Shakespeare auf den Tisch und rieb sich dann die Hände, um sie von den Abschabseln zu befreien.

»Das sind Szenen und andere Teile aus einem älteren Stück, mit denen Ihr die Geschichte von König Heinrich fortschreiben werdet«, erklärte der Theaterdirektor. »Aus all den Schlachten, Rebellionen und Morden lassen sich leicht zwei weitere Dramen verfassen. Die erste Probe ist für den St.-Michaels-Tag angesetzt.«

William arbeitete den ganzen Sommer über wie im Rausch, um rechtzeitig zum 29. September fertig zu sein. Oft saß er umringt von verschiedenen Fassungen desselben Monologs da und versuchte, die beste herauszufinden. Die frühen, einsamen Morgenstunden gehörten zu den intensivsten Momenten seines Lebens. Nur das Schreien der Möwen und der Geruch der Schiffe und des Flusses umgaben ihn, wenn er sich über seine Blätter beugte. Ideen weckten ihn schon Stunden vor dem Morgengrauen und ließen ihm oft den ganzen Tag keine Ruhe.

Er schnappte auf dem Marktplatz einige Worte oder einen Scherz auf und eilte dann gleich nach Hause, um sie seinen Charakteren in den Mund zu legen oder sonstwie in eine Szene einzubauen. Und wenn die Worte nicht kommen wollten, zeichnete er seine Freunde, Schiffsmasten oder Kamine auf den Häusern an den Rand. Einmal gab er Heminges wieder, wie dieser fast in sein Rechnungsbuch hineinkroch. John mußte darüber so lachen, daß er von seinem Hocker rutschte und auf den Boden fiel.

An den Nachmittagen war Shakespeare wieder mit seinen Freunden und Kollegen zusammen. Man drängte sich in der Garderobe, wiederholte die eigenen Textzeilen und suchte nach den Stiefeln. Gefühle, Charaktere, Zeit und Raum rauschten so rasch an ihm vorüber, daß er wie von einer Flut fortgerissen wurde und oft nicht mehr wußte, wo ihm der Sinn stand. Und dennoch war William in solchen Momenten bewußt, daß er stärker als diese Strudel war und in Wahrheit sie lenkte, auch wenn es den Anschein hatte, als würde er hin und her getrieben. Sein Geist ragte dann über die Gefühle hinaus, so als stehe er neben seinem Körper und beobachte ihn.

Und nach den Stunden auf der Bühne folgten die viel längeren und sich bis weit in die Nacht erstreckenden mit den Freunden, die stets ebenso hungrig auf Nahrung wie auf das Schwatzen zu sein schienen. Wie ist es gelaufen? Hätte man nicht dieses oder jenes besser machen können? Rotes Gitterwerk kennzeichnete die Schenken, in denen sie zusammenkamen, wenn Durst sie plagte; Sträucher oder Weinranken säumten die Gasthöfe, in denen sie wahre Berge verdrückten. Lautenspieler und Singknaben zogen in der Hoffnung auf ein paar Münzen von Tisch zu Tisch, und manchmal zog sich einer der Kellner ein Bärenfell über.

Hunderte Schenken und Gasthöfe ließen sich innerhalb der Stadtmauern finden, und noch mehr davon standen an der staubigen Straße The Strand, die sich vom Temple Gate bis zu dem kleinen, gedrängten Dorf Charing dahinzog und dann weiter zu den Höfen und Palästen von Westminster. Oder auch in der Swan unweit des heruntergekommenen Flußviertels Dowgate.

Die Schauspieler und Stückeschreiber trafen sich aber am häufigsten im Boar's Head in der Eastcheap. Dort hinterließen sie einander Nachrichten, die sie an die Wand hefteten, oder sie schnitzten Beleidigungen, Liebesschwüre und Herzen in die Tische, und wenn sie Geld hatten, ließen sie sich Rindfleisch, Hammel, Hähnchen, Speck, Tauben, Brot und Bier auffahren. An den Freitagen hingegen grünen Fisch oder Weißling mit Salat und Weißwein, gelegentlich auch Roten. Ihr Gerede schwoll gegen die dunklen Vorhänge und bemalten alten Tapeten im gelben Raum an.

Und hier in der Kammer mit den bemalten Wänden und dem hochkant stehenden Bett lasen sie zum ersten Mal das zweite Stück über Heinrich und den fortwährenden Streit zwischen den Häusern York und Lancaster. Einige der Freunde lauschten mit den Füßen auf dem Tisch, andere beugten sich vor und legten den Kopf auf die Arme. Zuerst trug nur William vor, doch dann stellten sich andere Schauspieler neben ihn und übernahmen jeweils eine Rolle. Sie vernahmen von dem Rebellen Jack Cade, dessen Männer planen, alle Anwälte zu töten, und von den Adligen, die an dem Gewebe der Regierung zogen, zerrten, drehten und rissen, um den schwachen König auszuschalten und sich selbst die Krone aufs Haupt zu setzen. *Es wird berichtet, mächtiger Herr, daß der edle Herzog Humphrey durch Verrat ermordet ward ...*

Am frühen Morgen kehrte Shakespeare dann mit John Heminges über die Brücke zurück. Sie hielten die Hände hinter dem Rücken verschränkt und achteten nicht auf die Karren und die Esel, das Geschrei der Händler und den Kot der weißen Vögel, der die Pflastersteine auf dieser Straße hoch über der Themse und ihren Booten beschmutzte. Bei einer dieser Gelegenheiten gestand Jack ihm zum ersten Mal, daß er ein Mädchen gesehen habe, das ihm mehr bedeute als sein Leben. Und sobald er zu Geld gekommen sei, wolle er ihr den Hof machen. William lächelte freundlich, konnte sich aber ihren Namen nicht einprägen, weil sein Kopf von der Geschichte angefüllt war, an der er gerade arbeitete. William sah nicht die Straßen und hörte nicht das Gebrüll der Untiere in der Bärengrube; denn sein Blick war nach Süden und auf die Lande gerichtet, die am Meer lagen. Und dort kauerte König Heinrich, der sechste seines Namens, allein auf einem Hügel und blickte hinab auf ein Schlachtfeld, wo die Untertanen seines Landes sich gegenseitig abschlachteten.

Freunde und Rivalen

Eine zuverlässige und höchst willkommene Einnahmequelle für Schauspieler bestand darin, vor einer Person von Stand zu paradieren, angetan in dessen Livree und in den Händen sein Banner. Manchmal, wenn ein Mann von Reichtum und Prestige verstorben war, teilte man den Schauspielern mit, eine hohe Vergütung erwarte diejenigen, die für ein paar Stunden einen Baldachin über die irdischen Überreste des teuren Verblichenen halten oder mit trauervoller Miene und im dunkelsten Schwarz gekleidet vor seinem Sarg hermarschieren sollten. Bei anderen Gelegenheiten schritten sie im Gefolge eines ausländischen Würdenträgers mit, der mit großem Aufwand und viel Pomp sein Entree machen wollte. Doch als die glanzvollsten Geldquellen erwiesen sich die Turniere, die ab und an zum Vergnügen der Königin und ihrer Untertanen abgehalten wurden. William, John Heminges und einige ihrer Freunde wurden für ein besonderes Turnier angeworben, um in den Farben von Robert Devereux, des Grafen von Essex, zu marschieren, der bei Ihrer Majestät in höchster Achtung stand.

England wurde schon seit Jahren von reich illustrierten Bänden überschwemmt, in denen der sagenhafte König Artus, ritterlicher Edelmut, wunderschöne Damen, Helden und Schurken Wiederauferstehung feierten. Vornehme Höflinge und Adlige vom Land, die meist die Blüte ihrer Jahre hinter sich gelassen hatten, trachteten danach, den Geist ihrer Vorfahren zu erwecken und sich in der alten Kunst des Lanzenstechens zu versuchen. Sie brachten die schweren Rüstungen mit, die sonst in ihren Burgsälen an der Wand hingen, beauftragten Schmiede und andere Experten, Dellen auszubeulen und andere Schäden zu beseitigen, Lederbänder zu erneuern und stumpf gewordenen

Stahl auf Hochglanz zu polieren. Andere suchten die Waffenschmiede in Greenwich auf, um dort Brustplatten und Schilde in der Glut goldener Funken erstehen zu lassen.

William trug die orangefarbene und silberne Livree seines Auftraggebers. Er stand im Whitehall Palace und sah sich nervös um. Die Prozession konnte sich jeden Moment in Bewegung setzen, aber der Krämer John Heminges ließ sich noch immer nicht blicken.

Er legte die Hände um eine der Stangen des Baldachins, unter welcher der Herzog einherschreiten würde, und schaute nach vorn und nach hinten, nach links und nach rechts. Shakespeare rechnete fest damit, daß der Freund jeden Moment atemlos zwischen den Zelten auftauchen würde. Bunt behängte Pferde, die fast nichts mehr durch die Troddeln und Fransen ihres Schmucks sehen konnten, stampften, schnaubten und hoben ruckhaft die Köpfe, während die gemieteten Knappen sie an den Zügeln hielten, damit ihre Herren aufsteigen konnten. Hunderte Zuschauer drängten sich auf dem Turnierplatz, und die Balkone und Fenster hatte man an diesem Oktobertag mit bunten Bannern behängt, welche die Wappen der antretenden Ritter und die der Königin trugen.

»Habt Ihr Heminges gesehen?« schrie er einem der anderen Träger zu, konnte die Antwort aber nicht verstehen, weil in diesem Moment in die Trompeten und Fanfaren geblasen wurde.

Staub wirbelte auf, als der Zug sich in Bewegung setzte. Lange Banner, die an hohen Stangen angebracht waren, streiften Shakespeares Gesicht. In einiger Entfernung konnte er gerade noch eine Empore am Ende des Hofs ausmachen, die mit Blumen geschmückt war und auf der sich die allererhabenste Herrscherin Elisabeth mit ihren jungfräulichen Damen befand. Langsam kamen sie diesem Podium näher, und dann war William ihr so nahe, daß er nur eine Hand auszustrecken brauchte, um das Puder zu berühren, das sich in den Falten an ihrem bloßen Hals gesammelt hatte, oder den Schmuck, der in den angestammten Furchen lag. Jeder unberittene Mann beugte für einen Moment vor der Königin das Knie, und die Herren zu Pferd verneigten sich und hielten Ritterhelm oder Hut an die Brust. Staub flog Shakespeare in die Nase, und endlich setzte die Prozession sich wieder in Bewegung.

Im Zelt der Knappen befreite William sich rasch aus seinem Putz, reichte diesen einem Diener und stieg in seine eigenen gewöhnlichen Kleider. Dann verließ er das Turnier und lief zum Fluß. Die Sonne funkelte so stark auf dem Wasser, daß er kaum eine Fähre erkennen konnte. Endlich fand Shakespeare ein Boot, und als er es bestiegen hatte, drehte er sich nach vorn, um das näherkommende Südufer mit all seinen Theatern, Palästen und Hütten zu betrachten. Als er hinaussprang, war ihm ganz egal, daß die Stufen zur Hälfte unter Wasser lagen und seine Schuhe naß wurden. Er hatte es nur eilig, die vertrauten Straßen hinunterzulaufen, die zur Krämerei führten.

Das Ladenschild war nicht aufgehängt, aber Jack hatte auch nicht die Tür verriegelt. Shakespeare rannte durch die Räume und rief laut Heminges' Namen. In der Kammer vor dem Garten entdeckte er den Händler, der bäuchlings auf dem Bett lag und sich nicht rührte. Ein Arm hing herab, und die Hand berührte fast den Boden.

»Ach, bei der Gnade Gottes!« flüsterte William und schleuderte seinen Hut in eine Ecke. »Hat Euch eine Krankheit befallen?« Er kniete sich neben das Bett hin und befühlte Johns Stirn, um festzustellen, ob er Fieber habe. Unter einer plötzlichen fürchterlichen Eingebung tastete er ihn ab, um zu erkunden, ob Heminges sich einen Knochen gebrochen hatte oder aus einer Wunde blutete. »Ich war der Königin näher als Euch jetzt. Sie ist mindestens dreihundert Jahre alt und scheint das Alter nicht das kleinste bißchen zu mögen. Jack? Jack? Was fehlt Euch? Bei der Liebe Christi, es ist doch nicht etwas mit dem Mädchen, oder?« Mittlerweile schüttelte er den schweren Mann mit beiden Händen.

Langsam drehte John sich um und starrte ihn aus tränenfeuchten Augen an. Dann griff er unter sich und zog ein zerknittertes Papier hervor, auf dem er gelegen hatte. »Es ist geschehen«, murmelte der Krämer. »Ich bin jetzt ein reicher Mann, denn mein Großonkel ist gestorben. Ich kann den alten Laden zurückkaufen.« Heminges zitterte und brach wieder in Tränen aus.

William rieb verwundert die Hand des Freundes. »Na ja«, begann er und schwankte zwischen Verlegenheit und tiefer Liebe, »das deucht mir eine schöne und wunderbare Sache zu sein, Jack. Was bekümmert Euch denn so sehr?«

»Der Tod des Großonkels bedeutet eine große Veränderung für mich, und er hat lange auf sich warten lassen. Ich kann einfach nicht glauben, daß es wahr ist, und befürchte, daß man mir den Laden doch wieder nehmen könnte.«

»Nein, bei Gott, das wird nie geschehen«, versicherte Shakespeare ihm. Sie unterhielten sich eine Weile und spazierten dann zur Brücke, um Freunde zu finden, mit denen sie bis zum Glockenschlag Mitternacht feierten. Und als es sie dann heimwärts zog, sangen sie lustige und freche Lieder über drei fröhliche Männer und das arme Mädchen, das immer nur ein Wort von sich geben konnte.

Ende Oktober zogen William und Jack um. Der wiedergewonnene Familienkrämerladen befand sich in der Bread Street, ganz in der Nähe der Hafenanlagen und der lebendigen Cheapside mit ihren Schenken und Marktständen. Eine große Eiche erhob sich zwischen den Häusern, und viele Fenster hatte man mit Blumenkästen verschönt. Shakespeare packte seine beiden Truhen mit den Kleidern aus, seine Stücke, die zusammengebundenen Briefe von zu Hause und das Gesangbuch, das er seit seinem Eintreffen in London nur höchst selten gebraucht hatte. Über dem Laden befanden sich geräumige Kammern, die sie bezogen.

John Heminges lief an jedem Sonntagmorgen in die Kirche St. Mary Aldermanbury und spähte über dem Gesangbuch nach der dunkelhaarigen Tochter des Ratsherrn, der in der Huggin's Lane lebte. Bei ihr handelte es sich in der Tat um ein bezauberndes Wesen, das auf geradezu entzückende Weise die Lippen bewegte, wenn es galt, Gott in der Höhe und all Seine Schöpfung zu preisen.

William arbeitete eines Abends gerade an dem letzten Drama über den heiligen König Heinrich und die Schurken, die ihn beseitigen wollten, als John von einem Essen in der Zunfthalle zurückkehrte und in den Raum stürmte. Er rieb die Hände aneinander, wie er es immer tat, wenn er aufgeregt war, und lief rastlos kreuz und quer durch den Laden, vorbei an Säcken und Fässern. Manchmal blieb er vor dem Zuckerblock stehen, um mit dem Fingernagel ein paar Körner abzukratzen.

»Was zwickt Euch denn?« fragte William.

»Das wißt Ihr doch ganz genau!« gab Jack erregt zurück.

»Bei allen Heiligen, sollte es sich tatsächlich um Liebe handeln?«

»Vor Sehnsucht nach ihr bekomme ich nachts kein Auge zu. Ich stöhne vor mich hin, ich träume von ihr, und jeder Ort, an dem sie nicht ist, erscheint mir öde!« Heminges ließ sich auf seinen Hocker plumpsen. »Ihr müßt mich anhören, mein Freund!« Als William nicht gleich reagierte, zupfte Jack ihn am Ärmel, seufzte und starrte hinaus auf die Straße. »Rebecca Knell«, flüsterte der Krämer andächtig. »Ich muß von ihr sprechen, sonst verliere ich noch den Verstand. Fragt mich, wie alt sie ist.«

»Wenn ich Euch damit eine Freude mache, gut, dann frage ich hiermit.«

»Pißpott! Einfaltspinsel! Furz! Könnt Ihr nicht wenigstens ein bißchen Interesse heucheln? Rebecca zählt erst neunzehn Jahre und ist schon Witwe. Ihr Mann war Schauspieler in der Provinz.«

Heminges erhob sich, schlang die Arme um die Brust und starrte in das Binsenkraut am Boden, als seien dort alle Antworten auf seine Fragen zu finden. »Alle lieben sie. Ein Bursche hat sogar in der Stayning Lane ihren Namen in den Pferdepfosten vor dem Laden des Weinhändlers geschnitzt! Wenn ich den Kerl in die Finger kriege, prügle ich ihn windelweich! William, ach, William! Wie mag sie unter all ihrer Schönheit sein? Wird sie eine gute Ehefrau abgeben? Wird sie meine Tochter lieben können? Ich will noch ein Dutzend Kinder haben, aber möchte sie das auch?« Er zuckte ärgerlich die Achseln. »Wahrscheinlich bin ich zu alt für sie. Möglicherweise mag sie mein Aussehen nicht. Vielleicht verfalle ich ja wieder ins Stottern, wenn ich ihr den Hof machen will, und das wäre das Ende. Das Ende von allem!«

Ruhelos stand Jack wieder auf und setzte seinen Rundgang durch den Laden fort, bis William seufzend seine Bücher zuklappte, sich erhob und vorschlug: »Dann sollten wir dieser Schönheit doch einen Besuch abstatten.«

Heminges schien nicht zu wissen, wohin mit seinen Händen. »Aber mit welcher Ausrede sollen wir uns denn Zutritt zu ihrem Haus verschaffen?« entfuhr es ihm mit bang verzerrter Miene.

»Fragt doch einfach an, ob es recht sei, wenn Ihr die Damsel ein wenig bespringt?«

»Oh, Ihr herzloser Mensch. Seht Ihr denn nicht, wie ich leide?«

»Aber nein, mein guter Jack«, entgegnete William versöhnlich. »Hört mir zu, denn was ich jetzt sage, meine ich ernst. Ist Rebeccas Vater nicht ein angesehenes Mitglied dieser Gemeinde? Und auch noch Kaufmann? Warum sollte ein braver christlicher Grossist, der in seiner Zunft einen guten Ruf genießt und auch dem Erlöser ein Wohlgefallen ist, nicht einem Zunftbruder in aller Freundschaft einen Besuch abstatten dürfen?«

»Bei Gott, Ihr habt die Lösung gefunden!« rief John. »Natürlich muß ich ein Geschenk aus meinen Beständen mitbringen. Pfefferkörner, jawohl!«

»Nein, besser Muskatnüsse und Zucker, um ihn süß zu stimmen.«

»Die Götter lenken Eure Gedanken!« begeisterte sich der Krämer, und sie wickelten die Gabe in ein Stück grasgrünen Samts ein, das vom Kostümschneidern für eine neue Komödie übriggeblieben war, und banden ein goldenes Band darum, das aus demselben Fünfakter stammte.

Eine kalte, stille Nacht voller Feuergeruch empfing die beiden, als sie sich auf den Weg in die Huggin's Lane machten, wo Heminges dann, nach Ermutigung und Ermahnung von William, schließlich anklopfte. Eine sauertöpfische Alte öffnete ihnen, und hinter ihr ließ sich ein Salon erkennen, in dem einige junge Männer und Frauen herumsaßen. Die Damen nähten und stickten, und der Jüngling, der ihnen die Arbeit mit Lautenmusik versüßte, hielt inne, als die beiden Neuankömmlinge hereinkamen. William und John traten an das wärmende Feuer, und durch den Rauch näherte sich ihnen der Hausherr.

»Willkommen, meine Herren«, rief er, als er die Gäste erkannte.

Heminges begann steif: »Ich bringe ein bescheidenes Geschenk, Nachbar, um mich für die freundliche Aufnahme meiner Person in der Gemeinde zu bedanken.« Die beiden bekamen einen Platz angeboten und fanden sich bald im Gespräch und beim Musizieren wieder. William spielte auf der Laute ein Tanzlied und begleitete sich dazu, als ihm eine wunderschöne Maid ins Auge fiel, die seiner Darbietung intensiv lauschte. Sie hielt die Hände im Schoß verschränkt, und Teile ihres dichten roten Haars waren zu erkennen, weil die sittsame bestickte Haube es nicht zur Gänze bedecken konnte.

John stieß ihn schließlich mit dem Fuß an.

Heißes Ale, in das man Butter ausgelassen und Zucker zum Süßen gegeben hatte, wurde gereicht, und nach einer halben Stunde wurden die Gespräche geistloser. Shakespeare legte die Laute beiseite, weil seinem letzten Lied schon keiner mehr zugehört hatte. Dann faltete der Vater die Hände vor dem Bauch, beugte sich vor und fragte mit einem wissenden Lächeln: »Und wer von Euch Ehrenmännern ist wegen meiner Tochter Becky erschienen?«

William lehnte sich verblüfft zurück, und John erbleichte. Er räusperte sich, erhob sich, verbeugte sich höflich und würdevoll und begann dann mit seiner tiefen Stimme: »Ich würde sie gern an dem einen oder anderen Abend besuchen kommen, Master, wenn das nicht zuviel verlangt sein sollte.«

»Ich hoffe, nur zu ehrenwerten Zwecken, die keine Schande über mein Haus bringen.«

»Gewiß. Da ich nun schon so lange Junggeselle bin, kam es mir in der letzten Zeit in den Sinn ... und als ich Eure Tochter gesehen hatte ... Also, da dachte ich mir ...«

Rebecca hielt den Kopf gesenkt, damit man ihr Lächeln nicht entdecken konnte. Nur einmal schaute sie mit belustigter Miene auf. Nach Heminges Rede erhob die Maid sich, verabschiedete sich mit einem Knicks von den Besuchern und eilte dann mit beneidenswerter Jugend und Behendigkeit die Treppe hinauf.

»Sobald ich Erkundigungen über Euren guten Namen und Eure Vermögensverhältnisse eingezogen habe, Master Heminges«, entgegnete der Hausherr gewichtig, »und auch von der Ernsthaftigkeit Eurer Absichten überzeugt bin, mögt Ihr gelegentlich am Abend vorbeischauen und Euch mit meinem armen verwitweten Mädchen für eine Weile dort auf die Fensterbank setzen.«

Die Besucher verbeugten sich artig, bedankten sich für die empfangene Gastfreundschaft und kehrten in den aufkommenden Wind der Januarnacht zurück. Draußen hakten sie sich beieinander ein und rannten übermütig drauflos, lachten, umarmten sich, schüttelten einander und boxten sich.

»Sie ist die Schönste und die Richtige, Will. Los, sagt es.«

»Also gut, Schweinemagen, sie ist die Schönste.«

Die beiden dämpften ihre Stimmen, als der Konstabler des Wegs kam und schon den Stock in der Hand schwang. Dann erkannte er in ihnen jedoch anständige Bürger und wünschte ihnen eine friedvolle und gute Nacht.

William meinte leiser und nachdenklicher: »Dann werdet Ihr also Euer Glück finden, und das freut mich sehr. Doch in manchen Momenten frage ich mich ...«

»Aus Euch wird ein ebenso guter Stückeschreiber werden wie Marlowe«, verhieß ihm der Krämer. »Vielleicht sogar ein noch besserer.« Sie drehten sich um, warfen der Huggin's Lane Kußhändchen zu und spazierten dann Arm in Arm nach Hause.

Rebeccas Vater war nur zu froh, seine Tochter wieder unter die Haube zu bringen, und gab gern seinen Segen. So machte John ihr eine Weile den Hof, vergaß nie ein kleines Mitbringsel und durfte in der letzten Winterwoche mit seiner Liebsten Verlobung feiern.

Am Morgen dieses Tages wachte William mit steifen Gliedern in seiner Bettstatt über dem Laden auf. Er war bis weit nach Mitternacht mit Freunden zusammengewesen und hatte etwas zu tief ins Glas geschaut. Eine Fliege summte über einem Teller mit klebrigen Essensresten, und unten auf der Straße bellte ein Hund. Die unterschiedlichsten Gedanken kamen ihm und vergingen wieder. Vor zehn Tagen hatte er das letzte der Heinrich-Dramen fertiggestellt, das mit dem Tod des guten Königs und dem Aufstieg des Hauses York endete.

Papier und Feder lagen auf den Saatgutsäcken neben seinem Bett, damit er sie stets in Reichweite hatte, aber heute fühlte er sich zu träge, um beides hervorzuholen. Statt dessen streckte Shakespeare sich und schob sich tiefer in das Stroh. Henslowe hatte ihn großzügig bezahlt, und William konnte diesmal eine größere Summe und auch ein paar Geschenke nach Hause schicken. Wenn es für ihn so weiterginge, würde er vielleicht eines Tages nicht mehr arm sein. Für einen Moment gab Shakespeare sich dieser angenehmen Vorstellung hin und fragte sich, wie es ihm dann wohl ergehen würde.

Von unten vernahm er das Scharren von Stühlen und das Geschiebe von Tischen, dazu Rufe und das lustige Geplapper von Männern bei der Arbeit. Deutlich war die Stimme Heminges' herauszuhören, der gerade die Liste der Speisen durchging: Austernpastete, Hähnchen mit Schweinesülze gefüllt, Hammelbraten in Weinsauce. In der nahen Schenke hatte er ein Dutzend Weinflaschen besorgt.

William freute sich darauf, Benjamin Jonson wiederzusehen, der vor ein paar Tagen aus dem Krieg heimgekehrt war. Von Marlowe hatte man allerdings seit Monaten nichts mehr gehört, und keiner rechnete damit, daß er zu der Feier erscheinen würde. Von Robert Greene wußte man, daß er mittlerweile mit einer Hure zusammenlebte und sich nur noch mit Gesindel herumtrieb. John hatte ihm eine Einladung geschickt, ohne jedoch eine Zusage erhalten zu haben. Aber auch ohne die alten Freunde würden genug Schauspieler, Stückeschreiber und gute Bekannte aus der Nachbarschaft zusammenkommen.

Shakespeare richtete sich kurz entschlossen auf. Das Glück, das nun den Weg zu John Heminges gefunden hatte, gönnte er dem braven Krämer sehr, und heute war in der Tat sein großer Tag. William zog sich gewöhnliche Sachen an, lief die Treppe hinunter, trug die Fässer Ale herein und fand sich bald in einer fleckigen Schürze wieder, da er auf dem Herd den Pudding umrühren mußte.

Um sechs Uhr läuteten die Glocken von St. Mary le Bow und zeigten damit an, daß der Arbeitstag vorüber war. Die Besitzer der Werkstätten und Läden nahmen draußen die Schilder ab, und in der Krämerei hatte man eine Tür ausgehängt und auf zwei Böcke gestellt, um so einen langen Tisch zu schaffen. Rundherum standen die geborgten Stühle und Bänke. Nachdem William mit der Süßspeise fertig war und sich dabei nur einmal die Hand verbrannt hatte, hängte er Stoffetzen an die Deckenbalken, um den Raum mit Wimpeln und Bannern zu verschönen. Danach begab er sich wieder in seine Kammer und nahm den schönen neuen braunen Anzug vom Haken, dessen Stoff mit grünen Metallfäden durchwirkt war. Dazu zog er sich ein weiches Leinenhemd an, das die Näherin erst vorhin gebracht hatte. Als Shakespeare sich vor dem Spiegel drehte, war er mit sich aufs höchste zufrieden.

Er hörte, wie unten Rebecca und ihre Schwester eintrafen, ein ebenso bezaubernd hübsches Mädchen. Mit ihnen kamen die Brauteltern im Gehabe reicher Kaufleute, die sich bestens bei Hof und den Spitzen der Stadt auskannten. Sie seien so vornehm, behauptete Heminges, daß in ihrer Gegenwart niemand zu furzen wage. Danach erschien der bedeutende Satiriker Tom Nashe, der sich mit seinen Spottschriften gegen die Puritaner einen Namen gemacht hatte. Die Stimmen der Schauspieler, mit denen William schon zusammen aufgetreten war, ertönten nach und nach von der Straße und aus dem Laden … darunter der blendend aussehende Heldendarsteller Dick Burbage und sein Bruder Augustine Phillips, der großherzige und kräftige Thomas Pope, der in Southwark lebte, und der schelmische kleine Clown Will Kempe, dessen Zunge schärfer war als ein Messer; wann immer es ihm beliebte, und das kam ziemlich häufig vor, gab er eine Kostprobe davon.

»Euer Diener, Sir.«

»Nein, im Gegenteil, ich bin der Eure.«

»Ach, Schweinearsch, kommt endlich herein.«

Während Shakespeare sich den Bart parfümierte, hörte er weitere Neuankömmlinge, Händler aus der Krämerzunft, die mit dem Ruf »Euer Diener! Möge Gott Euch einen schönen Abend schenken!« eintraten. Als Shakespeare endlich nach unten ging, erblickte er gleich Jonson, der mit seinem Messer vor einem Käse stand und sich, ganz in Gedanken, ein Stück nach dem anderen in den Mund schob. Die beiden begrüßten sich in aller Herzlichkeit, doch dann meinte der Maurer traurig: »Ich bringe schlechte Kunde! Es heißt, der arme blinde Bär Harry Hunks sei gestorben! *Requiescat in pacem.* Er hatte sich mir gegenüber als gefühllose Bestie erwiesen, und das bei all der Liebe, die ich ihm geschenkt habe! Beim Schwanze Satans, Ihr seht aus wie ein gemachter Mann, bei meinem Arsch, fast wie ein feiner Pinkel! Ich habe gehört, Ihr hättet Euch durch die halbe Historie gekritzelt, ha! Dennoch wird es mir ein leichtes sein, Euch mit dem Lied zu übertreffen, das ich geschrieben und mitgebracht habe!«

Fleisch und Käse lagen reichlich auf den Regalbrettern, und alle Gäste fanden Platz auf den Stühlen, den Bänken oder in den Ecken auf dem Boden. Die ganze Zeit unterhielt man sich beim Essen über das Theater, bis jemand begann, andere Themen aufzubringen – Neuigkeiten vom Hof, über die Förderer und Mäzene, über die Zünfte und auch über Entwicklungen im Ausland.

Dann ließ sich ein Lautenspieler mit seinem Instrument auf einer Bank nieder und verkündete, daß nun Bens Lied zu Gehör gebracht werde. Der Maurerssohn stellte sich neben den Musikanten und legte ihm seine fleischige Hand auf die schmächtige Schulter. »Ein Liebeslied«, erklärte Jonson. »Ich habe es in einer Nacht auf dem Feld gedichtet, als ich fürchtete, ich würde sterben und Eure verpißten Gesichter nie wiedersehen.«

John saß hinter Rebecca, hielt ihre Schultern umschlungen und rieb lächelnd die Nasenspitze an ihrem Hals. Ein eigentümlicher Schimmer legte sich über seine Augen, als Benjamin mit seiner Baßstimme anhob und den Takt mit einem schweren Fuß auf das frische Binsenkraut am Boden stampfte.

»Trink mich nur mit deinen Augen,
Und sei gewiß Versprechens mein,
Laß nur einen Kuß im Becher,
Und nie mich verlangt nach Wein,
Mein Durst entsteigt der Seele,
Erwünscht sich Kost, die göttlich rein,
Doch selbst des Jupiters Tafel
Reizt nicht so sehr wie Labsal dein.«

Jonson hielt inne und erklärte: »Wie gesagt, das habe ich an einem Ort des Todes ersonnen. Ich war dem Tode nahe und auch dem Strick des Henkers, ganz zu schweigen von anderen Dingen. Doch heute sitze ich hier auf der Verlobung meines Busenfreundes, und Gott sei gepriesen, jawohl, Er sei gepriesen. Wenn unsere Zeit auf der Erde uns keine Weisheit einbringt, sollte uns nicht gestattet sein, überhaupt Zeit auf der Welt zu verbringen. Keine Bange, meine Freunde, damit ist meine Predigt zu Ende. Nun schweigt, und hört die zweite Strophe:

Ich sandte dir den Kranz aus Rosen
Nicht nur allein zu ehren dich,
Mehr mit der Hoffnung in meinem Busen,
In deiner Nähe er welke nicht,
Doch hauchtest du drauf
Und sandtest ihn an mich,
Wenn diese Rosen hier gedeihen,
Sie duften nach dir ewiglich.«

»Ah, was für ein Poet!« rief John, als der letzte Ton verklungen war. Der Krämer sprang auf und schwankte auf den Maurer zu, riß ihn in seine Arme und küßte ihn mehrmals auf beide Wangen. Dann wandte er sich an die anderen.

»Den Tisch an die Wand, an die Wand damit! Wir bieten Euch nun einen Tanz! William und ich werden umherhüpfen und eine Gigue tanzen in bester Manier unseres Clownsfreundes Kempe. Doch wo er einen Schritt macht, bieten wir deren drei. Dies schwöre ich auf meine Ehrenhaftigkeit!«

»Und ich auf die seine!« rief Shakespeare. »So wahr ich meiner Mutter Sohn bin, oder auch nicht!«

Die Männer räumten das Essen in den Nebenraum, schoben Tische und Bänke beiseite und baten dann feierlich die Damen zurückzutreten, damit die Tänzer genügend Platz fänden. Dann verbeugten sich William und John weit mit den Armen ausholend und tief erst voreinander und dann vor den Gästen, die sich dafür artig mit Knicks und Kußhändchen bedankten. Jemand hatte eine Flöte dabei, spielte zusammen mit dem Lautenschläger auf, und schon begann der heitere Tanz.

Die beiden tanzten für ein paar Momente gemeinsam, dann bewegte Shakespeare die Füße schneller über den Boden. Die Bretter knarrten unter den flachen Sohlen seiner Schuhe. Sein einzelner Ohrring funkelte im Kerzenlicht, und sein Atem ging immer schneller.

»Wie süß, wie allerliebst!« riefen die Frauen begeistert. »Jack, Ihr müßt Euch flinker bewegen! Könnt Ihr etwa nicht mehr, Ihr Verlobungsmann? Werdet Ihr auch so lahmen, wenn es ins Bett Eurer Becky geht, Master Krämer?«

Heminges schnaufte, weil er so viel mehr Körpergewicht bewegen mußte. Der agilere William hingegen drehte sich, sprang und nickte den beiden Musikern zu, die daraufhin von neuem begannen und die Weise doppelt so schnell spielten. Das Haar flog Shakespeare um die Ohren, seine Augen funkelten, und die Frauen fingen an zu klatschen. »Schneller, noch schneller! Oh, der arme Jack ist müde!«

»Ach, was soll's«, schnaufte der Krämer, dem an diesem Abend nichts die gute Laune vergällen konnte. »Ich werde mir meine Kräfte fürs Ehebett aufsparen, denn ich beabsichtige, dann die Matratze durchzuliegen. Zu lange bin ich Junggeselle gewesen!«

»Ja!« riefen die Freunde und drängten heran. Die Frauen schoben sich züchtig die losen Strähnen zurück, die sich aus der Haube befreit hatten, und schwangen verführerisch und zum Duft von Muskatnüssen und Gewürzen die Hüften.

»Auf, Will, noch schneller!« schrie Heminges.

»Wohlan, wenn Ihr es wünscht!«

Er nickte nochmals den Musikanten zu, und sie spielten, was das Zeug hielt. Die Finger des Lautenschlägers flogen über die Saiten. Der Flötist blies die Wangen auf, und ein dritter, der eine Trommel gefunden hatte, gab dazu den Takt. Williams Gigue endete in einer Pirouette, und er drehte sich absichtlich in die Arme einer Schönen, die darob laut kreischte und sich von ihm umfassen ließ. Seine Lippen wanderten über ihre Fingerspitzen durch die geschlitzten Ärmel bis hinauf zur Schulter, und die Damsel stieß spitze Schreie aus. Als Shakespeare den Kopf hob, stand Robert Greene in der Tür.

Etwas seltsam Vertrocknetes ging von dem rotbärtigen kleinen Schreiber aus, der eine Unzahl von Stücken, Geschichten und Abhandlungen verfaßt hatte. Er zitterte in seiner doppelten Weste vor Kälte, obwohl es hier im Laden doch gemütlich warm war. Wenn man einen Blick auf Greene warf, konnte man glauben, schon eine leichte Brise würde ausreichen, ihn hinfortzuwehen, und nur einige Staubkörner zurücklassen.

An Roberts Seite stand eine stämmige, übertrieben geschminkte Dirne, die ihn um mindestens Haupteslänge überragte und ein so tiefgeschnittenes Mieder trug, daß man die Ränder ihrer Brustwarzen erkennen konnte. Sie strömte den Geruch von Nachttöpfen und Kloake aus und wirkte bunter als ein Paradiesvogel. Anscheinend hatte sie wahllos Stoffetzen zusammengerafft und diese ohne die geringste Farbordnung zusammengenäht. Neben ihr wirkte Robert nichtig wie ein Atemzug, allerdings einer, der ebenfalls leben wollte.

Für einen Moment trat Stille ein. Rebecca und ihre Schwester stellten sich steif nebeneinander, nahmen sich an die Hand und lehnten sich an ihre ernst dreinblickenden Eltern. Dann brüllte der Krämer vor Freude, stürmte auf das Paar zu und schrie: »Beim Segen Gottes! Wie lange ist es her, seit wir uns zum letzten Mal gesehen haben? Tretet ein, und teilt heute abend die Freude mit uns! Nennt uns auch den Namen Eurer schönen Lady! Und um unserer Freundschaft willen begrüßt meine Braut, und dann wollen wir alle fröhlich sein!«

Greene trat vor Rebecca und neigte so vorsichtig das Haupt, als befürchte er, es könne bei dem bloßen Versuch abfallen und über den Boden rollen. Diejenigen, die Robert kannten, kamen zu ihm; doch einige schüttelten über ihn den Kopf, wenn er gerade nicht hinsah, oder lachten hinter vorgehaltener Hand über den heruntergekommenen Mann.

»Nun gesellt Euch doch endlich zu uns!« forderte Heminges ihn auf.

»Ich kann nur kurz bleiben.«

»Dann trinkt wenigstens einen Wein. Und Ihr auch ... Mistress.«

Aber Greene blieb weiter in der Tür stehen und zitterte von Zeit zu Zeit, als wohne ihm ein Wahn inne, der ihn durchschüttele. Er streckte nur die Hand nach dem Kelch aus, während seine Gefährtin elegant ihre Röcke anhob und sich zu den Essensplatten begab. Sie zog ein Messer aus dem Gürtel, schnitt sich eine große Scheibe von der Fleischpastete ab und verputzte sie, wobei sie nach jedem Bissen mit ihrer langen Zunge die Klinge ableckte. Der kleine Dichter stand nur mit seinem Pokal da, trank aber nicht daraus, sondern hielt ihn von sich wie eine Gabe, die er unbedingt überreichen wollte. Als man ihm fettes Hammelfleisch und knuspriges Brot anbot, schüttelte er heftig den Kopf.

Die anderen nahmen ihre Gespräche wieder auf, und in manchen Runden wurde gelacht, bis Robert krächzend die Stimme erhob und den Blick über die Anwesenden wandern ließ.

»Jack Heminges, ich werde trinken, aber nicht bleiben, und ich beteilige mich auch nicht an der Freude, weil mir dies unmöglich ist. Ihr müßt Euch bewußt sein, daß sich in Eurer Gesellschaft einige befinden, die mich hassen und mir in der Vergangenheit mehr Unrecht angetan haben, als ein Mann zu ertragen vermag.«

Jack verschlug es für einen Moment die Sprache. »Euch ein Unrecht angetan?« fragte er dann. »Euch hintergangen? Aber wer denn, Robert?«

Greene verzerrte das Gesicht, blies die magere Brust auf und schrie so laut, daß sofort alle Gespräche in dem Laden verstummten: »Alle Ihr Männer des Theaters und der Feder. Ihr sagt mir ins Gesicht, daß Ihr mir das Beste wünscht, doch insgeheim hofft Ihr, daß ich scheitern möge! Ja, Ihr neunmalklugen Köpfe, Ihr verhöhnt den armen Robert Greene!«

Der Blick aus seinen entzündeten kleinen Augen wanderte über die Freunde und Fremden und blieb an William hängen, der noch immer die Maid umschlungen hielt und vom Tanz keuchte.

»Ihr, Shakespeare!« zischte der kleine Dichter und wölbte wieder die schmale Brust. »Ihr seid doch jetzt ein Stückeschreiber von einigem Ruf, oder? Die Menschen fangen an, Euren Namen zu nennen. Und was für edle Kleider Ihr tragt! Alles maßgeschneidert und brandneu, wenn ich so sagen darf.«

Der Stratforder errötete leicht und entgegnete verwirrt: »Worauf wollt Ihr eigentlich hinaus?«

»Ach, allerliebst, so ganz die Unschuld! Ihr seht aus wie ein Mann, Shakespeare, in dessen Tasche viele Münzen klimpern. Und wie seid Ihr an diese Summe gelangt? Nun, nichts leichter als das, wenn man die Arbeit eines anderen als seine eigene verkauft!« Greenes Stimme steigerte sich zu einem Kreischen, und die Spitze seines Barts hüpfte auf und ab. »Ihr habt mein Werk gestohlen, Shakespeare! Fast alle Heinrich-Dramen stammen von mir, aber Ihr habt den Ruhm dafür eingeheimst. Shakespeare, Ihr habt mir das Brot vom Mund gestohlen!«

John Heminges schob sich vor und rief in dem tiefen Tonfall, mit dem er auf der Bühne rechtschaffene Priester darzustellen pflegte: »Ihr müßt Euch irren, Robert! William hat Euch nicht eine Zeile gestohlen. So leid es mir für Euch tut, aber diese Geschichte ist in Theaterkreisen wohlbekannt. Die Vorlagen lagen unberührt unter Eurem Bett und sammelten Staub. William hat etwas ganz Neues daraus verfaßt. Man hat ihm die Vorlagen in aller Offenheit und Redlichkeit gegeben, und er hat daraus etwas Gutes und Eigenes gemacht. Vor meinen Augen hat Shakespeare die Stücke hier auf dem Tresen meines Ladens geschrieben, das schwöre ich bei meinem Glück in diesem Leben.«

Mit einem Wutschrei schleuderte Greene den Inhalt des Pokals auf seinen Feind. Der Wein spritzte auf Williams Hemd, aber auch auf die Röcke der Damen in seiner Nähe, die sofort großes Geschrei anstimmten. Shakespeare schob die Schöne beiseite, die er eben noch an sich gedrückt hatte, und nagte unter dem Schnurrbart an der Oberlippe. Er fühlte vom Tanz noch so viel Erregung und Leben in sich, daß er nicht recht verstehen konnte, wessen der kleine Mann ihn beschuldigte.

»Ach, Ihr Dirnenjäger, bei meinem Arsch hat er das allein geschrieben!« ereiferte sich Greene. »Er kommt vom Land, wo er in der Schule mit Bauernsöhnen zusammengesessen hat. Und jetzt bildet er sich ein, besser schreiben zu können als wir, die wir an der Universität studiert haben! Nein, dieser Mann könnte niemals solche Stücke verfassen, und deswegen stammen seine Worte von mir!«

William trat auf ihn zu. »Ihr hattet Gelegenheit, die alten Stücke umzuschreiben!« rief er. »Aber Ihr zogt es ja vor, nichts zu tun! Warum beschuldigt Ihr jetzt mich? War ich Euch nicht immer ein Freund?« Seine Stimme überschlug sich, weil Kummer und Zorn ihn übermannten.

Und nun fingen alle an, durcheinander zu schreien. Der schmächtige Nashe schlug mit dem Griff eines Bratenmessers auf den einzigen noch stehenden Tisch, bis die Steingutschüsseln gegeneinander klirrten. Die große Hure in dem bunten Gewand fuhr dagegen ungerührt fort, so viel zu essen, wie sie nur konnte, und sich auch noch gedeckte Obsttörtchen in die Taschen zu stopfen.

Greene schob die Hände in den Gürtel. »Gewiß!« rief er und bedachte alle Anwesenden mit verächtlichem Blick. »Shakespeare vom Lande, oder aus welchem Loch auch immer Ihr gekrochen sein mögt! Ihr wart nur Schauspieler, und ein verdammt miserabler dazu, und jetzt wurden zwei Stücke von Euch aufgeführt, und von einem dritten steht die Premiere an, wie es heißt. Wo wollt Ihr die Ausbildung dazu herbekommen haben? Jede Zeile dieser Dramen, für die man Euch feiert, wurde von mir gestohlen! Ich hätte Euch niemals trauen oder Euch meine Liebe schenken dürfen!«

»Alle Worte in den Stücken sind die meinen!«

»Ihr Pißpott von einem Lügenmaul!«

William stürmte mit einem Wutschrei auf ihn zu und packte Robert am Kragen. Die zerschlissene Wolle des Wamses zerriß unter dieser Behandlung sofort. Später wußte er nicht mehr, ob er Greene zu Boden gestoßen hatte oder ob der kleine Poet wie Staub zusammengefallen war. Im nächsten Moment lag William jedenfalls auf ihm, und beide Männer rangen auf dem Binsenkraut miteinander. Jemand rief: »Bei Christus, William! Paßt auf, er zieht sein Messer ... o Gott, gebt Obacht, Shakespeare!«

Die Hure rauschte mit einem schrillen Schrei an die Seite ihres Liebsten, aber Greene schickte sie mit einem »Haut ab, Schlampe!« zurück. William hatte keine Mühe, die Hände seines schmächtigen Gegners festzuhalten, und dieser lag nun geschlagen wie Staub unter ihm. Robert drehte den Kopf zur Seite und spuckte Blut.

Heminges fiel neben ihnen auf die Knie und wollte die beiden trennen. »Bei der Barmherzigkeit Gottes, William, laßt ab von ihm!« rief er. »Der Mann ist zu schwach, um Euch schaden zu können! Jonson, kommt und helft mir!« Mit einiger Mühe und begleitet von Greenes Husten, der sein Blut auf Boden und Kleider verspritzte, gelang es Ben, den Stratforder fortzuziehen.

»Lieber Will, laßt Euch nicht verdrießen!« rief er ihm zu. »Soll Greene doch plärren! Ihr seid einer der ehrlichsten Männer, die jemals durch Londons Tore geschritten kamen. Bei der Liebe Christi, Shakespeare, haltet ein! Oder wollt Ihr Euch von seinem nichtigen Zank provozieren lassen?«

»Laßt mich in Ruhe, Ihr alle!« William warf den Kopf in den Nacken, starrte sie alle in Wut und Verzweiflung an, stürzte aus dem Haus und rannte die Straße hinunter zur Cheapside. Er stieß mit einem Wasserträger zusammen und sauste zwischen Straßenhändlern und Reitern hindurch, die sich auf dem Heimweg befanden. Und in seiner Not kamen ihm die Worte des tragischen Königs im letzten Stück wieder in den Sinn: *O Gott, mich deucht, es wär ein glücklicheres Leben, nicht besser zu sein als ein simpler Halunke ...*

Shakespeare war völlig außer Atem, weil er bereits drei Schenken aufgesucht, aber nirgends den Mann entdeckt hatte, nach dem er jetzt dringend suchte. Im vierten Wirtshaus jedoch, teilte ihm die Wirtin mit, die ihn mit Namen kannte, daß Christopher Marlowe hier sei und sich in einem der hinteren Séparées aufhalte.

Der berühmte Dichter hockte allein am Ende eines Tisches und hatte den Kopf auf die Arme gelegt. Als William hereinplatzte, hob er den Kopf und starrte verwirrt um sich, so als erstaune ihn die Tatsache, daß auf dieser Welt außer ihm noch ein Mensch existiere. Für einen Moment sahen die beiden sich wortlos an. William blickte verächtlich auf das Bett in der Ecke und seine roten Vorhänge. An einer Wand hing ein Porträt der Königin, die wie ein uralter Heiliger segensreich eine Hand erhoben hielt. Galle stieg in ihm hoch, und er hustete in den vorgehaltenen Arm.

Als er wieder atmen konnte, krächzte er: »Ich muß mit Euch reden. Früher gab es nichts, was ich nicht für Euch getan hätte, und jetzt sollt Ihr Euch dafür revanchieren.«

»Aber, mein Teurer«, entgegnete der Poet amüsiert, »ich bin leider überhaupt nicht auf Euren Besuch eingestellt. Der Wein ist getrunken, und kein Geld klimpert mehr in meiner Börse.« Seine Züge wirkten schlaff und abgesackt, und er rieb sich wie ein müdes Kind die Augen. Auch sonst erschien er wie jemand, den man dringend zum Schlafen ins Bett legen mußte, um dann die Kerze zu löschen und ihm mit einem Kuß auf die Stirn eine gute Nacht zu wünschen.

»Ich brauche keinen Wein!« erwiderte William wütend.

»Ah, verstehe. Wenn man Euch so ansieht, glaubt man gern, daß Ihr bereits darin gebadet habt. So sprecht doch, Lieber. Schließlich seid Ihr so viel herumgelaufen, um mich zu finden. Doch ich fürchte, ich kann Euch nur wenig geben, nicht einmal Freundlichkeit.« Er lehnte sich zurück, und William erkannte erst jetzt, wie bleich und wächsern Marlowe war. Als er dann auch noch den tiefen, rasselnden Husten vernahm, wandte Shakespeare rasch das Gesicht ab, weil er den Anblick nicht länger ertragen konnte.

William beugte sich vor, stützte die geballten Fäuste auf den Tisch, und die Haare hingen ihm wirr über die Augen. Er sprudelte alles heraus, was sich an diesem Abend zugetragen hatte. Christopher hörte ihm zu, unterbrach ihn nicht einmal, und als die Geschichte erzählt war, schwieg er immer noch. Shakespeare hob schließlich den Kopf und fragte: »Und was soll ich nun tun? Sagt es mir!«

»Nichts. Greene bringt kaum noch eine Zeile zustande. Er hat sich sein Leben selbst ausgesucht, und das hat ihm seine Kräfte geraubt. Wenn er sich nicht bald am Riemen reißt, wird er über kurz oder lang an seinem Lebenswandel zugrunde gehen. Nur die Bitterkeit scheint ihn noch aufrechtzuhalten. Aber, Shakespeare, mein Freund, man muß die Menschen leben und auch sterben lassen, wie sie wollen. Dagegen kann man nämlich nichts, aber auch gar nichts tun. Weder ich vermag das noch Greene, noch unser verrückter Maurer.«

William warf den Kopf in den Nacken. »Aber wir waren doch Freunde!« schrie er. »Bedeutet das denn gar nichts? Erinnert Ihr Euch, wie wir einmal waren? Wir fünf, eine verschworene Gemeinschaft – für eine gewisse Zeit konnten und wollten wir nicht ohne einander atmen! Ich habe Euch hier gefunden, aber in Wahrheit ist unser Kreis längst auseinandergebrochen... selbst der ehrliche John ist nicht mehr dabei, wollte ja unbedingt heiraten! Ich habe meinen Platz gefunden, doch dieser Ort zerfällt vor meinen Augen. Und da sagt Ihr mir, ich könne nichts dagegen tun. Ich aber sage Euch, das ertrage ich nicht! Lieber wäre es mir, nie nach London gekommen zu sein, als solche Qualen zu leiden!«

Marlowe beugte sich vor. »Ja«, meinte er, »solche Rede hätte ich von Will Shakespeare erwarten dürfen. Wir Narren wünschen uns Sicherheit auf dieser Erde, dem Hort der Ungewißheit schlechthin. Doch wir sind auch empfindsame Lebewesen und wissen genau, daß uns am Ende alles genommen werden wird. Wohin gehen wir nach dem Tod? Unser Seele verflüchtigt sich, und unser Körper fällt den Würmern zum Fraß. Ihr erwartet Freundlichkeit, dabei greift jeder Mensch nach allem, was er zu fassen bekommt, so als flöhen wir eine brennende, belagerte Stadt und rafften im Rennen hastig alles zusammen. Sucht Ihr ehrlich und wahrhaftig Freundlichkeit? Nun, die findet Ihr nur in den kleinen Dörfern wie dem, aus dem Ihr fortgelaufen seid, wie ich selbst auch, fühlten wir doch beide, daß diese Orte danach trachten, einen Mann zu ersticken. Seht Euch doch nur selbst an.« Er lehnte sich zurück und setzte ein spöttisches Lächeln auf. »Ihr kommt zu mir, um Trost zu finden, und bekommt von mir nur solche Antwort. Niemand in London würde je auf die Idee verfallen, mich um Trost anzugehen. Und warum auch, bin ich etwa Priester?«

Shakespeare ergriff die Hände des Freundes. »Zur Hölle mit Jacks Weib!« murmelte er. »Zur Hölle mit allem. Laßt uns nur zu dem zurückkehren, was wir einmal gewesen sind!«

»Ach, Ihr Narr, Ihr armer Tropf. Das können wir nicht! Vielleicht waren wir nie Freunde oder eine Gemeinschaft, und Ihr habt das in einer Verblendung nur so wahrgenommen. In Euch steckt viel Herzlichkeit, die man auch in Euren Texten wiederfindet. Damit werdet Ihr Menschen anziehen, denn wir alle möchten gern an eine bessere Welt glauben und uns für eine Weile in ihr aufhalten.«

»Warum habt Ihr Euch von uns gelöst?«

»Die Zeit reißt alles auseinander.«

»Aber so muß es doch nicht sein!«

»Oh, es ist aber besser so. Versteht, ich werde nicht lange genug leben, um einmal alt zu sein, Will. Auch behagt mir die Vorstellung nicht sonderlich, ein alter Mann zu sein. Ich möchte stark sein, und jugendlich, und meinen Weg in die Betten aller finden, die mir gefallen. Aber mich drängt nichts danach, wie ein Mummelgreis am Feuer zu sitzen und Suppe in mein zahnloses Maul zu löffeln. Nein, ein kurzes, volles Leben ist da vorzuziehen ... Der arme Greene. Armer, flohgebissener Hundsfott! Armer Greene.«

»Was kann ich nur tun?«

»Nichts.«

»Kit!«

»Nichts, Shakespeare.«

»Hört mich an!«

»Ich habe Euch angehört und Euch meine Antwort gegeben.«

»Die reicht mir aber nicht!«

»Was möchtet Ihr denn noch hören?«

Mit einem Stöhnen vergrub William seinen Kopf in den Armen auf dem Tisch. »Ach, bei den Nägeln Christi«, murmelte er, »mir will es scheinen, als habe sich aller Kummer dieser Welt heute nacht in meiner Brust eingefunden. Gebt mir Eure Hand, Kit, verdammter Kerl! Wir beide werden allein enden, nicht wahr? Ihr und ich, ganz allein. Wir finden uns eines Tages an einem Ort wieder, wo wir rufen mögen, soviel wir wollen, und niemand uns antwortet. Warum ist das so? Die anderen sind jetzt viel zu beschäftigt und werden uns vergessen. Ich sehe das nun deutlich vor mir. Mir bleibt nur, für einen Shilling am Tag auf der Bühne zu stehen. Die Stücke bringen wenig ein, und ich werde wohl nie genug Geld beisammen haben, um mir Anteile an einem Theater zu kaufen.«

»Wer weiß?«

»Ihr träumt, Schweinearsch! Ach Gott, lieber Gott, meine arme Familie. Was wird nur aus uns werden, Kit?«

»Nun, ich werde wohl altern und zerfallen, auch wenn sich alles in mir dagegen sträubt, und Ihr endet als Schenkenwirt, nachdem Ihr Euch mit Weib, Kindern und Familie ausgesöhnt habt. Und die geschriebenen Worte sind dann alles, was wir vollbracht haben. Wenn wir dereinst vor dem Himmelstor stehen, wird der Wächter uns fragen, was wir aus unserem Leben gemacht haben. Dann schütten wir unsere Taschen aus, und nichts wird herausfallen bis auf den einen oder anderen Vers und ein paar Worte ...«

»Kennt Ihr mich gut, Marlowe?«

»Ja, dazu muß ich nicht einmal lange nachdenken. Ihr seid stinkbesoffen, eitler Geck. Weint, wenn Euch die Rührung übermannt. Ansonsten geht lieber nach Hause, ehe es auf den Straßen zu gefährlich wird. Und nehmt eine Laterne mit.«

Als William endlich nach Haus schlich, war es schon stockfinster geworden. Er tastete sich seinen Weg an den schmutzigen Tellern, Gläsern und Platten im Laden entlang und erreichte die Treppe. Er hatte noch nicht den dritten Teil der Stufen hinter sich gebracht, als er von oben Stöhnen, Seufzen und Murmeln hörte; und dann das rhythmische Knarren des Bettgestells. Er erkannte, daß John sich in aller Heimlichkeit mit seiner wunderschönen

Rebecca dorthin zurückgezogen hatte. Langsam wie in einem Traum segelten ein paar Federn, wohl angetrieben von einem durchs offene Fenster kommenden Windchen, die Treppe herunter und landeten auf Williams Schuhen. Die beiden Liebenden befanden sich in solcher Ekstase, daß sie nichts von dem jungen Mann bemerkten, der nicht fern von ihnen stand.

So leise wie möglich stieg Shakespeare wieder hinunter und richtete sich im hinteren Teil des Ladens aus Säcken ein Lager. Er schlang die Arme um sich, um sich zu wärmen. Doch er konnte nicht einschlafen und starrte nur in die Dunkelheit, während gelegentlich über ihm das Bett krachte und ein paar mehr Federn herabgeflogen kamen.

Dreimal wurde das Hochzeitsaufgebot ausgerufen, damit ein jeder, der etwas gegen diese Verehelichung vorzubringen habe, die Gelegenheit erhielt vorzutreten. Doch niemand meldete sich, und so wurden John Heminges und Rebecca Knell in der Kirche getraut. Danach feierte man in der Zunfthalle, wo die Menschen sangen und tanzten, bis die Sonne wieder aufging.

»Warum schwingt Ihr nicht das Tanzbein, Will?« rief der Bräutigam.

»Gnade, ich habe bis eben keine Weise ausgelassen.« Und das war nicht gelogen. Er hatte getanzt, als wolle er nie wieder damit aufhören. Als William dann aber doch die freie Fläche verließ und sich ein Ale besorgte, schmerzte das Bein. In der Halle war es selbst für einen lauen Frühlingsabend viel zu heiß. Shakespeare ging nach draußen und spazierte in die Nacht. Durch das Stadttor hinaus, über den weiten Graben vor den Wällen und auf die Obstgärten zu.

Ich wünsche nicht länger, an diesem Ort zu sein, sagte er sich. Hier ist kein Platz mehr für mich. Ich muß nach Hause.

Die Rückkehr

Ohne lange nachzudenken, mietete William ein Pferd, um die hundert Meilen nach Hause zu reiten. In den ersten Stunden seiner Reise überkam ihn das mystische Gefühl, in der Zeit zurückzureiten. Wenn er die Brücke von Stratford überquerte, würde er sich als den kleinen Jungen von einst mit dem Angelstecken auf der Schulter sehen, der ihm auf nackten Füßen entgegenrannte.

Von Zeit zu Zeit hatte Shakespeare einen Kloß im Hals, und dann wieder konnte er es kaum abwarten, nach Hause zu kommen. London als Stadt und alles, was in ihr war, erschien ihm plötzlich widerlich. Das Geschiebe, der Dreck, die ewig schreienden Straßenhändler oder der Gestank der Menschen, die oft so dicht gedrängt standen, daß sie die Träume der anderen träumten und sich versehentlich an das Weib ihres Nachbarn hielten. Dann die Bettler in jeder Ecke, die Hunger litten, die Verzweifelten, die weinend durch die Straßen irrten, oder die Dirnen in Bridewell, die es mit jedem trieben. Wie bedenkenlos Menschen bereit waren, einem anderen den Geldbeutel zu stehlen oder Dreck vor fremde Türen zu kippen. Das Gewirr der vielen fremden Sprachen, der strenge Geruch in der Garderobe, wo zu viele Männer zuwenig Geld bei einer Tätigkeit verdienten, die als nicht ehrenvoll galt; die Männer schrien sich an und traten wenig später auf die Bühne, um dort einen vornehmen Edelmann zu geben.

Wie hatte er sich jemals nach einem solchen Leben sehnen oder solches Treiben für wunderbarer als seine schöne Heimatstadt halten können? Besser als Stratford, wo der Wind durch die Weiden am Wasser fuhr, als die wogenden Gerstenfelder und die Trampelpfade, auf denen er seinen Freunden entgegengerannt war und wo noch die Abdrücke seiner Stiefel zu finden sein mußten?

Der Marktplatz wirkte kleiner, als er ihn in Erinnerung hatte. Als Shakespeare ihn überquerte, zog er den breitkrempigen Hut mit der gebogenen braunen Feder tiefer ins Gesicht, damit man ihn nicht sofort erkennen möge, so sehr schämte er sich seiner erröteten Wangen. Nichts hatte sich in Stratford geändert, alles war gleich geblieben. Bei den Nägeln Christi, da stand ja auch noch die alte Schule, in der er Latein gelernt und später selbst Unterricht erteilt hatte. Wie hatte William sich damals bemüht, in den Knaben die Liebe für Bücher zu erwecken, wie er sie verspürte. Und die Straße dort hinunter befand sich das Haus des Gerbers, der sich widernatürlich an seinen Söhnen vergangen hatte. Und jetzt erhob sich vor ihm auch das alte Marktkreuz. Shakespeare fragte sich, ob der Bäcker immer noch zum Osterfest die köstlichen ofenheißen obstgefüllten Törtchen buk und ob die Jungen auch heute noch im Sommer den Wald nach Elfen durchstreiften. William hielt an und sandte ein Gebet an den Himmelsherrn, daß sich nichts davon gewandelt haben möge.

Ja, er sollte sich wirklich wieder diesem Leben anschließen. Am Sonntag mit der ganzen Familie in die Kirche und dann in abgebürsteten Kleidern und einem einfachen flachen Kragen (nicht den hohen und auffälligen, mit Rüschen versehenen, mit dem man sich in London schmückte) zur knarzenden Begleitung einer Gambe in metrische Verse gekleidete Lieder singen; und sich nach der Messe mit den anderen austauschen: wie es den Kühen und Schafen von diesem oder jenem Nachbarn ginge, den Obstgärten, den Ehefrauen und den Töchtern. Hier in Stratford war William der Sohn des Handschuhmachers und mußte nicht darum ringen, mehr zu werden.

Shakespeare stieg ab, führte das Roß zu seiner alten Straße und entdeckte die zerkratzte Stelle am Türpfosten. Ein paar Wochen vor seinem Fortgang hatte er dagegengetreten, und in all den Jahren schien niemand auf die Idee gekommen zu sein, den Fleck zu übertünchen. Also war tatsächlich alles beim alten geblieben. Selbst der Garten hatte sich nicht verändert, war höchstens etwas älter und vertrockneter geworden. Das Ladenschild, auf dem ein mit Perlen bestickter Handschuh abgebildet war, wirkte blasser, was nach all der Zeit nicht verwundern konnte, und quietschte ein wenig, wenn der Wind es bewegte.

William atmete tief durch und trat dann ein.

Seine Mutter kam gerade aus der Küche. Sie hielt die Schürze hoch, in der sie weiße Rüben trug, und starrte ihn ärgerlich an, als sei er ein Landstreicher. Dann stieß die Frau einen lauten Schrei aus und warf die Arme hoch, worauf die Rüben auf den Boden purzelten. Der Sohn eilte zu ihr und drückte ihren rundlichen Körper an sich.

»Du bist zurückgekommen! Du bist heimgekehrt!« platzte es unter Tränen aus der Mutter heraus. »Vier Jahre haben wir dich nicht mehr gesehen! Seit dem Tag, an dem sie das Auferstehungsbild in der Stadthalle übertüncht haben! Oh, William!«

Der junge Mann hatte einen Kloß im Hals und fürchtete, keinen Ton herauszubringen. Deswegen schwieg er und hielt seine Mutter so fest, daß sie sich keuchend beschwerte. Dann hockte William sich auf die Tischkante, legte der Frau die Hände auf die Schulter und erforschte ihr Gesicht. Auf dem Kopf saß dieselbe Haube, auf die sie lange gespart und die sie sich endlich in dem Jahr gekauft hatte, in dem er die Schule verließ. Und auch die Nadeln, mit denen sie festgesteckt war, schienen noch dieselben zu sein... Aber Mutter war eindeutig älter geworden. Ihr Gesicht wirkte wie ein nicht mehr ganz junges Gemälde, dessen Farbschicht hie und da bereits Risse und Sprünge aufweist. Viele Male küßte er ihre Hände, hob die Rüben auf und öffnete dann die Satteltasche auf dem Tisch. »Ich habe Geschenke mitgebracht!« rief der Sohn. »Sieh nach, was sich in diesem Päckchen befindet – Safran!«

»So etwas Teures!« beschwerte sie sich. »William, du sollst nicht soviel Geld ausgeben!«

»Na weißt du, hier in Stratford hat es solches Gewürz noch nie gegeben. Und jetzt paß auf, Frau Mutter. Schließ die Augen, und streck die Hände aus... So, jetzt darfst du sie wieder öffnen!«

»Was ist denn das? Ein Unterrock aus Seide?«

»Richtig. Und dazu noch gefärbt in der Petticoat Lane.«

»Erbsgrün«, flüsterte die Frau und schüttelte das gute Stück seufzend, auf daß es vor ihren Augen auf und ab tanzte. »Das ist doch viel zu gut für mich! Ich packe ihn im Kleiderschrank weg, und eine deiner Töchter soll ihn haben, wenn sie heiratet.«

»Versprich mir, daß du das Stück tragen wirst!« bat er sie eindringlich. »Nein, liebste Mutter, den Unterrock darfst du nicht in irgendeinem Schrank verstecken. Bei der Gnade Gottes, das sollst du nicht! Hier habe ich auch ein Buch mitgebracht. Darin steht, was man gegen Läuse, Flöhe, Ratten und anderes Ungeziefer unternehmen kann. Vielleicht habe ich es sogar selbst geschrieben, aber ich erinnere mich nicht mehr so recht.« Shakespeare sah sich um, atmete tief und gleichmäßig, um sich zu beruhigen, und fragte dann: »Wo sind denn meine Kinder? Und ... und Anne?«

»Sie sind nach Shottery gegangen, zu einer Taufe.«

»Ach so«, entgegnete er nur und schob die Finger in den Gürtel. Dann nahm William Degen und Gurt ab und legte beides zu der Satteltasche, die immer noch mit Geschenken prall gefüllt war.

Die Mutter schob alles auf eine Seite des Tisches und machte sich auf der anderen Hälfte daran, die Rüben zu putzen. William starrte mit wachsender Enttäuschung auf das abgetragene vergilbte Leinen ihrer Haube. Eigentlich hatte er gehofft, sie würde sich zu ihm setzen und ihn mit Fragen nach seinen Freunden, den Schauspielen oder der Krämerei bedrängen. Doch nach der kurzen Begrüßung und der zögernden Entgegennahme der Geschenke existierte London nicht mehr für sie. Es gab diesen Ort einfach nicht, weil seine Mutter ihn nicht auf dieser Erde haben wollte.

Hatte er denn ein Recht, ihr deswegen Vorhaltungen zu machen?

So spazierte Shakespeare durch das Haus, das ihm jetzt so klein erschien wie die Straßen, durch die er vorhin geeilt war. Das Spielzeug der Kinder lag herum, ein paar Puppen und der Springteufel. Ein Schiff, das William einmal geschnitzt hatte, lag nun, wenn auch wie nach schwerem Seegang, als eine Art Relikt auf dem obersten Regalbrett. Jedes Mal, wenn der Stückeschreiber glaubte, die Tür knarren zu hören, tat sein Herz einen Satz, und er flüsterte: Meine Kleinen sind zurück, sie sind da! Schließlich schlich William die Treppe wieder hinunter, hockte sich auf die Ofenbank und sah seine Mutter an. Am liebsten hätte er sie festgehalten, bis nichts und niemand sie mehr trennen könnte.

»Freust du dich denn gar nicht, mich wiederzusehen?«

»Doch, natürlich«, antwortete sie seufzend. »Ich bin sehr glücklich, aber das Wiedersehen kam für mich so ... unerwartet. Wenn du deinen Vater siehst, wirst du feststellen, daß er sich sehr verändert hat. Ach, warum mußtest du fortgehen? Wenn du doch bloß nicht fortgelaufen wärst, um diesem Field zu folgen!«

Die Mutter senkte kurz den Blick und fuhr dann mit tadelnder Stimme fort: »Dein Vater hat mir stets deine Briefe vorgelesen. Wer ist denn dieser Italiener Florio? Bestimmt ein Katholik, oder? Mein Lieber, das sind heimtückische Menschen, und verderbt dazu! Wie konntest du dich mit Ausländern an einen Tisch setzen? Hast du auch immer brav deine Gebete gesprochen?«

Für einen Moment hielt sie mit ihrer Arbeit inne, legte eine Hand an die Wange und murmelte im gleichen Tonfall: »Bei der Liebe Christi, in zehn Jahren wirst du genauso wenig Haare auf dem Kopf haben wie dein Vater. Das liegt nur an der schlechten Luft in London, die saugt einen ehrlichen Menschen aus. Und Gott stehe meiner Seele bei, ist das da etwa ein Ohrring?«

Williams Hand flog sofort zu dem goldenen Ring hoch, und gleich darauf kam er sich töricht vor. »Ich glaube, ich gehe nach draußen und meinen Kindern entgegen.«

»Ach, die sind sicher bald wieder zurück.«

»Dann gib mir etwas, das ich reparieren kann.« Wenig später hockte er im Schneidersitz auf dem Boden, war umgeben von Werkzeug, Leim und Nägeln und besah sich einen zerbrochenen Hocker und das selbstgebaute Schiff.

Nach einer Weile trat sein Vater steifbeinig ein. Er bewegte sich wie ein Matrose, der nach langer Zeit auf See wieder an Land kommt. William umarmte ihn und spürte, wie die Gefühle heftig in ihm hochstiegen. Lieber Jesus, dachte er, gewähr mir nur die Gnade, ihm keinen Kummer mehr zu machen. Der junge

Mann spürte, wie der alte Mann seine Freude, ihn wiederzusehen, kaum im Zaum halten konnte.

»Geht es dir gut, Vater?«

»Ja, ja, danke, bestens, bestens!« brüllte der Handschuhmacher. »Erzähl uns von der großen Stadt! Nun berichte schon, oder nicht, Mary?«

Und so begann William, ihnen die Wunder Londons zu schildern. Die spanischen Reisetaschen aus Leder, reichbestickte chinesische Seide, brüchige Riesenblätter von der Tabakpflanze, die über dreitausend Meilen mit dem Schiff befördert worden waren, und die vielen anderen Dinge, die man an den Marktbuden in der Cheapside erstehen konnte. Ja, er habe Seeleute getroffen, die schon einmal in Amerika gewesen seien. Ja, ein Mann so schwarz wie Ebenholz sei einmal zu einer der Aufführungen gekommen und habe bei einer lustigen Stelle sein blendend weißes Gebiß gezeigt. Und ja, einem Juden sei er auch begegnet. Nein, nicht alle Männer sprächen nur mit gebeugtem Knie zur Königin. Manche redeten ganz normal mit ihr, und man könne sie auch zum Lachen bringen. Ja, die meisten schworen Stein und Bein, sie sei immer noch Jungfrau, aber er frage sich, woher sie das wissen wollten.

Seine Mutter hörte all diesem mit spitzem Mund und argwöhnischer Miene zu. Sie hielt die Hände im Schoß, und gelegentlich entrang sich ein Seufzer des Mißfallens ihrer Brust. Der Vater hingegen beugte sich erwartungsvoll vor, folgte den Ausführungen seines Sohnes mit offenem Mund, zeigte im Lachen sein immer noch kräftiges Gebiß und nickte strahlend, so als wisse er das alles und fühle sich jetzt bestätigt.

»Hat nicht Johnsons Sohn Paul, der aus dieser Stadt kommt und London zweimal besucht hat, genau das gleiche berichtet?« rief der Vater, schlug sich auf die Schenkel und sah den jungen Mann an, als warte er nur auf dessen Bestätigung.

Geschickt suchte William sein Gedächtnis nach weiteren Dingen und Begebenheiten ab, die seine Eltern interessieren oder belustigen, keinesfalls aber schockieren würden. So verschwieg er ihnen lieber, daß einer seiner Schauspielerkollegen wegen einer Wirtshausschlägerei für zwei Wochen ins Gefängnis gewandert war; oder daß er in der großen Stadt nur selten eine Kirche von innen gesehen habe, weil er der Ansicht gewesen sei, daß der gute alte Jack sämtliche Angelegenheiten mit Gott für sie beide erledigen könne.

Mitten in seinen Erzählungen flog die Tür auf, und seine Brüder und seine Schwester stürmten herein. Sie umarmten, herzten und küßten ihn und riefen: »Lieber William! Großer Bruder! Der Bäcker hat geschworen, dich vorbeigehen gesehen zu haben!«

Für einen Moment konnte er unter ihren Umarmungen kaum zu Atem kommen. »Habt Erbarmen mit mir!« rief William und schob die Geschwister von sich, um sie zu betrachten. Der hübsche Gilbert war Kurzwarenhändler und mit seinen fünfundzwanzig Jahren noch immer unverheiratet. Die dralle Joan beschäftigte sich ständig mit ihrem Säugling und hielt diesen mehrmals William hin, bis er das Baby küßte. Und die beiden jüngeren Bruder, die von der Schule beziehungsweise von der Arbeit ins Elternhaus geeilt waren und gleich wissen wollten, was er in seiner Satteltasche mitgebracht habe.

Während der nächsten zwei Stunden waren die Geschwister aufs eifrigste miteinander beschäftigt. William führte ihnen einen formellen Degenkampf vor, wie er ihn für ein Drama hatte erlernen müssen, aber auch als er einen Tanz darbot, der gerade in Mode war, und dazu seine Mutter hochriß und sie drehte, hallten doch unaufhörlich die Worte »meine Kinder« in seinem Kopf wider.

Als der Nachmittag sich dem Ende zuneigte und das Tageslicht verging, entdeckte er sie an der Tür. Sofort stellte William das Tanzen ein und stand ganz still und unbeweglich da. Die Kinder waren noch schöner, als er sie in Erinnerung behalten hatte ... bei Gott, sie waren die Juwelen dieser Erde! Zuerst trat die älteste, Susanna, mit ihrem bedächtigen kleinen Mund und den züchtig unter der Haube verborgenen dunklen Locken ein, und ihr folgten die sommersprossigen Zwillinge, Hamnet und Judith, die einander an der Hand hielten.

William hielt es nicht mehr auf seinem Platz, und er lief ihnen entgegen. Die Tränen standen ihm in den Augen, und er fiel vor ihnen auf die Knie, um ihre weichen, cremeweißen Gesichter zu berühren und ihnen über die Lippen zu streichen.

»Beim Himmel, wie groß ihr geworden seid!« murmelte er. »Wie konntet ihr nur so wachsen, ohne auf mich zu warten? Ich dachte, mich würden hier dieselben Kinder erwarten, dabei seid ihr noch anmutiger geworden! Kommt, küßt mich ... oder kennt ihr mich nicht mehr? Habt ihr nicht die Süßigkeiten und die Zeichnungen erhalten, die ich euch schickte? Darunter war eine, auf der man mich mit gerunzelter Stirn sehen konnte. Und warum hatte ich die Stirn in so tiefe Falten gelegt? Natürlich, weil ich euch so sehr wiedersehen wollte!«

Er spürte bei jedem das zerbrechliche Handgelenk und die schmale Brust, unter der sich so viele Träume befinden mußten, von denen er nicht einen kannte. Nachdem William ihnen tausend Fragen gestellt und versucht hatte, soviel wie möglich aus ihren scheuen, zurückhaltenden Antworten herauszulesen, hieß er die drei, sich auf seinen Rücken zu setzen. So ritt Shakespeare mit seinen Kindern über den Küchenboden, mitten durch das Binsenkraut, und tat so, als würde er sie nach London bringen.

Danach hockte er sich wieder auf die Ofenbank, während die Kleinen ihre Schätze herantrugen, um sie ihm zu zeigen: ein ungelenk besticktes Kissen, einen Stein und eine Puppe aus Stroh. Er nahm sie dann alle wieder in die Arme, rieb seinen Schnurrbart an ihren sanften Wangen und kitzelte sie an den runden, warmen Bäuchen unter den einfachen Leinenkitteln, bis sie vor Vergnügen quietschten und schrien.

Seine Mutter stand über dem Topf und schwang die Kelle. »Bist du gekommen zu bleiben? Das möchte ich wirklich gern wissen!« sprach sie vorwurfsvoll.

»Beim Heiligen Kreuz!« entfuhr es John Shakespeare. »Nun plag den armen Jungen doch nicht so!«

Der Handschuhmacher erhob sich und winkte ärgerlich ab. Dann hockte er sich wieder hin und murmelte etwas über Weiber und ihre Art. Doch sofort war der Vater wieder fröhlich und verwickelte William in ein Gespräch. Wie gehe es denn bei Hofe zu? Wisse er, ob die Landsteuern erhöht würden oder ob es einen neuen Krieg gebe? Stimme es, daß man in St. Paul's eine Lotterie veranstalte, bei der man ein Vermögen machen könne?

Bei Einbruch der Dämmerung blickte William auf und sah seine Frau in der Tür. Schweigend und still stand Anne da, den Blick zur Seite gerichtet, so als ginge hinter ihr etwas vor, und er entdeckte, wie sich ihr graues Mieder unter dem Ein- und Ausatmen hob und senkte. Für einen Moment glaubte Shakespeare, sein Weib lausche noch dem Widerhall seiner Schritte, als er aus dem Haus und fortgelaufen war. Er sah ihr an, daß sie seine wahren Gründe dafür nie verstanden hatte; und auch sonst wirkte Anne so, als sei ihr Gemahl nicht hier in der Küche, sondern immer noch weit fort. Unvermittelt drehte die Frau sich zu ihm und betrachtete ihn, als wolle sie diesen Mann hier mit dem in ihrem Gedächtnis vergleichen.

»Ich bin es, meine Liebe«, sagte er leise, befreite sich sanft von den Kindern und erhob sich.

»Oh, du bist also gekommen«, entgegnete sie, als handele es sich dabei um eine Alltäglichkeit.

»Ja, Lady.«

»Aus einer Laune heraus?«

»Nein, mehr als das«, versicherte William ihr und küßte sie auf die Wange. Ergriffenheit befiel ihn, als er ihre ernste Miene betrachtete, und er erinnerte sich, Anne so in der Kirche gesehen zu haben, wenn sie sich über ihr Gesangbuch beugte. Damals war sie ihm als die begehrenswerteste Frau auf der Welt erschienen. Vielleicht hatte er allein falsch gehandelt.

Ach, Anne, der ich in Torheit den Eheschwur leistete und die ich dann sitzenließ! Was hast du in den vergangenen vier Jahren getan, außer am Webstuhl zu sitzen, den Kindern die Gesichter zu waschen und ihnen Gebete beizubringen? Hast du nachts allein im Bett gelegen und an mich gedacht? Was habe ich dir und deinem Leben nur angetan? Wie kann ich das alles je wiedergutmachen? Hättest du nicht einen besseren Mann verdient? Kann ich mich am Ende doch noch als der Richtige für dich erweisen?

Die Nacht brach herein, und Stille senkte sich über Stratford. William hörte wieder den Wind in den Ulmen, in den Dachbalken und im Kamin. Und wie er das Heulen in den Winkeln des Hauses vernahm, überkam ihn so große Reue, daß er schon befürchtete, kaum noch mehr davon ertragen zu können. Und doch richtete niemand ein böses Wort an ihn. Seine Eltern saßen auf der Ofenbank. Mutter nähte, wie sie es immer schon getan hatte, auch wenn ihre Schultern inzwischen deutlich gebeugt waren. Vater berichtete von den Kunden, die heute in seinen Laden gekommen waren. William schloß daraus, daß John sich bei jedem länger aufhielt, es könnten nicht allzu viele gewesen sein. Anne hockte neben der Mutter und nähte ebenfalls. Den schönen Rücken hielt sie so aufrecht wie ihren Eheschwur, den sie – wie ihre Knochen selbst zu verkünden schienen – stets eingehalten hatte, auch wenn er ihr nicht immer treu gewesen war.

William selbst hockte nahe am Herd auf dem Boden und untersuchte, ob das kaputtgegangene Schiff noch gerettet werden könnte. Nein, er würde wohl ein neues schnitzen müssen. Über allem hing der Geruch von alter Asche, getrockneten Blumen und Leinentüchern, die zusammengefaltet im Schrank lagen. Er hustete.

»Hast du in London auch Schnitzwerk zustande gebracht?« fragte der Vater.

»Nein.«

»Nun, na ja, deine Mutter hat dich vorhin schon gefragt: Hast du vor zu bleiben?« Der Handschuhmacher preßte die Lippen zusammen, als wolle er sich gegen eine Enttäuschung wappnen, und gleichzeitig betrachtete John den Sohn in der beschützenden Weise, wie er das schon immer getan hatte. William brannte das Herz. Am liebsten hätte er die alten Hände des Vaters genommen und geküßt, um sich dann vor ihm hinzuknien und seinen Segen zu erhalten.

Doch er brachte nur mit trockenem Mund hervor: »Ich bin zu dem Schluß gelangt zu bleiben.«

Die Uhr schlug neun, und alle fielen auf die Knie und beteten. »Gepriesen sei Gott, uns unseren William zurückzubringen!« rief John triumphierend. »Im Namen Christi, Amen.«

Später wünschten sich alle eine gute Nacht, sparten lieber an den Kerzen und ertasteten sich den Weg nach oben. William schob die übermüdeten Kleinen in ihre Bettstatt, küßte ihre weichen Gesichter wieder und wieder und flüsterte ihnen Versprechungen ins Ohr, wohin sie morgen gehen und was sie unternehmen würden. Danach begab er sich langsam und voll Unsicherheit zum Ehegemach.

Anne saß auf der Bettkante, und ihr langes Nachthemd ließ nur die bloßen Füße frei. Sie kämmte ihr langes rotgoldenes Haar aus, wie sie das schon ihr Leben lang in jeder Nacht getan hatte. Shakespeare blieb in der Tür stehen, bis sie ihn ansah und einfach sagte: »Alles ist so, wie es recht ist. Sei mir mein Ehegemahl, William.«

»Wie habe ich mich nach dir gesehnt«, sagte er.

»Und ich mich nach dir«, entgegnete sie. Shakespeare wußte nicht, ob sie die Wahrheit sprach, aber um ihrer und seiner willen wollte er ihr glauben.

William trat auf sie zu, schob sie mit einer Hand aufs Bett und hob mit der anderen sein Hemd. Er spürte die Weichheit ihrer Brüste und Schenkel unter sich. Und wie auch früher schon hob sie eines ihrer Beine an. Seine Finger fanden die immer noch vertraute Spalte, wo die Hüftknochen auseinanderstrebten, und er wollte sein Verlangen hineinrufen. Die Seile, welche die strohgefüllte Matratze hielten, krachten ... und krachten ... und er wußte, daß dieses Geräusch über den Boden wanderte und sich im ganzen Haus verbreitete.

Der Wind blies in den Ulmen, und sie bewegten sich im Einklang. Anne warf den Kopf vor und zurück, aber in einer Weise, als ergebe sie sich einer strengen Pflicht. William wollte ihr wie früher Vergnügen bereiten, und als sie kurz vor dem Höhepunkt stand, legte er ihr sanft die Hand auf den Mund, damit ihr Schreien nicht durch die kleinen Kammern seines Elternhauses schallen würde.

Danach lagen sie nebeneinander und sprachen darüber, wie es gewesen war.

»Eins sollst du wissen, William. Dein Vater sitzt in der Nacht da und schaut mit kummervoller Miene in die Ferne. Deine Mutter tut so, als würde sie nichts davon bemerken. Er sehnt sich nach dir, genau wie ich, deine rechtmäßige Gemahlin. Und nicht zu vergessen die Kleinen, die durch die Stadt laufen, als sei ihr Vater gestorben.«

»Aber ich bin nicht tot.«

»Dennoch warst du Tag um Tag nicht hier.«

»Anne, so wahr ich lebe, ich bereue das alles.«

»Dann wirst du also wirklich bleiben?«

»Möchtest du nicht mit mir nach London kommen?«

»Niemals! Wie könnte ich an einen solchen Ort gehen? Sag mir, daß du in Stratford bleiben wirst, Lieber, sag es mir nur!«

Voller Verzweiflung murmelte er: »Dann ja, sage ich es dir.«

»Oh, dem Himmel sei gedankt!« flüsterte sie erregt. »Gepriesen sei Gott in der Höhe!« Und sie legte den Kopf an seine Schulter.

Die nächsten Tage vergingen in einem einzigen Rausch von Begrüßungen und freundlichen Worten. Freunde und Verwandte erschienen von nah und fern, einige altbekannt und andere, die in seiner Abwesenheit den Weg in diese ordentliche kleine Welt gefunden hatten. Sie alle kamen in die Henley Street, um William die Hand zu schütteln und ihm alles Gute zu wünschen. Nicht einmal konnte Shakespeare auch nur auf die Straße gehen, ohne daß seine Kinder ihm in schüchternem Abstand folgten. Er wanderte mit ihnen über das Land vor der Stadt, und wenn sie müde geworden waren, trug er sie auf den Schultern. William zeigte ihnen die Orte und Verstecke seiner Kindheit. Ein Schäfer begrüßte ihn freudig, und in der Schenke saßen dieselben Männer wie früher um das Feuer und tranken aus ihren blankgescheuerten Bechern. John Shakespeares Ältester ist zurück, erzählten sie sich. Die große Stadt ist eben nichts für einen rechten Mann. Beim Heiligen Kreuz, seht nur, wie blaß er geworden ist. Ja, solches bewirken eben große Städte.

Hinter seinem Rücken wurde getuschelt. Er wird nie wieder fortgehen, flüsterte seine Mutter. Sie und Anne saßen des öfteren wie zwei Verschwörerinnen beim Nähen beieinander und preßten die Münder zusammen wie Frauen, die niemals ein hartes Wort über ihre Lippen kommen lassen wollten. William wird hierbleiben! Gepriesen sei der Himmel!

Der junge Mann stand gern im Wohnzimmer und verbrachte Stunden damit, in der großen Bibel zu lesen. Er zitierte leise die Verse, als stünde er auf der Bühne. Dann erinnerte sich William, wie er als Knabe auf einen Hocker geklettert war, um das Heilige Buch zu erreichen und über die Seiten zu streichen, wollte er doch den Reichtum der Worte in sich aufnehmen.

Andere Male spazierte Shakespeare in den Garten, berührte die Rinde des Apfelbaums und streichelte seine Blätter, als habe er Spitze vor sich. Die Äste erbebten, das Laub fuhr sanft über ihn, und der ganze Baum schien ihn wie einen Geliebten willkommen zu heißen. Über ihm hing die Wäscheleine mit den leuchtenden weißen Hemden, und diese tanzten wie Seelen zwischen Himmel und Erde. Wenn William nachts nach Anne griff, fühlte sich ihr Körper schwer, weich und offen an, und schließlich konnte sie auch den Arm um ihn legen.

Während dieser Zeit hörte Shakespeare viele Geschichten, die es wert waren, weitergegeben zu werden, aber auch noch etliche mehr. Immer noch redeten die Bürger vom Aufstand der Grafen im Norden, obwohl sich der bereits 1569 ereignet hatte. Und auch über die schwangere Maid, die sich im Avon ertränkt hatte und auf ungeweihtem Boden beerdigt worden war. Die Häute des Gerbers lagen ausgestreckt wie die Heiligen auf Bökken und Gestellen, die er auf Stichen in alten Büchern gesehen hatte. Einmal öffnete William vorsichtig die Tür zum Laden seines Vaters, weil ihn die Frage plagte, ob er wohl immer noch in der Lage sei, einen spitzengesäumten Kalbslederhandschuh für einen Gentle herzustellen. Der Frühling ließ die Blumen erblühen, und die Felder und Häuser sahen wieder so wunderbar aus, wie er sie im Gedächtnis behalten hatte.

Und doch befiel ihn in diesem Frühjahr ein sonderbares Gefühl, so als habe er Schwierigkeiten zu atmen. Zuerst befürchtete Shakespeare, er könne erkrankt sein. Doch dann überkam ihn unbändiges Verlangen, allein umherzuwandern. Mit den Händen im Gürtel und den Kopf zum Schutz vor dem Staub der

Straße gesenkt, marschierte er los und versicherte den Kindern, bald zurück zu sein.

Und während er so langsam dahinschritt, offenbarte sich ihm die Wahrheit. Ganz in Gedanken versunken beantwortete er kaum die Grüße der Händler oder angesehenen Bürger der Stadt, vergaß häufig zurückzulächeln und bei Ratsherren sogar, sich höflich vor ihnen zu verbeugen. Gern lief er bis zur Clopton Bridge, schaute von dort zurück auf Stadt und Kirche, und die Worte kamen ihm nur zögernd über die Lippen und dann auch nicht lauter als ein lauer Wind in den Bäumen.

Ich bin nicht mehr der Mann, der einst über diese Wege und Straßen gewandelt ist. Zu sehr habe ich mich verändert. Der Wandel ist langsam und zunächst kaum wahrnehmbar in mir erfolgt und hat mich zu einem Mann gemacht, dessen Denken nichts mehr mit seinem Geburtsort gemein hat. Ich bedarf es einfach, eine Rolle zu spielen, auf der Bühne Reden in den Himmel zu rufen, zu springen und zu tanzen. Ich muß die Schenken Londons aufsuchen, das Gelärme meiner Freunde und Kameraden hören, alles lesen, was mir in die Finger kommt, und mir mit den anderen über noch mehr Themen die Köpfe heiß reden. Mich verlangt einfach nach vornehmen Höfen und verwahrlosten Gassen; denn beide halten für mich die Möglichkeit bereit, neue Freunde zu finden. Ich liebe das Klappern der Wagenräder auf dem Kopfsteinpflaster, das Gesumme von tausend Stimmen auf den Straßen und das Läuten der Glocken, deren Klang über die ganze Stadt hinwegzieht – über Ziegeldach, über gedecktes Dach, über Türme und hin zu jedem einzelnen Bewohner … Wenn ich hierbleibe, mache ich meine Familie glücklich, gebe aber mich selbst und alles auf, was in mir ist. Darf ich das zulassen? Denn in Wahrheit bin ich ein Mann des Theaters und damit Gefährte der Schönen und der Sonderlinge. Ich gerate in Wirtshausschlägereien, manchmal als Raufbold, andere Male als Schlichter. Und ich bin derjenige, der, sei er auch noch so betrunken, stets seinen Weg nach Hause findet, indem er sich am Gestank des großen Flusses und am Gebirge der St. Paul's Cathedral orientiert, die wie ein Segen über uns allen aufragt.

William brach der Schweiß aus. Er hatte sich selbst etwas vorgemacht und damit auch seine Familie belogen. Das Wissen darum, nie mehr der junge Mann sein zu können, der hier einmal gelebt hatte, ließ sich nicht mehr unterdrücken. Wie konnte er den anderen die Dinge begreiflich machen, die ihm so viel gegeben hatten und immer noch gaben: die Wissenschaften, italienische Schriftsteller oder die ganze weite Welt bis ins ferne Jerusalem, die täglich an die Ufer der Themse herangespült wurde und sich glitzernd und strahlend aus dem ganzen Dreck und Schlamm erhob? Hier in Stratford konnte ihn niemand verstehen, vermutlich nicht einmal hören. Shakespeare hob den Kopf, hielt das Gesicht in den Wind und schnüffelte wie ein Tier bei einer fremden Witterung, die nichts Gutes verheißt.

Und er flüsterte voller hochmütigem Stolz: Wer sind diese Menschen schon?

In solchen Momenten schmolz alle Lieblichkeit Stratfords im Mai mitsamt den Gärten und den blühenden Ulmen dahin. Und er fühlte sich nur noch dem ungebildeten Jüngling verbunden, den er dabei beobachtete, wie dieser mit seiner zögernden, scheuen Liebsten am Flußufer entlangspazierte und ihr an die Brüste griff. Doch dieser junge Mann war nicht er; denn sonst würde er eines Nachts seine wenigen Bücher und etwas Wäsche zusammenpacken, einen betrübten Abschiedsbrief unter einem Kerzenhalter auf der alten Familientruhe zurücklassen und sich auf und davon machen. Der Jüngling würde sicher in Stratford bleiben, und genau das war William nicht möglich. Jeder Mann hatte seinen eigenen Weg zu beschreiten, auch wenn es nicht einer jener war, den diejenigen sich wünschten, die ihm nahestanden.

Aber wie sollte er es seiner Familie beibringen? Jeden Morgen erwachte William neben seiner Anne, die wieder ihr mürrisches, reizbares Wesen angenommen hatte. Schon bald nach seiner Rückkehr hatte sie erneut angefangen, ihn mit Vorwürfen zu überschütten und auszuschelten. Täglich schaute er vom Wohnzimmer auf die Haustür, so als stelle sie die große Barriere zwischen Stratford und dem dar, was in ihm wogte und drängte. Wie sehr er sich bemühte, die Familie nichts von dem bemerken zu lassen, was in ihm vorging. Und wie sehr wohl sie es doch spürten!

Der Vater mied seinen Blick. Und die Mutter beschäftigte sich sofort mit einer Hausarbeit, wenn William das Zimmer betrat. Doch am schlimmsten war für ihn, alles für sich behalten zu müssen, bis sich sein Magen so zusammenkrampfte, daß er an den Worten zu ersticken glaubte, die er nicht aussprechen durfte.

Als er einmal die Treppe herunterkam und sie alle versammelt sah, starrte er rasch an die Wand, um seinen Kummer zurückzudrängen. Nun, sie hatten seinen Schmerz nicht ausgelöst, sondern etwas in ihm selbst. So war es immer schon gewesen, wie er in diesem Moment erkannte. Aber auch damit änderte sich nichts für ihn.

Schließlich raffte William sich an einem warmen Abend auf, begab sich in die Ladenwerkstatt seines Vaters und sprach ihn an. »Ich gehe jetzt und kehre nicht zurück.«

»Gut, dann fort mit dir. Worauf wartest du denn noch?«

»Um dir meinen Respekt zu zollen.«

»Wenn du Respekt vor mir hättest, würdest du hierbleiben. Nein, nein, keine Hand zum Abschied. Ich möchte nicht, daß du mich anfaßt. Vor allen Menschen auf der Welt kennst du meine Schmerzen, und dennoch wendest du dich ab von mir ...«

»Lieber Gott«, flüsterte der junge Mann und wischte sich mit der Hand über den Mund. »Eines Tages werde ich alles wiedergutmachen«, versprach er leise. »An dir und an meinen Kleinen ... das schwöre ich bei Christus unserem Erlöser. Ich will es tun, und hinge mein Leben davon ab.«

Seine Frau schloß sich in ihrer Kammer ein, und er konnte nicht zu ihr hinein. William hörte sie weinen, und als er nach unten ging, klammerten sich die Kinder an seine Beine. Nur indem er ihnen die phantastischsten Dinge versprach, konnte er sich von den Kleinen befreien. Das Herz schlug ihm, als würde er wegen Mordes verfolgt. Dann lief er in die Stube, küßte seine Mutter und seinen jüngsten Bruder, der gerade von der Schule nach Hause gekommen war.

Als William von der Straße einen Blick zurückwarf, sah er seinen Vater am Fenster der kleinen Kammer stehen, in der der

Junge einst die verbotenen Geheimpapiere entdeckt hatte. John sah ihm traurig hinterher.

Shakespeare rannte zum Gasthof, nahm sich dort ein Mietpferd, sprang auf und trieb das Roß gleich zum Galopp an. Die kleine Stadt verschwand hinter ihm in einer Staubwolke, und er ritt, als sei der Teufel hinter ihm her, biß die Zähne zusammen und schob dem Gaul die Fersen tief in die Flanken. Felder, Gärten, Gasthöfe und Orte flogen nur so an ihm vorbei. So mancher, der ihn sah, hielt ihn wohl für einen königlichen Boten, in dessen vollgestopften Satteltaschen sich Briefe mit wichtigen Staatsangelegenheiten befänden statt der Quittenmarmelade und der gestrickten Unterhose, die seine Schwester Joan ihm mit ihrem Säugling im Arm an der Tür rasch in die Hände geschoben hatte. William wußte später nicht mehr, wie lange ihm schon die Tränen die Wangen hinunterliefen.

Als er die Kuppe des Hügels erreichte, hielt er das zitternde Pferd an, saß keuchend im Sattel und sah sich um. Eine ganze Weile blieb er so dort droben, während Roß und Reiter um die Wette schnauften, denn er konnte weder vorwärts noch zurück. Ein bitterer Schrei stieg aus den Tiefen seiner Seele hoch, und er brüllte: »Möget ihr alle verdammt sein! Was verlangt ihr von mir? Niemals wird mir möglich sein, so zu leben, wie ihr das von mir erwartet!«

Gallegeschmack breitete sich in seinem Mund aus. Nach einer Weile setzte er das Roß wieder in Bewegung und ritt, jetzt deutlich langsamer und mit gesenktem Haupt, in Richtung London.

Nachdem Jack Rebecca geheiratet hatte, setzte er sein Leben in der gewohnten Weise fort. Kaum war die Arbeit in der Krämerei getan, eilte Heminges mit der Papierrolle unter dem Arm, auf der seine Textzeilen geschrieben standen, zu diesem oder jenem Theater oder zum Salon eines Reichen und Mächtigen. Vor der Dämmerung stand Jack auf, um Vorräte für den Laden zu kaufen – denn in dieser Hinsicht mißtraute er seinem Gesellen –, und manchmal kehrte er erst nach zwei Uhr morgens von einer Aufführung bei Kerzenschein in einem Stadthaus zurück. William stand bereit, wenn Heminges in schweren Gewändern von der Bühne wankte. Die Fackeln in der Halle hatten es ihm unter dem dicken Stoff noch heißer werden lassen, und er brach an dem Tisch mit den Perücken und den Kulissenteilen zusammen.

So konnte es nicht lange dauern, bis aus den Kammern über dem Laden bald der erste leise Zank herunterdrang. Zuerst nur vereinzelte Vorwürfe, schnippische Bemerkungen und flaue Entgegnungen. Doch im Lauf von Wochen entwickelten sich daraus auf ihrer Seite mürrische Mienen, Tränenausbrüche und hitzige Forderungen, auf seiner Seite harsche, grollende Zurückweisungen. Die kleine Susan stand dann unten an der Treppe, knabberte die Fingernägel ab oder kaute auf den Schürzenbändern herum.

Der Streit wollte kein Ende nehmen und erreichte bald auch die Küche, die hinter dem Laden lag. Rebecca Heminges hielt die geschwungene Nase erhoben, während sie für das Abendbrot die Schneidebretter auf den Tisch legte. Schließlich blieb sie mit wogendem Busen stehen und fragte ihren Gemahl: »Nun, wo soll das alles enden? Bist öfter krank als gesund! Entweder verkaufst du die Krämerei und schließt dich einer Theatergruppe an, oder du läßt das Schauspiel sein und gibst dich mit dem Laden zufrieden. Aber so wie jetzt geht es nicht mehr weiter, ich ertrage es nicht länger! In meinem ganzen Leben bin ich noch nie so unglücklich gewesen!« Schließlich hielt sie sich die Schürze vors Gesicht und rannte zur Haustür hinaus.

»Becky!« rief Jack, holte seine Frau außer Atem auf der Straße am Pferdepfosten ein und hielt sie am Arm fest.

»Laß mich los!«

»Wo willst du denn hin?«

»Heim zu meiner Mutter!«

Damit riß sie sich los und lief die Straße hinunter, während er sich die Haare raufte, in den Laden zurückkehrte und die Säcke, Krüge, Fässer und Kisten anstarrte, als seien sie an allem schuld. »Was Becky von mir verlangt, kann ich ihr unmöglich geben!« schrie Heminges. »Die Krämerei verkaufen, diesen Beruf für das Theater aufgeben ... Irrsinn! Von der Schauspielerei kann kein Mensch leben! Wenn ich nicht so bitterarm gewesen wäre, wer weiß, dann könnte meine erste Frau noch am Leben sein. Und jetzt, da es gerade anfängt, mir wieder gutzugehen, paßt Becky irgend etwas nicht! Sie scheint den Menschen überhaupt nicht zu kennen, den sie am meisten liebt ... und der sich vor Liebe nach ihr verzehrt!«

Shakespeare lief leise im Laden umher, betrachtete die Waren und auch das Schild über der Eingangstür und riet ihm schließlich: »Ich fürchte, Ihr werdet wohl die Krämerei verkaufen müssen.«

»Niemals! Solange ich lebe, nicht! Um der Barmherzigkeit willen, Will, geht los, und bringt sie zurück!«

William marschierte zu Rebeccas Haus, aber die junge Lady hatte sich in ihrem Zimmer eingeschlossen und weigerte sich, ihn zu empfangen. Als er zu Heminges zurückkehrte, hatten die Glocken längst zum Ende des Arbeitstages geschlagen, und die Dunkelheit hatte sich über die Stadt gelegt. Alle Werkstätten und Läden hatten bereits geschlossen und die Schilder abgenommen; nur das von Jack hing noch vor der Krämerei. Die Eingangstür stand offen, um die warme Februarnacht einzulassen, und er hockte im Schein einer Laterne vor einem Stapel Papiere. Den Kopf hatte Heminges zwischen Gläser und Schachteln gelegt und mit den Händen bedeckt.

»Meine Kinder werden in Lumpen herumlaufen müssen!« heulte er.

»Nein, denn ich bin der festen Überzeugung, daß Ihr Euer Glück machen werdet. Und jetzt nehmt diese Papiere dort.«

»Welche, jene hier?«

»Ja, die Rechnungen, die Belege, die Quittungen und alles andere. Und kommt mit.«

So zogen sie gemeinsam hinaus auf die Straße. Ein Wind war aufgekommen, und sie öffneten die Kassenschatulle. Jeder nahm sich ein paar Blatt heraus, zerriß sie zu Fetzen und warf sie in den Wind. Die Papierschnipsel flogen hoch, blieben an Pfosten hängen, landeten auf Dächern oder oberen Fensterbänken, auf Kaminen und den langen Feuerhaken, mit denen im Brandfall Mauern und Gebäude eingerissen wurden. Einzelne Fetzen trieben noch höher und flogen wie ein Vogelschwarm zur Cheapside und weiter bis zum Glockenturm von St. Mary le Bow, wo sie am Morgen zum ersten Geläut auf den Friedhof hinabsegeln würden.

Als diese Arbeit erledigt war, zogen William und Jack Arm in Arm zu Rebeccas Haus, um sie heimzuholen.

Jack begab sich noch in derselben Woche zur Zunfthalle und schlug dort einen Aushang an, daß sein Laden zum Verkauf stünde. Er wurde ihn rasch an einen Gesellen los, der schon lange ein Auge darauf geworfen hatte. Damit mußte man ein weiteres Mal umziehen. Rebecca hatte eine hübsche Mitgift in die Ehe eingebracht, und gemeinsam besaßen sie nun genug Geld, um sich ein Haus zu kaufen. Beiden war daran gelegen, in der Nähe der Cheapside, zumindest aber innerhalb der Gemeindegrenzen von St. Mary Aldermanbury zu bleiben, weil Jack gerade in den Kirchenvorstand berufen worden war und Rebeccas Freundinnen hier wohnten. Und für sie stand auch von Anfang an fest, daß William mit ihnen kommen müsse.

Shakespeare brachte in diesen Tagen gerade seine erste Komödie zu Ende, eine Geschichte um zwei Zwillingspaare, und diese Arbeit nahm ihn so in Anspruch, daß er nur wenig von dem Umzug mitbekam. *An diesem Tag, edler Herzog, hat sie mir die Tür vor der Nase zugeschlagen, während sie in meinem Haus mit Dirnen feierte! ... Ich habe meinen Vater in meinem ganzen Leben noch nie gesehen.*

Bald fanden sie ein Haus, das ihnen zusagte. Es stand in der Wood Street unweit der Cripplegate und besaß drei Stockwerke, ein Schindeldach und einen Hintergarten. In den Kammern standen noch Möbel, die aus dem vorigen Jahrhundert stammten und zu schwer waren, um sich verrücken zu lassen.

Shakespeare kaufte ihnen als Hochzeitsgeschenk ein hübsches Gemälde, auf dem David und Bathseba abgebildet waren, und ehebrecherische Gedanken stellten sich bei ihm ein. Überhaupt verspürte er seit einiger Zeit derart unerfüllte Lust, daß er manchmal befürchtete, darüber den Verstand verlieren zu müssen.

Damals in den Hinterräumen der Krämerei und jetzt auch in seiner eigenen Kammer bekam er nur zu deutlich das Stöhnen und manchmal auch die Schreie hinter der verriegelten Tür zum Schlafgemach mit. Oder die Schreie höchster Leidenschaft, die so sehr denen des Schmerzens ähneln und doch von allerhöchstem Vergnügen künden. Bald verging kein Tag, an dem er nicht an Rebecca denken mußte. William sagte sich, daß er sich dringend eine Frau suchen mußte, doch beim Vergleich schnitt eine jede schlecht gegen Jacks Gemahlin ab. Einmal war er nach oben gestiegen, und die Tür zum Schlafgemach hatte offengestanden. William konnte Rebecca sehen, die bis auf den Unterrock, der auf die Knie herabgerutscht war, nackt dastand und sich Arme und Schultern wusch. Ihre großen, runden Brüste standen aufrecht und schwankten leicht. Der Bauch war rund und fruchtbar, trug er doch ein Kind in sich. Die Lust, die er so lange von sich geschoben hatte, rauschte wieder durch ihn, und er konnte sich nicht von der Stelle rühren, geschweige denn, damit aufhören, sie heimlich anzustarren. Viel später stieg er angefüllt mit Scham und Begierde die Stufen wieder hinunter. Shakespeare litt unter dem Gefühl, dem Mann, der ihm auf der ganzen Welt der Teuerste war, etwas gestohlen zu haben. Und er sagte sich, er verdiene es, ausgepeitscht zu werden.

Als William dann einige Tage später hörte, wie Rebecca zu Bett ging, nahm er allen Mut zusammen und trat langsam in den Salon mit dem frischen Binsenkraut auf dem Boden und dem polierten Tisch. Heminges saß gerade über dem Rechnungsbuch einer Theatertruppe, das ihm kürzlich übertragen worden war. Shakespeare hockte sich neben ihn und sagte: »Ich kann nicht länger unter Eurem Dach bleiben, Jack.«

Der Freund schob sofort Buch und Feder beiseite. »Will, so etwas dürft Ihr nicht einmal denken!«

»Doch, es geht nicht anders.«

»Aber das ist Narretei!« rief John fest entschlossen. Er erhob sich, trat an die Treppe und rief sein Weib herunter. Rebecca erschien wenig später mit losem Haar und bloßen Füßen. Sie hatte sich einen Umhang über das Nachthemd geworfen.

Ihre Augen wurden groß, als sie von Shakespeares Vorhaben hörte. Rebecca lief durch den Raum, riß die Arme hoch und rief: »Lieber Will, niemals dürft Ihr von uns gehen!«

»Ich muß aber, teuerste Freundin.«

»Und wo wollt Ihr unterkommen?«

»Ich werde in den Ruinen von Holywell schlafen.«

»Ihr scherzt! Dort werden Euch die Ratten beißen!«

»Dann beiße ich eben zurück.«

Shakespeare fühlte sich nicht in der Lage, die Liebe des Paares noch einen Moment länger zu ertragen. Er rannte fort von ihnen, hinaus in die milde Nacht und in Richtung der Kathedrale. Die Bücherstände auf dem Kirchhof hatten längst geschlossen, und er begegnete dem Küster, der mit seinem Schlüsselring auf ihn zu gewatschelt kam, um das Friedhofstor zu schließen. »Gute Nacht, Sir!« rief der Mann. »Möge Gott Euch eine ruhige Nacht schenken.«

William lief eine Weile ziellos umher und ließ sich schließlich in einer Schenke nieder. Dort fand Jack ihn etwas später. Der Krämer hockte sich zu ihm an den Tisch und sah ihn an. »Becky weint«, begann er vorwurfsvoll, »und mir stehen auch schon die Tränen in den Augen. Ihr wißt genau, daß so etwas nicht meine Art ist.«

Arm in Arm liefen sie zum Tor, nickten dem Wächter zu und überquerten den Graben. Die Häuser, die in den Wällen gebaut waren, blieben wie Schatten hinter ihnen zurück, um dem Wächter Gesellschaft zu leisten. William und Jack schritten über die Felder, über denen klar der runde Mond stand und ihnen den Weg beleuchtete. Hier fragte Heminges noch einmal: »Warum wollt Ihr uns verlassen?«

»Ach, Jack«, antwortete Shakespeare mit erzwungener Leichtigkeit, »die Sache verhält sich komplizierter, als ich sie mit Worten wiederzugeben vermag. Gott sei mein Zeuge, daß ich gern so leben würde wie Ihr, aber, wißt Ihr, das kann einfach nicht sein ...« Er schwieg, weil er nicht mehr weiterwußte. Doch war William sich sicher, daß Jack, der Mann, mit dem er die meisten seiner Gedanken und Nöte geteilt hatte, auch jetzt spürte, was in seinem Freund vor sich ging.

Vergessene Wäsche wehte träge in der Brise, und etwas huschte vor ihnen über den Weg. Heminges' Stimme klang in der Dunkelheit tief und dröhnend: »Ich bin Euer wahrer Freund,

und solange ich ein Dach über dem Kopf habe, wird es auch das Eure sein. Seid Euch dessen gewiß, Will, so wahr ich lebe und auf das Himmelreich hoffe.«

So blieb er dann noch eine Weile im Haus in der Wood Street, wenn auch nur der Annehmlichkeiten und der Gewohnheit wegen. Doch dann zog William endgültig aus. Seine Kleider und Bücher packte er in zwei mittelgroße Kisten und stellte diese auf den Wagen, den er sich vom Bäcker ausgeliehen hatte. Zuerst zog er bei dem Komödianten Thomas Pope in Southwark ein, doch dessen viele Kinder rissen ihn regelmäßig aus dem Schlaf. Danach verließ er die Stadtmauern und lebte für eine Weile unweit des Hofs in Westminster bei einem befreundeten Advokaten, der sich am liebsten über Gesetze unterhielt. In jenen Tagen verdiente William mit der Schauspielerei genug, um sich nicht mehr unbedingt als bettelarm bezeichnen zu müssen. Die Truppe, der er sich angeschlossen hatte, ging ab und an auf Tournee, und er schrieb seine Komödie zu Ende. Abends kehrte Shakespeare öfters bei John und Rebecca ein, um mit ihnen zu essen. Sie waren nun mit dem Kind gesegnet, das in jener Nacht entstanden war, bevor die beiden das Aufgebot bestellt hatten. Die kleine Susan bedeckte Williams Gesicht immer noch mit Küssen und saß gern auf seinen Knien. Manchmal, wenn er mit Jack allein dasaß, verfielen beide in Schweigen, und er spürte den Blick des Krämers auf sich, der ihn bedrängte, doch wieder hier einzuziehen. Dennoch wußten beide Männer, daß dies unmöglich war.

Eines Tages stellte Shakespeare fest, daß er das Stück, das ihm zur Überarbeitung anvertraut worden war, nicht wiederfinden konnte. Genauso erging es ihm mit der schwarzen Hose und den Steinen, die sein Sohn ihm bei seinem letzten Aufenthalt in Stratford gegeben hatte. William sagte sich, daß er sich dringend ein eigenes Zuhause suchen mußte. Wenig später fand er eine Kammer innerhalb der Stadtmauern an der Bishopsgate. Die Bodendielen waren verbogen, das Bett durchgelegen, und durch das Fenster schaute man direkt auf einen Hof, in dem ein Mann Knochen kochte.

Dritter Teil

Emilia

Lange kam es ihm merkwürdig vor, wieder ganz allein und als Junggeselle zu leben. Er lief täglich mit einem Eimer die Threadneedle Street hinunter, um sich seinen Vorrat an Ale zu besorgen, und überlegte dabei, ob er die Leinensachen schon zur Wäscherin gebracht hatte. Shakespeare begann mehrere Stücke und brachte ein oder zwei davon fertig. Bei einem anderen arbeitete er mit einem Kollegen zusammen, und das meiste Geschriebene warf er fort. Doch an jedem Morgen wußte William nicht, ob er sich am Abend noch in London aufhalten würde, und einige Male träumte er davon, wieder in Stratford zu sein.

In der laufenden Theatersaison verbrachte er viele Abende mit dem Autor und Übersetzer John Florio. Der Italiener machte ihn mit den Aufsätzen Montaignes bekannt, und beide teilten eine große Liebe zu den Klassikern. Häufig saßen sie zusammen und diskutierten über die unendliche Kompliziertheit des Menschen. Florio schwor, er kenne mindestens tausend Personen, und nicht zwei von ihnen seien gleich. Doch war es vor allem die Herkunft dieses Mannes aus dem Land der tiefen Leidenschaften, die William am meisten zu ihm hinzog.

»Mögt Ihr Italiener?« fragte der Übersetzer eines Nachmittags, kurz bevor sie sich verabschiedeten, mit einem leisen Lächeln. »Wenn ja, dann gestattet mir, Euch zu einem Abendessen mit meinen Vettern und Basen mitzunehmen. Sie sind Musikanten und ziehen über das Land, haben aber auch schon bei verschiedenen Höfen aufgespielt. Gut möglich, daß sie Euch ausreichend erheitern, da Ihr doch gewillt seid, Komödien in meiner Heimat anzusiedeln.« Nach einem Moment fügte der kleine Mann, seiner ebenso scharfzüngigen wie übergenauen

Natur gemäß mit einem listigen Lächeln hinzu: »Ich nenne sie nur Vettern, dabei fließt beileibe nicht dasselbe Blut in unseren Adern. Aber in der Fremde sind alle Landsleute miteinander verwandt, nicht wahr? Vor allem, wenn sie etwas von einem wollen.«

Die Sonne versank bereits im Westen, und ihr Licht glitzerte auf den Turmspitzen, als die beiden die Bishopsgate entlanggingen und in Petty France in eine der Seitengassen abbogen, wo sich Flüchtlinge und andere Ausländer niedergelassen hatten. Schon von weitem hörten sie fröhliche Musik spielen.

In einem kleinen Saal, dessen Wände mit rissigen Stoffgemälden behängt waren, gaben drei bärtige Musikanten auf Geige, Pfeife und Trommel einen lustigen Tanz zum Besten, und vor ihnen sang eine kleine dunkelhaarige Frau mit leiser, lieblicher Stimme. Sie trug ein schweres, besticktes grünes Kleid, dessen Seiten über ihrem Reifrock aus Walknochen abstanden. Die Maid bewegte sich sinnlich über das Binsenkraut und schlug zur Musik ein Tamburin.

Shakespeare hatte bis zu diesem Moment an kaum etwas anderes als sein neues Stück denken können, und zunächst nahm er die Tänzerin kaum wahr; sie erschien ihm eher eine der Figuren auf den Bildern zu sein, die nun herabgestiegen war und sich vor die beiden Besucher stellte. Sehr viel Grazie ging von der dunkelhaarigen Schönheit aus, auch wenn sie den Kopf etwas steif geradehielt, was aber vermutlich von den vielen Zöpfen und Locken in ihrem Haar herrührte. William erkannte erst nach einer Weile, daß die Maid noch kleiner sein mußte als ursprünglich angenommen, stand sie doch auf Schuhen mit einer dicken Korksohle, die sie zwei bis drei Inches größer erscheinen ließen und gleichzeitig den Saum des Gewands vor dem Dreck auf der Straße und den Böden schützte.

»Oh, ein Schauspieler!« rief die Tänzerin bei der Begrüßung spitz, und William wußte nicht zu sagen, ob dieser Umstand sie erfreute oder verdroß.

Die Anwesenden wurden zum Abendbrot gerufen, und schon stiegen Musikanten und einige Frauen über die Bänke, um am Tisch Platz zu nehmen. Sofort schaufelten sie Essen in sich hinein, als hätten sie seit Tagen nichts mehr bekommen, was sie aber nicht daran hinderte, sich die ganze Zeit über lautstark miteinander zu unterhalten.

Draußen rollten die Wagen vorbei, die zu den Stadttoren zurückkehrten, und von den Ruinen Holywells drang das Gelärme einer Stadtkompanie durch das offene Fenster. William betrachtete die Instrumente, die auf Truhen lagen oder an der Wand hingen, und auf die Haufen grellbunter Kleidung, in denen die Musikanten aufzutreten pflegten. Noten- und Textblätter hatte man achtlos zwischen Bücherstapeln verstaut. Kinder krochen unter dem Tisch herum und zogen an den Enden von Shakespeares Wams.

»Signore, einen Penny!« bettelten sie. »Grazie, Signore.« Eine grünäugige Katze hockte auf einem Kasten mit Rotweinflaschen. Man mußte sie erst mit einem Fußtritt entfernen, um an den Rebensaft zu gelangen. William nahm fremdartig zubereitete Saucen und Fleischstücke zu sich, und zum Nachtisch gab es harten, aber wohlriechenden Käse.

Nach dem Mahl verzogen sich einige, und die anderen rückten enger zusammen. Shakespeare fand sich unvermittelt neben der dunkelhaarigen Maid mit dem gewaltigen grünen Kleid wieder. Ihre Haut war sehr dunkel, und eine Duftwolke von Schweiß, Samt und Haaröl umgab sie. Wenn die Tänzerin lachte, zeigte sie leicht schiefstehende Zähne.

Der Wein wurde stark gezuckert, und kurz unterhielten sie sich darüber. Als sie sich dann beide zu der Platte mit dem übriggebliebenen, leicht verbrannten Geflügel vorbeugten, fragte die Sängerin: »Wie heißt Ihr?«

»Will Shakespeare. Und Ihr?«

»Emilia Bassano.«

»Aha. Dann ... nun, dann wurdet Ihr sicher in Italien geboren, oder?«

»Nein, hier. Mein Vater kam in dieses Land und zeugte mich mit einer Engländerin. Aber leider, er lebt nicht mehr. Gott hat sie mir beide genommen, und ich lege immer noch Blumen auf ihre Gräber. Gott hat sie zu sich berufen und mich allein zurückgelassen, damit ich mich mit meinen Vettern zusammentue und mit Gesang mein Brot verdiene. Diese Männer hier...« Sie senkte die Stimme, und er mußte sich zu ihr beugen, um ihre Worte verstehen zu können. »Diese Männer hier setzen mich so ein, wie es für sie den größten Vorteil bringt. Wenn ein Mädchen hübsch ist, läßt sich daraus doch etwas machen, oder etwa nicht? Die Männer gaffen sie an und sehen von ihr nichts weiter als den Busen. Aber so geht es nun einmal auf dieser Welt zu, mein Freund. Wir sollten auch nicht über die Zustände auf dieser Erde jammern und klagen, denn auch wenn wir das tun, bleibt sie doch immer so, wie sie ist, und läßt uns am Ende in Tränen zurück, nicht wahr?«

Emilia lachte laut und erzählte dann locker und offen darüber, wie die Musikanten sie schon als kleines Mädchen mitgenommen hatten, um sie auf Marktplätzen singen zu lassen. Die Leute hatten ihr dann Münzen zugeworfen, und gelegentlich schenkte ihr ein alter Priester einen Apfel. Später waren sie dann überall im Land in den Häusern der Mächtigen aufgetreten. Oft fuhren sie erst tief in der Nacht nach Hause. Ihr Vater hatte dann den Wagen gelenkt, und sie hockte hinten eingeklemmt zwischen den Instrumenten. Doch ihre Gedanken kreisten nur um die vornehmen und hochmütigen Ladies und um die alten Höflinge, deren Zähne von zuviel Zucker ganz schwarz geworden waren.

Später unterhielten sie sich über das Theater, und Emilia gestand, sich, wann immer es ihr möglich sei, ein Stück anzusehen. Die junge Frau fing sofort an, das Zischen und Dröhnen des Possenreißers Will Kempe nachzumachen und dann auch die Jünglinge, die auf der Bühne albern wie Mädchen kicherten. Shakespeare mußte sich vor Lachen den Bauch halten. Er bewunderte ihre Imitationsgabe, trank noch mehr von dem gesüßten Wein und fühlte sich zutiefst glücklich.

»Ich will fröhlich sein!« rief Emilia. »Und niemals, niemals traurig!«

»Wollen wir das denn nicht alle?«

»Nun, ich fordere das aber vom Leben und will es gar nicht anders haben. Wenn der Vogel nicht guter Dinge ist, singt er auch nicht! Wie war doch gleich Euer Name?«

»Shakespeare, aber die meisten nennen mich nur Will.«

»Und Ihr schreibt Tragödien und Liebesgeschichten?«

»Nur Historienstücke. Ich habe mir bereits über die eine oder andere Tragödie Gedanken gemacht, aber noch nie über eine Romanze.«

»Was? Nichts kann schöner sein! Ich selbst verfasse Gedichte, aber eines Tages möchte ich auch Schauspiele schreiben. Darin werden am Ende die Guten glücklich sein und die Schurken bestraft, aber alle meine Geschichten sollen sich um die Liebe drehen.«

Die letzten Platten wurden abgeräumt, und man stellte die Tische hochkant an die Wand. Ein paar mehr Männer mit Musikinstrumenten tauchten nun auf und riefen den anderen etwas auf italienisch zu. Einer stürmte gleich auf Emilia zu und riß sie hoch. Die Musikanten probten jetzt, denn oft genug hielten sie inne, um die eine oder andere Passage zu wiederholen, und die fröhliche Miene der Maid verging zu stumpfer Langeweile.

Shakespeare sah sich in dem Raum um, und als er den Blick wieder auf Emilia richtete, war diese ebenso verschwunden wie Florio. Er sagte sich, daß es wohl für ihn an der Zeit sei, nach Hause zu gehen; doch die Leere seiner Kammer ließ ihn davor zurückschrecken, und er trank rasch noch mehr Wein, bis er sich schon etwas schwer fühlte. Irgendwann trat eine ältere Frau auf ihn zu, die ihr Haar streng zurückgekämmt hatte, und bat ihn um einen Tanz. Die Musik spielte lauter und schneller, und das Lachen und Rufen paßte sich dem an.

Nur vage bekam William ein anderes Geräusch mit, das von oben zu kommen schien. Als die Stimmen dort lauter wurden, erkannte er, daß sich zwei Personen stritten. Die eine klang tief und zornig, die andere hell und hitzig. Beide zankten sich auf italienisch.

Eines der Kinder fing an zu weinen, und die Fröhlichkeit der Musik verging von einem Moment auf den anderen, so als sei sie mit einem Besen hinausgefegt worden, wie im Theater, wenn auf eine Szene rasch eine neue folgte. William war nun wirklich betrunken, und er glaubte, alles in dem Raum sei schief, krumm und gebogen. Shakespeare erhob sich und suchte nach Tasche und Umhang.

Plötzlich stand Emilia neben ihm. Sie weinte und rief heulend: »Hier kann ich keinen Moment länger bleiben!« Mit rauschenden Röcken und einen Arm vor dem Gesicht rannte sie blindlings zur Tür und hinaus in die Nacht und Dunkelheit der Straßen rings um Holywell.

Er folgte ihr mit schweren Beinen. Ein kalter Winterwind trieb über die Felder und wehte William alle Eindrücke vom Fest der Italiener fort: das Gedränge in dem verrauchten Raum, den Gestank von ungewaschenen Kindern, verbranntem Fleisch und den Geruch von Landstraßen, Herbergen, Wagen und Herrenhäusern, der in den Kleidern der Musikanten haftete. Sie führten ein Leben in Armut, und ihr einziger Daseinszweck schien darin zu bestehen, diejenigen zu erheitern, die dafür bezahlen konnten. Ähnelte das nicht sehr seiner eigenen Existenz?

Shakespeare zitterte. Über den Türmen von St. Helen hatte sich der Mond inzwischen verborgen, nur um einen Moment später zwischen den dahinziehenden Wolken hervorzulugen. Die meisten Fackeln vor den Häusern und Schenken hatte man bereits gelöscht.

»Emilia!« rief er voller Sehnsucht.

Langsam torkelte er über die ungepflasterte Straße und suchte in den Gassen, von denen er glaubte, sie könnte dorthin entschwunden sein. Die Kirchenglocke schlug ernst und würdevoll zur zehnten Stunde. Als Shakespeare die Klosterruinen am Ende der Straße erreichte, glaubte er, dort eine dunkle Gestalt auf einem der zerbrochenen Steine sitzen zu sehen: eine kleine Frau, die das Gesicht in den Händen hielt und bitterlich weinte.

William eilte, so rasch er konnte, an ihre Seite und flüsterte voller Mitgefühl: »Lady, was bedrückt Euch so?«

»Nichts! Fragt nicht!«

»Vielleicht kann ich Euch in irgendeiner Weise helfen?«

»Ich darf niemals darüber reden! Und warum soll ich mich über eine weitere Enttäuschung aufregen? Hält das Leben diese nicht zu Dutzenden für uns bereit? Wie können wir so töricht sein, etwas Besseres zu erwarten?«

William hatte keine Ahnung, was er darauf antworten sollte, zog aber den zierlichen zitternden Körper an seine Schultern.

Emilias Haar war verklebt, um die kunstvolle höfische Frisur zu formen, und in das Gewand war ein schweres Korsett eingearbeitet, aber er spürte unter all dem Futter, Stoff und Fischbein eine kleine, zierliche Frau, die ihm viel feiner erschien als die rauhen und zotigen Musikanten, in deren Gesellschaft sie sich noch vor einer halben Stunde bewegt hatte.

Allmählich ließ ihr Schluchzen nach, aber sie lehnte immer noch an seiner Schulter, wenn sie auch mit den Gedanken ganz woanders zu sein schien. Als Emilia eine Hand auf seinen Ärmel legte, spürte er zu seiner Verblüffung, daß der Arm zitterte.

»Fühlt Ihr Euch nun etwas besser, kleiner Liebling?« fragte er.

»Ja ... ein wenig ... Aber sie sind so böse und niederträchtig! Ich wurde im Haushalt einer echten Lady großgezogen; denn mein Vater wollte, daß aus mir einmal etwas Besseres würde als diese Menschen ... und nun bin ich ihnen doch verpflichtet ...«

Etwas raschelte ganz in der Nähe und huschte dann an ihren Füßen vorbei in die Büsche. Mit einem schrillen Schrei riß die Sängerin sich von Shakespeare los, sah sich ängstlich und mißtrauisch um und schlug dreimal vor der Brust das Kreuzzeichen.

»Geister!« flüsterte Emilia. »Ich fürchte sie, und ich weiß ganz sicher, daß sie sich hier herumtreiben. Glaubt Ihr an Geister? Los, sprecht!«

»Hm, manchmal ja und dann wieder nicht.«

»Hütet Euch vor den Toten, Will! Die Erde hat zuwenig Platz für die Heerscharen der Gestorbenen, die uns um unser Leben beneiden – sogar mich um mein erbärmliches Dasein! Glaubt Ihr nicht auch, daß eine schwarze Katze des Nachts erscheinen und einem Kind die Luft aussaugen kann?«

Ihre dunklen Augen waren im Mondschein ganz groß geworden, und sie legte ihm sehr ernst die Hände auf die Unterarme. »Ich habe Angst, solche Angst!« rief sie und schüttelte William, ehe sie ihre Hände in die Falten ihres grünen Samtkleides schob.

Rotschwarze Wolken eilten über den Himmel und verdunkelten wieder den Mond. Emilia saß da, regte sich nicht und hielt den Kopf gesenkt, als wäre noch immer große Pein in ihr. Aus einem Impuls heraus kniete Shakespeare sich vor sie hin und rief: »Aber Lady, die Toten liegen in ihre Tücher eingehüllt und erheben sich nur selten, um uns zu plagen. Und wenn sich einer von ihnen hier zeigen sollte, würde ich ihn so lange prügeln, bis er mit klappernden Gebeinen das Weite suchte. Und nun sagt mir, wovor Ihr Euch noch fürchtet.«

Die Sängerin mußte lächeln. »Ach, ich weiß nicht. Vielleicht, daß ich eines Tages alt geworden bin und alles verloren habe, was ich besitze, nämlich meine Schönheit. Ach, was wäre ich nur ohne sie? Manchmal weine ich wegen der kindischsten Dinge. Ich weiß auch nicht, warum das so ist.«

»Nur darum weint Ihr?«

»Hauptsächlich.«

William nickte weise und rieb ihre kalten kleinen Hände mit der Erfahrenheit eines Mannes, der es gewohnt ist, anderen zu helfen. »Ach, Ihr seid so anmutig, und Eure Schönheit wird Euch noch Jahrhunderte erhalten bleiben. So wahr ich hier sitze, glaube ich fest daran, daß sie Euch auf ewig beschert ist!«

»Ach, Ihr seid süß«, murmelte Emilia.

»Und Ihr zittert. Soll ich Euch nicht lieber zurückbringen?«

»Nein, noch nicht, bitte.«

Beide schwiegen, und sie hörten ein Stück die Straße hinunter, wie die Musikanten das Haus verließen. Ein Pferd wieherte, und Shakespeare berührte liebevoll ihre Wange und sagte leise und eindringlich: »Ich wünschte, Ihr würdet noch ein Weilchen hier mit mir verweilen, Schönste. Was soll ich Euch nur sagen? Wahrscheinlich Dinge, über die ich nur selten und dann auch mit Unbehagen rede. Ich habe ebenfalls schon über etwas geweint, ohne zu wissen, was es war. Erst viel später habe ich den Grund erkannt.«

Ernst entgegnete sie: »In den Adern meines Vaters floß Blut der Juden, und man sagt, diese Menschen kennen Dinge, die anderen dunkel bleiben ... Deshalb weiß ich bereits einiges über Euch, das anderen auf immer unbekannt bleiben wird. So erkenne ich, daß Ihr sehr freundlich seid und Euch mehr um andere bekümmert als um Euch selbst. Nicht unbedingt der beste Charakterzug in dieser Welt ... So etwas kann einen Menschen nämlich auffressen. Dies weiß ich aber von Euch und noch etliches mehr.«

»Oh, wirklich? Und wann werdet Ihr es mir aufdecken?«

»Vielleicht an einem anderen Tag.«

»Aber woher soll ich wissen, an welchem Tag ich Euch wiedersehen kann, oder zu welcher Stunde?«

Die Tänzerin erhob sich und bewegte sich durch die Trümmer zu einer Straße, aus der das Sprudeln eines Springbrunnens zu hören war. William folgte der Maid und sah, daß sie sich Wasser ins Gesicht spritzte.

»Gut«, sagte Emilia, »jetzt fühle ich mich schon deutlich besser. Und nun, mein schöner Schauspieler William, in dieser Saison kommen noch tausend Stunden auf uns zu. Und in welcher soll es wohl sein, daß Ihr und ich Muße finden, noch etwas von unserer Zeit gemeinsam zu vertändeln?«

Sie stand jetzt ganz nahe vor ihm und legte ihm die Hände auf die Brust. Er beugte sich hinab, um sie zu küssen. Ihre Lippen schmeckten warm und voll, und er nahm an ihr das Wasser, den Schweiß und den schweren Geruch von feuchtem Stoff wahr. William küßte sie noch einmal, und ihr kleiner Körper drängte sich noch mehr an ihn.

»Ihr seid schön genug, um bei Hof zu verkehren«, flüsterte Emilia. »Als Ritter, vielleicht als einer der Großen des Reiches, welcher eines Abends in der Menge auftaucht, während wir unsere Musik spielen und Fackeln den Raum mit Rauch erfüllen. Getrocknete Rosen liegen in den Binsen. Die Männer und Frauen schwitzen, riechen nach Parfum und sind schön. Und alle sehen mich so an wie Ihr jetzt! Was für Augen Ihr habt, William! Rasch, küßt mich noch einmal!«

Wieder vereinigten sich ihre Lippen, und dann wanderte Shakespeares Mund weiter zur Anschwellung ihrer Brüste über dem Mieder. Die Sängerin bog den Rücken durch und schloß verzückt die Augen.

»Nicht!« wehrte sie ihn schließlich ab. »Nicht, Liebster! Laßt gut sein! Dafür mag ich Euch viel zu sehr. Für Euch könnte ich zuviel Leidenschaft entwickeln.«

Erregt preßte er die Lippen auf ihre Hand.

»Werdet Ihr wiederkommen?« fragte sie leise.

»Lieber würde ich heute nacht bleiben.«

»Nein, das wäre doch viel zu früh! Was würdet Ihr denn dann von mir denken?« William errötete in der Dunkelheit, denn er hatte an nichts anderes als seine Begierde denken können.

»Dann beim Morgengrauen«, entgegnete er leise. »Soll ich in der Frühe zurückkehren? Emilia, werdet Ihr mir dann sagen, warum Ihr so furchtbar geweint habt?«

»Mag sein, ich werde Euch eines Tages alles berichten«, wich die Sängerin aus. »Aber kommt nicht schon morgen, das wäre noch viel zu übereilt! Vielleicht in einer Woche, besser noch später. Denkt über uns nach, wir beide haben über vieles nachzudenken ... Und nun wünscht mir eine gute Nacht.«

Shakespeare stand noch lange, nachdem sie im Haus verschwunden war, unten auf der Straße und starrte zu den dunklen Fenstern hinauf. Keine Musik ertönte mehr. William spürte den vielen Wein, und im Verein mit seinem Verlangen nach Emilia fühlte er sich ganz krank. Schließlich kehrte er mit hängenden Schultern heim. Vielleicht lauerten in der einen oder anderen Seitengasse Straßenräuber, doch niemand überfiel ihn. Er war so tief in seine Gedanken versunken, daß er an seinem Haus vorbeiwankte und ein ganzes Stück zurücklaufen mußte.

Kaum in der Kammer angelangt, hielt er sich die Finger an die Nase, denn sie rochen immer noch nach ihrem Haaröl, und die Lust überkam ihn mit solch verzweifelter Macht, daß er sich gegen die Wand lehnen mußte. Auf Frauen zu verzichten hieße, einen wesentlichen Bestandteil seiner selbst aufzugeben. William hatte die Frauen immer geliebt und von ihnen geträumt. Oft genug erwachte er in Schweiß gebadet, weil die Leidenschaft ihn in der Nacht so geplagt hatte. Dann wanderte er durch die Straßen und ließ sich nur von seiner Begierde leiten. Schon in seinen Jünglingsjahren war das nicht anders gewesen.

Anne besaß auch eine dunkle Haut, aber bei weitem nicht so wie die Sängerin. So braun war Emilia, daß Shakespeare sie sich leicht als Sklavin vorstellen konnte, wie sie stolz, barfuß und voller Reize durch eine römische Stadt gewandelt war. Anne erschien ihm mit ihren Krägen, die sie ordentlich zusammengefaltet und mit Kräutern bedeckt in einer Schachtel aufbewahrte, mit ihren flachen Füßen und ihrem alles andere als zierlichen

Gang wie das normale England ... Emilia hingegen glich einem Sturm, der vom Meer heranfegt.

Während der nächsten Tage konnte William an nichts anderes als sie denken und zählte die Stunden, bis er wieder von ihr hören würde. Doch dann erhielt er die furchtbare Nachricht, welche gleich alle anderen Gedanken in ihm verscheuchte.

Robert Greene lag im Sterben. Ein liederlicher Lebenswandel, zuviel Wein und die Huren hätten ihn zugrunde gerichtet, befanden die Schauspieler und schüttelten die Köpfe. Und nun beendete Greene sein irdisches Dasein in der Kammer in der Dowgate. Als Shakespeare zuerst davon hörte, meinte er nur: »Soll ihn doch der Teufel holen!« Doch als er nach der Nachmittagsvorstellung die silberne Perücke und die schweren Gewänder des ehrenwerten Bischofs ablegte, den er gegeben hatte, übermannte ihn doch das Mitgefühl. Robert war doch noch keine dreißig Jahre alt! Sollte er wirklich so jung elendig zugrunde gehen?

Während der Komödie waren dicke dunkle Wolken von Norden herangezogen. Als Shakespeare das Theater verließ, fielen bereits die ersten Wintertropfen. Männer mit vor der Brust verschränkten Armen starrten ihm aus Fischerläden hinterher, während er sich den aufgeweichten Weg hinaufmühte und an silbrig schimmerndem Fisch vorbeikam, der in fauligen Holzgestellen auf offener Straße angeboten wurde. Er verfing sich mit den Schuhspitzen in einem Netz, und ein herrenloser Hund huschte mit gesenktem Kopf an ihm vorbei. Auf dem Weg zu dem alten Freund rief er sich ins Gedächtnis zurück, wie sie sich auf dem Bartholomew-Jahrmarkt zum ersten Mal begegnet waren. Der rote Bart des Mannes war so spitz und scharf wie seine Zunge gewesen, und aus seinen Taschen hatten angefangene Gedichte und Stücke gelugt. Nichts Tiefschürfendes und auch nichts Überraschendes, aber liebliche Lyrik.

»Weinet nicht, Liebste, lacht mir ins Gesicht,
Denn früh genug Euch der Kummer zerbricht.«

In einer kleinen Gasse entdeckte Shakespeare das Schild, welches leicht im Regen schaukelte. Er gelangte in einen bitterkalten, finsteren Raum, der lediglich durch einen Vorhang von der Diele abgetrennt war. Wasser drang durch die Ritzen in den Brettern, mit denen man das einzige Fenster vernagelt hatte, und rann über den schiefen, blanken Boden, auf dem sich nur hier und da ein paar Binsenkrautklumpen fanden. An einer Wand stand ein Nachttopf, der schon seit längerem nicht mehr geleert worden war.

»Wer ist da?« rief der Kranke. »Um der Liebe Christi willen, gebt mir ein wenig Malvasierwein, nur ein wenig!« Die Stimme klang brüchig, matt und wie die eines Kindes. »Oh, mein Magen brennt wie Feuer! Mein Herz ist nur noch ein verschrumpeltes Ding ... Ach, gebt mir einen Schluck Wein! Wer ist da gekommen? Nennt Euren Namen, um des Segens Gottes!«

»Ich bin's, Will.«

»Ah, Ihr, mein Liebster! Kommt herein, tretet doch näher ...« Greene packte Shakespeare am nassen Wams und vergrub das Gesicht wie ein Säugling in Williams Hemd, das nach der Mutterbrust sucht. »Nein!« jammerte er. »Niemand zeigt sich mir. Sie kommen nicht her. Keiner will mich besuchen, und bald wird es zu spät dafür sein. Um des Leidens Christi willen, gebt mir Wein!«

William legte seine Tasche ab und zog eine Flasche heraus. Es kam ihm erbärmlich vor, aber was hätte er dem alten Freund und Weggefährten schon von Bedeutung geben können? Ganz gewiß nicht Worte des Trostes; denn angesichts solchen Elends fand er keine.

»So ist's recht!« keuchte der Sterbende nach dem ersten Schluck. »Nein, wartet ... ach, es geht nicht ... Sicher ist die schöne Zeit vorbei, in der ich Wein trinken konnte. Haltet mich fest ... Ich friere, und ich brenne, es lodert in meinem Innern ... meine Eingeweide haben Feuer gefangen, und dennoch zittere ich vor Kälte ...«

»Habt Ihr einen Arzt gerufen, Robert? Ganz sicher wird er Euch heilen können!«

»Einer kam um der Barmherzigkeit willen und meinte, ich bräuchte eher den Leichenbestatter ... sagte, ich hätte mich selbst zugrunde gerichtet.« Der kleine Mann ließ den Kopf hängen, bibberte, und seine unbedeckten Beine zuckten unkontrolliert. »Wo bleiben die anderen? Werden sie kommen? Wo sind die Zeiten geblieben, welche wir miteinander verbracht haben ... Mehr Wein!«

Shakespeare hielt ihn an den Schultern und half ihm beim Trinken.

»Ich hasse Euch, Lieber«, krächzte der Dichter. »Heute noch mehr als vorher, denn Ihr besitzt weiterhin Leben. Kehrt heim in Eure Welt, Will, denn diese Stadt ist nicht gut für Euch. Erinnert Ihr Euch meiner Frau, meines armen Weibes? Was wird sie nun wohl tun, ja was, wo sie doch immer um mich geweint hat? Und mein Sohn ... Ich bitte um Vergebung, guter Mann, ich will jetzt nichts mehr sagen ...« Greene bäumte sich in seinem Lager auf und schrie heiser: »Was ist, wann kommen die anderen? Ich erinnere mich, einmal vier Stunden auf Ben gewartet zu haben ... Gebt mir Euren Umhang, auf daß ich mich bedecke!«

»Aber der ist vom Regen ganz naß.«

Robert fing an, schwer zu atmen, und klammerte sich an Shakespeares Hand. »Er kommt ... jetzt ist's so weit ...« ächzte er. Seine Augen schienen sich nicht mehr zu bewegen, und er bog den Rücken durch, bis die schmale Brust wie ein Schiffsbug aufragte. »Nun ist's vorbei ... Vergebt mir meine Sünden, beim Leiden Christi ... jetzt vergebt mir, rasch ...« Der kleine Mann schüttelte sich so heftig, daß die Decke auf den Boden rutschte. Seine bleichen, stark behaarten Beine zitterten, als besäßen sie ein eigenes Leben. Die Schenkel öffneten sich und zeigten das verschrumpelte Gemächte.

»William, dies ist der Tod ... das Ende ... da, die alte Frau in der Ecke!« kreischte er. »Sie will mich holen ... Rettet mich ... Rettet mich ... Rettet mich ... Nein, lauft, um der Liebe des Himmels willen, sputet Euch, und holt den Priester ... Eilt, mein Freund!«

Shakespeare stürzte geradezu die Treppe hinunter und fand sich schon auf der Straße wieder. Der Regen floß jetzt von den

Dächern, die Hauswände hinunter, entlang an Läden und Pferdepfosten, und sammelte sich auf dem ungepflasterten Boden zu kleinen Bächen. William rannte zunächst zur Kirche, fand die aber verschlossen vor, und lief um das Bauwerk herum zur Sakristei.

Sein Anklopfen ging in einem Donnerschlag unter. So riß er die Tür einfach auf und sah sich einem älteren Priester gegenüber, der gerade mit einem großen Löffel eine dicke Suppe zu sich nahm. Seine Füße steckten in Pantoffeln, und er hatte sich fest in seinen Morgenmantel gewickelt.

»Da liegt ein Mann im Sterben ...« stammelte Shakespeare und schämte sich, als habe er sich bei dem Kranken beschmutzt und trage den Gestank von Urin ins Haus des Kirchenmannes. Überrascht stellte er fest, daß er ebenfalls zitterte und ihm sogar Tränen aus den Augen rannen. Für eine Weile stand William einfach da, während der Gemeindepfarrer sich langsam die Hose zuschnürte, endlich den Mantel anzog, dann nach seinem Gebetbuch suchte und schließlich alles absperrte. Der Regen fiel jetzt etwas schwächer, und der Himmel klarte an einer Ecke langsam wieder auf. Doch auf den Straßen hatten sich viele Pfützen gebildet, deren eiskaltes Wasser in seine Stiefel drang.

»Ich hole mir noch eine Erkältung«, meinte der Priester grämlich.

»Guter Mann, eilt Euch! Versteht Ihr denn nicht, daß es mit ihm zu Ende geht?«

Shakespeare wäre am liebsten losgerannt, aber der Gemeindepfarrer stapfte bedächtig durch den Matsch, fluchte unentwegt und wischte sich das Regenwasser aus dem Gesicht. Als sie die Außentreppe des Mietshauses erreichten, runzelte der Gottesmann die Stirn, zog dann einen Kerzenstummel aus der Tasche und entzündete umständlich den Docht.

Sie waren erst ein paar Stufen weit gekommen, als sie von oben tiefes und kehliges Männergelächter hörten. »Wer feiert denn in einem solch demutgebietenden Moment?« fragte der Priester ungehalten. »Wer vermag zu einer so schrecklichen Stunde zu lachen?«

Der Boden der Kammer war immer noch naß, aber mittlerweile brannten hier zwei schwalkende und übelriechende Talgkerzen. Ben Jonson, der viel zu groß für das kleine Zimmer wirkte, wickelte gerade einen gebratenen Kapaun aus einem Stück Papier aus. Ein paar weitere Schauspieler standen hier herum, und einer entkorkte eine Flasche. Der Maurerssohn hatte in der letzten Zeit zu innerer Ruhe und Frömmigkeit gefunden, und zwar in einem Maße, daß seine Freunde ihn nicht wiedererkannten. William spürte, wie sich seine Brust zusammenzog. Was hatte Jonson vor? Wollte er eine Predigt halten? Und wenn ja, über welches Thema? Das Leben in Buße und Reue oder die Freuden des Weins?

Der Kranke schien keine Krämpfe mehr zu haben, lehnte halb aus dem Bett und verfolgte alles mit klarem Blick. »Liebe Freunde, meine besten Freunde!« krächzte er.

»Ah, da kommt ja Will!« rief Ben.

Aller Blicke richteten sich auf den schmalen, verdrossen aussehenden Pfarrer, der gerade seinen langen Mantel schüttelte, um das Wasser hinauszuzwingen.

»Wer ist denn das, ein Priester?« schnaubte Jonson schließlich. »Seid Ihr gekommen, Hochwürden, um mit uns das Leichenmahl zu nehmen? Da habt Ihr Euch aber geirrt. Hier gibt es keine Toten, wie Ihr leicht sehen könnt, und unser alter Freund ist so guter Dinge wie immer.«

Shakespeares Blick wanderte zwischen den Kollegen und Greene hin und her, dessen Bein immer noch zuckte, auch wenn er jetzt halb begraben unter einer dicken Pferdedecke lag. Gott allein mochte wissen, wo die hergekommen war. Er trat auf Robert zu, studierte ihn und fragte leise: »Verbrennt Euch das Fieber denn nicht mehr?«

Der Gottesmann starrte die Versammelten zornig an.

»Mir wurde gesagt, hier läge ein Mann im Sterben, und ich ließ meine gute Suppe stehen! Ich, der ich selbst in diesem Monat drei Tage im Krankenbett gelegen habe! Treibt Ihr Burschen etwa Possen mit mir?«

Robert grinste, auch wenn sein Bein nicht aufhörte zu zittern und seine Zähne unentwegt klapperten. »Hinfort mit Euch,

Schwarzrock, hier liegt niemand unter den Tüchern ... meine Freunde sind gekommen, um mit mir zu trinken!«

»Hol Euch doch der Teufel, Euch alle miteinander!« schimpfte der Priester, schüttelte seinen Mantel noch einmal durch und nahm seinen Kerzenstummel. »Verspottet Ihr die Wege des Herrn? Sicher bedürft Ihr dringend der Beichte, doch seid Ihr dafür wohl kaum in der rechten Verfassung! Ich kam, um einem Sterbenden die Absolution zu erteilen, und finde statt dessen einen fidelen Betrunkenen vor. Gott steh mir bei! Mir und den jungen Männern dieser Zeit!«

Jonson sprang ans Fenster und beugte sich hinaus, um dem Priester etwas hinterherzurufen. »Ach, fort mit Euch und Eurer sauertöpfischen Miene! Hoffentlich muß ich dieses grämliche Antlitz nie wiedersehen! Einen Furz aus meinem Arsch auf Euch!«

Damit wandte er sich wieder dem Kranken zu und sprach voller Güte: »Kommt, mein lieber Robert, mein teurer Robert.« Er hob Greenes Schultern und erklärte ihm wie ein Vater, der seinen Sohn milde tadelt: »Was soll das Gerede vom Sterben? Sagt so etwas noch einmal, und ich werfe Euch Eure eigene Treppe hinunter! Ihr seid ein Mann von brauchbarer Gesundheit. Und ich selbst werde Euch heilen. Seht nur, wie viele Freunde erschienen sind! Sogar unser alter Stotterer Jack ist unter ihnen. Trinkt, Jack, trinkt auf die wiedergefundene Gesundheit unseres Freundes!«

Heminges war gerade gekommen, stand noch in der Tür und ließ den Blick mit entsetzter Miene durch die Kammer schweifen. Dann nahm er eine der Talgkerzen, hielt sie vor sich und näherte sich dem kranken Dichter.

»Bei den Wunden Christi, Ben«, flüsterte er. »Dieser Mann ist alles andere als gesund. Seht Ihr seine Krankheit denn nicht ... Auf dem Weg die Treppe hinauf kam mir ein Priester entgegen. Hat er Robert die Beichte abgenommen?«

»Nein, wir haben den Schwarzrock fortgeschickt.«

»Man sollte Greene zur Ader lassen.«

»Iwo, er ist wieder gesund. Die Freundschaft hat ihn geheilt.«

»Das stimmt nicht, er befindet sich in einem schlimmen Zustand.«

»Jack, Ihr seid und bleibt eine elende Krähe, könnt nur unken!« rief der Maurer. »Eines Tages werde ich in Eurer Gesellschaft noch tot umfallen. Robert hat uns gebeten, zu tanzen und zu singen, und genau das werden wir jetzt tun. Wie steht's, Greene, sollen wir nun damit beginnen?« Dennoch war leise Sorge auf Bens Gesicht zu erkennen, als er das Lied von dem Kesselflicker anstimmte, der einst eine Lady liebte.

William trat schweigend ans Fenster, in dem ein Brett fehlte. Der Regen hatte aufgehört, und von dem Haus tropfte Wasser. Die Stadt unter ihm wirkte auf geheimnisvolle Weise gereinigt und sauber. Hinter sich hörte er Füßestampfen und vernahm, wie Jonson und die anderen sich an den Händen faßten und im Kreis herum tanzten. Doch dann ertönte ein unerwartetes Geräusch, und Shakespeare fuhr herum.

Robert war aus dem Bett auf den Boden gefallen. Seine Hände suchten nach dem Gestell, doch schien es ihm an der Kraft zu fehlen, sich daran hochzuziehen. Er sah seine Freunde flehentlich an. Seine Lippen zuckten und bewegten sich, doch kein Laut kam aus seiner Kehle. Dann sackte Greene zusammen, schüttelte sich kurz und lag dann reglos da.

Zögernd schlichen die anderen auf ihn zu. Jonson fiel neben ihm auf die Knie und fing so heftig an zu weinen, daß seine mächtigen Schultern zuckten. »Will«, schluchzte er, »da wir alle auf den Himmel hoffen, holt den Pfarrer wieder her!«

William rannte erneut zur Sakristei und riß wie vorher die Tür auf. »Ihr müßt kommen, er hat bereits seinen Geist aufgegeben!« keuchte Shakespeare. Der kleine Mann zitterte vor Empörung, machte das Kreuzzeichen und schimpfte: »Die lästerliche Art der Freunde hat sein Ende bewirkt!«

Zwei Tage später standen sie alle beisammen, als Robert Greene beerdigt wurde. Jonson, der sich nun noch stärker vom Glauben geläutert fühlte, nahm dem Priester das Gebetbuch aus der Hand und trug selbst die Worte der Auferstehung vor.

William trauerte lange und allein. Eine der vielen Schriften Greenes wurde postum veröffentlicht, und darin verdammte der kleine Mann alle Schauspieler und Stückeschreiber ob ihres verderbten Lebenswandels. Jeder bekam sein Fett weg, und Shakespeare bildete keine Ausnahme.

Mehrere Wochen lang wollte er niemanden sehen, und selbst die Faszination für die Italienerin fiel wie Asche von ihm ab. Tief in seinem Herzen wußte William, daß er trotz allem Greenes Leben mit seinen Händen geschützt hätte, so wie man sich in einer windigen Nacht über die Flamme der Kerze beugt, um sie nicht ausgehen zu lassen. Shakespeare würde die gemeinsam genossenen Zeiten der Freude niemals vergessen.

Während der Aufführung einer Tragödie im Rose-Theater verlor William bei einem Sprung das Gleichgewicht und landete schmerzhaft auf den Bühnenbrettern. Ein Stich fuhr ihm durch das Bein, und er mußte verdrossen nach Hause humpeln. Zwei Wochen lang übernahm ein anderer Schauspieler seine Rolle, und erst als Shakespeare die Arbeit wiederaufnehmen konnte und ein feiner Nebel sich auf seinen Bart und in seine Lunge legte, spürte er, wie seine alte Lebenslust von neuem erwachte. Ja, das Leben erschien ihm kostbar, und ihm fiel auf, daß Emilia noch keine Nachricht geschickt hatte.

Als er das Haus der Musikanten in der Bishopsgate aufsuchte, mußte er von einem Nachbarn erfahren, daß die Italiener für eine Weile fortgezogen seien und die Tür verriegelt hätten.

Ein paar Tage später begegnete William beim Broteinkauf einem der italienischen Lautenspieler, und dieser teilte ihm mit, daß Emilia bei Henry Carey, dem Lord Hunsdon, in dessen Stadthaus eine Anstellung als Hausmusikerin gefunden habe. Shakespeare spürte, wie das Blut in seinen Adern rauschte und nach der Sängerin verlangte. Also parfümierte er sich den Bart, zog sich die neueste Hose und ein Wams mit bestickten Ärmeln und mit Silberfäden durchwirkt an und machte sich auf den Weg zu ihr.

Er spazierte durch die Halle, vorbei an Porträts mit grimmig dreinblickenden Ahnen und an Rüstungen, auf die bemalte Doppeltür zu, hinter der jemand auf einem Cembalo spielte. Emilia saß an dem Instrument, und ihre zierlichen Finger flogen über die Tasten, während ihre kleinen gelben Pantöffelchen dazu auf dem Boden den Takt klopften. Mitten in der Weise hielt die Italienerin inne, und auf ihrer Miene wechselten sich Verwirrung und Freude ab. Einen Moment später setzte sie ihr schönstes Lächeln auf und hielt ihm beide Hände hin.

Shakespeare eilte ihr sofort quer durch den großen Raum entgegen und küßte ihr die Fingerspitzen. »Oh, haltet nicht ein im Spiel!« flüsterte er leidenschaftlich. »Ich liebe die Musik aus tiefster Seele. Fahrt fort, ja, bitte? Ich möchte nur dastehen und lauschen. Und ich werde nicht einmal atmen, höchstens im Rhythmus Eurer Melodien.«

»Oh, wie wunderbar Ihr Euch auszudrücken versteht!«

»Ja, das hat man mir schon gesagt, auch wenn meine Rede mir oft genug unbeholfen und klobig erscheint.«

»Dann wollt Ihr also den Atem anhalten?« Sie warf ihm ein schelmisches Lächeln zu, und er entdeckte, wie ihr Halsansatz sich unter ihren raschen Atemzügen bewegte. Emilia senkte den Kopf und fing wieder an zu spielen. Bei schnelleren Passagen beugte sie sich dicht über die Noten, so als sei sie mit Kurzsichtigkeit geschlagen. William ließ sich auf einem Sofa nieder und ging ganz in ihren wunderbar gespielten Melodien auf. Eine Sinnlichkeit befiel ihn, unter deren mächtigem Ansturm ihm für einen Moment schlecht wurde.

Doch dann spielte Emilia das Lamento von Dowland für den verstorbenen großen Clown Tarlton, und Schwermut überkam den Schauspieler. Die Erinnerung an den toten Dichter und der immer noch nicht verklungene Schmerz in seinem Bein überwanden sein Verzücken über die dunkle, zerbrechliche Maid. Für eine Weile sagte er sich düster, daß er nicht nur die großen braunen Augen seines Vaters geerbt hatte, sondern auch dessen Melancholie. Shakespeare senkte den Kopf und betrachtete ihren Rocksaum, der über den Boden wehte, und sah erst wieder auf, als ihm auffiel, daß das Stück zu Ende war.

»Ihr wirkt bekümmert, Will«, sagte sie sanft.

»Ich trauere nur um einen Freund.«

»Einen, der Euch sehr am Herzen lag?«

»Seltsamerweise verhält es sich genau so. Er wußte, daß er seine Verheißung in diesem Leben nicht hatte erfüllen können.«

»Oh, das tut mir leid zu hören. Aber glaubt Ihr denn, daß uns etwas in dieser Welt verheißen ist?«

»Ja, das tue ich, auch wenn ich mir die meiste Zeit nicht darüber im klaren bin, wie die meine aussieht. Ich fürchte, wir alle sind selbstsüchtige Geschöpfe und können einander nur in dem Maße lieben, wie die Selbstsucht uns Raum dazu läßt. Doch wie könnten wir das anders handhaben? Wißt Ihr, Emilia, ich strebe natürlich das Himmelreich an, doch sosehr ich mich auch bemühe, dorthin zu gelangen, scheine ich doch immer wieder ein Stück zurückzufallen. Ein kleinlicher Groll kommt mir dazwischen, die Erinnerung an jemand, der mir ein Fehl angetan hat.«

Er hob den Blick, und es verschlug ihm die Sprache ... Bei der Gnade Christi, wie wunderschön Emilia war! Wie viele Tage hatte er sich nach ihr gesehnt, in seinen Träumen und auch im Wachen, bei so alltäglichen Dingen wie gekochtes Gemüse oder Geflügel zu essen oder wenn er seine Hose suchte. Und ihn befiel ein wenig christlicher Gedanke: Aber jetzt bin ich hier, und ich lebe noch ...

»Emilia«, sagte er förmlich, während sich in ihm die allergrößte Freude regte.

»Ja, Will?« entgegnete sie ebenso züchtig.

Ein Diener brachte eine Platte mit Küchlein, die mit Äpfeln und Feigen gefüllt waren, und eine Karaffe Wein herein, und Shakespeare war für diese Ablenkung dankbar, wußte er doch nicht so recht, wie er nun weitermachen sollte. Beim Essen und Trinken unterhielten sie sich über das, was in der Stadt, im Theater und in Italien vor sich ging. Von ihrer Heimat konnte William nicht genug hören, und die ganze Zeit über wuchs die Erregung in seinem Körper. Schon bildete sich in seinen Achselhöhlen Schweiß.

Unvermittelt erklärte Emilia unerwartet streng: »Da gibt es etwas, das ich Euch mitteilen muß.« Sie hörte sich an wie eine Lehrerin, welche ein Kind korrigiert, das in der Fibel ein Wort falsch gelesen hat.

Verwirrt starrte der Schauspieler auf ihre hellgelben Satinschuhe und die leichten Strümpfe darüber, welche mit Vögeln bestickt waren. Alles Leben schien von dieser jungen Frau auszugehen und alle Schönheit dazu.

»Sagt mir nur, daß Ihr mich wollt!« rief Shakespeare, sprang auf, legte die Hände an ihre Taille und drängte sie spielerisch zu der braunen Polstercouch. Dabei flüsterte er ihr ins Ohr, welche ihrer Körperstellen für die Liebe wie geschaffen seien – der Ellenbogen, der Fußspann und das sich wölbende Fleisch über der weichen Bluse und dem strammgeschnürten Mieder. Zu einer Jungfrau hätte William niemals so gesprochen, doch bei Emilia war er sich sicher, daß sie ... Ja, was war sie eigentlich? Auf jeden Fall spürte er, daß sie voller Erfahrungen und sinnlicher Genüsse steckte, von denen er die meisten noch nie erlebt hatte. Und immer stärker wuchs in ihm der Drang, sie kennenzulernen, weil er sonst in diesem Leben etwas verpaßt haben würde.

Ihr Atem ging schwer, und ihr Hals unter der Perlenkette bebte. William fiel wie ausgehungert über sie her. Emilia zog ein Bein an. Er spürte die Hitze in ihr, und die machte ihn noch wilder. Schon keuchte er wie ein Hirsch, der bei der Flucht durch den Wald Zweige und Äste abreißt, Erde aufwirbelt und Blumen zertrampelt.

»Euer Bart kratzt!« keuchte sie zwischen zwei Küssen. »Er kitzelt so!«

»Und wie gefällt er Euch hier?«

»Oh, Will!«

Die Italienerin hob den Kopf und sagte atemlos: »Ihr riecht nach Wald ... nach dunklen, mächtigen Bäumen ... nach Holz ... Oh, in Euch steckt ja viel mehr, als man vermuten konnte ... Ja, ja, berührt mich dort!«

»Bei den Wunden Christi, Mädchen, wer hat Euch denn so eingeschnürt?«

»Jetzt sprecht Ihr wie ein Bauer!«

»Ich bin ja auch kein Stadtkind, sondern wurde auf dem Land geboren und habe in den Wäldern gewildert. Verfluchte Schnüre, Liebste, ich werde sie wohl mit den Zähnen zerreißen müssen!«

»Oh, William, Euer Bart kitzelt schon wieder!«

Die beiden lagen so eng aufeinander, daß Shakespeare kaum die Bänder seiner eigenen Hose erreichen konnte. Doch endlich gelang es ihm, ihr Unterzeug so weit herunterzuziehen, daß er die geheimsten Spalten ihres Körpers zu öffnen vermochte. »Und nun, Liebste, seid die meine!« brachte er gepreßt hervor.

»Ach, wenn das doch sein könnte«, gab Emilia zurück. »Ja, die Eure allein; denn seit der Nacht, in welcher wir zusammen an dem Springbrunnen gestanden haben, verging kein Tag, an dem nicht ...«

Ohne Vorwarnung flog die große Doppeltür auf, und eine alte Vettel rauschte herein, klatschte laut in die Hände und kreischte etwas auf italienisch. Sie stieß William unsanft von Emilia herunter, und die junge Frau sprang auf, fluchte leise vor sich hin, verschnürte mit zitternden Fingern das Mieder und richtete sich das Haar.

Shakespeare war in eine Ecke geflüchtet. Seine Wangen brannten, und er fühlte sich verwirrt wie jemand, den man gerade grob aus dem allerlieblichsten Traum geweckt hat. Wenige Momente später ließen sich schon aus der Halle schwere Schritte vernehmen, und dann betrat ein siebzigjähriger Mann mit einem gütigen Gesicht und einem Gehstock mit silbernem Griff den Raum. William erkannte ihn sofort: Das war der brave Soldat Henry Carey, Lord Hunsdon und Vetter der Königin. Er liebte die Schauspielerei und betätigte sich gern als Förderer dieser Kunst. Die dunklen Locken seiner Perücke hoben sich scharf von dem bleichen und faltigen Gesicht eines Mannes ab, der sich schon lange nicht mehr der besten Gesundheit erfreuen konnte.

Seine Lordschaft legte den Stock ab und breitete die Arme aus. Emilia näherte sich ihm zögernd und drehte den Kopf zur Seite, als er sie küssen wollte. »Auf den Mund, Liebste!« forderte Hunsdon sie mit gelindem Tadel auf. Die Italienerin wandte sich ihm zu und drückte ihre Lippen, die noch die Küsse des Schauspielers schmecken mußten, auf die des Alten.

William atmete vernehmlich die Luft aus, die sich in seinem Bauch zusammengeballt hatte. Am liebsten hätte er die Schöne zu sich herumgerissen, ihr die Hände auf die geschlitzten bunten Ärmel gelegt und sie verwirrt angeschrien: Was treibt Ihr da? Was soll das? Im letzten Moment fiel ihm ein, den Hut vor dem Edelmann zu ziehen, dann kehrte die Ruhe in ihn zurück, und er konnte gelassen den Raum und den Hausherrn betrachten.

Lord Carey ließ eine Hand auf der Hüfte der Italienerin ruhen und erklärte mit höfischer Vornehmheit: »Ihr seid einer der Schauspieler, und ich entsinne mich, Euch vor ein paar Monaten im Hause von Mylord Essex tanzen gesehen zu haben. Die Schauspieler verschaffen mir außerordentliches Vergnügen. Tatsächlich wüßte ich in einigen Momenten der Melancholie nicht, was ich mit mir anfangen sollte, gäbe es nicht die Theater. Willkommen, guter Mann, seid mir willkommen. Wir wollen eine Weile beisammen sitzen und plaudern, und vielleicht besitzt Emilia ja die Güte, uns dazu etwas auf dem Cembalo zu spielen.«

Shakespeare verbeugte sich noch einmal und ließ sich dann auf dem zugewiesenen Platz nieder. Auch ließ er sich von dem Diener, der ihn mit einem verächtlichen Blick betrachtete, einen Zinnbecher mit Ale reichen. Die junge Frau begab sich nach einem Knicks zu dem Instrument, richtete umständlich ihre Röcke, setzte sich und schlug in die Tasten. Lord Hunsdon klopfte auf dem dicken Knie den Takt mit und nickte hin und wieder. William bekam kaum etwas von der Melodie mit, weil er noch zu sehr unter dem Schrecken litt, der soeben über ihn gekommen war. Nach einer Weile schnarchte der Edelmann leise, und diese Geräusche liefen dem Takt der Weise zuwider und erzeugten einen Mißklang. Die Perücke des Lords verrutschte, bis sie ihm vor dem Gesicht saß.

William sprang auf und floh aus dem Raum und durch die Halle, und das trotz der traurigen, sanften Stimme, die ihm in ihrer Muttersprache hinterherrief: »*Caro mio, dove sei* – mein Liebster, wo seid Ihr?«

William wartete auf eine Nachricht von ihr, erhielt jedoch nie eine. Nach ein paar Tagen suchte er Florio auf, um mit ihm zu bereden, ob es möglich sei, ein Stück in Padua anzusiedeln und was er dabei zu beachten habe. Der alte Junggeselle mit dem ergrauten spitzen Bart und den scharfen Gesichtszügen, der

Dummheit mit schneidender Zunge zu geißeln pflegte, lachte nicht über dieses Vorhaben, sondern erwies sich als überaus verständig. Irgendwann zog er mit amüsierter Miene ein Blatt Papier aus der Mappe in seinem Schreibtisch und reichte es dem Schauspieler.

»Meine junge Base wußte nicht den Namen der Straße, in der Ihr wohnt«, erklärte er dazu milde. »Also übergab sie mir mit Tränen in den Augen dieses Schreiben. Ich glaube, sie ist Euch mehr zugetan, als ich es je bei ihr erleben durfte.«

Der Brief war mit dem wächsernen Siegel des Lord Hunsdon verschlossen und erhielt nur die kurze, in klarer und schöner Handschrift verfaßte Mitteilung: »Wollt Ihr mir die Möglichkeit geben, Euch alles zu erklären? Eure Freundin E. Bassano, im Namen des Herrn.«

Deutlich würdevoller betrat er diesmal das vornehme Stadthaus und roch überall den Geruch des Hausherrn und eigentümlicherweise auch den der Italienerin. Er fand sie in einer recht kleinen Kammer, wo sie in einem schwarzen Kleid und ohne Reifrock dasaß. Sie trug ein Kruzifix am Hals. Ihr Gesicht war ungeschminkt wie das einer Bäuerin, und mit dem züchtig unter einer Haube verborgenen Haar wirkte sie wie eine angehende Nonne, die darauf wartet, ins Kloster aufgenommen zu werden. Nähzeug und Stoff lagen in ihrem Schoß.

»Ihr habt noch viel darüber zu lernen, wie es in dieser Welt zugeht«, begann Emilia traurig und ohne ihn anzusehen. Ihr Blick ruhte auf einem kleinen Schreibtisch, auf dem sich Papiere türmten. »Hier bewahrt er seine wichtigen Staatsdokumente auf. Seine Lordschaft ist ein wichtiger Mann; und auch ein gütiger. Doch von ihm will ich nichts, sondern nur von Euch!«

Tränen glitzerten in ihren Augen, als sie William für einen Moment anschaute. Als Emilia seinen ernsten und verwirrten Blick bemerkte, wischte sie sich die Zähren fort und schob die Nadel in das Knäuel. »Ich habe Euch doch erzählt, daß ich die besondere Sicht von dem Volk meines Vaters geerbt habe, den venetianischen Juden. Und so sehe ich in Euch einen Mann, der so genau weiß, wie die Welt beschaffen sein sollte, daß er nicht erkennen kann und will, wie es tatsächlich in ihr bestellt ist. Das macht Euch einerseits zu einem wunderbaren Menschen, andererseits aber auch anfällig für so viel Ungemach, daß es besser erschiene, Ihr hättet Euch nie hinter der Schürze Eurer Mutter hervorgewagt.«

Shakespeare wehrte empört und ungeduldig ab, legte dann aber höflich die Hände auf die Knie. Die Degenspitze berührte den Boden, und sein Ohrring funkelte im Kerzenschein.

»Soll ich fortfahren?« fragte die Italienerin.

»Ja, bitte.«

»Aber nur, wenn Ihr mir auch zuhört.«

»Dann will ich genau das tun.«

Sie nahm ihre Näharbeit wieder auf, bewegte die Nadel sicher und genau und sprach: »Lord Hunsdon ist mein Beschützer. Ich habe Euch doch schon erzählt, daß mein Vater mich in einem englischen Herrenhaus aufziehen ließ, damit ich gute Manieren beigebracht bekäme. Doch als ich fünfzehn war, begann der Hausherr damit, mich in den Hintern zu kneifen und mir eine Hand in den Ausschnitt zu schieben. Seine Gemahlin gab mir die Schuld daran und wies mich aus dem Haus. Mein Vater war zu jener Zeit bereits verstorben, und so lebte ich für eine Weile bei meinen Vettern. Schließlich nahm Seine Lordschaft mich in seinem Haus auf. Glaubt mir, Liebster, ich würde Tugend und Anstand liebend gern achten und preisen, wenn beide mir in meinem Leben auch nur das Geringste eingebracht hätten.«

Shakespeare zog die gebogenen Ränder seines neuen Samthutes gerade und fragte mit düsterer Miene: »Und was bedeutet das? Was wollt Ihr mir damit sagen?«

»Folgendes, Lieber. Frauen verblühen rasch und müssen aus allem das Beste machen, solange die Jugend ihnen noch Gelegenheit dazu gibt. Ich baue darauf, daß Hunsdon mich eines Tages heiraten wird. Er gibt mir Kleider, Schmuck und einige Räume in seinem Haus.«

»Aha«, machte William nur. Die schwarze Feder an seinem Hut ging ab, und er warf sie wütend auf den Boden.

Emilia beugte sich vor und bewegte die Nadel durch den Stoff. Anscheinend fertigte sie einen Kittel für das kleine Kind eines Dieners oder einer Frau in der Gemeinde an. »Ich spreche die

Unwahrheit, wenn die Situation es verlangt, doch zu Euch will ich aufrichtig sein. Seine Lordschaft nimmt mich mit in sein Bett, aber es ist schon einige Jahre her, seit er mehr tun konnte, als mich zu streicheln. Ich habe keinen Mann außer ihm, und die Ehre gebietet mir, keinen Liebhaber zu nehmen. Doch will ich Euch gestehen, William, daß ein Feuer in mir brennt. So heiß, so heiß, denn ich bin noch jung.« Damit erhob die Italienerin sich wie eine Witwe, um die Beileidsbezeugungen entgegenzunehmen, durchmaß die Kammer, die sie beide trotz ihrer geringen Größe zu trennen schien, und reichte dem Schauspieler ihre Fingerspitzen.

Shakespeare wußte nicht, was nun von ihm erwartet wurde, und küßte sie. Wie weich die Kuppen waren. Er preßte ihre Hand an seine Wange und spürte, wie ihr dünner Ring an seinem Bart kratzte. Emilia erschien ihm so zerbrechlich und allein.

»Und damit habe ich Euch die ganze Wahrheit aufgedeckt«, erklärte sie mit einer Förmlichkeit, als sei sie doppelt so alt wie er und die Besitzerin eines großen Anwesens. »Wenn Euch immer noch der Sinn danach steht, mich ab und an zu besuchen und mit mir einen Becher Wein zu trinken, so mögt Ihr das tun; denn Ihr wißt, daß Ihr mir sehr am Herzen liegt. Und, mein Teurer, was kann im Leben schon perfekt sein? Auch habe ich gehört, daß Ihr selbst verheiratet seid, oder verhält es sich nicht so?«

William nickte beschämt, sprang dann hoch und wäre am liebsten davongelaufen. Aber in einem Anflug von Verzweiflung wandte er sich doch noch einmal zu ihr um und sah sie an den gewirkten Vorhängen stehen. Das Nähzeug hing schlaff von ihrer Hand. »Ja, ich komme wieder«, murmelte er leise, als würden die Worte seine Zunge verbrennen.

»Ich verschenke meine Gunst nicht leichtfertig.«

Und er antwortete mit rauher, heiserer Stimme: »Ich werde bewirken, daß Ihr sie mir bereitwillig und in einem Maße gebt wie noch nie einem Mann zuvor.«

Der Mai zog ins Land, und Shakespeare rannte mit ausgebreiteten Armen durch die Felder, um mit Emilia den Frühling willkommen zu heißen. Sie erschien zum Stelldichein gern in Kleidern, die mit kleinen Blumen bestickt waren, oder mit einem Hut, den sie jedoch nie aufsetzte, sondern an den Bändern am Rücken hängen ließ. An einem Bach zogen sie die Schuhe aus, wateten durch das Wasser und bespritzten sich mit dem Naß. Oder sie trugen sich gegenseitig Gedichte vor. Er sprach einige Verse aus einem längeren Werk, das er irgendwann fertigzustellen hoffte.

»Zuneigung ist wie die Kohle, die man kühlen muß,
Verbrennt sie sonst mit ihrem Glimmen bald das Herz.«

Sie umarmten sich und hielten sich fest, in den Feldern, hinter Wäscheleinen und in einem Bootshaus. Dort stiegen sie in eine Fähre, deren einst grüngestreiftes Sonnendach längst verblichen war. Und Ratten hatten sich bereits über die Sitzkissen hergemacht. Emilia ekelte sich vor Ratten, Schlangen und Spinnen. William brachte sein Gesicht so nahe an das ihre, bis ihre großen Augen ihn nicht mehr klar erkennen konnten. Er suchte unter ihren spitzenbesetzten Unterröcken, bis er wieder ihr geheimstes Fleisch berühren konnte. William spürte das Leben unter ihrem Bauch und in den feuchten Spalten zwischen ihren Schenkeln. Emilia löste die Schnüre an seiner Hose, um seine angeschwollene Männlichkeit zu befreien, und seufzte bei ihrem Anblick.

Doch mehr gestattete sie weder ihm noch sich selbst. Die junge Frau erklärte, die Liebe sei in diesen Zeiten etwas, das für wenig zu haben sei. Für wenige Pennies könne man sie schon erwerben und sie danach ohne großes Aufheben fortwerfen. Aber ihrer beider Liebe solle ewiglich währen. Emilia sagte, sie kenne einen Sterndeuter, der ihr ganzes Vertrauen besäße. Er solle für sie die Karten legen, um Zeitpunkt und Ort zu bestimmen, an dem Will und Emilia sich endlich ganz und gar gehören sollten.

Mochte Shakespeare von ihr verzaubert sein, mochte er sie wütend bedrängen oder sie flehentlich bitten, ihm blieb nichts anderes übrig als zu nicken und sich damit einverstanden zu erklären. Wenn sie auseinandergegangen waren, trug er immer noch den Duft ihres Haaröls und der delikaten Stelle zwischen ihren Beinen an den Fingerspitzen, und er legte sich mit diesen Fingern an der Nase schlafen. Seine Schauspielerkollegen lachten und hänselten ihn, weil er häufig mit seinen Gedanken ganz woanders zu sein schien. Shakespeare ertrug ihren Spott gutmütig, nannte ihnen aber niemals den Namen seiner Lady.

Eines Tages fanden die beiden im Wald die Leiche eines kleinen Jungen von vielleicht gerade einmal drei Jahren. Halb bedeckt von Erdreich und Blättern lag er da, und sein Fleisch war schon eingefallen, so als ruhe er hier bereits mehrere Monate. Der kleine Körper war nackt und voller blauer Flecke, und am Haar klebte getrocknetes Blut. Die Italienerin fing sofort an zu weinen, sackte auf die Knie zusammen, bedeckte das Gesicht mit den Händen und schaukelte langsam vor und zurück.

Erschüttert konnte William nur an eines denken: Wenn das nun einer von den meinen wäre ... Hamnet oder Judith! Bei Christus, sind es wirklich schon drei Wochen her, seit ich meinem Vater zum letzten Mal geschrieben und mich nach den Kleinen erkundigt habe?

Er zog Emilia an sich und flüsterte: »Was ist mit Euch?«

»Nichts, gar nichts. Fragt nicht!«

Etwas später begegneten sie einem Schulmeister, berichteten ihm von dem grausigen Fund und baten ihn, einen Konstabler zu verständigen. Sie hatten es kaum ertragen können, den Knaben so liegen zu lassen, und hatten seine Blöße mit Blumen bedeckt.

Shakespeare erkannte ihr großes Gespür für das Drama und sagte sich, daß sie aus dem Land der Masken, Intrigen und der ersten großen Theatertradition stammte. Manchmal verdrossen ihn ihre Ansichten, andere Male hätte er sie dafür umarmen mögen. Wenn sie sich küßten, bis ihnen der Atem verging und ihre Lippen weich und rauh geworden waren, pflegte Emilia sich auf die Zehenspitzen zu stellen und ihm ins Ohr zu flüstern: »Der Wahrsager hat erklärt, bald, schon sehr bald sei es soweit! Nicht in dieser Woche, denn meine Blutung hat eingesetzt, aber die Karten haben ihm verraten, daß es nun nicht mehr lange dauern wird.«

Und eines Tages schickte sie ihm eine Nachricht, die Nachricht. Liebster Carissimo, kommt zu mir heute nacht, wenn der Mond bereits eine Stunde am Himmel steht. Steigt leise die Treppe hinauf, und bringt all Eure Leidenschaft mit, denn ich bin bereit für euch.

Die Alte schien in der Halle geschlafen zu haben; denn als er anklopfte, wurde ihm sofort aufgetan. Die Frau legte den Kopf schief, beäugte ihn mißtrauisch und rieb sich dann mit zwei Fingern über die Handfläche. Dann wartete sie, bis er in seiner Tasche zwei Pennies gefunden und ihr gegeben hatte.

»Meine Herrin erwartet Euch«, erklärte die Vettel.

Sie schob ihm eine Schale mit einem brennenden Docht in die Hand und stieß ihn dann ins Kreuz, um ihn die feuchten Stufen hinaufzudrängen. Shakespeare stieg höher und höher, vorbei am ersten Stockwerk, wo ihn der Schrei eines Äffchens zusammenfahren ließ, und gelangte dann ins angewiesene zweite Geschoß, wo er sich in einem Flur mit mehreren Türen wiederfand. Aus einer drang der schwache Schein eines brennenden Feuers, und dorthin lenkte er gleich seine Schritte. Selbst wenn der Tod ihn dort erwartet hätte, er hätte sich nicht davon abbringen lassen, die Kammer zu betreten.

William kam in einen staubigen Raum mit kostbaren französischen Wandbehängen, auf denen Einhörner und Jungfrauen abgebildet waren. An einer Wand befand sich ein Ankleidetisch mit Spiegel, an einer anderen standen mehrere hohe Schränke, und gegenüber der Tür war ein gewaltiges Bett mit einer schweren Felldecke und vielen Kissen.

Emilia stand barfuß und mit einer Kerze in der Hand vor dem Frisiertisch. Sie trug nur ein einfaches weißes Langhemd, und das gelöste volle Haar hing ihr bis zu den Hüften herab. Shakespeare stellte die Dochtlampe ab und trat zu ihr.

Die Italienerin schlang ihm die Arme um den Hals, und er zog sie zu sich heran und küßte ihr langes Haar, ihren Hals und Mund. Dann trug er sie zum Bett und verschleuderte seine Kleidungsstücke quer durch die Kammer. Emilia war unter dem Hemd nackt, und sie preßte ihren weichen Bauch und ihre kleinen Brüste gegen seinen Körper. Die Italienerin benannte ihn mit den zärtlichsten Kosenamen, die ihre Muttersprache kannte, und die meisten davon verstand er nicht. Bei einigen wäre er dann vermutlich auch ziemlich verwirrt gewesen. *Mio amor, mio piccolo bambino, caro caro fiore* – mein Liebster, mein kleines Kind, meine geliebte, geliebte Blume! Sie bedeckte ihn über und über mit Küssen, bis sie beide schrien und das Gesicht in den Haaren und Schultern des anderen vergruben.

Die Nacht war heiß und still, und auf dem Hof unten herrschte tiefste Dunkelheit. Vom Fluß hörten sie das Schimpfen und Klagen der Fährleute und das immerwährende Anschlagen des Wassers an den Hafentreppen. Sie neckten sich, sie flüsterten sich süße Sachen zu, sie erkundeten sich, und sie sprachen über alles, was ihnen in den Sinn kam. Mit einem Entsetzensschütteln fragte Emilia: »Erinnert Ihr Euch an das tote Kind?«

Wieder erwachte die Lust in ihnen. William wollte sich mit ihr balgen, mit ihr ringen und sie an sich drücken, bis er jeden einzelnen Knochen in ihr spürte. Und am liebsten wäre er zu ihren Knochen selbst vorgedrungen, um ihr Inneres bis zu den Eingeweiden und dem Herzen zu küssen.

Später, nachdem sie ein wenig geschlafen hatten, erwachten sie zu dem Wunder des anderen und hielten sich wieder fest und streichelten sich. Er fand inmitten der Laken ihr Satinkorsett und entdeckte im Kerzenlicht, daß eine der Knochenstangen gebrochen war und sich durch den schimmernden Stoff bohrte, als wolle sie hinaus aus ihrer Haut.

Noch später bekamen sie Hunger, saßen nackt und mit übereinandergeschlagenen Beinen auf dem Bett und aßen kalte Fleischpastete. Das Fett des Hammelfleisches bedeckte ihre Finger, Krümel regneten auf die Laken, und sie tranken ihren Wein aus demselben Kelch. William hätte sie gern noch einmal umarmt, fühlte sich dafür jedoch zu erschöpft und runzelte darüber die Stirn. Leise schlichen sich dunklere Dinge in seine Gedanken.

»Emilia«, begann er streng, »sagt es mir noch einmal, daß der alte Mann Euch nicht besteigt!«

Voller Verachtung entgegnete sie: »Das kann er doch gar nicht mehr. Haltet Ihr ihn etwa für so schön, kräftig und voller Lendenkraft wie Euch? Ihr herzensstarker Bursche vom Land, Ihr könntet einen ganzen Raum voller Maiden beglücken! Seine Lordschaft hat mir ein Heim gegeben und viele schöne Dinge. Und er ehrt mich und erweist mir Respekt, wohingegen meine Vettern mir nur Prügel gegeben haben. Hunsdon gab mir Freundlichkeit und Besitz, und dafür gab ich mich ihm hin. Was hätte ich ihm sonst zu bieten? Vergeßt nicht, daß ich bloß eine Frau bin. Auf der ganzen Welt gibt es keinen Beruf, den ich erlernen könnte, und kein Meister würde mein Geld akzeptieren, um mich als Lehrling bei sich aufzunehmen. So blieb mir nur, Musikantin und Tänzerin zu werden.«

»Und eine wundervolle dazu!« sagte er und strich ihr über das Haar.

»Ach, William! Ich habe nur höchst selten einen Mann von Eurer Wahrhaftigkeit und Sanftheit kennengelernt. Doch nun rückt näher, auf daß ich Euch mehr von meiner Geschichte erzählen kann, auch wenn sie mich sicher wieder zum Weinen bringen wird. Ich war fünfzehn, als einer meiner Vettern mich in einer Scheune außerhalb der Stadtmauern nahm. Er traf mich dort an, wie ich um meinen toten Vater weinte. Ach, seit Monaten starrte er mir mit feuchten Augen hinterher, so wie es Jünglinge tun, wenn das Feuer des Verlangens in ihnen brennt. Zu jener Zeit lebte ich bei meinen Vettern, welche mir nichts zu essen gaben, wenn ich nicht gut genug musiziert hatte. Dieser Besagte hieß Eduardo, und wir wollten fortlaufen und uns als Zigeuner ausgeben, um singend und tanzend durch die ganze Welt zu ziehen. Auch planten wir, zum Hafen zu fliehen und dort zu heiraten, wo man nicht lange nach dem Woher oder Wohin fragt. Und vermählt wollten wir zurück ins sonnige Italien, nur fort von dieser verregneten Stadt mit all ihrer Schlechtigkeit. Ach, mein Liebster, wie unschuldig ich damals war. Ich glaube, so bin ich nicht mehr gewesen, bis ich Euch kennengelernt habe.«

Er fuhr ihr wieder über das Haar, das sich an einigen Stellen durch Kämme, Öl und Parfum verheddert hatte. William band sich einige Strähnen davon um die Finger, flocht andere zu Zöpfen, führte wieder andere an seine Lippen und murmelte leidenschaftlich: »Ihr armes Liebes, die Ihr immer ohne jemand auskommen mußtet, der Euch beschützte. Wißt Ihr denn nicht, daß ich Euch von nun an beschützen werde?«

»Eduardo hat mich verlassen, Lieber«, fuhr sie fort. »Ich glaube, er ist zu den Soldaten gegangen, aber so genau weiß ich das nicht. Jedenfalls konnte ich für eine ganze Weile weder essen noch schlafen. Mein Haar, das wundervolle Haar fiel mir aus, und die anderen Vettern holten mehrere Ärzte. Meist haben die mich nur zur Ader gelassen, aber nichts Genaues über mein Leiden sagen können. Lord Hunsdon, der meinen Vater immer freundlich behandelt hatte, bat mich eines Tages, in sein Haus zu kommen. Anfangs berührte er mich nicht ... er wartete nur auf eine günstige Gelegenheit, und ich wußte genau, daß der Tag kommen würde. Eine Amme gab mir etwas Schafsblut, und als Seine Lordschaft in mich eindrang, schrie ich im rechten Moment, nahm dann rasch das kleine Fläschchen, goß mir das Schafsblut über die Finger und verrieb es zwischen meinen Beinen. Armes Lämmchen, tröstete er mich. Ich habe Euch weh getan, mein Kleines. Und ich entgegnete: Aber, Mylord, die Liebe zu Euch war mir diesen Schmerz wert, denn Gott weiß, daß wir Weiber geboren sind zu leiden. Ja, wir müssen leiden für die Sünden der Welt. Das, mein Lieber, habe ich ihm gesagt.«

Shakespeare fühlte sich müde und ein wenig benommen. Er hatte so viele Zöpfe in ihr Haar geflochten, daß ihm die Finger schmerzten, und nun fing er an, ihre Schulter zu küssen.

Emilia schluchzte und fuhr unter Tränen fort: »Ach, herrje, ach, herrje, wie oft habe ich zur gesegneten Jungfrau gebetet, mir zu helfen. Wenn Eduardo mir treu geblieben wäre, wäre sicher eine andere Frau aus mir geworden. Wir hätten in Armut gelebt, und ich hätte mir über dem Waschzuber einen krummen Buckel geholt.«

»Entstand daraus ... ein Kind?«

Sie wischte sich mit den Haaren die Tränen fort, sah ihn aus feuchten Augen an und lächelte. »Doch seit Ihr hier seid, ist das alles Vergangenheit.«

William küßte sie wieder, drückte sie aufs Bett, schmeckte das Salz und den Schweiß auf ihren Unterarmen, die Wärme ihres runden Bauchs. Seine Zunge fand die dunklen, dichten Haare an ihrer empfindlichsten Stelle. Mit seinen Liebkosungen wollte er jegliche Spuren anderer Männer von ihrem köstlichen Leib tilgen. Als er später, nun erst recht erschöpft, auf sie hinabblickte, erkannte er mit großer Befriedigung, daß Emilia nun sein Zeichen trug und für immer die Seine war.

»*Caro!*« schimpfte sie schläfrig in sein Ohr und schlug ihm spielerisch auf den Hintern. »Was habt Ihr nur mit meinem Haar angestellt? Alicia wird eine Stunde oder länger benötigen, um es wieder zu richten! Ihr dummer Tölpel!«

Manchmal wurde er schwermütig. »Stellt Euch vor, Emilia, Ihr hieltet Euch in Hunsdons Haus am Fluß auf und ich mich in meiner Kammer am Stadttor. Und dann käme ein großes Erdbeben, schüttelte die Stadt durch und teilte sie in zwei Hälften. Die meine bräche ab, fiele in den Fluß und triebe hinaus aufs Meer ... Ich riefe Euren Namen gegen den Wind, aber Ihr antwortetet nicht ... Solches habe ich geträumt, Liebste, und noch während ich Euren Namen rief, hörte ich von der anderen Stadthälfte, auch wenn die nun gut hundert Meilen entfernt lag, Musik und Tanz. Und Ihr tanztet in Euren kanarienvogelgelben Schuhen mit all den jungen Männern des Hofes.«

»Ach, was für närrische Dinge sich Euer Gehirn doch ausdenkt«, entgegnete sie ungehalten.

»Nein, das war keine Narretei. Ja, wirklich, ich habe dies geträumt und bin erwacht mit nichts als dem Schweiß meiner Sehnsucht nach Euch. Und nur die Käserinden meiner letzten Mahlzeit waren dort, mich zu begrüßen. Irgendein armer Teufel erbrach sich unten auf der Straße im Rinnstein und verfluchte die Welt. Dabei gab er nur von sich, was auch mein Herz dachte, Liebste; denn ich konnte nur daran denken, daß Ihr hier wart mit dem alten Mann, der Euch streichelte, und ich derweil allein in meiner Kammer lag. Dann fragte ich mich, ob das Leben immer und nur aus Leid bestehe. Dürfen wir nicht mehr erwarten, ist dies alles, was uns Sterblichen zugedacht ist? Selbst der Königin, die vielleicht in ihren jungfräulichen Gemächern sitzt und sich sündige Gedanken über all die jungen Liebhaber macht, die sie sich selbst auf ewig verwehren wird?«

»Will, warum müßt Ihr davon anfangen? Und wenn Ihr noch länger meinen Arm so drückt, werde ich einen blauen Fleck davontragen!«

»Wartet, ich küsse ihn wieder heil. Worüber beschwert Ihr Euch? Vergeßt nicht, daß ich Akrobat, Schauspieler und Musikant bin. Ich kann ein Lied singen, einen Monolog sprechen und mir das Haar zerraufen. Außerdem vermag ich, einen Possenreißer zu geben, auch wenn ich das hier nicht tun werde. Emilia, o Emilia, tragt mir Eure Gedichte vor!«

»Werdet Ihr auch nicht über meine Versuche lachen?«

»Niemals, das schwöre ich bei meinem Leben!«

Die Italienerin beugte sich über ihre Blätter, die genauso zitterten wie ihre Stimme.

»Das sind doch gute Gedichte«, bemerkte er in allem Ernst.

»Und woran arbeitet Ihr zur Zeit?«

»Ich schreibe eine Tragödie um, welche den Titel *Titus Andronicus* trägt. Eine vollkommen alberne Geschichte, aber die Bürger dieser Stadt scheinen so etwas zu lieben. Darin werden Männer wie Hammelfleisch in Pasteten gebacken. Ach, ich wünschte, Ihr wärt eine solche Pastete, Emilia, die ich ganz allein verschlingen dürfte!«

»Jetzt seid Ihr wieder ein Narr«, entgegnete sie fröhlich.

Emilia wohnte die tiefe Angst inne, eines Tages alt zu werden, und manchmal war sie wie besessen von dieser Furcht. Dann stand sie wie erstarrt da und war unfähig, ihm zu antworten. Wenn die beiden an einer alten Frau vorbeigingen, erbleichte die Italienerin. Alte Vetteln lösten in ihr Zorn, ja geradezu Wutanfälle aus, so als hätten diese Frauen gefehlt und damit ihr ganzes Geschlecht betrogen. In solcher Stimmung konnte es vorkommen, daß Emilia die Dienerin anschrie, die ihnen aufwartete und ihrer beider Geheimnis für sich behalten sollte. Andere Male küßte sie das faltige, tadelnde Gesicht ihrer Alicia, so als wolle sie alles wiedergutmachen. Dann schenkte sie der

Alten auch Kämme und Haarbänder zuhauf, obwohl die Dienerin nicht die geringste Verwendung dafür hatte. Emilia besaß kein Geld, aber genug Besitz: Kleider, Mieder, bestickte Strümpfe und Bücher. Doch der alte Lord war klug genug, ihr kein Geld anzuvertrauen.

William kannte sich selbst nicht wieder. Vor Wochen noch war er ein zufriedener Mann gewesen, der gern trank, bis er die nötige Bettschwere erlangt hatte, der sich aufrichtig um seine Freunde bemühte, der seine Arbeit hatte und der sich sonst um wenig scherte. Er hatte alles für seine Freunde getan und sich manchmal auch selbst etwas Gutes gegönnt. Doch nun drehte sich sein ganzes Leben nur noch um Emilia. William brachte seine Tragödie rasch zu Ende, um mehr Zeit für sie zu haben.

Runzelte sie die Stirn? Sah sie ihn scheel an? Wandte sie das Gesicht ab, wenn er sie küssen wollte? Öffnete sie bereitwillig den Mund, um seine Zunge zu empfangen? Erst wenn William ihre Brüste berührte, spürte er wieder, wie sehr sie ihm gehörte. Und wenn er ihr beilag und sie liebte, wußte er, daß er sie erneut gewonnen hatte, und mit dem Erguß seines Samens kam ein Triumphschrei über seine Lippen.

Manchmal bedachte Shakespeare sie heimlich mit finsteren Blicken, vor allem, wenn er sich darüber ärgerte, ihr so sehr verfallen zu sein. Lord Hunsdon war häufig auf Reisen oder sonst mit Staatsangelegenheiten beschäftigt. William stieg oft die Hintertreppe hinauf und klopfte dreimal an die Tür. Emilia empfing ihn mit einem Freudenschrei und überschüttete ihn mit Küssen. Ihre Leidenschaft versetzte ihn immer wieder aufs neue in Erstaunen. In diesem prachtvollen Schlafgemach mit seinen dunkelroten Vorhängen, die für die verbotene Liebe wie geschaffen schienen, erlebte Shakespeare eine ganz neue Welt, die er so nie zuvor kennengelernt hatte. Das Blut rauschte ihm schneller durch die Adern, wenn er sich der Gefahr bewußt wurde. Schließlich war Hunsdon ein Förderer der Schauspielkunst. Zu leicht konnte ihm da etwas von dieser verbotenen Liaison zu Ohren kommen. Gut vorstellbar, daß dann vor allem die Theater unter dem Zorn des gehörnten Lords zu leiden hätten. Doch bevor William sich zu tief in solche Gedanken verlieren konnte, übermannte ihn stets die Lust und verdrängte alles andere.

Einmal erwachte Shakespeare mitten in der Nacht in dieser Kammer. Sie hatten sich vorher etwas gestritten, und er entdeckte unzählige brennende Kerzen und sah die Italienerin nackt vor dem großen Spiegel stehen. Langsam drehte sie sich um, und ihre Hand strich erst über die kleinen, aber festen Brüste und dann tiefer über die wohlgeformten Pobacken. William war wie betäubt von so viel Schönheit und konnte kaum atmen. Für einen Moment sah er sich als buckligen, schief grinsenden Bettler, der durch ein Loch in der Wand auf solches Wunder späht und dafür die Peitsche verdient hatte. Doch diese Vorstellung verging rasch, und er konnte sich wieder ungestört dem Genuß der Betrachtung ihres Leibes hingeben – und sich einfach nicht an ihr sattsehen.

Das Kerzenlicht schimmerte auf der dunklen Wärme ihrer Haut und kündete ihm von den Dingen in ihrer Heimat, dem Land, aus dem einst ihre Vorfahren gekommen waren. Die Olivenhaine, Hügel voller Ruinen aus dem untergegangenen, ehedem mächtigen Imperium und eine Erde so reich und alt, daß die ganze Geschichte der Menschheit in ihr vereinigt war. Und dies war auch Bestandteil von Emilias eigener Geschichte: Kaiser, Kolosseum und vieles mehr.

Und während die junge Frau so dastand, sich nach links und nach rechts drehte, um zu überprüfen, ob die Brustwarze noch aufrecht war, oder einen Arm über den Kopf hob, so daß das gekräuselte Haar in der Achselhöhle sichtbar wurde, da erschien sie Shakespeare wie eine Heilige.

Nach einer Weile wandte sich sein Blick von ihrem nackten, sich drehenden Körper hin zu dem Abbild in dem großen, runden Spiegel. Darin war das Flackern der Kerzenflammen zu erkennen und das halb im Schatten stehende weiche und nachgiebige Fleisch der Schönen aus der Fremde. Doch jenseits davon war das riesige Bett mit den schweren, halb zugezogenen Vorhängen, den zerknüllten Laken, den Kissen, die zu Boden gefallen waren, und ihm selbst. In seinem schläfrigen Zustand sah er dort einen hübschen jungen Mann mit wohlgeformten nackten Schultern und ansehnlicher bloßer Brust. So viel unbedeckte weiche Haut erschien ihm fast obszön. Im ersten Moment war ihm gar nicht klar, daß er dort sich selbst erblickte, und als William sich dessen bewußt wurde, fuhr er heftig zusammen und wäre am liebsten davongelaufen.

Das Bett knarrte unter seiner ruckhaften Bewegung.

Bang hielt Shakespeare den Atem an und befürchtete, sie könne ihn gehört haben und aus dem privaten Tagtraum ihrer Selbstbetrachtung erwachen.

Nach einer Weile kehrte Emilia ins Bett zurück und preßte ihre Brustwarzen und die warme, haarige Stelle zwischen ihren Beinen, welche noch von seinem Samen verklebt war, gegen seinen Rücken. So schliefen sie tief und fest bis zum Morgen, wenn das erste Dämmerlicht wie ein Eroberer durch die Vorhänge drang, mit denen sie sich von der Welt abkapselten. Und das frühe Grau erschien ihm wie die Barbaren, die weiland über den Hügeln Roms aufgetaucht waren. Der Geruch der parfümierten Wachskerzen, die längst erloschen waren, hing in der staubigen Luft. Ihr Nachthemd lag noch wie das letzte Überbleibsel ihrer Tugend dort auf den Binsen, wo sie es fallengelassen hatte.

Sie zu lieben erschöpfte ihn. In dem Augenblick, in dem sich William zwischen ihren warmen Schenkeln ergoß, spürte er bereits wieder größtes Verlangen nach ihr. Emilia schien alles zu sein, was er je vom Leben verlangt hatte. Weilte Lord Hunsdon daheim, mußten sie ein Versteck und geheime Wege finden, sich zu verständigen. Wenn der alte Mann zu Hause war, füllte sich Shakespeares Brust schon bei der bloßen Vorstellung mit Wut, und oft genug litt er darunter, das nicht länger ertragen zu können. Mit dem Kopf auf den Armen betrachtete er Emilia, bis alles, was er zu sehen bekam, zu zerschmelzen schien – Mädchen, Spiegel und Kerzen, Pläne, Hoffnungen und Zukunft. Und alles tauchte ein in den Schlaf.

Der Graf von Southampton

Ein paar Wochen später schlief Shakespeare bis weit in den Morgen hinein, als ein Botenjunge mit einer Nachricht erschien. Der Knabe trug eine Livree, band seinen Gaul an einem der Pferdepfosten entlang der breiten, schmutzigen und von Läden gesäumten Bishopsgate an und marschierte die Treppe hinauf. Wenn der Schauspieler nicht einen Zettel mit der Aufschrift *Hier wohnt W. Shakespeare* an die Tür genagelt hätte, hätte der Bote ihn wohl nie gefunden. Doch so stellte sich der Knabe vor die zerkratzte Tür, klopfte munter an und rief respektvoll: »Ein Schreiben von der allergnädigsten Gräfin von Southampton für den Schauspieler Shakespeare, insofern dieser zugegen ist.«

William hatte gerade geträumt, sich wieder in der Kammer mit den französischen Wandbehängen zu befinden. Emilia kroch auf allen vieren über den Boden und schaute auch unter dem Bett nach, weil sie ihre roten Pantoffeln vermißte; die mit den aufgestickten roten Vögeln ... Der Schauspieler kroch aus seinem Bett und ging schlaftrunken und nur mit seinem knielangen Nachthemd bekleidet zur Tür, um den schweren Holzbalken zurückzuziehen. »Ich bin Shakespeare«, murmelte er unwirsch und kratzte sich an der unrasierten Wange. »Was will er?«

»Dann muß ich diesen Brief Euch übergeben.«

»Von Mylady Southampton? Ihren Namen habe ich schon gehört, aber warum schreibt sie mir?«

»Das weiß ich nicht, Mann, doch will ich unten bei meinem Pferd auf Eure Antwort warten.«

William trat gedankenversunken und barfuß über das zerstreute Binsenkraut ans Fenster. Er hatte erst im Morgengrauen ins Bett gefunden und wußte nicht, wie spät es bereits sein mochte; erst gestern hatte er seine Uhr ins Pfandhaus gebracht. Mit dem Geld war Shakespeare zusammen mit Ben Jonson durch die Schenken gezogen, obwohl er sich geschworen hatte, so etwas nie wieder zu tun. Nach einem Blick aus dem Fenster schätzte er, daß die Stunde des Mittagsmahls bevorstand, es also auf elf Uhr zuging. Um eins mußte er zur Aufführung im Theater sein. Einen Moment lang konnte Shakespeare sich nicht entsinnen, welches Stück heute gegeben wurde; er hoffte, darin nur kleinere Rollen zu spielen. In dieser Woche hatten sie sechs verschiedene Dramen aufgeführt; aber wenn er sich recht erinnerte, stammte das heutige aus seiner Feder, und so würde er den Text eigentlich beherrschen dürfen.

William erbrach das Siegel aus grünem Wachs und schüttelte den Kopf, um Klarheit zu erlangen. Er las das Schreiben und ließ dann den Blick über den Tisch schweifen. Über das Stück hartgewordenes Brot, die Briefe, welche kürzlich über so viele Meilen zu ihm gelangt waren und von seinem Vater und seinem Sohn stammten, eine Rechnung von einem Medikus, der seinen Husten kuriert hatte, und ein paar Münzen.

Als Shakespeare klar genug sehen konnte, schaute er sich in seiner Kammer um, hockte sich dann auf einen Schemel und las das Schreiben noch einmal. Die Gräfin verlangte von ihm zwölf Sonette, die zu einem noch festzulegenden Zeitpunkt abgeliefert werden sollten.

Der junge Mann hatte in seinem ganzen Leben noch kein solches Gedicht zu Papier gebracht. Bislang hatte er fünf oder sechs Stücke entweder umgeschrieben oder ganz neu verfaßt. Aus seiner Feder stammte auch eine Unzahl von Broschüren und Büchlein, die er nach seiner Ankunft im Auftrag seines Freundes über Themen geschrieben hatte, die ihn nicht im mindesten interessierten. William hatte gerade erst Geld nach Hause geschickt und einige Rechnungen bezahlt. So war nicht mehr viel Geld übrig. Und dieses Schreiben bot ihm ein gutes Honorar. Doch noch mehr als die Summe faszinierte ihn der Auftrag von so hoher Stelle. Am Ende gab der Lohn dann den Ausschlag, und er fragte sich, ob man ihm wohl einen Vorschuß gewähren würde; damit könnte er zumindest die Uhr aus dem Pfandhaus zurückholen. Und auch Emilia ein hübsches Geschenk kaufen ... doch alles, was er erstehen konnte, mußte erbärmlich bleiben im Vergleich zu dem, womit ihr Gönner, Lord Hunsdon, sie überschüttete.

Shakespeare ließ sich aufs Bett fallen, verschränkte die Arme hinter dem Kopf und starrte auf den Wasserfleck an der Decke, der manchmal dem Porträt der Königin täuschend ähnlich sah, der ziemlich alt gewordenen jungfräulichen Elisabeth, die aber noch über einen klaren Verstand zu verfügen schien. Viele Gedanken gingen ihm durch den Sinn, und am Ende sprang er auf und kritzelte eine formelle Antwort auf ein neues Blatt. Darin gab er seiner Bitte Ausdruck, die Gräfin von Southampton am nächsten Morgen aufsuchen zu dürfen. Darunter setzte er sehr kunstvoll seine Unterschrift. Dann öffnete er das Fenster, stieß einen Pfiff aus und ließ das Blatt hinuntersegeln. Ob der Wind es erfaßte und Gott weiß wohin wehte, verfolgte er nicht mehr.

Drury House erhob sich am Ende eines baumbestandenen Wegs, vorbei an Wiesen und deutlich zurückgesetzt von der Verbindungsstraße zwischen den Städten London und Westminster. Es handelte sich bei dem Anwesen offensichtlich um eines der neuen Stadthäuser der großen Familien, die unter der Herrschaft der Könige und Königinnen aus dem Hause Tudor errichtet worden waren. Großer Wohlstand war über das Land gekommen, seit der listige Henry Tudor dem Richard III. bei der Schlacht auf dem Bosworth Field die Krone entrungen hatte. Niemals zuvor hatten die Großen und Mächtigen des Landes sich so rasch erhoben, doch ausnahmsweise nicht, um wider den neuen Souverän zu streiten, sondern diesmal, um sich wie ein Wall vor ihn zu stellen und ihn wie einen Garten zu schützen.

Der Türsteher führte Shakespeare durch die Halle und in einen kleinen Raum, wo er ihn warten hieß und allein ließ. William sah sich mit großem Interesse um: schwere und kunstvoll gearbeitete Wandbehänge, die amouröse oder mythische Szenen zeigten; ein meisterlich gewebter Läufer mit einem Muster aus Gänseblümchen, langen, sich windenden Reben, Eicheln und

Blättern auf dem Tisch; und darauf eine Schale aus blauem venetianischem Glas. Die ganze Kammer mit ihren dicken Kissen, Gobelins und Läufern schien aus Seide, Leinen und Samt zu bestehen, die allesamt wunderschön bestickt und miteinander verwoben waren. Auf dem Kaminsims stand ein zierlicher Silberpokal, ein Andenken an den Sieg über die spanische Armada. Darauf war die Göttin Minerva zu erkennen, die eine Schlange zertrat, und darunter die Losung: *Mögen tausend vor Euch fallen und zehntausend an Eurer Seite stehen, o Elisabeth, o Königin*. Neben dem Stück hockte ein Affe mit haarlosem Gesicht und beobachtete ihn, und in der Ecke vertickte eine Standuhr gewichtig die Minuten.

Shakespeare besaß eine rasche Auffassungsgabe und nahm alles in sich auf, was er hier zu sehen bekam. Dann öffnete sich die Tür, und er drehte sich um. Eine vornehme Lady von nicht ganz vierzig Jahren schritt auf ihn zu. Sie trug eine hohe, gestärkte Halskrause, die mit Perlen bestickt war, und am Gürtel einen reichverzierten Duftbeutel mit den üblichen Kräutern. Nachdem er sich verbeugt hatte, nickte sie nur und sprach ihn mit Namen an.

»Ich habe vernommen, Ihr wärt ein Dichter von Diskretion und Einfühlungsgabe«, begann sie. »Daher glaube ich, Euch ein Geheimnis anvertrauen zu dürfen, das Euch aufdecken wird, welche Art von Arbeit ich von Euch wünsche.«

Diese Eröffnung verwirrte ihn etwas, doch er nickte ernst zum Zeichen seines Einverständnisses.

»Auch baue ich darauf, daß Ihr Eure Gabe zielsicher einzusetzen versteht.« Die Gräfin trat an den Schreibtisch, auf dem sich einige ovale Miniaturen befanden, und nahm eine davon in die Hand. »Denn ich verlange keine gewöhnlichen Sonette, sondern Ihr habt sie unter einem bestimmten Vorsatz zu verfassen. Ich habe einen Sohn, den ich mehr als alles andere auf der Welt liebe. Gut möglich, daß ich ihn zu sehr verwöhnt und an mich gebunden habe, aber Ihre Majestät, die Königin, denkt in dieser Frage genauso wie ich. Er ist nun achtzehn Jahre alt und trägt seit dem Tod meines Gatten vor langer Zeit den Adelstitel. Sein Vormund, Lord Burghley, wünscht nun, ihn mit seiner Enkelin zu vermählen. Eine sehr gute Partie, wenn ich so sagen darf, aber ich fürchte, mein Sohn neigt ein wenig zum Eigensinn und weigert sich, diese Verbindung einzugehen.«

»Daher sollen meine Gedichte –«

»Ihm die Vorteile der Ehe vor Augen führen und ihn so dazu bringen, vor den Traualtar zu treten.«

Shakespeare wollte heftig den Kopf schütteln, die Arme ausbreiten und ausrufen: Aber wie kann man einen Mann dazu überreden, den Ehebund einzugehen, der gar nicht zu heiraten wünscht? Und warum sollte ein junger Bursche von achtzehn Jahren sich vermählen wollen, wo ihm doch noch die ganze Welt offensteht? Nein, Mylady, nicht für alles Gold der Christenheit würde ich dabei mitmachen!

Erinnerungen an seine eigene Jugend kamen ihm in den Sinn, und er verschränkte mit sehr ernster Miene die Arme vor der Brust. Der Jüngling war ihm auf eigenartige Weise schon jetzt höchst sympathisch; doch zur selben Zeit erkannte er, welche Möglichkeiten ihm ein solcher Auftrag bot. Das Angebot schmeichelte William sehr, wußte er doch, daß sich einige viel bedeutendere Dichter in London aufhielten, wie Edmund Spenser, Tom Lodge, George Peele, Tom Campion und gar nicht erst zu reden von dem unerreichten Kit Marlowe. Außerdem brauchte er das Honorar. So verbeugte er sich wieder und küßte die kalte Hand der Lady.

Beim Hinausgehen hörte er Musik, drehte sich um und spähte in ein holzverkleidetes Arbeitszimmer. In der Ecke, in die das Licht dieses Regentages am hellsten fiel, saß der schöne junge Southampton und schlug die Laute. Das Haar fiel ihm in langen Locken bis über die Schultern. Für einen Moment hob der Jüngling den Kopf und sah sich um, als erwarte er seine Liebste oder seine Zukunft.

Der Schauspieler sah in diesem Moment alles klar und deutlich vor sich: den reich ausgestatteten Raum, die Melancholie und den Groll des jungen Mannes. Darein mischte sich das Bild von den erlesenen Speisen, die an ihm vorbei durch die Halle getragen worden waren, und die weiße Hand der Gräfin mit den vielen Ringen. Dann befand sich William wieder auf der Straße, und pfeifend marschierte er Richtung der Straße The Strand mit ihren Schenken und Läden und ihrem vielen Verkehr.

Vom Rand der Bühne in dem Haus an The Strand, in dem die Truppe heute abend eine Aufführung gegeben hatte, glaubte William den jungen Grafen von Southampton inmitten einer Schar von Begleitern auszumachen. Die Akteure hatten sich gerade zum letzten Tanz versammelt, und der Jüngling schaute ihnen hingerissen zu.

Der Graf hieß Henry Wriothesley, und das wurde Rithley ausgesprochen. So hatten ihn in der Schule jedenfalls seine Freunde gerufen, oder einfach nur Harry. Als der Beifall für das Stück verklungen war, mischte sich Shakespeare unter die Zuschauer, um nach ihm zu suchen und ihn sich genauer anzusehen. Man schickte ihn in einen Speiseraum, wo sich auf dem Tisch Tafelaufsätze befanden von mythischen Gottheiten, die man aus glitzerndem Eis geschnitzt hatte, neben silbernen Schalen, in die man Szenen von Heiligen eingraviert hatte. Große Vasen mit Herbstblumen, die in der Wärme der Kammer bereits die Köpfe hängen ließen, verbreiteten das Aroma von Blättern und Wald, das sich mit den Früchten in den Schalen ergänzte. Das Binsenkraut auf dem Boden war frisch ausgestreut und fühlte sich unter seinen Sohlen ganz weich an.

»Wo kann ich Mylord Southampton finden?«

»Er hat sich in sein Arbeitszimmer zurückgezogen.«

Dennoch war es William dank seiner raschen Auffassungsgabe gelungen, sich weitere Eindrücke von dem Jüngling zu verschaffen, für den er die Gedichte schreiben sollte. Er war ein vornehmer, gerade gewachsener und schlanker junger Mann, eine Hand ruhte auf dem Schwertgriff, bunte Bänder waren in die goldenen Locken gebunden, eine leicht erboste Miene ... Jemand lachte und sagte: »Ach, dieser Southampton! Der war doch vor zwei Jahren Stadtgespräch, weil er mit seinen unschuldigen sechzehn Jahren nach Frankreich lief, um unter Graf Essex zu dienen. Den hat er in der Schule kennengelernt, und seitdem vergöttert er ihn. Die Königin hat ihn sozusagen an den Ohren ins schöne Britannien zurückschleifen lassen. Der arme Teufel hat keinen Penny in der Tasche, weil sein Vormund ihm nicht einmal das Geld für eine Hure lassen will, solange der Junge sich nicht bereit findet, seine Enkelin zu freien. Die Hälfte der Dichter und Schreiber in der Stadt hofft darauf, ihn zum Mäzen zu gewinnen, denn man sagt ihm eine große Liebe für Verse nach.«

William ging nach Hause und begann mit seinem ersten Sonett. Als er das Gedicht fertiggestellt hatte, las er es dreimal durch und war mit seinen Mühen sehr zufrieden. Draußen kündeten die Glocken Mitternacht an, als er Sand über die Tinte streute und dann das Blatt sanft vor und zurück schüttelte.

Eine Woche später, an einem verregneten Oktobertag, rannte er wieder zu The Strand. Auf der geschwungenen Krempe seines breiten Samthutes sammelte sich das Wasser und ergoß sich in die großen Pfützen auf dem Boden. Schankwirte schauten mißmutig durch die roten Gitterwerke ihrer Lokale auf den Wolkenbruch, und eine nasse Katze floh vor ihm über die Straße. Schwer atmend, doch stolz die Brust gereckt, eilte Shakespeare den Weg zum Drury House mit seinen Dutzenden von Fenstern und gepflegten Gärten hinauf und nannte dem Haushofmeister seinen Namen. Der Lakai rümpfte angesichts des tropfnassen Besuchers die Nase und entgegnete dann, die Frau Gräfin weile heute außer Haus, aber der junge Herr habe ihm ausrichten lassen, wenn der Dichter erschiene, wolle er selbst ihn empfangen.

Das Unwetter tauchte den Raum in Dunkelheit, in dem Henry Wriothesley, der Graf von Southampton, allein an seinem Schreibtisch saß und schrieb. Zweige kratzten an den Fensterscheiben, und alles in der Kammer wirkte dank des schwarzen Himmels so grau und stumpf wie in einer Gefängniszelle. Und tatsächlich schob der Diener draußen den Riegel vor, damit der junge Herr und der Dichter nicht entfliehen konnten. Nicht einmal in der Schale aus dem seltenen Porzellan auf dem Tisch, in der Rosenblätter in Wasser schwammen, brannte ein Licht.

Henry trug ein schwarzes Wams und eine ebensolche Hose und hatte sich das goldene Haar im Nacken zusammengebunden. In diesem Augenblick wirkte er sehr jung und allein. Und es hatte den Anschein, als müsse sein Geist vor den Papierbergen auf dem Schreibtisch kapitulieren. Doch war von dem Jüngling bekannt, daß er in Cambridge studiert habe und auch heute noch verschiedene juristische Fakultäten besuche.

Der Graf erhob sich gleich und erklärte mit scheuem Eifer: »Ah, tretet ein, ich bitte Euch, kommt näher. Ich kenne Euch, Schauspieler, und ich glaube, Ihr seid derselbe, der die Geschichte über den Streit zwischen den beiden Häusern York und Lancaster verfaßt hat. Ja, über unseren armen König Heinrich. Bei allen Heiligen, das müssen noch Zeiten gewesen sein!« Er sprach immer schneller, aber auch mit Respekt, so wie es sich bei einem jungen Mann einem Älteren gegenüber gehörte. »Mylord Essex und ich haben in der Schule manchmal nächtelang wachgelegen und über jene Lords geredet. Der Akt der Eroberung hat etwas wirklich Befriedigendes an sich, aber wie können wir solche Siege bei einer Königin erringen, die einerseits den Frieden will und dann doch wieder nicht?«

Im nächsten Moment biß der Graf sich auf die Lippen, so als habe er zuviel gesagt, warf dann den Kopf in den Nacken und rief: »Wollt Ihr nicht Platz nehmen? Ich freue mich sehr, Euch kennenzulernen, Master Shakespeare; denn ich habe schon mindestens ein halbes Dutzend Male Eure Stücke gesehen und hätte zu gern eine Kopie von ihnen. Sie sind wohl noch nicht in Druck gegangen, oder?«

Mit einer leichten Verbeugung antwortete William: »Nein, noch nicht, Mylord, weil wir befürchten, sie könnten sonst von anderen Schauspielertruppen gestohlen werden.«

Henry schob seinen Stuhl näher heran, ließ sich drauffallen, lehnte mit einem Ellenbogen auf dem Tisch und studierte seinen tropfnassen Gast. »Ach ja!« rief er voller Inbrunst. »Ist das Leben nicht so bestellt, daß Männer anderen etwas auf unrechte Weise nehmen? Länder, Frauen, Stücke ... In meinem Fall hat man mir die Hoffnung, den Stolz und einfach alles gestohlen. Ich verabscheue meinen Vormund und seine Versuche, mich zu einer Heirat zu nötigen. Aber ich will Eure Gedichte nicht verachten, auch wenn sie mich verleiten sollen, genau das zu tun. Ihr verrichtet lediglich einen Dienst, und in diesem Licht will ich

Euer Werk sehen.« Er lehnte sich zurück und fuhr auf überaus charmante Weise fort: »Mir macht es nichts, wie ein Schuljunge ausgescholten zu werden. Auch nicht in Form von Versen. Denn diese stammen aus der Feder des Mannes, der mich dazu gebracht hat, über den Tod des braven Talbot Tränen zu vergießen.«

William bedankte sich höflich und leise. Da er die bestickten Kissen nicht nässen wollte, hockte er vorn auf der Kante und betrachtete den Jüngling. Die Bürger in der Stadt nannten ihn unvergleichlich schön, und das war er in der Tat; und zwar in der Weise der schon zum Mann entwickelten Jünglinge, die für eine kurze Weile am Rande der Jungenhaftigkeit balancieren. Seine Haut war hell und glatt, und der Bartwuchs zeigte sich erst in Form von einigen wenigen weichen Haaren auf der Oberlippe. Er schien leicht in Verlegenheit zu geraten, wie an der Röte seiner Wangen sichtbar wurde, so als sei er zu bescheiden, um anzuerkennen, daß aller Boden dieses Anwesens ihm gehörte. Henry besaß schlanke, aber starke Hände, welche den Eindruck erweckten, sehr geschickt und treffsicher mit einem Degen umgehen zu können.

»Habt Ihr Verse mitgebracht? Gebt sie mir!« Southampton erhob sich, um Öl in die Laterne zu gießen, denn in der Kammer war es nun recht finster geworden, und machte sich dann gleich über das Gedicht her. Danach hob er den Kopf und fragte mit einem schelmischen Grinsen: »Aber Ihr verlangt nicht persönlich von mir, diesen Dingen zu gehorchen, oder?«

»Nein, Mylord.«

»Dann wollen wir dieses Geheimnis zwischen uns bewahren. Ihr seid ja naß wie der Regen selbst. Rückt näher ans Feuer, und ich schicke nach Glühwein für Euch. Inzwischen könnt Ihr mir mehr über die Rosenkriege erzählen. Welches Haus hatte Eurer Meinung nach den höheren Anspruch auf den Thron, Plantagenet oder York? Hatte York es verdient, daß sein jüngster Sohn starb? Der Junge war doch unschuldig, und dennoch hat man ihn getötet, den armen kleinen Rutland! Ich kann diese Dinge sowohl aus der Sicht des Volkes wie aus der des Thrones sehen, denn mein Großvater wurde nicht als Mann von Stand geboren.«

Henry sprach mit großer Leidenschaft von der Geschichte des letzten Jahrhunderts. Der Lakai erschien mit dem erwärmten Wein und einer Kalbfleischpastete mit Salbei und Korinthen. Für eine Weile redeten die beiden über die Art der Menschen und der Könige. Southamptons Augen funkelten, wenn er von Kriegern und Rittern sprach. Er wolle nichts lieber, gestand er Shakespeare, als in den Krieg zu ziehen, und bei diesen Worten sprang er auf, ballte die Fäuste und stolzierte durch die Kammer.

»Ihr kennt doch sicher Marlowe?« fragte der Jüngling.

»Gewiß, Mylord.«

»Na, das ist vielleicht ein Wilder!« Henry lachte laut, und jemand klopfte an die Tür. Die beiden Diener, die draußen standen, schickte er gleich mit scharfen Worten fort. Doch nur Minuten später schwebten zwei junge Damen in schweren Satingewändern herein und machten vor ihm ihren Knicks, um dann mit musikalischen Stimmen zu erklären, sie hätten eine Nachricht für den Grafen, von seiner Mutter, die in Kürze zurückkehren werde. Henry trat auf sie zu, um sie zu küssen, aber sie schüttelten errötend den Kopf, und er erklärte gleichmütig: »Bittet die Lady zu warten, und versichert sie meines Respekts und meiner Liebe. Teilt ihr mit, daß einer meiner Poeten mich zu dieser Stunde unterhält.«

Er spielt mit ihnen, dachte Shakespeare, während er am Feuer saß. So wie jemand, der einen neuen Tanzschritt ausprobiert, sich nach einigen Minuten gelangweilt davon abwendet und sich einer anderen Vergnügung zuwendet, obwohl die Musik noch nicht zu Ende gespielt hat. William lächelte leise und hörte das sanfte Klopfen ihrer hohen Korkabsätze auf dem frischbestreuten Boden, als sie sich zurückzogen.

Der Jüngling verschloß die Tür wieder, warf sich erneut auf den Stuhl, nahm sich ein Stück Pastete und betrachtete es für eine Weile. »Wie wunderbar muß es doch sein, als Schauspieler zu arbeiten und die vielfältigen Gefühle der Menschen zu porträtieren. In einem Moment ist man solch ein Mann, und im nächsten ein ganz anderer, statt stets derselbe zu bleiben. Ich glaube, das könnte mir auch gefallen.«

Er fuhr mit seinen zierlichen Fingern über das Muster auf seinem Silberbecher, und William entgegnete: »Ganz recht, Mylord! Doch wenn der Schauspieler am Ende des Tages heimkehrt, ist er wieder er selbst.«

»Ach, die Pocken darauf! Bleibt denn nichts von den vielen Verwandlungen hängen?«

»Doch, schon möglich, sicher das eine oder andere. Ich habe mich in meiner Phantasie schon als die unterschiedlichsten Personen gesehen. Erst recht, wenn ich schreibe.«

»Auch, ein König zu sein?«

»In gewisser Weise.«

»Mögt Ihr Euer Gewerbe?«

Shakespeare hatte inzwischen entdeckt, daß es sich bei dem Muster auf dem Becher um das Wappen der Southamptons handelte, und strich nun über sein Trinkgefäß. »Ich glaube, ja. Zu manchen Zeiten liebe ich meinen Beruf geradezu. Zu anderen Zeiten kommt er einen doch arg an, und dann würde ich lieber im Bett liegenbleiben und schlafen ... Ach ja, sehr lange schlafen und darüber all die Dinge vergessen, welche ich noch nicht erledigt habe. Ich bin ein Faulpelz, müßt Ihr wissen, und wenn ich im Bett liegengeblieben war und las, pflegte mein Vater zu rufen: ›Will, fauler Strick, steh auf! Die Uhr hat schon acht geschlagen, und der Tag ist halb herum. Also, hoch mit dir!‹« Shakespeare lachte, stellte den Becher auf den Tisch zurück und legte die Hände auf die schon etwas trockenere Wollhose.

Der Jüngling war aufs höchste interessiert: »Und erlebt Ihr gerade eine Phase, in der es Euch befriedigt, auf der Bühne zu stehen?«

»Schon möglich, aber so genau vermag ich das nicht zu sagen.« Seine eigenen Worte erschreckten ihn, und er fühlte sich wie ein Mann, der lange Jahre verheiratet ist und plötzlich gefragt wird: »Gefällt es Euch, ein Eheweib zu haben?« Darauf konnte man doch nicht antworten: »So genau weiß ich das nicht.« Shakespeare starrte auf die Schüreisen, deren Griffe barbusige Frauen darstellten, und fügte mit einiger Verwirrung hinzu: »Eine wirklich komplizierte Materie, die Ihr da angeschnitten habt. Liebt man nun seinen Beruf, oder verabscheut man ihn? Ein Mann entdeckt etwas, in dem er sich nicht zu ungeschickt anstellt; oder er geht irgendwo in die Lehre und lernt diesen oder jenen Beruf; oder aufgrund seiner Geburt erbt er ein Gewerk oder eine Stellung. Dann kann er nicht mehr zurück, und vielleicht, wenn er Glück hat, geht er in seinem Gewerbe auch auf. Beantwortet das Eure Frage, Mylord?«

»Fahrt fort!« drängte der Jüngling.

William fühlte sich in diesem Moment sehr wie der Sohn des Handschuhmachers und erinnerte sich an den Unrat in der Straße, in welcher er jetzt wohnte, und an den Mann, der im Hinterhof Knochen kochte. »Wie Ihr wünscht, Euer Lordschaft. Ich kann Euch aber nicht versprechen, am Ende auch viel von Belang zu sagen. Schließlich bin ich nur ein gewöhnlicher Mann mit einer gewissen Begabung für Worte und nicht mehr.«

»Oh, ich halte Euch nicht für gewöhnlich!« protestierte der Graf. »Nicht im mindesten, Shakespeare, denn mit simplen, gewöhnlichen Menschen kann ich nichts anfangen! Doch auf der anderen Seite, wer ist schon wahrhaft simpel und gewöhnlich. Sind wir nicht alle höchst komplizierte Wesen? Ich sehe mich selbst in einem bestimmten Licht, und dann tue oder sage ich etwas, was ich nie von mir erwartet hätte, und bin mir selber fremd. Oder ein anderes Beispiel: Ich habe eine gewisse Vorstellung von meiner Mutter, die sich aber keinesfalls mit der ihren über sich oder mich deckt. Wir sehen also zwei verschiedene Menschen vor uns. Doch Ihr seid ganz gewiß nicht simpel, Schauspieler. Bleibt doch noch eine Weile, und spielt mit mir eine Partie Schach.«

Ein Diener brachte das Brett, und sie stellten die marmornen Figuren auf. Ein Bauer fehlte, und Southampton riß einen Knopf von seinem Wams ab, um den Stein zu ersetzen. »Ich habe die Figur verloren, weiß aber beim besten Willen nicht mehr, wo.«

Der Regen fiel nicht mehr so heftig, als sie sich beim Licht von drei Kerzen über das Spielbrett beugten. Am Ende der Partie rief der Graf ärgerlich: »Ihr habt mich Eure Dame schlagen lassen! Das dürft Ihr nie wieder tun! Bei der Liebe Christi, der für uns am Kreuz gestorben ist, versucht nicht noch einmal, mir vorauseilend zu Willen zu sein! Ich werde hier schon genug verwöhnt und verweichlicht, daß ich mich bald in einen Pudding oder einen Käse verwandelt haben werde!« Henry sprang erregt auf, als sei der Nachmittag nun für ihn verdorben, verschränkte die Arme vor der Brust und kehrte Shakespeare den Rücken zu. Doch nach einer Weile drehte er sich wieder zu ihm um. Mit einem verlegenen Lächeln.

»Ich besitze eine aufbrausende Ader«, erklärte er.

»Mylord, ich ebenso.«

»Darf ich Euch etwas fragen?«

»Oh, fragt mich, was immer Euch beliebt.«

»Habt Ihr eine Liebste?«

»Ja, Mylord, die habe ich.«

»Und, ist sie schön?«

»Schön, dunkel und bezaubernd.«

»Werdet Ihr mehr Verse schicken?«

»Ja, das will ich.«

»Und wann darf ich damit rechnen?«

»Noch in dieser Woche.«

»Dann werde ich Euch schreiben und meinen Dank ausdrücken.« Der Earl lächelte, veränderte seine Stimme, so daß er wie sein Lakai klang: »Euer Diener.«

William, der gerade die Schachfiguren zusammengesammelt hatte, legte eine Hand auf die Brust und verbeugte sich sehr tief: »Mylord.«

Während der nächsten Wochen brachte Shakespeare einige neue Gedichte in das Haus der Southamptons und geriet zweimal in die Gesellschaft von Henry und seinen Gefolgsleuten, die sich über die Jagd und das Kriegshandwerk unterhielten. Ein anderes Mal verbrachte er eine Stunde allein mit dem Lord, und wieder ein anderes Mal war der Jüngling ausgegangen, und niemand konnte ihm mitteilen, wohin. Aber von Zeit zu Zeit erhielt er kurze Briefe, die vom Grafen selbst verfaßt waren und ihm unter die Tür geschoben wurden. William fand sie meist vor, wenn er von einer Probe oder von der Wäscherin zurückkehrte.

»Mein teurer Shakespeare,

tut mir leid, daß ich gerade beim Fechten war, als Ihr erschient. Meine Mutter zwingt mich zu Hause zu bleiben, und ich langweile mich sehr. Der Vormund sucht uns häufiger auf und hält lange Vorträge, bis er heiser ist und nur noch krächzt. Vielen Dank für die Manuskripte von den drei Heinrich-Stücken, die mich sehr begeistert haben. Ich hoffe, mein Geld hat für die Abschriften ausgereicht.

Wir haben Eure neuen Sonette erhalten, und das hat mich am meisten innerlich berührt, welches mit den Worten beginnt: ›Wenn ich zähle die Stunden ...‹ Ich würde Euch gern etwas mehr zukommen lassen, aber Lord B. hält mich viel zu knapp.

Ich wünsche Euch, im Glauben fest zu sein, und unterstelle Euch der Gnade Christi

S.«

»Mein lieber Shakespeare,

ich möchte nur noch in den Krieg ziehen und habe mich heute eine ganze Stunde lang mit der Klinge geübt. Hättet Ihr nicht Lust, eine Komödie zu schreiben, die dann in meinem Haus aufgeführt wird. Vielleicht etwas über eine Gruppe von Männern, die der Gesellschaft des anderen Geschlechts feierlich abschwört? Das würde ich mir sehr spaßig vorstellen. Ihr habt mir doch berichtet, Eure Liebste hätte schwarzes Haar, also müßt Ihr unbedingt eine solche Dame in dem Stück auftreten lassen. Tut es, ja? Das würde mich sehr zum Lachen bringen.«

»Mein bester Shakespeare,

war letzte Nacht zum Kartenspiel in den Privatgemächern Ihrer Majestät, habe all mein Geld verloren und bin heute in tiefster Melancholie. Nein, stimmt nicht, ich habe noch einen Gold-Sovereign gefunden und sende ihn Euch mit diesem Schreiben. Und wozu die zwanzig Shilling? Für Ale, für Käse, was immer Ihr wollt! Vielleicht verkleide ich mich ja als Stallknecht und ziehe mit Euch durch die Schenken.

Ich nehme mein Rapier und haue und steche damit auf Vorhänge und Schatten ein. Marlowe war gestern abend hier und nannte Euch schüchtern. Seid Ihr wirklich so? Das würde mir Euch noch teurer machen! Schreibt ein Liebesgedicht! Würdet Ihr das für mich tun? Das wäre bestimmt amüsant.

Ich reise noch diese Woche auf meine Ländereien und hoffe, aufbrechen zu können, ehe der erste Schnee fällt. Meine Mutter und alle anderen lasse ich hier. Kommt doch mit.«

Das Gut Titchfield lag Richtung Südküste. Southampton verbot in einem dramatischen und erregten Auftritt seinen Gefolgsleuten, ihn dorthin zu begleiten. An einem kalten grauen Dezembermorgen begab er sich mit dem Stückeschreiber in die Stallungen und suchte zwei kräftige Pferde aus. So ritten sie aus der Stadt, vorbei an der alten Krämerei und der Bärengrube. Während sie nach Süden zogen, fing es an zu schneien. Die beiden Männer hatten sich in gewöhnliche Sachen geworfen: braune Jacke, dicke Wollhosen und dicke Umhänge, um auf das schlimmste Wetter gefaßt zu sein. Auch hatten sie sich das Rapier umgebunden und der Graf dazu eine Pistole eingesteckt, um sich gegen Räuber wehren zu können. Immer wieder berührte er den Griff des Schießeisens und warf dann einen Blick über die Schulter, so als rechne er ständig damit, verfolgt zu werden. Nach einer Weile zuckte Southampton mit den Schultern und atmete von nun an ruhiger.

»Ich kann die ganze Bande einfach nicht mehr ertragen!« rief er.

Stundenlang unterhielten sie sich über alles, was ihnen in den Sinn kam, und die ganze Zeit über ließ der Schneefall nicht nach. Irgendwann meinte Wriothesley begierig: »Erzählt mir von Eurem Leben, ich will alles erfahren!«

»Das würde aber eine ziemlich lange Geschichte, Mylord.«

»Dann fangt Ihr am besten gleich damit an!«

Dorf um Dorf fiel hinter ihnen zurück, und immer noch regnete es weiße Flocken vom Himmel. Als die Nacht nahte, fürchteten sie für eine Weile, vom Weg abgekommen zu sein. Keiner von beiden wußte, in welche Richtung sie sich nun wenden sollten. Dann drang durch den Geruch von gefrorener Erde und Wald der von Rauch und Feuer zu ihnen. Shakespeare öffnete sein Herz, und er berichtete dem jungen Begleiter von Dingen, an die er seit Jahren nicht mehr gedacht hatte. Ihm war durchaus bewußt, daß jedes seiner Worte ein offenes Ohr fand; das konnte er an dem aufmerksamen Profil Southamptons ablesen. Der Schauspieler dachte: Er ist tief und rein, und ich glaube, ich beginne ihn zu erkennen, wie das noch keiner von seinen Gefolgsleuten oder Verwandten, die so hoch bei Hof stehen, jemals auch nur ansatzweise vermocht hat. Wie eigentümlich ergriffen er mir lauscht. Doch wenn der Jüngling meine wahren Gedanken kennte, würde er wahrscheinlich gleich wie ein Vogel auf und davon sein. Henry darf niemals erfahren, was sich wirklich in mir tut.

Nach diesen Gedanken kam ein gewisses Zögern in seinen Erzählfluß, und wenig später sah der Graf ihn enttäuscht an, um bald auch nur noch wenig von sich zu geben.

Sie folgten einer Weile der Landstraße, bogen dann aber von ihr ab, weil Southampton schwor, er kenne jetzt den Weg. Wenig darauf hatten die beiden sich schon wieder verirrt. Die Männer stiegen ab und führten ihre Pferde, ertasteten sich den Weg durch den Wald und stolperten hie und da im Schnee. Der Graf fluchte wie ein alter Soldat, und Shakespeare ließ sich nicht lumpen. Bald wetteiferten sie im Schimpfen miteinander und versuchten, sich gegenseitig zu übertrumpfen. Und nach einer Weile waren sie wieder die besten Freunde, so als habe es nie einen Mißklang zwischen ihnen gegeben. Wie zart und zerbrechlich Freundschaft doch ist, dachte William. Ganz so wie das Leben eines Mannes: Eben noch kräftig und voller Tatendrang, kann schon eine heimtückische plötzliche Krankheit oder ein Messerstich aus dem Hinterhalt binnen kurzem alles zunichte machen.

Schließlich erreichten sie eine Lichtung, auf der sich ein Herrenhaus, ein Tor und von Mauern eingefaßte Gärten erhoben. »Hier bin ich der Herr!« rief der Graf und formte dann mit den Händen einen Trichter vor dem Mund, um nach dem Gesinde zu rufen.

Wenig später eilten Männer mit brennenden Fackeln auf sie zu. »Hallo, Mylord!« schrien sie besorgt. »Seid Ihr es wirklich,

Euer Gnaden? Aber, Euer Ehren, wir haben nichts für euch vorbereiten können! Mylord, nichts ist hergerichtet! Warum habt Ihr Euer Kommen nicht angekündigt? Uns blieb nicht einmal die Zeit, die große Halle mit Holunderbeeren auszustreuen!« Sie riefen in der vorwurfsvollen, gleichwohl unterwürfigen Art von Dienern, welche sich einem Herrn gegenübersahen, der bis vor kurzem als neugieriger Knabe sich für alles interessierte oder Naschwerk zugesteckt bekommen wollte und nun als erwachsener Mann vor ihnen stand. Die Bediensteten überboten sich darin, sich vor dem Grafen zu verbeugen, riefen immer wieder seinen Namen und eilten voraus, ihm die Türen zu öffnen.

In der kalten großen Halle mit ihren Rüstungen und Bannern erschallte die Stimme Seiner Lordschaft befehlsgewohnt bis hinauf zur Musikantengalerie. »Mein Begleiter und ich haben gewaltigen Hunger und sind in der Kälte fast erfroren! Bringt die Roben mit den Pelzkrägen herein, die einst meinem Großvater gehörten, und entzündet im Speisesaal ein Feuer. Wir wollen Brot, Fleisch und was Ihr sonst noch zu bieten habt!«

Southampton stieß mit der Schulter die Tür zu einer kleineren Halle mit holzgetäfelten Wänden auf. Nachdem ein Knabe unter mehreren Verbeugungen brennende Fackeln in alle Halter an den Wänden gesteckt hatte, konnte Shakespeare die auf Holz oder Leinwand verewigten Porträts von ernsten, längst verstorbenen und durchweg häßlichen Ahnen erkennen. Southampton hatte sich bereits die nassen Sachen vom Leib gerissen und entzündete im offenen Kamin ein Feuer. Ein langer Tisch stand in diesem Raum, darauf ein schäbiger Läufer. Die alten Binsen auf dem Boden stanken nach Hund und faulig gewordenen Essensresten. Minuten später hatten sich beide Männer in fellbesetzte Umhänge gewickelt. Sie saßen in schweren Sesseln, deren Polsterung halb von Mäusen weggefressen war, vor dem Kamin, und die Füße ruhten direkt vor dem Feuer auf Fußbänkchen.

»Hier haben sich einst Mönche zu ihren stumpfsinnigen Gebeten versammelt«, erklärte Henry mit Hochachtung in der Stimme, zog sich rasch die Hose aus und warf sie über das Gitter vor dem Kamin. »Sie haben sich Geschichten über Fastengebote, Geißelung und Märtyrertod vorgelesen. Meist über irgendwelche Heilige, die im Pfeilhagel untergingen oder auf einem Bratrost verbrannt wurden; wie bei einem Hammel am Spieß, nur ohne Thymian. Mein Großvater bekam diesen Besitz vom König, und die armen Mönche mußten hinaus in den Schnee und sich bettelnd durchs Leben schlagen. Und heute gehört die Abtei mir. Ich frage mich, ob die Brüder manchmal an mich denken. An mich, einen sinnlichen, lebenshungrigen Mann, der nicht nur an die Tugend, sondern auch an die Freuden des Lebens glaubt. Nun sind wir also hier. Ich als der Herr dieses windumtosten Gutes und Ihr wie in alten Zeiten als mein Barde. Singt mir ein Lied, Schauspieler Shakespeare, während wir auf das warten, was Küche und Keller zu bieten haben. Singt mir von Tapferkeit und Heldenmut ... Ja, Ihr Dichter, kündet mir von Heinrich vor der Schlacht bei Agincourt!«

Er schüttelte jungenhaft ungeduldig die Locken aus dem Gesicht und rief dann zornig: »Heute sitzen bei uns keine solchen Heinriche mehr auf dem Thron, sondern nur eine giftige alte Lady mit einer verdorbenen Seele. Sie verführt die Männer, doch bloß, um sie zu verschlingen und dann wieder auszuspucken; denn niemals öffnet sie ihre Schenkel nur ein Jota weit, sondern ruft: ›Heiraten, niemals! Vermählung? Kommt niemals in Frage!‹«

Der Graf äffte Elisabeths rauhe Stimme nach und hob einen fellbesetzten Ärmel wie einen Schleier vors Gesicht. »Ich soll heiraten? Niemals! Einen Furz auf ihre Grillen und ihren verödeten Unterleib! Und darauf, wie sie mit Männern und mir umspringt!« Damit sprang Henry auf, nahm das Bild von der Wand, das die Königin in jungen Jahren darstellte, überlegte kurz, ob er es ins Feuer werfen sollte, und hängte es dann mit dem Gesicht zur Wand wieder auf.

»Von dort drüben blickt mein Vater auf uns herab«, erklärte Southampton mit deutlichem Respekt und gesenkter Stimme. Er deutete auf das Bildnis eines gütig dreinblickenden Mannes in mittleren Jahren. »Er hat sie geliebt ... aber ich sage, gepißt auf die Königin!« Henry füllte zwei Becher mit dem erwärmten Wein, der gerade hereingebracht worden war, und erhob sein Trinkgefäß zum Gruß an die Vorfahren.

»Gut gesprochen«, entgegnete William, bevor er den Becher an die Lippen setzte. »Auf sie geschissen!«

»Darauf trinke ich!« rief der Graf. »Mögen alle Tyrannen in Unterröcken gestürzt werden!«

»Auf ihr schreckliches Ende!« fiel Shakespeare ein und verfolgte mit seinem Blick Southampton, der mit männlichen Schritten an der Ahnengalerie entlanglief, des öfteren die Stirn runzelte und mit dem Saum seines langen Umhangs den Staub der Binsen aufwirbelte.

Mochte London auch viele Meilen hinter schneebedeckten Straßen entfernt liegen, konnte der junge Graf sicher deutlich das Kratzen der Feder hören, die seine Mutter in just diesem Moment führte. »Lieber Schatz, wie konntest du nur so unerwartet fortreiten? Was hat das zu bedeuten, lieber Harry? Dein Vormund ist höchst ungehalten!« Southampton beschleunigte seine Schritte, so als wolle er der unangenehmen Vorstellung entfliehen.

Der Jüngling wischte sich über den Mund. »Shakespeare, hört gut zu! Ich glaube, Ihr seid ein wahrer Freund. Ist es wirklich in Eurem Sinne, daß sie mir mit meinen achtzehn Jahren eine Braut aufnötigen wollen? Ein verhätscheltes Ding, das nur aus Fischbeinkorsett und Reifrock besteht? Und mit so einer soll ich einen kleinen Henry zeugen? Haltet Ihr es für richtig, wenn ich Nachwuchs in die Welt setzte? Glaubt Ihr, das sei recht? Bei den Wunden Christi, ich möchte doch noch alles vom Leben kennenlernen, mich in der Welt umsehen, und das ohne eine Miniaturausgabe meiner selbst!« Er leerte den Becher auf einen Zug und fuhr dann zornig fort: »Dichter, Ihr habt auf das falsche Pferd gesetzt.«

»Auf das Pferd Eurer Mutter, Mylord!«

»Für ihr Geld!«

William beugte sich vor, ließ die Arme hängen und watschelte wie ein buckliger Bettler am Stadttor umher. »Guter Herr, nur einen Penny oder zwei, ich bitt Euch, hoher Herr! Und sei es nur ein halber Penny … habt Erbarmen … Oh, denn ich muß sterben, wenn ich nicht bald etwas zu essen bekommen werde … Wisset, Euer Hochwohlgeboren, daß ich ein verarmter Schauspieler bin und an diesem Tor um Hilfe betteln muß ... Ein Almosen, guter Herr, nur ein kleines Almosen ... Nein, Edler, tretet mich nicht mit Füßen!«

Southampton lachte schallend, rannte zu Shakespeare und schlang die Arme um ihn. »Bei Gott, Ihr Pißpott!« rief er. »Ihr seid ein wahrer Teufel und Hurensohn! Wenn das Essen endlich aus der Küche kommt, sollt Ihr soviel haben, wie Ihr wollt. Warum sind die Diener noch nicht erschienen? Zu Heinrichs Zeiten bekamen träge und faule Küchenjungen die Peitsche zu schmecken! So etwas würde ich natürlich nie tun, möchte ich doch von meinen Bediensteten geliebt werden. Ja, ich will Liebe, kann nie genug davon bekommen; doch noch mehr verlangt es mich nach Respekt ...« Er brach mit verwirrter Miene ab und lief dann wieder mit großen Schritten in dem Saal umher. »Erheitert mich, Dichter, während wir auf unser Mahl warten müssen! Führt mir eine Rolle vor ... Seid ... ja, jetzt weiß ich's, spielt mir den Erzbischof!«

»Einen Moment ... ja, so ...« William watschelte pompös umher und hielt das Kinn hoch in die Luft gereckt. Der Jüngling schlug vor Vergnügen auf den Tisch.

»Ja, das ist er! Genau so ist der alte Knabe. Viel zu oft schon habe ich seine Predigten über mich ergehen lassen müssen! Aber jetzt, jemand anderen ... Zeigt mir ... die Königin!«

»Also gut, die Königin.« Der Schauspieler sprang auf den Tisch und dachte einen Moment nach. Dann bog er den Rücken durch, wedelte mit dem Zeigefinger und sprach mit leiser, einschmeichelnder, gleichwohl tadelnder und brüchiger Stimme: »Souuuuthampton! Ihr unartiger Bube! Wollt niemals tun, was man Euch aufgetragen hat! Böser, böser Knabe! Wollt lieber in den Krieg ziehen! Zu dumm, das! Wartet nur, ich werde Euch in Eurer Kammer einsperren lassen, jawohl, Souuuuuthampton, Ihr arglistiger Tunichtgut!«

Der Graf warf sich in die Binsen, zerriß sie und streute sie über sein Haupt. Strohstückchen, Staub und vertrocknete Blumen regneten aus seinem Haar, als er sich aufrichtete, sich im Schneidersitz auf den Boden hockte und noch immer vom Lachen geschüttelt wurde. »Oh, bei der Liebe Gottes, ich habe eine ganze Nation von Flöhen aufgescheucht! Oh, was tut mir der Bauch weh! Kommt her, spielt nicht mehr, keine neuen Persönlichkeiten mehr, sonst muß ich sterben!«

William sprang vom Tisch, verbeugte sich tief und mit weitem Schwung seines Umhangs und geriet dabei in die Reichweite des Grafen. Henry riß ihn zu Boden, drückte ihn mit dem Gesicht in die Binsen und ließ ihn nicht wieder hochkommen. Keuchend rief Shakespeare: »Ich flehe Euch an, Mylord, gewährt Gnade! Sonst muß ich jämmerlich ersticken!«

»Ihr verlangt also von mir, daß ich mich vereheliche?«

»Gnade, Gnade, ich nehme alles zurück!« Southampton ließ ihn los, und er hockte sich neben ihn. Beide waren nun mit getrockneten Kräutern und Staub bedeckt. William bog wieder langsam den Rücken durch und verzerrte die Züge, bis er der gealterten Königin täuschend ähnlich sah. »Liederlicher Strolch!« schimpfte er mit der rauhen Stimme der alten Herrscherin. »Sollt in Eure Kammer eingesperrt werden und keine Gelegenheit mehr erhalten, meine Mägde zu bespringen! Wie viele von meinen Dienerinnen habt Ihr heute schon vor dem Mittagsmahl bestiegen, Souuuuthampton?«

»Ah, bei den Wunden Gottes! Haltet ein, Mann! Bei der Liebe der Jungfrau Maria, hört auf damit!«

Mit leisem Knarren öffnete sich die Tür, und drei Bedienstete erschienen mit Tabletts. Der Graf sprang auf und klopfte sich ab, um etwas von seiner Würde zurückzugewinnen. Draußen war ein Sturm aufgekommen, der den Schnee hin und her wirbelte und zu Wehen sammelte. Henry lief aus dem Saal und öffnete eine weitere Tür. Ein eisiger Windstoß fuhr in das alte Stroh auf dem Boden, zerrte an den Umhängen und an ihrem Haar und raschelte in den Blättern der vergessenen Blumen in der Vase auf dem Anrichtetisch. Die Diener zogen sich unter Verbeugungen zurück, und Southampton rief: »Wohlan, Gast, wir wollen nicht auf der Bank hocken, sondern uns auf den Tisch setzen, als wären wir selbst das Hauptgericht. Und das werden wir ja auch eines Tages für die Würmer sein und uns ihre Tischkonversation über das Leben und die Liebe anhören dürfen.«

Für eine ganze Weile schlangen sie in sich hinein, als wagten sie nicht, jemals damit aufzuhören. Die beiden Männer hackten dicke Scheiben vom in Kohle gebratenen Hammel und griffen mit den Händen nach den Backpflaumen, den Äpfeln und der Geflügelpastete. Die ganze Zeit über heulte der Wind ums Haus und scheuchte die Flammen im Kamin auf.

»Welche Lieder würden wohl Minnesänger vortragen«, fragte der Jüngling atemlos, »wenn dies einmal eine Burg und kein Kloster gewesen wäre? Würden Krieger eintreten und, sobald sie meiner ansichtig würden, mich mitnehmen auf ihren Feldzug, so wie ich es mir doch von Herzen wünsche? Ja, sie nähmen den jungen Mann mit sich und stießen Mutter, Vormund, Reichtümer und alles andere beiseite. Ich erhielte die einfache Kleidung eines Gemeinen und wäre fortan ein Kriegsmann!« Henry trank mehr Wein und meinte dann traurig: »In Euren Stücken können wir alles mögliche sein! O ja, ich möchte gern Schauspieler werden und würde den Talbot darstellen, der für England sein Leben gab und mit dessen Tod Englands Besitzungen in Frankreich auf immer verloren waren.«

»War er deswegen ein besserer Mann, Mylord?«

»Seine Seele war erhabener als die der anderen. Womit verbringen die Menschen denn ihre Zeit? Mit Fressen und Saufen. Und wenn sie davon aufgedunsen sind, legen sie sich schlafen. Sind wir nicht Narren, wenn wir glauben, in einem Menschen stecke mehr? Nein, nein, das sage ich im vollen Ernst. Doch zuerst will ich mich mit Blumen schmücken, wie ich es so gern tue.« Er war schon angetrunken und sah sich um, als hielte er nach Blüten Ausschau.

William beugte sich zu ihm und erkannte daran, daß er sich ebenfalls auf dem Weg zur Trunkenheit befand, denn andernfalls hätte er das nie gewagt. »Seid Ihr traurig?« fragte Shakespeare freundlich.

»Ja, ich bin betrübt und werde mir zum Angedenken Rosmarin ins Haar flechten«, antwortete Henry und stimmte unvermittelt und mit jugendlicher Stimme ein altes Lied über die Untreue an.

»Bei Gisbert, Frieda und St. Charity,
O weh und ach, und pfui über sie!
Die Männer sie nehmen, was sie bekommen
Mit ihrer Rute, nur sich selbst zum Frommen.

Sagt sie: ›Bevor Ihr habt's mit mir getrieben,
Versprachet, mich zu freien und zu lieben.‹
Sagt er: ›Das wollt' ich auch, schwör's bei der Sonnen,
Hättet Ihr mich nicht mit in Euer Bett genommen!‹«

Henry sprang vom Tisch, rannte zu der Kaminwand und nahm zwei Breitschwerter aus den Halterungen. »Jetzt werden wir miteinander kämpfen!« rief Southampton. »So wie die Ritter in alten Zeiten, als Männer noch Männer waren. Gleich meinem Namensvetter und großen Vorfahren Heinrich V. in der Schlacht bei Agincourt ... Kommt schon, nehmt Euer Schwert! Seht Ihr, die Klingen sind rostig vom Blut der Erschlagenen. Halten wir sie nun in lebendigen Händen.« Er hielt seine Waffe mit beiden Händen und schwang sie hin und her. »Nein, wir nehmen auch Schilde! Ja, mit Schwert und Schild! Wartet's nur ab, Schauspieler, ich decke Euch so mit Streichen ein, daß Euch Hören und Sehen vergeht!«

Mit wildem Geschrei stürmten beide aufeinander los. Der Schauspieler ließ sich geschickt von seinem Gegner zu Boden werfen, um dann gleich wieder aufzuspringen und erneut zu attackieren. Unzählige Male kreuzten sich ihre Klingen. Sie fegten den Dekanter vom Tisch, und die Fleischplatte landete in den Binsen. Die Hunde, die man zu ihnen gelassen hatte, bellten wild und schnappten nach den langen Umhängen. Schließlich warfen die Männer alles ab und fochten nur noch im Hemd miteinander, bis sie beide außer Atem waren. Southampton lehnte sich keuchend an den Tisch.

»Mein Herz schlägt wie rasend!« rief er. »Wie kann ein Herz nur so heftig in der Brust eines Mannes pochen und sich nicht einen Weg durch die Rippen bahnen? Ihr seid stark, wenn auch nicht mehr der Jüngste. Warum können wir nicht von genau gleichem Alter sein? Aber nein, Ihr zählt bereits siebenundzwanzig Jahre und seid uralt!«

Sie ließen sich wieder am Tisch nieder und zogen die Umhänge über die schwitzenden Leiber. »Vorher brauchten wir Feuer«, erklärte der Jüngling mit einer Miene, als könne er seine Erschöpfung nicht begreifen, »und nun brennen wir von Leidenschaft. Bald sind es vierundzwanzig Stunden her, seit wir die Stadt verlassen haben, und wir haben noch nicht geruht. Doch sei's drum. Ich bin müde, aber viel zu müde fürs Bett, lieber Will, deswegen werden wir die ganze Nacht aufbleiben. Wollt Ihr mir die Ehre Eurer Gesellschaft erweisen?«

»Ja, Mylord, das will ich.«

»Gepißt auf Mylord. Nennt mich Harry, wie das alle meine Freunde tun!«

»Gut, dann drauf gepißt, Ihr habt es selbst gesagt.«

»Ihr müßt meinen Vornamen sagen!«

»Also, Harry, teurer Mylord.«

Der Graf hielt seinen Becher hin und legte die freie, leicht zitternde Hand auf Shakespeares Schulter. »Mehr Wein! Erzählt mir nun alles! Ich habe noch nie richtig gelebt und kenne nichts. Ach, Herr Jesus, achtzehn Jahre zähle ich schon und habe noch nicht einmal einer Frau beigelegen. Niemand weiß das, nur Ihr jetzt. Versprecht mir, das nie jemandem zu sagen. Los, schwört es mir bei Eurem Leben!«

Leise und feierlich erklärte der Schauspieler: »Ich werde niemals jemandem etwas von dem berichten, was Ihr mir gerade offenbart habt. Nichts und niemand könnte mich jemals dazu zwingen, Euer Geheimnis preiszugeben, Mylord Southampton!«

Henry schüttelte sein langes Haar zurück, ließ dann aber den Kopf hängen, so daß die Locken sein Gesicht verbargen, und murmelte leise, aber voller Sehnsucht: »Sagt mir, wie es ist, wenn Ihr mit Eurer Geliebten zusammen seid ... ich meine, wenn Ihr nackt zusammen seid.«

»Wie was sein soll?« fragte Shakespeare ungläubig zurück.

»Ja, wenn Ihr sie nackt in den Armen haltet.«

»Ihr wollt die Wahrheit über die Liebe wissen?«

»Gewiß.«

Der Schauspieler nickte und begann dann mit dem gebotenen Ernst, seinen edlen Freund über den Körperaufbau der Weiber und die verschiedenen Aspekte der Begattung zu erhellen. Dabei beugte er sich zu Henry vor und unterstrich mit Handbewegungen das Gesagte oder führte es als Schattenspiel an der Wand vor.

Schließlich schloß William freimütig mit den Worten: »Die Wahrheit, lieber Henry, lautet, daß es jedes Mal anders ist. Nicht nur, wenn man es mit verschiedenen Damen treibt, sondern auch, wenn man mit derselben mehrmals zusammen ist. Man fragt sich danach: Haben wir uns gestritten, oder waren wir zärtlich zueinander? Bin ich meiner eigenen Gelüste müde oder sie vielleicht der ihren? Stellt Euch das so wie bei einer Freundschaft vor: Wie habt Ihr Euch mit Eurem Freund unterhalten? Selbst diese Gespräche verlaufen doch jedesmal anders. Und wenn die Schöne fester an Euch gebunden oder ganz die Eure ist, verhält es sich schon wieder anders. Doch ist die Liebe etwas Wunderbares. Ich kenne nichts Schöneres, als wenn sie ihren Leib mir öffnet und ganz die meine wird.«

Southamptons Gesicht lag im Schatten, und sein Atem ging tief und regelmäßig. Doch er unterbrach Shakespeare kein einziges Mal. Schließlich fragte er: »Manchmal denke ich so sehr daran, daß in meinem Kopf kein Platz für etwas anderes ist. Dann wieder gibt es Zeiten, an denen die Fleischeslust in meinem Geist überhaupt nicht vorkommt. Gelegentlich nehme ich mir fest vor, es zu tun, schrecke dann aber mit großer Übelkeit im Magen davor zurück, fürchte ich doch, damit alles zu verlieren. Sie wird ein Kind bekommen, und ich wäre dann auf ewig an sie gebunden. Nein, ich wünsche nicht, an jemanden gebunden zu sein.«

Der Graf hob den Kopf, rieb sich müde die Augen und gähnte. »Wie sehr ich doch Eure Gedichte liebe! Doch noch besser gefällt mir, ganz allein mit Euch zusammenzusein und daß niemand weiß, wohin wir gegangen sind … Während des Rittes fingt Ihr an, von etwas zu erzählen. Doch dann verließen wir die Straße, und Ihr kamt nicht mehr dazu, Eure Ausführungen zu beenden. Irgend etwas über die himmlische Seite unseres Daseins …«

»Unser ganzes Leben besteht aus dem Kampf zwischen unseren niederen und himmlischen Seiten.«

»Und wo findet darin die Freundschaft ihren Platz?«

»Natürlich auf der himmlischen Seite.«

»Tragt mir einige von Euren Gedichten vor.«

William schüttelte langsam den Kopf. »Nein, ich bin viel zu betrunken, um mich an auch nur einen Vers zu erinnern. Aber morgen in der Frühe müßt Ihr mir nur Papier und Feder besorgen, dann schreibe ich Euch ein neues.«

»Fällt Euch das denn so leicht?«

»Nichts ist einfacher als das.«

»Dann singt mir ein Lied.«

»Wartet, da fällt mir gerade ein hübsches ein:

Wer einmal eine Hübsche freit,
Den hat sein Glück noch nie gereut,
Liebt sie, herzt sie, wird sie nicht los
Und läßt sie gern hüpfen auf seinem Schoß!«

Singend und lachend stiegen sie die Treppe hinauf. Unten blieb ein Diener zurück, der sich verdrossen die Augen rieb, oblag es ihm doch, das Feuer auszumachen und die Hunde hinauszulassen. Vor der Tür zu seinem Gemach blieb Southampton stehen und lauschte dem Rattern des Windes in Dachschindeln und Gebälk.

»Spitzbube«, sagte er dann, »ich mag Euch gut leiden. Ihr sollt mein Leibdichter werden, und ich will Euer Mäzen sein.« Henry legte Shakespeare einen Arm um den Hals.

»Möge Gott Euch einen süßen Schlaf gewähren.«

William mußte noch ein Stück höher und fand seine Kammer. Er zog die Bettvorhänge rings herum zu und schuf sich aus Kissen, Decke und Laken ein kuscheliges Nest. Einer der Diener hatte das Lager schon vor einer Weile vorgewärmt. Als der Schauspieler die Füße ausstreckte, stießen sie an den heißen Ziegelstein, der in eine dicke Decke gehüllt war. Shakespeare drehte sich auf die Seite, schob eine Hand unter die Wange und starrte müde auf die staubigen Vorhänge.

Sonderbare Träume befielen ihn. Der Schnee war geschmolzen, und er lief in der Hose und dem Mantel seiner Kindheit ganz allein über eine Straße. Da hörte er das Geschrei eines Kutschers, und unter einer Staubwolke, einer Feuersbrunst gleich, raste ein geschlossener Wagen heran. Die Nüstern der Rösser waren erweitert, und die Augen traten ihnen aus dem Schädel. William wußte sofort, daß Southampton in der Kutsche saß, und rannte den durchgegangenen Gäulen entgegen. Er packte das erste Tier am kurzen Zügel, wurde mitgerissen, erstickte beinahe am Staub, kämpfte sich wieder hoch, zog heftiger und brachte die beiden Pferde zum Halten. Dabei knackte etwas in seinem Arm, und er fürchtete schon, er habe sich ihn gebrochen. Dann eilte der Schauspieler zur Tür und riß sie auf.

Doch darin saß nicht der Graf von Southampton, sondern nur ein Diener, der sich keinen Moment davon abhalten ließ, einen hübschen Saum auf den geschlitzten Ärmel eines purpurfarbenen Brokatwamses zu nähen. Oh, der junge Herr ist nicht hier, teilte er Shakespeare mit geschürzten Lippen mit. Seine Lordschaft ist unterwegs zu einem Tennisspiel. Warum seid Ihr denn so gerannt, Mann? Ach bitte, schließt doch die Tür wieder, ja? Macht sie zu.

»Seine Lordschaft hat das Haus in aller Frühe verlassen«, teilte ein Diener William mit, als dieser sich endlich erhob. »Seine Gefolgsleute und die Männer seines Vormunds kamen, ihn zu einer dringlichen Angelegenheit abzuholen. Er bat mich, Euch mitzuteilen, daß Ihr ihm folgen oder bleiben könnt, ganz wie es Euch beliebe. Gebt mir bitte Bescheid, wenn ein Pferd für Euch gesattelt werden soll. Seine Lordschaft hat auch eine Börse für Eure Bedürfnisse zurückgelassen. Ebenso trug er mir auf, Euch seinen Dank zu übermitteln, Euch einen Mann mit auf den Weg zu geben und Euch auszurichten, daß er Euch in Kürze eine Nachricht zukommen lasse.«

So kehrte Shakespeare nach London zurück, aber kein Schreiben des Grafen erreichte ihn aus Drury House. Nach ein paar Wochen fing William an zu grübeln, ob vielleicht ein Bote gekommen sei, ihn aber nicht gefunden habe oder er selbst gerade aus gewesen sei. Also setzte der Schauspieler sich hin, schrieb seinen Namen auf einen größeren Zettel und hängte diesen an die Tür. Doch noch immer kamen keine Zeilen von Southampton, und Shakespeare wurde sehr reizbar. Er kam sich vor wie in einem intensiven Gespräch, bei dem er alles aus sich herausholte, und sein Gegenüber erhob sich mitten in seinem Satz, entschuldigte sich und bat: »Wartet hier«, bloß um dann nicht mehr zurückzukehren. Ascheflocken vom Feuer landeten im Weinbecher, das Brot wurde hart, und der Wirt fing bereits an, die Läden zu schließen. Das, was man eben noch hatte sagen wollen, erstarb einem endgültig auf den Lippen … Er begann ein neues Stück aus den Rosenkriegen zu schreiben, über Richard, der die Prinzen im Turm umgebracht hatte, und ließ viel von seinem Verdruß und seiner Verwirrung hineinfließen.

Es gibt da ein seltsames Vorkommnis, das hin und wieder in das Leben starker Persönlichkeiten zu treten pflegt: Sie glauben dann mit niederschmetternder Angst, daß alles, was sie bislang getan oder gespürt haben und gewesen sind, falsch gewesen ist. Sie haben Perfektion gesehen, bloß um feststellen zu müssen, daß diese ihnen niemals erreichbar ist und daß alles, wonach sie bisher gestrebt oder was sie erreicht haben, ohne Wert ist.

William dachte an seine Mutter, die ihr ernsthaftes, würdevolles Gesicht dann hob, wenn sie hoffte, Zuneigung zu erhalten. Eine Stickerin im Drury House erinnerte ihn an sie. Er hatte sie nie anders als auf den Knien erlebt, wenn sie nachmaß, wieviel Borte sie für ein Fensterkissen oder ein anderes Teil benötigte. So wie diese Magd und die anderen seines gesellschaftlichen Standes würde William nie mehr als ein Diener Seiner Lordschaft sein können. Hatte er sich etwa eingebildet, es könne jemals anders werden? Durch göttlichen Ratschluß oder einen weltlicheren Pfad des menschlichen Schicksals war es vor einigen Generationen dazu gekommen, daß die Southamptons in die höchsten Kreise des Landes aufstiegen, wohingegen seinesgleichen sich mit Schauspielern und Krämern begnügen mußte. Der Stolz in Williams Herzen schrie vor Zorn über diese absurde Trennung der Menschen in unverrückbare Schichten.

Dem Grafen war eine gewisse Faszination für die Art der gewöhnlichen Menschen zu eigen. Er wollte wissen, wie es in den Schenken zuging, und in die Welt der Schiffer eintauchen, welche Stunden vor Sonnenaufgang mit ihren Booten ablegten. Und Henry interessierten auch die Schmiede, die Bauern, die Straßen, die dunklen Gassen und das Theater, aber nicht das, was das Publikum auf der Bühne zu sehen bekam, sondern vielmehr jenes, welches sich hinter den Kulissen abspielte, die Kameradschaft unter den Akteuren. Southampton bewegte die Geschichte von einem Schäfer aus Warwickshire sehr, der im Alter von sechsundneunzig Jahren immer noch jeden Morgen die Schafe hinausführte. Er wollte wissen, wie Menschen zusammenlebten, wie die Armen sich paarten, und war ziemlich verblüfft, als aus einer stinkenden, elenden Hütte fünfzehn verdreckte, verlauste Kinder herausströmten. William hielt den Atem an und verzog das Gesicht, wenn er sich all der Geschichten erinnerte, die er dem Jüngling erzählt hatte. Sah dieser Edle in seinen seidenen Gewändern vielleicht Poesie in der tagtäglichen Plackerei, die dazu angetan war, die Träume der Menschen zu zerstören, so daß nur die Allerstärksten sich einige davon bewahren konnten? Glaubte Henry vielleicht, die braune Haut der armen Ährenleserinnen sei genauso weich wie die jener hochwohlgeborenen jungen Damen, die für einen Verlobungskontrakt oder sogar schon die vage Aussicht darauf sofort mit Freuden in sein Bett springen würden?

Verachtung bemächtigte sich seiner, und mit höhnisch verzogenem Mund machte er sich wieder an die Arbeit, bloß um wenig später erneut in Wehmut zu verfallen. Ja, in jenen Tagen dachte er über viele Dinge nach. Er dachte an seine Kindheit und an das, was sich in den Jahren seit seiner Ankunft in London getan hatte.

Vor allem aber rief er sich das Meer ins Gedächtnis zurück.

Shakespeare hatte das endlose Wasser vor einigen Herbsten in Dover zum ersten Mal gesehen und verfolgt, wie die Wellen zu fremden Küsten eilten. Die Schauspieltruppe befand sich gerade wieder auf Tournee, und William hatte sie in der Herberge zurückgelassen und war allein zum Strand gelaufen. Am Meer hatte er sich Schuhe und Hose ausgezogen, war am Wasser spazierengegangen und hatte sich hier und dort gebückt, um eine eigentümliche Muschelschale aufzuheben, einst Behausung für ein Lebewesen, das längst vergangen war. Als Shakespeare eine ganze Handvoll beisammen hatte, suchte er sich die schönste darunter aus, hielt sie sich vors Gesicht und betrachtete, wie das Licht an einigen Stellen durch die dünne Schale brach. Nur eine leere Hülle mit einem Bruchriß, deren Linien von der Nässe betont wurden, lag auf seiner Handfläche.

Beim Strandspaziergang hatte er viel über sein Leben nachgedacht, und nur eine besonders schmucke Muschel konnte ihn aus seinen Grübeleien reißen. Als er schließlich in den Gasthof zurückkehrte, warteten dort schon seine Gefährten und sorgten sich, was ihn so lange aufgehalten haben mochte. Shakespeare legte die Muscheln auf einem Stein ab und behielt nur die Erinnerung an sie; denn am nächsten Tag waren sie verschwunden. Die See hatte ihr Eigentum wieder an sich genommen. Die kindliche Traurigkeit, welche er darüber empfand, erstaunte ihn beträchtlich. Um seiner Ehre willen sagte er den anderen kein Wort darüber.

Wenn er durch Londons Straßen lief, dann derart gedankenverloren, daß er sich trotz der Menge links und rechts neben ihm wie der letzte Mensch auf der Welt fühlte. William wußte nur, daß er in den letzten Monaten etwas unbeschreiblich Wertvolles erlangt hatte, und war sich nun gar nicht mehr sicher, ob es ihm überhaupt noch gehörte. Und noch weniger vermochte er die Frage zu beantworten, ob er diesen Verlust würde ertragen können.

Doch trotz all dieser Martern für Herz und Verstand zerbrach er sich auch den Kopf darüber, wie er weiter sein Brot verdienen konnte; denn wieder einmal war eine Seuche über London gekommen, und man hatte alle Theater geschlossen. Natürlich konnte Shakespeare Stücke schreiben, aber niemand war da, der sie kaufen wollte. Er hatte nur den einen Beruf erlernt, und diesen hatte man ihm nun genommen. Die Briefe, die er nach Hause schrieb, enthielten viele Entschuldigungen und Ausflüchte, doch sonst nur wenig. Schlimm genug, daß er manchmal bei der Suche nach Arbeit wie ein Vagabund behandelt wurde und man ihn aufforderte, das Schreiben des Mäzens seiner Truppe vorzulegen, in dem seine Ehrenhaftigkeit bescheinigt wurde. Und noch schlimmer, daß es sich bei diesem Förderer um ebenden Mann handelte, mit dem er sich die Geliebte teilte. Manchmal spazierte er zu Jonson und sah zu, wie dieser sorgfältig Ziegel auf Ziegel setzte. Oft hockten sie auf unfertigen Wänden, teilten ihr Brot und diskutierten über die Unwägbarkeiten des Lebens. Benjamin hatte ein liebes, tugendhaftes Mädchen geheiratet und war mit ihr sehr glücklich.

Einmal begab sich William voller Scham zu John Heminges, um von ihm Geld zu borgen. Der sorgsame Ehemann legte nämlich stets eine gewisse Summe beiseite. Dabei kamen sie ins Gespräch, und Shakespeare schüttete all seinen Kummer aus. Was war aus ihnen allen geworden? Welches Los hatten sie nur gewählt? Was sollten sie jetzt nur machen? Die Truppe ging auf eine kurze Tournee, und bei der Rückkehr hatten die Schauspieler kaum mehr in der Tasche als vorher.

Wenn Shakespeare sich in jenen Monaten in London aufhielt, bestand sein einziger Trost darin, durch die kalten Winterabende zu laufen und die Nächte in den Armen der Italienerin zu verbringen. Ihre kleinen, aufrechten Brüste und ihr warmer Schoß wurden zu dem Ort, in dem er sich verlieren konnte. Emilia hatte es sich seit einiger Zeit zur Angewohnheit gemacht, ein gelbes Seidentaschentuch an ihr Fenster zu binden, um den Schauspieler wissen zu lassen, daß Lord Hunsdon nicht anwesend sei und William schleunigst in ihr warmes Bett huschen solle.

Shakespeare begann ein Stück über ein Liebespaar in Verona. Die Geschichte basierte auf einem alten Drama, das die Italienerin sehr liebte. Oft lagen sie zusammen im Bett, wenn der Schnee gegen das Fenster rauschte und Eiskristalle auf dem gelben Seidentuch zurückließ, und lasen aus den Versen.

> Oh, sprecht es nochmal, strahlender Engel, denn Ihr
> Seid so wunderbar wie diese Nacht;
> Über unseren Köpfen schwebt der
> Geflügelte Bote des Himmels …

Sie zogen die Bettvorhänge zu, stellten vorsichtig einen Kerzenhalter zwischen sich, tranken Wein und unterhielten sich über die warmen Städte Italiens. Sie hatten sich beide sehr aneinander gewöhnt: Emilia an seine Reisen, Tourneen und gelegentlich düsteren Stimmungen; William an ihre kleinen und großen Lügen, ihre Eitelkeit und ihr mißtrauisches Wesen. Doch gerade weil er ihre dunklen Seiten mittlerweile so gut kannte, erzählte er ihr immer weniger von dem, was wirklich sein Herz bewegte. Auch verschwieg Shakespeare ihr den Namen und weitgehend auch die Existenz des jungen Grafen, dem er sich so nahe fühlte wie nie einem Menschen zuvor und von dem er sich jetzt wie abgeschnitten vorkam. William erkannte nicht, daß er sich, wenn auch allmählich, so doch immer weiter von seinen alten Freunden zurückzog. Als John ihn einmal darauf ansprach, zuckte er nur mürrisch die Achseln.

Dafür entdeckte Shakespeare aber, daß er sich trotz des nach außen hin lustigen und gutmütigen Gesellen im Innern zu einem sehr ruhigen, ernsten Menschen entwickelt hatte. Vielleicht hatten sich die Geister der verstoßenen Mönche aus dem Landhaus im Schnee in seine Seele geschlichen und verlangten nun von ihm Frieden und innere Andacht.

Im April brachte er das letzte Sonett nach Drury House. Wieder war niemand aus der Familie anwesend, um ihn zu empfangen, aber der Türsteher gab ihm einen kleinen Beutel mit Geld und wünschte ihm einen schönen Tag. Der Frühling hatte noch keine Wärme gebracht, und vor dem Haus fegte ein Diener den Weg. Ein widerspenstiges Blatt flog immer wieder auf, und er jagte es mit seinem Reisigbesen.

William warf einen Blick zurück auf das große Anwesen, dessen Fenster dunkel glänzten. Wenn jemand hinter einem davon stünde, war er von hier unten nicht zu entdecken. Das Herz wurde ihm sehr schwer … Aber hatte er denn Grund, sich zu beklagen? Der junge Graf war der Liebling des Hofs geworden, und viele Dichter, von denen die meisten klangvollere Namen besaßen als er, priesen ihn in ihren Werken. Shakespeare entfernte sich und kehrte zurück in den Lärm und den Dreck Londons.

Obwohl gute Aussichten bestanden, daß die Theater bald wieder geöffnet wurden, und auch wenn er ein längeres lyrisches

Werk über die Liebe von Venus und Adonis in Angriff genommen hatte, sah er sich an diesem Tag außerstande, sich auf die romantische Sprache der entflammten Liebesgöttin und ihres jungen Liebhabers, der lieber auf die Jagd gehen will, zu konzentrieren. Schließlich schob er die Blätter von sich, legte die Hände auf den Tisch, starrte durch die knarrenden Fensterläden und bekam von dem Gelärme der Karren, Wagen und Straßenhändler unten auf der Bishopsgate so wenig mit, als sei es Jahrhunderte von ihm entfernt. Aus einem plötzlichen Impuls heraus nahm er sich ein frisches Blatt vor, tauchte die Feder in die Tinte und schrieb einen Brief.

»Mylord,

ich hoffe doch, Ihr habt meine Sonette erhalten, und ich gestehe freimütig, noch weitere verfaßt zu haben, in die jedoch das Blut meiner Seele eingeflossen ist und welche deswegen nicht zum Verkauf stehen. Doch Ihr seid mir nicht aus dem Sinn gegangen. Habe ich Euch in irgendeiner Weise beleidigt, daß Ihr mir keine Nachricht habt zukommen lassen? Laßt mich nur wissen, in welcher Weise ich Euch erzürnt habe, denn mehr als alles Gold, das Ihr mir schicken könnt, seid Ihr selbst mir teuer. Glaubt das bitte, denn es ist die Wahrheit, so wahr ich ein ehrlicher Mensch bin.

In demütigem Respekt
Euer Lordschaft Diener
W. Shakespeare«

Er schickte einen nassen, zerlumpten Knaben mit diesem Brief los und hatte gerade kurz nach der Mittagsstunde das Theater erreicht, als der Junge mit der feuchten Antwort zurückkehrte, die er unter dem Hemd getragen hatte.

»Kommt, wann immer Ihr wollt.

Southampton«

Die erste Frühjahrssonne strahlte durch die Fenster im Empfangssalon von Drury House und spiegelte sich funkelnd auf der

Seide und den Silberfäden in den Wandbehängen und den gewundenen Maßliebchen auf dem reichbestickten Tischläufer wider. Aus der Ecke ertönte das Ticken der großen Standuhr, und überhaupt war alles so, als sei überhaupt keine Zeit vergangen, seit der Schauspieler zum letzten Mal *seine* Schritte über die Binsen rascheln gehört hatte. Der Schreibtisch war wie stets mit Papieren überladen, und der Sessel stand verschoben daran, so als sei Southampton beim Geräusch der sich öffnenden Tür gleich aufgesprungen. Der Graf stand jetzt am Fenster und kehrte dem Besucher den Rücken zu. Das lange goldfarbene Haar fiel über den Kragen seines bis zum Boden reichenden Morgenmantels, in dem er wie ein ungeduldiger, reicher Abt wirkte.

Als Henry sich umdrehte, war sein schönes, ebenmäßiges Gesicht etwas gerötet, so als sei er gerade aus einem unruhigen Schlaf erwacht. Er schob die Hände in den Gürtel seiner Robe, verengte die Augen und legte leicht den Kopf schief, als William sich vor ihm verbeugte.

»Gott gebe Euch einen schönen Tag, Shakespeare.«

»Und Euch ebenso, Mylord. Ich hoffe, es ist Euch gut ergangen.«

»Der Herr hat mir beste Gesundheit beschert ...« Nach einem kurzen Stocken fügte er verlegen hinzu: »Ich hatte vor, Euch zu schreiben, ehrlich.«

»Ich bin Euer Diener, Mylord, und stehe Euch stets zur Verfügung.«

Die Miene des Grafen verfinsterte sich, und er schob sich ein paar Haarsträhnen aus dem Gesicht. »Warum habe ich keine Nachricht geschickt?« fragte er leise. »Aber so bin ich nun einmal von Zeit zu Zeit. Ihr seid mir wirklich teuer, Schauspieler. Um der Wahrheit die Ehre zu geben, Ihr seid mir fremd und bitter wie der Geschmack von Rettich. Bitter, scharf und dann doch wieder so süß, daß ich es mit der Angst zu tun bekomme und nicht mehr weiß, was ich damit anfangen soll. Ich begebe mich mit meinem Gefolge ins Theater und sehe Euch in dieser oder jener Rolle. Ihr seid ein gescheiter Mann, William. Kein so großer Schauspieler wie Burbage oder Alleyn, aber viel weiser als sie. Ich habe Eure Heinrich-Trilogie nochmals gelesen und wünsche nun noch mehr, in ihr mitzuwirken …« Er zögerte wieder und sagte dann leise: »Zu manchen Zeiten habe ich mich sehr danach gesehnt, hier mit Euch zusammen zu sein.«

Shakespeare spürte, wie sich in seiner Brust das Herz zusammenzog, aber er verbeugte sich nur vor dem Lord. Die Zurückweisung und das Schweigen Henrys während der letzten Monate verbanden sich mit der Herzensnähe, die der Graf nun an den Tag legte, und William schob alles ärgerlich von sich fort.

Der Jüngling fuhr unsicher fort: »So verhält es sich nun einmal in der Welt. Ich glaube, daß die Menschen, welche einem lieb sind, eine gewisse Macht über uns besitzen. Und ich … nun, ich gewann den Eindruck, Ihr besäßet mehr von dieser Macht über mich als ich über Euch. Als Euer Brief kam, erwartete ich ein neues Gedicht. Doch da war kein Sonett, und ich war zutiefst enttäuscht, auch wenn ich Euch wenig Grund dafür nennen kann.«

Obwohl der Schauspieler seine Entgegnung in ausgesuchte Höflichkeit packte, konnte er doch nicht völlig seinen Groll aus ihr fernhalten. »Mylord hat viele Dichter. Ein jeder von ihnen hat Hunger und sucht nach einem Mäzen, weswegen er Euch auch schmeichelt. Wir Poeten, wir alle, umgarnen Euch, denn so ist es in unserer Gesellschaft nun einmal bestellt. Und im Grunde liegt nichts Schlechtes darin, auch wenn manchmal ein wenig Schmerz zurückbleibt.«

Der Jüngling sah ihn sofort besorgt an: »Und wen befällt dieser Schmerz?«

»Denjenigen, der tief und echt empfindet.«

»Habt Ihr mir etwa auch nur geschmeichelt?«

»Mag sein.«

»Habt Ihr mir etwa Dinge gesagt oder geschrieben, welche Ihr nicht so meintet?«

Der Schauspieler senkte Stimme wie Blick und betrachtete die Blumen auf dem Tischläufer aus Brokat. »Nein, Mylord.« Er biß sich auf die Zunge, um nicht mehr zu sagen. In diesem Moment hätte William das Haus zu gern verlassen, doch wollte ihm keine Entschuldigung einfallen, unter der er sich hätte zurückziehen können.

Southampton ließ die Troddel fallen, mit der er gespielt hatte, und rief: »Den Heiligen sei dafür gedankt! Wir beide haben einige lustige Zeiten verbracht. Warum habe ich Euch keine Einladung geschrieben? Ich weiß es einfach nicht. Warum aber habt Ihr mir diesen Brief gesandt?«

»Mylord, darauf kann ich keine Antwort geben.«

»Aber das müßt Ihr, Shakespeare. Ich erteilte Euch das Recht zur freien Rede!«

William verzog das Gesicht und trat zu dem Kaminsims, um die silberne Vase zu betrachten, auf welcher die Göttin Minerva eingraviert war. Und darunter das Lob auf die alte Königin: *O Elisabeth, o Königin ...*

»Ich vermag Euch nicht zu sagen, was ich nicht erklären kann«, brachte er dann unter Mühen hervor. »Fragt mich nach der Falkenjagd oder nach der Hatz auf ein Reh im ersten Dämmerlicht. Fragt mich, wie süß gewilderter Rehbraten schmeckt, oder nach den anderen Dingen, die ich als Knabe getrieben habe. Darauf könnte und würde ich Euch mit Freuden Antwort geben. Doch wenn Ihr nach dem Vertrauen in andere fragt, das man wie ein versengtes und zerfetztes Feldzeichen hochhält, und wie ein dummer Bursche herumläuft, der es einfach nicht besser weiß, als dieses Banner zu tragen, glaubt er doch, die Ehre gebiete es, die Fahne zu schützen und bis zu seinem Ende hochzuhalten, was soll ich darauf antworten? Mylord, ich bin nur ein Mann vom Land, der Sohn eines Handschuhmachers. Warum verlangt Ihr von mir, mehr zu sein? Über die Kompliziertheit meines Herzens oder wann ich treu bin und wann nicht, weiß ich nur sehr wenig. Ich habe keinerlei Kenntnis davon und will wahrscheinlich auch nicht in mein Herz hineinsehen, denn womöglich beschämt mich das zutiefst, was ich dort erblicken muß. Was ich Euch hier und jetzt sage, sind keine Zeilen für ein Stück oder einen Schauspieler. Ich spreche für mich selbst, und das ist eine Privatangelegenheit, bei der es in mir wie Feuer brennt.«

Southampton sah ihn intensiv an. »Spürt Ihr denn Dinge, die Ihr nicht auszusprechen vermögt? Ich habe eher den Eindruck, Ihr wollt nicht darüber reden. Niemand versteht sich so geschickt auf den Umgang mit Worten wie Ihr. Zu lange habe ich mich in Eurer Gesellschaft befunden, um das nicht zu wissen. Und jetzt versteckt Ihr Euch hinter dieser Gabe!«

Shakespeare atmete scharf ein, ehe er entgegnete: »Ich muß, denn meine Kehle versengt vor Scheuheit, und nur mit Widerwillen bekomme ich Worte heraus, die mit meinen Herzensangelegenheiten zu tun haben. Wo ich herstamme, Mylord, gilt es als unmännlich, viel zu reden. Wir leben und empfinden intensiv, doch über die meisten Dinge schweigen wir. Und wenn wir sterben, ist der Gedanke an uns bald erloschen. Ich bin der Sohn meines Vaters. Etwas zu ernst, und vielleicht auch etwas zu stumpfsinnig. Ich darf es mir nicht gestatten, alles zu wissen, was ich fühle oder ersehne, denn dann würde ich mich selbst dafür tadeln. Und glaubt mir, es ist nicht leicht, den Körper mit einem Mann zu teilen, auf dessen Art man verächtlich hinabblickt. Ich stehe hier nicht als Will Shakespeare, der Stückeschreiber und Meister des Worts, vor Euch, sondern als ein Will, den ich selbst nicht kenne oder verstehe. Dieser Will ist mir ein Fremder, Mylord, und fast könnte man sagen, er ängstigt mich; denn ich weiß nicht, was er alles treiben wird, um mich in Schimpf und Schande zu stürzen.«

Southampton trat zu William und blieb dicht vor ihm stehen. Er nagte an seiner Unterlippe, sah hierhin und dorthin, und seine Brust bewegte sich unter dem langen Umhang. Dann platzte es aus ihm heraus: »Ich habe noch nie einen Mann wie Euch kennengelernt, Will.«

»Und ich noch keinen wie Euch, Mylord ... oder soll ich Harry sagen, wie Ihr es mir einmal erlaubt habt?«

»Ach, bitte, tut das nicht ...«

»Bitte, Mylord«, entgegnete William und biß die Lippen zusammen. »Entspricht es nicht mehr Eurem Wunsch, Euch beim Vornamen zu nennen?«

»Wieso? Ruft mich ruhig Harry.«

»Aber was dann? Was soll ich nicht mehr tun?«

»Ihr sollt mich nicht mehr lobpreisen, bloß weil ich Euer Mäzen bin.«

»Das werde ich niemals tun.«

»Schwört es mir bei Eurem Leben!«

»Mylord, ich schwöre es feierlich!«

Der Graf verschränkte nun die Arme vor der Brust, als müsse er sich vor Shakespeare schützen, schob das Kinn vor wie ein Schuljunge, der einen anderen herausfordert, und fragte streng: »Warum habt Ihr mir dann diesen Brief geschrieben?«

»Warum? Weil mir Eure Gesellschaft unendlich wertvoll ist und weil ich sie vermisse ... und weil ich nicht mehr weiß, wo ich stehe. Ich bin mein Leben lang ohne euch ausgekommen, teurer Mylord, aber jetzt wieder auf Euch verzichten zu müssen erscheint mir als solcher Verzicht, daß meine Seele sich wohl nie von solcher Wunde erholen könnte.«

»Aber ich weiß nicht, was ich von Euch will!« rief Southampton. »Ich weiß nicht, was ich möchte oder was ich von Euch haben könnte ...« Unvermittelt zog er den Schauspieler an den Ärmeln zu sich heran. Sein Kopf schnellte vor, und er küßte William mitten auf die Lippen. Ein dunkler Schleier legte sich vor Shakespeares Augen. Unfähig nachzudenken, hob er die Hände, als müsse er sich verteidigen. Und dabei stellte William fest, daß er am ganzen Körper zitterte und nicht in der Lage war, etwas von sich zu geben.

Der Graf verschränkte wieder die Arme vor der Brust. »Nun, so wie die Dinge stehen, habe ich Euch auch sehr vermißt. Ich verspüre eine seltsame Liebe zu Euch und weiß nicht, wo sie herrührt. Mich dürstet nach Euren Zeilen und Eurer Weisheit, und es gelingt mir einfach nicht, Euch aus meinem Herzen zu verbannen.«

Henry drehte sich um, marschierte mit großen Schritten ans Fenster und starrte nach draußen. »Ich bin den Umgang mit Bediensteten gewohnt«, erklärte er zurückhaltend, »doch mit Euch verhält es sich irgendwie anders. Ihr seid viel mehr als ein Diener, doch wie es dazu kommen konnte, vermag ich nicht zu ergründen.«

Southampton wischte sich über den Mund und rief dann: »Ich brauche etwas, eine Sache oder eine Idee, für die es sich zu sterben lohnt! Bei Gott, das will ich! Mich drängt es danach, hinaus in den Krieg zu ziehen und in jungen Jahren in Ehren zu fallen! Ach, Herr, warum bin ich so viele Männer in einem Körper? Der eine möchte nur mit Euch fortgehen, und ich kann es mir nicht erklären. Kommt, wir wollen gemeinsam in den Krieg ziehen. Wir streiten nebeneinander und geben für den anderen das Leben, so wie es die Helden in den alten Zeiten getan haben!«

So als könne er es nicht länger ertragen, eilte der Graf zum Tisch zurück, nahm das Schwert an sich, das auf dem Läufer lag, zog es heraus, setzte sich hin, legte die Klinge aufs Knie und fing an, sie mit einem weichen Tuch zu putzen. »Mein Vater hat immer gesagt, ein Mann müsse sein eigenes Schwert pflegen ... Wartet, ehe ich's vergesse. Nehmt dieses Geld hier, es gehört Euch. Nehmt es, und dann reden wir nicht mehr darüber.«

William rührte sich nicht, denn seine Lippen glommen immer noch von dem Kuß, und seine Kehle war heiß und trocken, als brennten dort glühende Kohlen.

»Dann hört Euch ein weiteres Gedicht auf Eure Person an«, entgegnete er schließlich. »Eines von denen, die ich Euch nicht sandte.« Shakespeare zog ein paar Blätter aus seinem Wams. Für einen Moment zögerte er. Dann richtete er den Blick auf die hohen Fenster, die nach unten auf den Hof wiesen, und begann mit klarer Stimme zu sprechen:

»Wenn ich, vom Glück verschmäht und Menschenblicken,
Mein ausgestoßnes Dasein still bewein',
Und, mich betrachtend, fluche den Geschicken,
Daß taub der Himmel bleibt bei meinem Schrei'n,
Und wünsch', ich wär an Hoffnungen so reich
Wie mancher, so befreundet, so geboren,
In Kunst, in Freiheit dem und jenem gleich
Am mind'sten froh bei dem, was ich erkoren: ...«

Der Graf sah nicht auf und fuhr damit fort, den Stahl zu reiben. Das lange Haar fiel ihm über das ernste Gesicht mit den Stirnfalten, und von unten ertönten Hundegebell und das Kichern einer Magd.

»... Doch – denk' in solchem Selbstverachtungstraum
Von ungefähr ich deiner, jauchzt mein Leben

Wie Lerchen, die vom dumpfen Erdenraum
Frühjubelnd sich zum Himmelstore heben.
So macht Erinnrung an dein Lieben reich,
Daß ich's nicht hingäb' um ein Königreich.«

Der Jüngling schwieg danach für einige Momente, so als warte er auf mehr. Dann legte er die Klinge auf den Tisch und sagte: »Dessen bin ich nicht wert, Will, aber trotzdem danke ich Euch dafür.« Er erhob sich, stand einen Moment unschlüssig da und trat dann zu Shakespeare, um ihn zu umarmen und ihm zu gratulieren.

William schwieg, hob Southamptons Hand, küßte die Handfläche, verbeugte sich und ging.

In der nächsten Zeit sahen sie sich kaum. Henry fiel bei Hof ein wenig in Ungnade und reiste nach Frankreich. William packte mit einigem Unwillen seine Sachen und begab sich wieder auf Tournee. Die kleine Truppe aus ein paar Männern und Knaben gab eine stark gekürzte Version der Heinrich-Stücke, und jeder Schauspieler bekam sehr viele Rollen. So konnte es geschehen, daß in der einen oder anderen Szene die Charaktere verwechselt wurden; oder daß jemand mit breitem französischem Akzent sprach, wenn er eigentlich einen englischen Kirchenmann geben sollte. An jedem Abend wurde die Summe aufgeteilt, die an der Tür eingenommen worden war. Shakespeare beendete in einer Nacht die erste Hälfte seines Stücks über König Richard im Schein des Herdfeuers einer Herberge, während jenseits der Steinmauern die Grillen im hohen Gras zirpten. *Entstellt, unfertig und vor meiner Zeit in die atmende Welt geschickt, so lahm und unansehnlich, daß gar die Hunde mich anbellen, wenn ich vor ihnen stehenbleibe …* Die Küchenmagd stand da mit einem großen Topf in den Armen und zwinkerte William zu, wenn er aufblickte. Er starrte sie an, und danach lag er öfters nächtelang mit diesen Worten Richards auf den Lippen wach.

Der Mai zog ins Land, und einmal schlief Shakespeare lieber draußen in einem Feld, als eine weitere Nacht im Dreck einer billigen Herbergskammer zu ertragen. Er lag unter den Bäumen auf dem Rücken und dachte über das nach, was Southampton ihm einmal, wenn auch leicht dahergesagt, erklärt hatte: daß nämlich William seine Jugend hinter sich habe. Seine Gedanken flogen zu seinen Kindern und von diesen weiter zu Henry, der sicher gerade amüsante Gesellschaft in einem Pariser Herrenhaus genoß. Vielleicht hatte er sich auch an einen Tisch gesetzt, an dem irgendein Glücksspiel betrieben wurde; denn solches liebte er sehr. Der Jüngling schrieb ihm nur einmal, und dann auch sehr kurz, und Shakespeare fragte sich besorgt, ob Southampton seiner Dichtkunst müde geworden war und mittlerweile Marlowes feurigere Verse bevorzugte. Wenn der Mäzen ihn wirklich verstieß, was blieb ihm dann noch? Sein Leben kam ihm trotz aller Vielfältigkeit seltsam leer vor, so als sei die Seele daraus entschwunden. William gab sich alle Mühe, nicht an Henrys Kuß zu denken, denn der verwirrte ihn nur, konnte er ihn doch überhaupt nicht verstehen.

Nach der Tournee kehrte er in seine Kammer in der Bishopsgate zurück, und an einem sonnigen Juninachmittag saß er gerade an seinem Tisch, als zwei Schauspielerkameraden hereingestürmt kamen und vor lauter Tränen kaum sprechen konnten. Christopher Marlowe war tot.

Shakespeare rannte sofort zum Drury House, eilte die Stufen zum Schlafgemach Seiner Lordschaft hinauf und fand ihn dort bäuchlings auf dem Bett vor, das Gesicht in das Laken vergraben.

»Dieser Narr!« flüsterte Southampton grimmig. »Dieser Idiot. Sich in einer Wirtshausrauferei niederstechen zu lassen! Aber haben wir nicht immer gewußt, daß es so mit ihm enden würde?«

Der Jüngling sprang auf, rannte aufgeregt in dem Raum auf und ab, und als er am Ankleidetisch vorbeikam, fegte er voller Zorn eine Schale aus blauem venetianischem Glas zu Boden.

William lief langsam zum Fluß. Die Tränen rannen ihm über die Wangen, und ein Kloß saß ihm in der Kehle. Mit hängenden Schultern stand er am Ufer und starrte über das schmutzige Wasser auf das Theater am anderen Themseufer. Was ihn anging, konnte die Welt ruhig untergehen, wenn da nicht einige wenige Menschen gewesen wären, die er von Herzen liebte. Kit

Marlowe hatte zu diesen gehört, und nun erhielt Shakespeare keine Gelegenheit mehr, ihm zu gestehen, wie sehr er ihn gemocht hatte.

Da William in seinem Kummer und Schmerz nichts anderes mit sich anzufangen wußte, machte er sich wieder über die Arbeit her. In der Kammer lagen überall Stapel mit steifem Pergament herum. Er hatte die Seiten aus dem Rechnungsbuch einer aufgelösten Abtei herausgerissen und mit einer Kordel zusammengebunden. Jedes stellte ein unfertiges Stück dar, und auf sämtlichen waren hastig gekritzelte Notizen und Hinweise von der Art zu finden: »Hat in Richards Herz nicht die allerkleinste Freundlichkeit gewohnt?« oder »Bei Tom Morley nachschlagen – Mittsommerserenade!« Ein Stapel enthielt die wachsende Zahl von Sonetten, welche seine ganz private Welt darstellten. Viel zu oft war er zu beschäftigt, um Emilia zu besuchen.

Die Monate vergingen, bis der erste Frost in die Stadt zurückkehrte. Die Komödie, die er dem Grafen versprochen hatte, lag in den letzten Zügen. Manche Passagen kamen ihm fade vor, während er bei anderen laut lachen mußte und vor Vergnügen die Feder in die Luft warf. Zu Zeiten widerstrebte es ihm, weiter an dem Stück zu schreiben, und zu anderen konnte er überhaupt nicht mehr damit aufhören. Die Komödie erzählte von einer Gruppe Jünglinge von vornehmer Geburt, die gemeinsam den Schwur leisten, drei Jahre lang aller weiblichen Gesellschaft abzuschwören und ein Leben in Keuschheit und Studium zu führen. Das hehre Vorhaben läßt sich natürlich nicht durchhalten; denn alle diese Jungmänner verlieben sich, und einer nach dem anderen wird dem Schwur untreu und ergibt sich dem natürlichen Streben und Trachten aller Männer.

Das Stück sollte in einer Privatvorstellung aufgeführt werden, und viel von seinem Witz steckte zwischen den Zeilen. Shakespeare nannte das Werk *Verlorene Liebesmüh*, und es erblickte am Dreikönigsabend im Drury House das Licht der Welt.

Der Duft des zu solchen Anlässen bestellten Parfümeurs hing dicht über den Binsen in den Gemächern, als die Schauspieler, Musikanten, Kulissenmeister und Knaben ein paar Stunden früher erschienen, um die Bühne aufzubauen. Man wies ihnen zwei angrenzende Kammern zu, wo sie sich umziehen konnten. Bald waren Truhen und Bänke mit Perücken, Kostümen, Handschuhen, Federhüten, Reifröcken und Duftbeuteln übersät. Ein Spiegel mit Sprung stand an der Wand, und als die zehnte Abendstunde näherrückte, in der die Komödie aufgeführt werden sollte, erhob sich das Rascheln unverschnürter, ungebundener und sonstiger unerledigter Dinge, das jedem Auftritt vorausgeht wie das Anschwellen lauter Stimmen.

Mit letzten Erklärungen, Schmeicheleien und mitunter auch brüllend bewegte sich William zwischen den Schauspielern und beantwortete jede einzelne Frage, gleich ob es darum ging, von welcher Seite man die Bühne betreten solle, oder um einen Tanzschritt oder die Art, wie ein Hut getragen werden sollte. Irgendwer hatte die Noten für ein Lied zu Hause liegenlassen, und so wurde rasch eine andere Weise gefunden. In einer Ecke standen Männer und Knaben beisammen, zählten leise die Sekunden bis zu ihrem Einsatz und probten auf dem beengten Raum ihren Tanz.

Shakespeare selbst spielte den Berowne, den dritten Jüngling, der auf drei Jahre der Liebe entsagen will. Er stand in einer anderen Ecke und murmelte mit gerunzelter Stirn seinen Text, während ein Kollege die silberbestickten, geschlitzten Ärmel an sein Wams band.

Durch den Spalt einer offenstehenden Tür konnte William einen Blick in den Saal werfen. Dort herrschten nicht länger Halbdunkel und leere Sessel und Bänke vor. Inzwischen glitzerte alles vom Licht ungezählter Kerzen, und das Geräusch weiblichen Lachens stieg wie der Klang heller Glöckchen zu der hohen Decke empor. Hier versammelte sich kein gewöhnliches Publikum wie das, welches bei Wind und Wetter in den offenen Theatern ausharrte. Hier erschienen die Würdenträger des Hofs, die nicht nur kamen, sich das Stück anzuschauen, sondern auch, um selbst gesehen zu werden. Schwärme von Damen, die dufteten wie Blumengebinde, wanderten umher, einander zu begrüßen, und zogen sich von Zeit zu Zeit in eine Ecke zurück, um den Sitz ihrer schweren Reifröcke zu richten. Eine jede trug ausreichend

Gewänder und Schmuck zur Schau, um vom Reichtum ihrer Familien zu künden, und keine von ihnen hatte versäumt, sich den Busen hochzubinden und so weit bloßzulegen, daß die Spalte zwischen den Brüsten bis auf den Grund zu erkennen war. Unzählige Nadeln und viel Duftöl hielten die kunstvollen Hochfrisuren der Ladies aufrecht. Die Männer aus den Gerichtshöfen oder den Palästen hatten sich die Bärte parfümiert und präsentierten sich in schweren, mit Goldfäden durchwirkten Samtanzügen, und ihre Hosen und Wamsärmel waren dick mit Bombast wattiert. Diener eilten unterwürfig zwischen den hohen Herrschaften einher und boten auf Platten gesüßten Wein, Pasteten oder mit Rosmarin gewürzte Fleischküchlein an.

Shakespeare zog sich der Magen zusammen. Die Komödie mußte ein Erfolg werden, durfte sich einfach nicht als Fehlschlag erweisen.

Emilia zeigte sich ebenfalls und erschien umgeben von Freunden und Freundinnen. Sie trug eine goldgelbe Frauenjacke und darunter ein ebensolches Kleid, und sie hatte sich Perlen in die Hochfrisur stecken lassen. Sie trippelte auf Chioppines herein, und ihr weißer, blanker Busen glänzte im Kerzenlicht. Die Italienerin wirkte wie ein Juwel unter billigem Tand, während sie ihre Runde zog und hier und da eine Dame begrüßte. Eine besondere Erregung ergriff William, wußte doch außer ihm niemand, daß sie ganz allein ihm gehörte.

Die Trompete erscholl, und die Schauspieler und schönen Knaben, welche man in Leibchen geschnürt und an den richtigen Stellen mit Stoff ausgestopft hatte, versammelten sich an der Tür. Die Musikanten spielten zum Tanz auf, und mit einem Schrei sprangen die Schauspieler auf die Bühne und trugen brennende Fackeln vor sich her. Die Zuschauer hatten sich auf den Bänken und Sesseln niedergelassen oder standen in kleinen tuschelnden und lachenden Gruppen herum, während vorn die ersten Szenen gespielt wurden, in denen der Fürstensohn und seine Gefolgsleute ihren Schwur leisten.

Sobald Shakespeare von der Bühne konnte, eilte er in die angrenzenden Räume und ermunterte die Knaben, hell und laut zu singen, zog die Saiten einer falsch gestimmten Laute nach und bemängelte bei einem Schauspieler den losen Kniebund der Satinhose. So folgte Aufzug auf Aufzug, und die Fürsten und ihre Damen auf der Bühne nahmen die Herzen des Publikums gefangen. Dann hatten auch der Possenreißer, der Schulmeister und der Pastor ihren Auftritt, die ebenfalls durch die Liebe in eine mißliche Lage geraten waren.

William war überall gleichzeitig, und er hielt nicht einmal inne, um einen Becher Ale zu sich zu nehmen.

Die Liebe erlebte am Ende ihren Triumph, der letzte Tanz wurde aufgeführt, die Schauspieler verbeugten sich, und aus mehreren Ecken des Saals erschollen Rufe nach dem Dichter. Shakespeare zeigte sich schließlich wieder auf der Bühne, immer noch angetan in langer Lockenperücke und weißem Wams, das man mit Silberfäden bestickt hatte. Er wußte nicht, ob es an den Kerzen oder an seinem Stolz lag, daß ihm die Wangen brannten – oder vielleicht an Southampton, den er schon so lange nicht mehr gesehen hatte und der nun an den Bühnenrand stürmte, um zu applaudieren und die anderen aufzufordern, es ihm gleichzutun.

Als William die Bühne wieder verließ, legte der Graf ihm eine Hand auf den Arm. »Wohlgetan!« flüsterte er ihm ins Ohr. »Wie geschickt Ihr unsere Freunde hineingearbeitet habt! Den guten Florio und all die anderen. Ich habe gelacht, bis mir der Bauch weh tat.«

Dieses leise geäußerte Lob war Shakespeare eine solche Labsal, daß ihm heiß wurde, als litte er an Fieber. Doch dann sah er, wie viele Menschen sich hier drängten, und er entgegnete nur murmelnd: »Zu gütig, Mylord.«

»Kommt, ich muß ein paar private Worte mit Euch wechseln.«

Southampton drängte William in einen Flur, durch den Diener mit Silbertabletts voller Weinpokale oder Speisen liefen. Der Graf schüttelte den Autor spielerisch, drängte ihn gegen eine holzgetäfelte Wand und flüsterte ihm bestürmend zu: »Oh, Ihr kleiner Teufel! In dieser Nacht habe ich herausgefunden, welche Eure Geliebte ist: die dunkelhäutige kleine Ausländerin mit dem hübschen Busen und dem schwarzen Haar! Nun weiß ich auch, warum ich Euch so lange nicht mehr zu Gesicht bekam – ihretwegen!« Der Jüngling klang schmollend, und als Shakespeare ihm ins Gesicht sah, stellte er verblüfft fest, daß Henry ehrlich verletzt wirkte.

»Ich muß protestieren, Mylord«, entgegnete er ebenso leise. »Ihr habt mich nicht zu sehen bekommen, weil Ihr nicht nach mir schicktet!«

»Aber, Shakespeare, was habt Ihr Euch da nur für eine Schöne ausgesucht! Die ganze Stadt weiß doch, daß diese Italienerin die Mätresse von Ihrer Majestät Vetter und Offizier ist. Ihr Satansbraten! Wenn Ihr sie schon nicht allein für Euch besitzt, macht es Euch sicher nichts aus, sie mit noch jemandem zu teilen ...«

In diesem Moment traten mehrere Männer auf sie zu und redeten auf Southampton ein. Dieser boxte sie gutgelaunt auf den Arm, und ihre Stimmen erhoben sich zu Geschrei. William verfolgte, wie seine Kameraden in den Nebenräumen verschwanden, um sich ihrer Kostüme zu entledigen, und er spürte die Enttäuschung darüber, daß seine intime Unterhaltung mit Henry so abrupt unterbrochen worden war. Als der Graf dann mit geistesabwesender Miene zu ihm zurückkehrte, hatte er dieses Haus und seine vornehmen Gäste, die ihn schnitten oder durch ihn hindurchsahen, gründlich satt. Er wollte nur noch weit fort und an einem Ort sein, wo er in aller Ruhe darüber nachdenken konnte, ob er heute abend einen Erfolg errungen hatte oder nicht.

Southampton sprach von seinem Zorn auf die Königin, der wohl durch irgend etwas erweckt worden war, was man ihm zugetragen hatte. Er warf das Haar in den Nacken, lehnte sich dann gegen die Wand, senkte die Stimme und redete über ganz andere Dinge, so als habe er die Komödie und Emilia vollkommen vergessen. Offensichtlich hatte Henry bereits zuviel getrunken, auch wenn man ihm das nur bei einem Blick in die wunderschönen Augen oder an einem hin und wieder mit schwerer Zunge gesprochenen Wort anmerken konnte.

Aus dem Saal ertönte lautes Gelächter von einer Gruppe Gäste, die noch geblieben waren. Auf der Bühne wurden die Stühle und anderen Kulissengegenstände abgebaut, die zur Ausstattung der einzelnen Szenen gedient hatten. William verbeugte sich vor seinem Förderer. »Die Schauspieler verlangen nach mir, Mylord, und ich muß Euch leider eine gute Nacht wünschen.«

»Oho!« rief der Jüngling. »Das ist aber nicht sehr fein von Euch! Im Namen der Barmherzigkeit muß ich Euch bitten, bei mir zu bleiben, bis die letzten Gäste gegangen sind. Meine Mutter ist ebenfalls anwesend, und ich kann ihre Gegenwart nicht ertragen. Wartet! Wir verkleiden uns und suchen ein Wirtshaus auf. Ja! Wir geben uns als zwei deutsche Reisende aus, die sich bei dem Bemühen, Englisch zu sprechen, die Zunge verrenken. O ja, kommt!«

Shakespeare schüttelte den Kopf: »Das müssen wir auf morgen verschieben, denn niemand weiß so gut wie ich, wieviel Arbeit nach der Vorstellung noch auf einen wartet.« Er fügte aber nicht hinzu, daß Southampton wahrscheinlich wieder vergessen würde, ihm eine Nachricht zu senden ... William fühlte sich unsäglich traurig und wollte sich davon nichts anmerken lassen.

»Ach, Shakespeare!« rief der Graf. »Ich wünschte, Ihr müßtet nicht gehen. Aber kein Mann ist in seinem Leben frei, nicht wahr? Und Ihr seid viel freier als ich, das schwöre ich! Und jetzt eine gute Nacht, Ihr Pißpott!«

William schlich durch den sich leerenden Saal, lächelte matt über die wenigen Komplimente, die er jetzt noch erhielt, gelangte in die Nebenkammern und fing müde an, sein silberbesticktes weißes Satinkostüm und die Perücke auszuziehen. Danach rieb er sich mit einem Lappen das Rouge aus dem Gesicht und von den Lippen. Hatte er mehr Ehrungen erwartet, oder daß man ihn länger preisen würde? Der Kopf schmerzte ihm, und er wollte jetzt nichts anderes mehr, als nach Hause zu gehen, sich allein in sein Bett zu legen und sich mit seiner unerklärlichen Unzufriedenheit ins Kissen zu drücken.

Doch als sie alle im Hafen die schaukelnde Fähre bestiegen, um sich ein Stück flußabwärts zu den Lagerhäusern befördern zu lassen, von denen aus es nicht mehr ganz so weit zu ihren Straßen war, fiel ihm der Blick wieder ein, den Emilia Bassano ihm zugeworfen hatte. Und von da an verlangte ihn weniger nach Einsamkeit als nach dem Feuer ihres weichen Körpers. »Ich muß hier raus«, murmelte er, noch ehe sie abgelegt hatten, und stieg über Heminges. »Nun bewegt schon Eure Knie zur Seite, Jack, sonst bringe ich noch das Boot zum Kentern.«

»Wo wollt Ihr hin? Sagt es mir bitte.«

»Hierhin und dorthin.« Im Licht der Kahnlaterne sah Shakespeare seinen Freund an und bemühte sich, Miene und Stimme Gelassenheit zu verleihen. Aber dann fiel ihm ein, wie genau der Krämer ihn kannte. Er konnte tun oder sagen, was er wollte, dieser vermaledeite Mann würde ihn sofort durchschauen. William dachte an die Zeiten zurück, die sie gemeinsam in dem Kramladen in der South Side verbracht hatten; an die Wochen in Armut und eiserner Sparsamkeit. Manchmal hatten sie voreinander geweint; konnte es größere Intimität zwischen zwei Menschen geben? Er sah hinab auf Jacks Hand, die leicht auf seinem Arm lag. Ob der Freund ihm Halt verleihen oder ihn hindern wollte, zu der Italienerin zu gehen, wußte Shakespeare nicht zu sagen.

Als die Gefühle so stark in seiner Brust drängten, als wollten sie Wams und Umhang durchstoßen, wandte William den Blick ab, sah hinaus auf den dunklen Fluß und meinte mit erzwungenem Lächeln: »Wir gehen eben doch verschiedene Wege, Jack, und was der eine von uns sich wünscht, muß nicht unbedingt für den anderen erstrebenswert sein. So soll es sein, oder? Ihr seid jetzt an eine Familie gebunden, und ich bin auf meine Weise frei.«

Er spürte, wie der Druck der Hand an seinem Arm sich verstärkte, und der kalte Schnurrbart des Freundes kitzelte sein Ohr. »William, seid Ihr unterwegs zu der Musikantin Bassano? Sie ist die Kokotte unseres Mäzens! Sollte er dahinterkommen, was Ihr bei der Italienerin treibt, wird er seine Männer auf Euch hetzen oder läßt Euch ins Gefängnis werfen. Und uns würde dann wahrscheinlich alle Möglichkeit zum Auftritt genommen. Will, es sieht Euch gar nicht ähnlich, so unbesonnen zu sein.«

»Seine Lordschaft wird schon nichts entdecken.«

»Das sagt Ihr, mein lieber Freund.«

Shakespeare riß sich mit einem Ruck von ihm los und richtete sich auf. Dann sprang er an Land, zog den Hut und verbeugte sich vor der Kahnladung Schauspieler. Er band das Seil los, warf es dem Fährmann zu und verfolgte noch eine Weile, wie das Boot sich zum Klatschen des Ruders im schwarzen Wasser von ihm entfernte. Nach einiger Zeit schien der Nachen mit der Nacht verschmolzen zu sein und war verschwunden, als habe er nie existiert; als wären Akteure und Kulissen in eine andere Welt entschwunden und hätten ihn mit seinen Gelüsten hier auf dem nassen Pier allein und in Gesellschaft der Lagerhäuser zurückgelassen.

Rasch eilte er durch die vertrauten mondbeschienenen Gassen nach Westen zu dem Haus von Lord Hunsdon und dessen Geliebter, die ja auch die seine war. Oh, Emilia! Ebenso dunkelhäutig wie unaufrichtig. Die Faszinierendste aller Frauen, welche in ihm ein solches Begehren erzeugte, daß es ihn wieder und wieder zu ihr drängte, weil er in ihren Armen etwas zu finden hoffte, von dem er bereits ahnte, daß es dort nicht vorhanden sei.

Wie schön die Italienerin war! So bezaubernd, daß Männer ins Seufzen gerieten, und dabei gehörte sie ihm ganz allein! Der Gedanke schmeichelte William sehr und erregte ihn gleichzeitig. Er, der Junge vom Land, hatte solche Schönheit nicht nur erobert, sondern auch ganz für sich gewonnen! Hunsdon, ihr offizieller Liebhaber, der unfähig war, sie zu besteigen, spielte dabei nur eine nebensächliche Rolle, wie Shakespeare sich verächtlich sagte. Dieser Edle mit all seinem Geld hätte sich vermutlich vor Zorn gewunden, wüßte er, wie wenig Bedeutung ihm beigemessen wurde.

Solcherart hochgestimmt erreichte William den hinteren parkartigen Garten am kleinen Hof mit seiner Wasserfontäne und seinen Statuen und pfiff leise vor Begeisterung, als er das kleine gelbe Taschentuch entdeckte, welches schlaff vom Fenster hing und verkündete, daß er ungestraft zu Emilia ins Bett kriechen dürfe. Die Italienerin hatte ihm vor einiger Zeit einen Schlüssel gegeben, damit er zu ihr kommen möge, wenn die alte Dienerin bereits eingeschlafen war. Diesen steckte Shakespeare nun ins Schloß, schlüpfte ins Haus und ertastete sich seinen Weg nach oben. Während er hinaufschlich, erinnerte er sich des Beifalls der Zuschauer und wie sie ihn auf die Bühne zurückgerufen hatten. Sein Herz schwoll vor Stolz mächtig an.

In der Kammer herrschte vollkommene Dunkelheit, und es roch nach gelöschten Kerzen, dem Staub der Wandbehänge und matt nach dem Parfum der zierlichen Frau. Kaum waren die Unterröcke ihrer Abendgarderobe und das Kleid mit den aufgestickten braunen Rosen auszumachen, die über dem Stuhl lagen, oder die zusammengerollten weißen Seidenstrümpfe davor auf dem Boden. Langsam schritt er auf das Bett zu, seine Stiefel raschelten leise über den trockenen Stroh- und Binsenbelag, und sein Unterleib erwärmte sich vor Freude darüber, sie in wenigen Momenten berühren zu dürfen.

Dann blieb er plötzlich stehen, hielt eine Hand ans Wams, dort, wo sein Herz immer schneller schlug, und lauschte ... das Bett knarrte, eine Stimme flüsterte – und dann eine zweite ... ein leises Kichern, aber nicht von Emilia ... eindeutig von einem Mann ... Bei den Wunden Gottes, Seine Lordschaft, der Kämmerer der Königin! Heminges hatte recht mit seiner Warnung. Nun würde ihm die Hölle heißgemacht und den Kollegen womöglich auch.

Zitternd und elend, wie William sich fühlte, wäre er am liebsten sofort aus dem Raum geflohen, hätte er nicht ein weiteres Mal das Lachen gehört. Nein, das stammte nicht von einem alten Mann in Leidenschaft, sondern von einem Jüngling!

Ohne sich zu regen und so wie damals, als er mit den anderen im Wald zum Wildern unterwegs gewesen war, lauschte Shakespeare intensiv und sog prüfend die Luft ein. Dann griff er vorsichtig in seine Tasche, zog den Flintstein heraus und entzündete die kleine Kerze, die er stets bei sich trug. Mochte das Geräusch, das dabei entstand, auch nicht sehr laut gewesen und nur wenig Licht in der staubigen Kammer entstanden sein, hinter den Bettvorhängen trat schlagartig Stille ein.

Im nächsten Moment riß William den Vorhang zurück. Das funzelige Kerzenlicht fiel auf Emilias nackte Brüste und neben ihr auf einen zweiten Körper, eindeutig männlich und mit viel breiteren Schultern. Mit einer Willenskraft, von der Shakespeare nicht wußte, wo er sie herbezogen hatte, hielt er die Kerze weiter hinein und blickte in das Gesicht von Henry Wriothesley.

Mit einem lauten Schrei machte William auf dem Absatz kehrt und warf alles von Stuhl und Ankleidetisch. Die Kerze fiel in die Binsen, und Emilia sprang aus dem Bett, kroch auf den Knien zu der Flamme und erstickte sie. Mehr bekam Shakespeare in dieser Nacht nicht mehr von ihr zu sehen als sie auf den Knien, die Haare wie ein Vorhang vor dem Gesicht. Später konnte er sich überhaupt nicht mehr an Southamptons Aussehen erinnern, nur an etwas jugendlich Schlankes, Weißes und Verletzliches; und zu seinem großen Verdruß an jemand, den man genausowenig zu berühren wagte wie einen Geist, der an einem vorüberhuscht zu einem Ziel, von dem man lieber nichts wissen möchte.

Shakespeare konnte nicht nach Hause, wo ihn nur Leere und die halbfertigen Liebesszenen aus dem in Verona angesiedelten Stück erwarteten, die anderen, erst angefangenen Sonette, Henrys Briefe und Emilias Gedichte; dort würde er die Anwesenheit der beiden Menschen am meisten spüren, die ihm von allen am teuersten waren.

So lief er zur Stadt hinaus in Richtung Theater und mußte sich in seiner vollkommenen Erschöpfung mehrmals an eine Wand lehnen und verschnaufen. Der Wächter nickte ihm freundlich zu und wunderte sich kaum darüber, Shakespeare so früh hier eintreffen zu sehen, war dieser Mann doch für seinen Arbeitseifer bekannt. Er schloß sich in dem Raum hinter der Bühne ein und starrte auf die Kostüme, als habe er sie noch nie zu Gesicht bekommen. Dann kehrte die Erinnerung an das zurück, was er vorhin hatte erblicken müssen. Er stöhnte laut und hieb mit der Faust so oft gegen die Tür, bis die Knöchel aufgeschlagen waren und bluteten.

Die Dämmerung kroch noch nicht über die Türme der Stadt, als er hörte, wie draußen ein Pferd gezügelt wurde, jemand dem Wächter einen scharfen Befehl zurief und dann versuchte, die Tür zu öffnen. Aber Shakespeare stellte sich dagegen, blickte verwundert auf seine Hände, die jetzt zu schmerzen begonnen hatten, und starrte dann auf all die Kulissenteile, welche ihm so vertraut waren und die er jetzt doch nicht wiedererkannte.

Nach einem Moment zog er den Riegel zurück, entfernte sich von der Tür und trat beiseite. Er brauchte gar nicht hinzusehen, weil er den scheuen und gleichzeitig wütenden Atem des jungen Adligen bereits spürte.

»Ich war bei Euch zu Hause«, rief Southampton, »und habe auch in allen Hurenhäusern und Schenken nach Euch gesucht. Wollt Ihr mich denn gar nicht anhören, Shakespeare?«

»Nein, will ich nicht.«

»Die Schuld trifft nicht allein mich.«

»Ach wirklich, Mylord?«

»Hört mich doch wenigstens an.«

»Kann ich Euch denn daran hindern?«

»Ich trat nur auf sie zu, um ihre Hand zu küssen. Wir waren uns nämlich schon bei mehreren gesellschaftlichen Anlässen begegnet, hatten aber noch kein Wort miteinander gesprochen. Dies war, als die Musikanten gerade das Interludium spielten, bevor Ihr ein weiteres Mal auf die Bühne tratet, um mit dem Stück fortzufahren. Und als Ihr dann auf den Brettern tanztet, standen wir zusammen, und sie bat mich, in der Nacht zu ihr zu kommen. Ich entgegnete, das würde ich gewiß nicht tun, um Eurer Ehre willen nicht, und sie füge Euch ein Unrecht zu, wenn sie solches von mir verlange ... Aber dann ging sie mir den ganzen Abend nicht mehr aus dem Kopf. Und als die Komödie dann zu Ende war, habe ich Euch doch eindringlich gebeten, mich nicht allein zu lassen. Zwar sagte ich, wegen meiner Mutter, doch in Wahrheit aus dem Grund, weil ich spürte, daß die Versuchung zu groß für mich sein würde ... vor allem, weil ich doch, wie Ihr wißt, noch nie ... Aber Ihr seid gegangen, Shakespeare, trotz meines inständigen Bittens!«

»Sie forderte Euch auf zu kommen?«

»Ja, ziemlich eindeutig sogar. Aber was, dieses Bettringen war nichts Besonderes. Bloße Ertüchtigung des Leibes, und verglichen mit wahrer Freundschaft ...«

Er wollte William eine Hand auf den Arm legen, doch dieser wich mit einem Schrei vor ihm zurück und fragte dann zornbebend: »Wie könnt Ihr die Stirn besitzen, mich hier aufzusuchen?«

»Ich wollte doch nicht, daß Ihr es erfahrt!« rief der Graf verzweifelt.

»Wäre die Untat denn geringer gewesen, wenn Ihr sie geheimgehalten hättet?« erwiderte Shakespeare und trat zu den schweren Holzgestellen, von denen die dicken Kostüme hingen. Er zog eines heraus, dann ein zweites und immer mehr von den gefütterten Brokatgewändern mit ihren aufgesetzten französischen Wappenlilien, den Fleurs-de-lys, und Goldstickereien, bis alles auf dem Boden lag, so als wolle er eine Barrikade errichten, die niemals von Southampton überwunden werden könnte.

»Seht Ihr dies hier, Mylord? Dieses und jenes, das da und auch das da drüben! Hier die Robe eines Königs, dort das Gewand eines Bischofs ... da haben wir auch eine Krone und da eine Mitra. Alles nur bemalter und gefärbter Stoff, geschickt gebogen und mit den rechten Ornamenten versehen. Doch dieses hier ist genausowenig Gold, wie ich klug beraten bin, einem Freund zu vertrauen. Deswegen nennen wir sie ja auch nicht Gewänder, sondern Kostüme. Sie sind Gebrauchsgegenstände, Kulisse für Rollen und ansonsten nichtig und leer ...«

Shakespeare riß weitere Stücke herunter, schleuderte sie ebenfalls auf den Boden und trat gegen den Haufen. »Dies alles hier ist nur Hohlheit, Leere und Nichts. Doch vor Euch seht Ihr mich, einen echten Menschen, der zutiefst betrübt ist! Ein Mann, der es sich nicht erklären kann, daß ausgerechnet derjenige, welchen er liebt, ihn so hintergehen mußte! Seid Ihr so behütet von der Welt aufgewachsen, daß Ihr falsch nicht von richtig zu unterscheiden vermögt? Oder daß Ihr nicht wißt, daß ich blute, wenn Ihr mich stecht? Was wißt Ihr überhaupt, Mylord?«

Der Jüngling war mit gerötetem Gesicht vorgetreten und streckte die Hände aus, als wolle er dieser Tirade Einhalt gebieten. William hob ebenfalls die Hände, doch nur, um ihn von sich fortzustoßen.

»Ich bitte Euch aus tiefstem Herzen um Verzeihung!« stöhnte Southampton. »Denn ich glaubte, es würde Euch wenig ausmachen, die Maid mit einem anderen zu teilen. Emilia ist doch frei für jeden rechten Mann, als Hunsdons Hure, und wer weiß schon, was sie vorher getrieben ...«

»Schweigt, Mylord!« In diesem Moment war William so rasend vor Zorn, daß nicht viel fehlte, und er hätte den Grafen geschlagen. Er konnte nur noch an die Truhe vor ihm mit den Stöcken und den stumpfen Theaterschwertern denken. Ein rascher Griff, und er besäße eine Waffe ...

Für einen langen Moment rührte sich keiner der beiden. Dann schluckte der Jüngling mehrere Male, wandte sich ärgerlich ab und sagte dann mit brüchiger Stimme: »Ich habe Euch tief verletzt ...« Henry konnte die Tränen nicht länger zurückhalten. »Großer Gott, Shakespeare, ich habe Euch zu sehr verletzt! Bei allen Himmeln ...«

Die innere Aufgewühltheit des Schauspielers verebbte, und er stand wie benommen da. Für einen Moment wünschte er, diesem jungen Mann niemals begegnet zu sein und jetzt seiner Wege ziehen zu können. Doch dann überkamen ihn unvermittelt Liebe und Mitgefühl. Da sie keinen Auslaß fanden, drängten sie gegen die Rippen seiner Brust, bis er glaubte, die Knochen brechen zu hören.

Henry war auf die Knie gesunken und bedeckte das Gesicht. Für eine Weile stand Shakespeare mit verschränkten Armen da. Dann ging er vor dem Mann in die Hocke, legte ihm eine Hand auf die Schulter und berührte mit der anderen das feuchte Gesicht. Neue Bitterkeit befiel ihn, und der folgte Erstaunen über sich selbst, wollte er Southampton doch anfahren: Ja, weint nur, aber geben Eure Tränen mir meine Ehre zurück?

Doch statt dessen wischte er mit den Fingern die Zähren fort, die über das glatte jugendliche Gesicht rannen, und spürte, daß er selbst so stark zitterte, als wolle er zerspringen, um nie mehr derselbe wie jetzt zu sein. Ganz gewiß war es doch für einen Körper unmöglich, heil und komplett zu bleiben, wenn in seinem Innern die widersprüchlichsten Gefühle mit solcher Macht gegeneinander rangen.

»Ich habe Euch verwundet«, jammerte der Jüngling noch einmal.

»Ja, sehr sogar«, erhielt er grimmig zur Antwort.

»Bei der Gnade Christi, es tut mir so leid ... dabei habt Ihr selbst es mir gesagt ...«

»Was habe ich Euch gesagt?«

»Daß Ihr Euch zu ihr hingezogen fühlt. In allen Farben habt Ihr mir das geschildert ... aber das kann doch nicht sein, Emilia ist es doch nicht wert! Ach, bei der Liebe Gottes! Haltet meine Hand. Ich sage, zur Hölle mit dieser Italienerin! Laßt uns so wie früher weitermachen. Kommt, wir wollen jagen gehen und Bowling spielen. Was wünscht Ihr Euch? Sagt es nur, und es sei Euer ...«

William schwieg, weil er nicht wußte, ob er seiner Stimme trauen durfte, und betrachtete die Miene vor sich, die langsam ihren alten Stolz zurückgewann. Shakespeare spürte in sich so viel zärtliche Zuneigung, daß er sich aufs neue fragte, ob ihm das Herz zu zerspringen drohte. Wie sollte er noch weiterleben können, solange sich solche Dinge in seiner Brust taten. Trotz aller Bitternis in sich wünschte er, dem Jüngling etwas zu geben; so wie man etwas mit Girlanden schmückt, das wenigstens ab und an Perfektion erlangt. Und nur eines besaß er, das dem Grafen wirklich etwas bedeutete – sein Verzeihen.

Für einen Moment schwoll seine Brust mit Weisheit an, und eine sonderbare, nie gekannte Freude stieg in ihm hoch, die den Triumph darüber ausdrückte, sein niederes Wesen besiegt zu haben. Er nahm Henrys schmale Hand und drückte sie fest. Southampton blickte mit bleicher Miene hoch, auf der sich abzeichnete, wieviel Kraft ihn der Kummer gekostet hatte.

»Dann steht zwischen uns wieder alles zum Besten?« fragte er leise. »Dafür will ich in aller Demut Gott danken ...«

Von Emilia hielt William sich fern. Eine Woche lang. Dann übermannte ihn die Lust, und sie landeten im Bett, wo er sie lange und leidenschaftlich liebte. Zwischen den Akten vergoß sie bittere Tränen der Reue und stammelte, sie habe nicht gewußt, was sie tat; sie habe sich dem Grafen in einem Moment größter

Schwäche hingegeben und es durchaus verdient, wenn Shakespeare nichts mehr von ihr wissen wolle; doch solle er sich gewiß sein, daß sie keinen anderen Schatz besäße als ihn.

Die Italienerin küßte wieder und wieder seinen Schnurrbart, seine Lippen und seinen kleinen Spitzbart. »Ich habe wahrlich schwer gesündigt. Ja, ich habe gefehlt und will heimlich Kerzen vor allen Heiligen entzünden.«

»Dann werdet Ihr mit diesem Mann nichts mehr zu schaffen haben?«

»Bei der Liebe Christi, das schwöre ich!«

»Kann ich Eurem Schwur denn trauen, Liebste?«

»Was fragt Ihr, seht Ihr denn meine Tränen nicht?«

»Gibt es noch andere neben mir?«

Seine Stimme war voller Eifersucht. Emilia aber wickelte den Morgenmantel um ihren Körper und rief wie eine Heilige: »Niemals! Was denkt Ihr denn von mir?« Und wieder traten Tränen in ihre wunderschönen Augen. Und sie senkte das Haupt und schüttelte wie eine Büßerin das Haar. Dennoch blieb ein gewisser Argwohn in Shakespeare zurück, und als er das Haus über die Hintertreppe verließ, schwor er sich leise, nie wieder zu der Italienerin zu gehen. Und im selben Moment wußte er, daß er das niemals würde einhalten können.

Den ganzen Winter verspürte William diese Unrast und Ungewißheit. In der einen Stunde vergab er Emilia alles, und in der nächsten spürte er seine Wunden brennen. Um dem Übermaß an Zärtlichkeit und Wut Herr zu werden, schrieb er mehrere Sonette, verkaufte einige davon und behielt die meisten zusammengerollt und verschnürt in seiner Truhe. Der Graf war wieder für einige Zeit unterwegs, und Shakespeare ging mit einer Truppe auf Tournee, so daß die beiden Freunde sich eine ganze Weile nicht zu Gesicht bekamen. Nur einmal begegneten sie sich und ritten dann im Wald aus. Sie sprachen dabei nur wenig miteinander, denn es gab zu viele Themen, an die man besser nicht rührte.

Nach einiger Zeit erfuhr er, daß der Jüngling und die Italienerin sich wieder trafen. Zuerst war William so betäubt, daß er gar nichts mehr in sich spürte. Und dann entstanden in dieser Leere neue und tiefere Gefühle, welche langsam heranwuchsen.

Sinnlichkeit zu erfahren ... wie den Geruch der Erde im Frühling, wenn er etwas davon in die Hand nahm und durch die Finger rieseln ließ, zusammen mit Blättern, Blüten und Holzstückchen. Sinnlichkeit hatte William zum ersten Mal in der Wärme des Mutterleibs erlebt, wo er zusammengerollt dalag und darauf wartete, geboren zu werden. Hatte sein kleiner Körper sich nicht hingereckt, als kräftige Hände ihn aus seinen Windeln hoben und kühle Luft ihn streifte; und hatte er dann nicht angefangen zu schreien, um von den Händen losgelassen und nur ja wieder in den rauhen Stoff gewickelt zu werden? So war es ihm in seinem ganzen Leben ergangen. Ständig strebte er danach, gebunden zu werden, und dann, frei zu sein. Seine ganze Existenz bestand darin, zwischen beiden Polen hin und her zu taumeln.

Sich selbst wahrzunehmen ... Wem hatten die Hände gehört, die ihn zum ersten Mal berührten und ihn das Individuelle allen Seins gelehrt hatten: Ich bin ich; worauf gleich der Wunsch nach menschlicher Gesellschaft gefolgt war. Ich bin ich, doch was bin ich ohne die anderen? Diese Gedanken mußten ihm schon durch den Kopf gegangen sein, noch ehe er Worte dafür besaß. Vielleicht, wenn er an der Brust seiner Mutter hing, bis sein Bauch voll und warm war; oder auch, wenn er schlief.

Nach einiger Zeit vermischten sich seine eigenen Empfindungen mit anderen aus seiner Umgebung. Der Schrei einer Eule in der Nacht; die Hitze, welche von Feuer ausging; das Krachen der Bettseile im Schlafgemach der Eltern; das Wispern des Windes in den Bäumen vor dem Haus, in welchem er aufgewachsen war; der Geschmack von festen, kühlen Äpfeln. William war die Bäume hinaufgeklettert und hatte von oben auf die Welt hinuntergeblickt.

Erinnerungen an Dinge oder Begebenheiten befielen ihn in dieser Zeit, die ihm seit vielen Jahren nicht mehr in den Sinn gekommen waren. Der reine, geruchlose Schweiß, als er noch ein Kind gewesen war und nicht gewußt hatte, was es bedeutete,

Kummer und Schmerz von jemand anderem auf sich zu nehmen. Als Shakespeare zwölf war, rannte er durch das Unterholz des Waldes, durch Sträucher und Felder, um in einem Bach zu planschen. Dick Fields war bei ihm, und ein schwachsinniges Mädchen, das mit ihrem Großvater in der Nachbarschaft lebte, kam auch mit. Die drei zogen sich hastig aus, begierig, ins Wasser zu kommen, aber auch etwas neugierig. Das Mädchen war älter als sie, und aus ihren Rippen wuchsen die ersten Ansätze von Brüsten. Die erste Frau war aus der Rippe des Mannes gemacht worden, hörte er von Kanzel und Katheder. Als er das Mädchen so sah, war er bereit, daran zu glauben.

Ganz nackt standen die drei nach dem Bad da, Richard mit flacher Brust, flachem Bauch und einem unterentwickelten Geschlecht, an dessen Ende ein Wassertropfen hing – das Spiegelbild seines eigenen Körpers. Die beiden Jungen rannten durch das Unterholz, ritzten sich an Dornen und Zweigen die Haut auf, brüllten wie Wilde und wälzten sich im Laub am Boden. Das blödsinnige Mädchen humpelte ihnen hinterher, grinste unentwegt und heulte wie eine kranke Katze, sie sollten auf sie warten. Dann trat sie auf die Lichtung, die Sonne stand über ihr, und sie erschien ihnen wie eine Heilige. Wenn die Knaben vorgehabt hatten, sie zu berühren oder zu erkunden, erstarb dieser Wunsch gleich in ihnen. Ob William damals noch etwas anderes verspürt hatte, wußte er heute nicht mehr zu sagen. Field und er hatten ihre Daumen aufgeschnitten, aneinandergehalten und sich ewige Blutsbrüderschaft geschworen.

Überall in den hohen Zweigen saßen Vögel, deren Gefieder im Sonnenschein funkelte, und sie schienen ihn zu rufen. In der Nacht sprach der Schrei der Eule nur zu ihm. Am meisten liebte er das, was er nicht berühren konnte. Und vor seinem Bruder versteckte er sich hoch oben im Apfelbaum.

William, wo bist du?

Heute konnte er sich nicht mehr auf das Gesicht der Frau des Schmieds besinnen, nach der er sich so verzehrt hatte … nur noch daran, daß sie nach Feuer und Seife roch; und Shakespeare hatte sie so sehr begehrt, daß er ihr nicht ins Gesicht sehen konnte, wenn sie sich auf dem Markt über den Weg liefen.

Die Spätnachmittagssonne glitzerte auf dem Wasser, das unter der Brücke dahinrauschte, und er lag auf dem steinernen Geländer auf dem Bauch, um seinem Fluß zuzusehen. Sie ließen die selbstgebauten Boote zu Wasser, und eines Tages wurde eines davon fortgetragen, und sie konnten es nicht mehr einholen, mochten sie auch noch so eilig am Ufer entlangrennen. »Wo ist das Schifflein hin, Shakespeare?« rief Dick. »Tölpel! Esel!« Sie liefen meilenweit und fanden es doch nie wieder. DreiTage lang sprachen sie kein Wort miteinander. Dann vergaben sie sich brummig gegenseitig und schnitzten ein neues Boot.

Wohin fließt das Wasser? fragte er seinen Vater am Abend. Na, zum Meer, mein Sohn. – Aber wie kehrt es zurück? – Ach, mein Lieber, in einem Kreislauf... alles dreht sich im Kreis, immerzu und immerdar. – Doch wie kann Wasser, wenn es doch im Kreis zurückfließt, einmal salzig und einmal süß sein? Und warum hat der Herr es solcherart erschaffen?

Will kann sich alles ausdenken, pflegte seine Schwester zu sagen. Wenn wir nicht hier wären, könnte er uns glatt erfinden. Ja, das vermag Will.

Damals war er mit seinen Freunden durch die Wälder gezogen. Sie hatten sich geheime Botschaften mitgeteilt und die Wörter rückwärts gesprochen, damit niemand sie belauschen konnte. Später waren sie in die Stadt spaziert, und auf dem Platz hatte ein Maibaum gestanden, um den die Mädchen tanzten. Ihre Röcke waren hochgeflogen, und sie konnten ihre bloßen Unterschenkel sehen, während die Füße Staub aufwirbelten. Oh, was für wunderbare Schenkel. William schrieb ein Lied darüber, mit endlos vielen Versen.

William kann sich alles ausdenken ... oh, Gott.

Und was war danach geschehen? Die wilden, ungeschliffenen Leidenschaften begraben unter Schicklichkeit und Anstand, die heftigen Gefühle weggepackt wie Papiere in der Mappe eines Advokaten. Irgendwann hatte er keine Zeit, keine Gelegenheit mehr gefunden, in den Wäldern herumzulaufen. Und heute war er Master Shakespeare, der Schauspieler und Stückeschreiber.

Ja, Master Shakespeare, mittlerweile fast dreißig Jahre alt. Er hatte etwas zugenommen und wurde nun immer häufiger in ruhigen, besonnenen Vaterrollen eingesetzt. Dabei hatte er sich überhaupt nicht verändert, oder etwa doch? Hin und wieder erschien er auf Plakaten oder Handzetteln als Autor eines Bühnenwerks, doch meistenteils verdiente er kaum genug, als daß es gereicht hätte. William erschien es so, als mühe er sich ständig einen Hügel hinauf, bloß um auf halber Höhe hinunterzupurzeln. Doch wenn er an manchen Tagen durch London lief, hörte er gelegentlich, wie sich ein Lehrling nach ihm umdrehte und seinem Kameraden zutuschelte: Das ist Master Shakespeare, der Schauspieler! – so als wäre er eine Persönlichkeit von Bedeutung. Wenn William so etwas hörte, schüttelte er mit einem schiefen Grinsen den Kopf.

Was hatte er aus seinem Leben gemacht? Die Armut heftete sich beständig an seine Fersen, und der Hunger nagte in seinen Eingeweiden. Zuverlässig zu Beginn einer neuen Theatersaison brach irgendwo in London eine Seuche aus, und die Schauspielhäuser wurden geschlossen. Von der letzten Zwangspause hatte er sich finanziell noch nicht erholt. Wenn ihm sein Förderer nicht kleinere Summen geschickt hätte, besäße er vermutlich gar nichts.

Dabei besprang der Mäzen, der seine Hand so hilfreich über ihn hielt und ihm unter die Arme griff, auch seine Liebste. Dazu mußte Shakespeare nicht erst die Brosche entdecken, die Bänder von einem Wams oder seinen Geruch zwischen den Laken oder ihren Schenkeln. William brauchte auch gar nicht erst zu fragen, was es zu bedeuten habe, wenn Emilia manchmal den Blick von ihm abwandte oder in die Ferne starrte. Wie herzlich Southampton ihn bei den wenigen Gelegenheiten begrüßte, die sie zusammen verbrachten, und wie der Graf dann nach kurzem nichts mehr zu sagen wußte oder eine trotzige Röte in seine bleichen Wangen stieg. Andere Male, wenn der Abend schon fortgeschritten war, warf der Graf die Arme etwas zu heftig um Shakespeare, so als wolle er ihm Schmerz zufügen. Henrys Rechte auf seinem Arm schien sagen zu wollen: Ach, diese kleine Nichtigkeit soll doch nicht zwischen uns stehen. Frauen sind nur Kurzweil, William ... Sein rauhes Grinsen bei allem, was mit fleischlichen Dingen zu tun hatte.

Und soll ich Euch etwas sagen, Shakespeare, pflegten die Blicke seiner Augen zu sprechen, wenn sie ihn zuerst leise drohend und dann mit dem größten Charme betrachteten, wißt Ihr was, Will? Ihr liebt die Italienerin doch gar nicht. Ich setzte Euch keine Hörner auf, verhöhnte Euch nicht! Wir beide haben unseren Spaß an ihr. Wenn ich Euer Eheweib befleckt hätte, wäre das natürlich etwas ganz anderes gewesen. Aber bei Emilia, die sich jedem beilegt, kann man nicht von Ehrverletzung und Hintergehen sprechen. Das müßt Ihr doch auch erkannt haben, oder? Und dabei liebt Ihr sie gar nicht ...

Ja, liebte er sie, oder liebte er sie nicht? Liebe war Vollkommenheit, oder etwa nicht? Ein Bund auf Gegenseitigkeit zwischen Mann und Frau, zwei Paar abgetragener Pantoffeln unter einem Bett und ein Blick quer durch den Raum, der Zustimmung ausdrückte ... Shakespeare hatte immer gewußt, wie die Liebe zwischen Mann und Frau auszusehen habe, und gehofft, das für sich selbst auch einmal zu erlangen. Doch bei der ersten Gelegenheit dazu hatte er gleich alles zunichte gemacht. Und das, was er jetzt hatte, war bereits so zerrissen, daß man es nicht wieder flicken konnte.

Dann sollte es eben so sein! Warum mußte er sich auch ständig Wolkenkuckucksheime erträumen? Warum konnte er nicht alles so belassen, wie es war? Und mochte William auch nicht das in seiner Gänze von der Italienerin erhalten, was er sich erhoffte, so blieb ihm doch immer noch sein Pakt mit Southampton. Sie hatten nie darüber gesprochen, dennoch bestand er, und sonderbarerweise war der Bund damit besiegelt. Er hatte es Henry lediglich mit seinen dunklen Augen mitgeteilt und dabei den Blick auch nur halb erhoben; und dies war seine Botschaft an den Grafen: Ich gebe Euch mein Herz im Tausch für Eures. *Gebt mir Euch für mich.*

Und trotz aller Schmerzen band Emilia die beiden Männer jeden Tag ein Stück enger aneinander. William verstand nicht, warum es sich so verhielt, spürte das aber ganz genau. So wie ein Schiffssteuermann die Karten studiert, spürte Shakespeare mit seinen Augen die Spuren auf Emilias nacktem Körper auf, wo der strahlende Jüngling sie mit der Hand liebkost und gestreichelt hatte. Und William war sich bewußt, daß diese Karte nicht nur zu ihr, sondern auch zu ihm selbst führte. Wenn er sie verlöre, würde er nie wieder den Weg zurück finden. Und auch wenn Shakespeare das nie erwartet hätte und sich das noch weniger selbst begreiflich machen konnte, erkannte er doch die enorme Wichtigkeit, Southampton in seiner Unschuld vor der Italienerin zu beschützen. O ja, er kannte sie nur zu gut, seine Emilia! Sie liebte den entflammten Jüngling nicht im mindesten, sondern lockte ihn nur wegen seiner Titel und Ländereien zu sich. Er galt als einer der wirklich Großen im Lande und wurde von vielen bewundert, verehrt und begehrt. Emilia liebte ihn nicht so, wie Shakespeare ihn liebte, und sie kannte ihn nicht so, wie William ihn kannte. Und so sprach er leise ein weiteres Mal den Schwur des Pakts: *Euch für mich.*

Solange es dieses Bündnis gab, konnte der Rest der Welt zum Teufel gehen. Was spielte es da schon für eine Rolle, daß der Graf, nachdem ihm seine fleischliche Sünde verziehen worden war, sich kurz darauf wieder desselben Vergehens schuldig machte? Natürlich brannte diese Wunde zuerst, und Shakespeare war auch erzürnt, doch dann zwang er sich, den bitteren Kelch zu leeren. Das Leben war weit davon entfernt, perfekt zu sein, und am Ende mußte man dem die Treue halten, was einem am meisten bedeutete – in Williams Fall die Sorge darum, daß nichts zwischen ihn und Henry Wriothesley kommen durfte. *Da sei Gott vor, daß ich, der ich zuerst Euer Sklave war, nun in Gedanken die Zeiten Eures Vergnügens bestimme …*

In diesen Monaten arbeitete er auch wieder. In manchen Wochen kam er mit dem Schreiben gut voran, in anderen weniger, und gelegentlich überhaupt nicht. Schließlich fragte er sich, ob wohl einmal der Tag kommen würde, an dem die Worte sich nicht einstellten, wenn er sie rief. Während er die Blätter beschrieb, konnte es vorkommen, daß er fremde Tiefen in sich entdeckte, wie uralte, gesprungene Truhen, deren Lederriemen längst verfault sind, und wenn man in sie hineingreift, zerbröseln die Pergamente schon unter der leichtesten Berührung.

Sein innerster Kern war voll von beschämenden Dingen, die bislang von seinem äußeren Selbst, das nur Entschlußkraft und Festigkeit kannte, getrennt gewesen waren.

Manchmal, wenn er gerade eine Nacht der Freuden mit Emilia verbracht hatte, faltete die Italienerin die Hände wie zum Gebet und schrie ihn dann mit schriller, keifender Stimme an: »Was denkt Ihr wieder? Was denkt Ihr nur wieder? Ich wünschte, Ihr würdet das unterlassen, William, denn ich weiß genau, daß ich in diesen Gedanken nicht vorkomme ...« Dann erhob er sich vom dunklen Duft ihres Mundes und ihrer Schenkel, wusch sich Gesicht und Bart und trat angezogen hinaus auf die Straße, wo bereits die Sonne das Kopfsteinpflaster beschien. Dann war er wieder ganz er selbst, trotz der zerschlissenen Stiefel, der geflickten Hose und der unstillbaren Gefühlsausbrüche. William beschleunigte seine Schritte, lief hinauf in seine Kammer und hoffte, dort einen Brief von seinem Sohn vorzufinden.

Am Ende des bitterkalten Winters ging die Truppe auf Tournee. Der Frost kroch über das Land und in seine Knochen. Reif legte sich auf seinen Bart, und seine Beine waren so steif, daß sie sich weigerten, auch nur einen weiteren Schritt zu gehen. Die Lehrjungen waren vollkommen durchgefroren, ließen die Köpfe hängen und heulten, wenn sie das Kaminfeuer verlassen mußten, um zu Fuß, auf einem Pferd oder auf einem Karren in die nächste Stadt zu ziehen. William freundete sich mit einem der Knaben an und gab ihm seine Wollweste und sein zweites Paar Handschuhe. Sie liefen neben einem Wagen her, der irgendwohin rollte, und alle hatten wegen der Kälte und des Hungers im Land die schwärzeste Laune.

Als Shakespeare wieder in London war, kam er eines Tages bei den Buchhändlern auf dem Kirchhof der Kathedrale vorbei und entdeckte an einem Stand eines seiner Stücke in Form eines ungebundenen Quartheftes. Wie seltsam, die Worte gedruckt zu sehen, welche er auf der Bühne mit solcher Leidenschaft gesprochen hatte. William brachte sein zweites Gedicht an Southampton zu Ende, und darin ging es um die Vergewaltigung Lukrezias. Wieviel Mühe er sich mit der Widmung gegeben hatte: *Was ich geschaffen habe, ist Euer. Was ich noch schaffen werde, sei auch Euer. Ihr seid in allem, was ich besitze, und alles, was ich besitze, seid Ihr. Wäre mein Wert größer, vermöchte ich Euch noch größeren Respekt zu erweisen …*

Das Werk enthielt Gewalt und Schändung, und nun, da es fertig war, fragte Shakespeare sich, warum er so etwas überhaupt zu Papier gebracht hatte. Doch der Graf ließ ihm dafür eine sehr großzügige Anerkennung durch einen Goldschmiedelehrjungen zukommen. William brauchte eine Weile nicht mehr den Hunger zu fürchten. Die Händler auf der Straße grüßten ihn salbungsvoller, und er und John Heminges wurden in diesem Winter Anteilseigner an der Schauspieltruppe Lord Strange's Men.

In einer Vorstellung an einem milden Frühlingsnachmittag verletzte Shakespeare sich bei einem kühnen Sprung. Er führte gerade mit seinem Partner ein tanzhaftes Duell durch, und im entscheidenden Moment war er mit seinen Gedanken nicht ganz bei der Sache. Panik stand auf Heminges' Gesicht geschrieben, und er zischte: »Nach links, hüpft doch nach links, verdammter Kerl!« William strauchelte, und die stumpfe Theaterklinge seines Gegners schlitzte ihm den feinen Leinenstoff seines Ärmels auf. Das Publikum war begeistert.

Die roten Tropfen seines Bluts zogen sich wie eine Spur auf den saubergeschrubbten Brettern der Garderobe hin, während seine Kameraden ihm erschrocken und Entschuldigungen murmelnd die lange Wunde wuschen und abtupften. Jack hingegen erklärte streng: »Noch zwei solcher Stiche, und Ihr könnt wie der Bettler am Tor Äpfel feilbieten!«

»Ich sollte mich doch nach rechts wenden. So haben wir es geprobt.«

»Nein, nach links! Wo wart Ihr bloß mit Euren Gedanken?« Die beiden Lehrjungen des Krämers standen mit offenem Mund dabei. Der Jüngere hatte etwas Stoff aus einem alten Hemd gerissen und hielt es ihnen stumm hin. Alle zeigten sich sehr besorgt, daß Master Shakespeare ernstlich verletzt sein könnte. Die Freundlichkeit und Hilfsbereitschaft seiner Kameraden lastete schwer auf ihm, und er wandte das Gesicht ab, weil er den unerklärlichen Drang verspürte zu weinen.

Als William später mit John nach Hause ging und das Theater hinter ihnen aufragte, sah der Krämer ihn mit einem Mal streng an und sagte: »Ich gewinne langsam den Eindruck, Ihr schämtet Euch Eurer Arbeit als Schauspieler und uns, Eurer Kameraden.«

Shakespeare atmete scharf ein und verzog spöttisch das Gesicht. Ja, Heminges hatte vollkommen recht. Das tagtägliche Leben, das er in den vergangenen Jahren im Theater und auf der Straße kennengelernt hatte, stieß ihn mittlerweile ab, und er konnte auch mit den Menschen nichts mehr anfangen, mit denen er bislang sein Leben geteilt hatte.

Sie standen am Übungsfeld der städtischen Bogenschützen. Die Löcher in den Zielscheiben zeigten viele Treffer an, und im hohen Gras lagen ein paar zerbrochene Pfeile. John schüttelte den Kopf. »Na ja, da kann man nichts machen. Manchmal entwickeln zwei langjährige Freunde sich eben in verschiedene Richtungen. Am liebsten würde ich Euch sagen, fahrt doch zur Hölle! Aber das Herz ist mir zu schwer, um so etwas über die Lippen zu bekommen.«

William konnte sich für eine Weile nicht rühren und starrte dem Krämer hinterher. In diesen Minuten wurde ihm mit aller Deutlichkeit bewußt, daß er nicht länger zur Gemeinschaft der Schauspieler gehörte. Und um ganz ehrlich zu sein, er stand niemandem mehr nahe, nicht einmal sich selbst. Die Armwunde machte sich wieder bemerkbar, und leise fluchend und mit hängenden Schultern setzte er sich wieder in Bewegung. Und er dachte daran, wie dringend er sein Leben wieder in den Griff bekommen mußte, auch wenn ihm nicht einfiel, wie er das anfangen sollte.

Am besten fing er damit an, mit Emilia zu brechen. Unter großen Anstrengungen entrang er sich jeden Tag ein weiteres Stück seiner selbst, das er mit der Italienerin geteilt hatte: seine Albernheit und seine Philosophie, die, wie er sich eingestehen mußte, immer mehr der seines Vaters ähnelte. Er hatte sie übernommen, so wie man in ein brennendes Haus läuft und verrußt und versengt wieder herauskommt, dafür aber etwas Wertvolles an den Leib gepreßt hält. Doch alles, von dem er sich unter solchen Mühen gelöst hatte, war am nächsten Morgen wieder in ihm. Mal bescheiden, mal wütend, aber stets voller Begierde suchte er Emilia auf, und manchmal schickte sie ihn mit den harten Worten wieder fort: »Nein, denn Ihr liebt mich nicht!« Oft rannen ihr Tränen aus den Augen, und auch wenn er sich darüber ärgerte, konnte er in solchen Momenten nicht gegen das erwachende Mitgefühl in sich an. Etliche Male verwünschte er sie und viel öfter noch sich selbst. Zu lange war Shakespeare Wegen gefolgt, die er eigentlich nicht beschreiten wollte, und allmählich fing er an sich zu fragen, wer er eigentlich war. William vergoß bittere Tränen über die Fleischeslust, die ihn an die Italienerin kettete.

Nein, an beide bin ich gefesselt, rief er, und ergo werde ich mich von beiden befreien! Die festen Entschlüsse, welche er in der Klarheit des Sommermorgens faßte, fielen rasch von ihm ab, wenn die Nacht hereinbrach und ihn wieder in Einsamkeit hüllte. Einmal nahm William alle Willenskraft zusammen, und als er nach ein paar Tagen der Abstinenz nach Hause kam, fand er auf dem Boden einen Brief vor, den jemand unter die Tür geschoben hatte. Das Rouge von der Vorstellung lag noch auf seinen Wangen, als ob man ihn ins Gesicht geschlagen hätte, und während er im trüben Licht dastand und ihre verführerischen Zeilen las, schmolz sein Entschluß zu einem Nichts dahin, als hätte es ihn nie gegeben.

Drei Monate lang ging er auf Tournee und suchte sie in dieser Zeit nicht einmal auf. Nächtens fand er vor Begierde nach ihr oder einer Nachricht von Southampton keinen Schlaf. Er schlug auf dem Lager um sich und schrie, bis seine Kameraden davon wach wurden. Als er nach London zurückkehrte, wandte er sich gar nicht erst nach Hause, sondern machte sich in seiner schmutzig gewordenen Reisekleidung, die er seit einer Woche nicht mehr gewechselt hatte, und mit der Tasche auf der Schulter, in der sich seine Bücher und Schriften befanden, schnurstracks auf den Weg zu ihrem Haus.

Emilia saß gerade an ihrem Ankleidetisch, als William die Tür aufstieß, und sprang gleich mit einem Schrei auf. »Haltet mich, tröstet mich!« rief sie und warf sich in seine Arme. »Gott vergebe mir meine Sünden! Wahrlich, nichts Schlimmeres hätte mir widerfahren können. Ich trage ein Kind unter meinem Herzen, und Seine Lordschaft verstößt mich, indem er mir befiehlt, den Musikanten Lanier zu freien, einen einfältigen Menschen! Ich hatte schon ernstlich daran gedacht, zu einer Kräuterfrau zu gehen und mir das Kind entfernen zu lassen. Aber in der letzten Nacht erschien mir im Traum die heilige Gottesmutter und sagte, ich würde mich der Verdammnis preisgeben, wenn ich das Kind nicht austrüge!« Die Italienerin bekreuzigte sich mehrere Male. »Ich habe niemanden mehr und bin so allein!« jammerte sie. »Immer schon bin ich allein gewesen, und so auch jetzt!«

Shakespeare war im ersten Moment zu betäubt, um etwas sagen zu können. Dann legte er Tasche und Umhang ab und fragte voller Überdruß: »Emilia, ich bin eine ganze Weile fortgewesen. Tragt Ihr also Southamptons Kind in Euch?«

»Nein, nein, er war nicht hier, das schwöre ich!«

»Aber wer ist dann der Vater?«

»Um der Barmherzigkeit willen, fragt mich nicht!«

»Doch nicht etwa Hunsdon selbst, Emilia?« rief er, packte sie an den Schultern und schüttelte sie. »Habt Ihr mir über ihn die Unwahrheit gesagt? Und womit habt Ihr mich noch belogen?«

Die Italienerin stieß ihn mit einem schrillen Schrei von sich, zerraufte sich das Haar und schlug sich mit den kleinen Fäusten an die Brust. Ihr Gesicht wirkte gleichzeitig eingefallen und aufgedunsen, und sie sah jetzt so aus wie eine ältere Frau, die neidisch über ihrem Wäschekorb auf die jungen Damen in ihren Satinkleidern schielt, welche durch den Palast schlendern, weiß sie doch, daß sie nie wie diese wird sein können.

Schluchzend trippelte Emilia auf und ab. »Begreift Ihr überhaupt, was es heißt, eine Frau zu sein?« brachte sie stammelnd hervor. »Uns Weibern nimmt das Leben täglich ein Stück von dem, für das man uns wertschätzt und das alles ist, was wir besitzen! Reicht es denn noch nicht, daß ich wie ein Möbelstück verheiratet werden soll? Müßt Ihr mich auch noch mit Vorwürfen überziehen?«

Erneut schlug sie sich an die Brust, und wieder konnte Shakespeare nicht gegen seine Gefühle an. Er trat zu ihr und hielt sanft ihre Hände fest. Emilia zitterte und wollte sich von ihm befreien. Als er ihr ins Gesicht sah, war sie wieder ganz die wütende und leidenschaftliche italienische Zauberin, die Tochter der Zenturien.

»Vielleicht stammt das Kind ja von Euch!« fuhr sie ihn an. »Womöglich ist es von ... ach, es mag durchaus sein, daß er der Vater ist. Meine Blutungen kommen unregelmäßig, und deswegen weiß ich es nicht. Oh, richtet nicht über mich, so wie er es tut. Wie könnt Ihr das überhaupt wagen, William? Ausgerechnet Ihr, der nach Recht und Gesetz verheiratet ist? Doch auch wenn das meinen Untergang bedeuten sollte, werde ich das Ungeborene in mir nicht ermorden. Das Kind soll meins sein und niemandem sonst gehören. Vielleicht wird es mich ja eines Tages so lieben, wie ich geliebt zu werden wünsche!«

Die Italienerin stöhnte und schluchzte immer noch und legte ihm die Hände auf die Brust, so als wolle sie etwas von ihm erbitten – oder ihn auf Distanz halten. »Ach, William«, murmelte sie voller Tadel. »Ach, mein Schauspieler, mein über alles Geliebter! Wißt Ihr denn nicht, wie sehr ich Euch geliebt habe, wie wahrhaftig und aus tiefstem Herzen? Und wenn ihr frei wärt, würde ich Euch ein gutes und treues Weib sein ... Ihr kennt nun den bitteren Grund für mein Unglück. Deswegen bitte ich Euch inständig: Wenn Ihr mich je geliebt habt oder mir wohl wolltet, so sprecht vor Lord Southampton für mich. Ich habe stets die heimliche Hoffnung genährt ... ja, nun will und muß ich es Euch gestehen ... daß Henry mich eines Tages heiraten würde. Wißt Ihr, er sagt mir immer so schöne Dinge, daß diese Hoffnung einfach entstehen mußte. Seiner elenden Mutter kann er doch wohl trotzen, oder? Wenn er nur wollte ... Ach, William, liebster William, habt Ihr je etwas für mich übrig gehabt? Dann sprecht mit ihm. Eine Musikantentochter heiratet normalerweise nicht in eine solche Familie hinein, auch wenn sie gescheiter ist als so manche hochwohlgeborene Lady ... aber vielleicht ... Würdet Ihr mit ihm reden ... denkt wenigstens darüber nach, liebster Will ...« Die Stimme versagte ihr.

Verwundert und mit gerunzelter Stirn blickte er in ihr wunderschönes Gesicht, das wieder vom Tränenfluß geschwollen und gerötet war. Dennoch stand untrüglich Hoffnung in ihren klaren dunklen Augen. »Ihr wünscht, daß ich ihn bitte, sich mit Euch zu vermählen, Emilia?« fragte er leise.

»Ja, das wünsche ich.«

»Das wird er niemals tun.«

Southampton reagierte nicht einmal auf das Schreiben. Anfang Herbst wurde die Italienerin mit dem Musikanten Lanier verheiratet und zog mit ihm in ein dunkles Haus innerhalb Londons, das zur Hälfte ihnen gehörte.

Die Liebenden

Shakespeare fühlte sich zu Winteranfang müder als je zuvor. Die Kälte machte ihm zu schaffen und ebenso der Wind, der in ihm selbst eingemauert zu sein schien. Wurde er etwa alt? William hatte die Dreißig überschritten, und das Leben, das er führte, war immer noch hart. Viele Stunden mußte er laufen oder reiten, wenn er sich wieder auf Tournee befand. Dann hustete er in den vorgehaltenen Arm, und viel zu oft peitschte ihm der Regen ins Gesicht und durchnäßte jedes einzelne Kleidungsstück, das er am Leib trug. Um vier Uhr morgens stand die Truppe auf und probte. Um zwei Uhr mittags fand die erste Aufführung statt, und wenn sie Glück hatten, konnten sie am Abend ein zweites Mal auf die Bühne. Natürlich nahm Shakespeare auch die Gelegenheiten wahr, für Geld in einer Prozession oder in einem Trauerzug hinter dem Sarg irgendeiner Persönlichkeit herzulaufen. Einmal mußte er bei einer Willkommenszeremonie als Satyr auftreten und war in dieser Rolle nahezu unbedeckt … Entweder man nahm solche Angebote an, oder man hatte nichts zu essen. Die meisten Schauspieler wirkten ohnehin mager und voller Sorge. Und wenn man sie zusammenstehen sah, spürte man ihr dumpfes Schweigen, so als wüßten sie nicht, ob sie noch einmal zu einem solchen Auftritt in der Lage wären. Shakespeare bereitete in diesen Wochen das Knie immer mehr Verdruß, und er spielte häufiger nur noch solche Rollen, in denen er sich möglichst wenig bewegen mußte. Auch an den Bühnentänzen beteiligte er sich nur noch selten.

In einem Schrank in John Heminges' Haus lagerten Abschriften von allen Stücken, die William je geschrieben hatte. Manchmal hatte er das Gefühl, seine Seele liege hinter dieser Schranktür gefangen.

An einem Dezembertag ließ er sich zu Marlowes Grab in Deptford übersetzen, setzte sich davor auf die Bank und legte den Kopf auf die Knie. Lange hockte er so da. Shakespeare hatte mittlerweile mehr geschrieben als der tote Kit. Greene war ebenfalls nur eine verblassende Erinnerung. Lediglich eine oder zwei seiner Komödien fanden noch das Wohlwollen des wankelmütigen Londoner Publikums. Seine kleine Frau und der Sohn waren verschwunden, und niemand wußte, wohin sie sich gewandt hatten. Hin und wieder sah Shakespeare noch die großgewachsene Hure, mit der Robert auf Jacks Verlobung erschienen war, irgendwo auf der Straße. Wenigstens hatte er sich wieder mit Richard Field etwas angefreundet, der seine beiden langen Verserzählungen gedruckt hatte.

An manchen Tagen scherzte er viel mit seinen Freunden und unterhielt sie auch sonst mit seinem scharfen Verstand, so als wolle er wiedergutmachen, daß er sich so lange von ihnen zurückgezogen hatte. Doch zu anderen Zeiten verfiel William wieder in Schweigen und Brüten. Auch konnte es vorkommen, daß er für ein paar Sekunden wie gelähmt auf der Bühne stand, sobald sein Text gesprochen war. Dann starrte er durch das offene Dach auf die Wolken, die ständig nach Norden zu ziehen schienen – in die Gegend, aus der Shakespeare gekommen war. Immer häufiger schien er neben seinem Leben zu stehen und sich selbst zu beobachten.

Nach Emilias Vermählung hielt er sich von ihr fern, wenigstens für eine Weile. Dann suchten ihn die Verlockungen ihres Fleisches heim, und er begab sich wieder zu ihr. An diesem Nachmittag fand er einen silbernen Knopf auf dem Boden. William hob ihn auf und erkannte ihn gleich als dem Wams zugehörig, von dem Southampton damals, vor langer Zeit, einen anderen Knopf gerissen hatte, um eine fehlende Schachfigur zu ersetzen.

William schlief dennoch mit ihr, weil sie ihn darum bat, und in derselben Nacht erlitt sie eine Fehlgeburt. Danach besuchte er sie mehrere Wochen lang nicht mehr. Sollen die beiden doch zusammen glücklich werden, dachte er verbittert. Wenn ich mich nicht zurückhalten kann, verliere ich noch den Verstand.

In die Trübheit seiner Gedanken drang eine Erinnerung ein. Er kehrte gerade mit seinem in Papier eingewickelten Abendbrot und mit einer Ausgabe von Chaucers *Troilus and Criseyde* unter dem Arm nach Hause zurück, und auf dem Weg dorthin fiel ihm ein, daß Henry von Southampton einundzwanzig und damit volljährig geworden war. Von nun an durfte der Graf seine Angelegenheiten allein regeln. Shakespeare hätte den Tag beinahe vergessen, wenn nicht jemand vor einigen Nächten davon gesprochen hätte, nachdem sie im Gray's Inn aufgetreten waren. Er rannte nach Hause, und der harte Wind vom Fluß schien ihm zusätzliche Geschwindigkeit zu verleihen. William konnte nicht schnell genug die Stiege hinaufkommen, sperrte seine Tür auf und hielt nach dem Brief Ausschau. Geliebter Freund, stand darin zu lesen. Zum Teufel mit meinem Vormund! Kommt, und trinkt mit mir Wein auf meine Freiheit. Im Namen Christi, erscheint!

Die Feier sollte an diesem Abend stattfinden. Aus Pflichtgefühl und um der alten Freundschaft willen zog er sich warme Sachen an und machte sich wieder einmal auf den langen Weg durch die Stadt zu den Herrenhäusern.

Der Empfangsraum im Drury House erstrahlte im Glanz zahlloser Kerzen, deren Flammen sich auf den Weinkelchen und den Silberfäden in den Vorhängen und den Polstern widerspiegelten. Als Shakespeare durch die Halle schritt, hörte er schon Musik, und als er in den Saal trat, entdeckte er gleich die italienischen Musikanten. Zwischen ihnen stand Emilia Bassano und sang gerade eine der venetianischen Weisen.

In dieser Nacht erschien sie ihm schöner als je zuvor, und schon füllte sich sein Herz mit all den Dingen, von denen er sich geschworen hatte, sie nie wieder zu empfinden. Während William sie beobachtete, wie sie mit den Gästen lachte und flirtete, nahm er eine unbekannte, wilde Verzweiflung unter ihrer Fröhlichkeit wahr. Was hatte die Italienerin hier eigentlich verloren? Sie war doch wieder nicht mehr als eine Sängerin, welche für Geld auftrat, genau wie in ihrer bescheidenen Jugend, als sie mit ihrem Vater herumgezogen war. Oder war Emilia etwa als Gast geladen worden und sang hier nur, weil es ihr gerade gefiel?

Shakespeare wagte nicht, sich ihr zu nähern, und blieb lieber auf der Fensterbank, von wo aus er sie gut im Auge behalten konnte, wie sie hüpfte und das Tamburin schlug.

Dann, nachdem sie gerade einen weiteren Gast mit Hofknicks begrüßt hatte, ließ sie ihre Vettern stehen und lief quer durch den Saal auf William zu. »Ihr habt Euch lange nicht mehr blicken lassen«, sagte sie leise und streichelte mit einer kalten, zierlichen Hand seine Wange. »Wie habe ich darüber getrauert! Ihr macht Eure Emilia sehr unglücklich, wenn Ihr Euch von ihr fernhaltet. Vermißt Ihr mich denn nicht auch, lieber Will? Oder habt Ihr eine neue Liebste gefunden?«

»Nein«, antwortete er unbehaglich und hoffte, sie würde ihm nicht anmerken, welche Rebellion in seinem Herzen gewütet hatte. Plötzlich begehrte Shakespeare sie über alle Maßen und suchte nach Möglichkeiten, sein Fernbleiben und die Vernachlässigung ihrer Person zu entschuldigen. Eitel fragte er sich, welche Strafe er wohl würde entrichten müssen. Wie viele Komplimente waren erforderlich, damit sie sich ihm erneut öffnete und er in ihren Armen wieder alles vergessen konnte?

Die Italienerin kehrte zu den Musikanten zurück und hieb mit der Handwurzel auf das Tamburin. Ihre Stimme klang jetzt heiserer und sinnlicher. Shakespeare zog sich tiefer in die Fensterecke zurück und beobachtete die Menge. Die Männer bewunderten sie schamlos, während die Damen sie mit spitzen Lippen kritisch betrachteten. Niemand sprach William an, und nach einer Weile fing er an, ein Glas gezuckerten Weins nach dem anderen zu trinken. Mit jedem Schluck fiel ein weiterer Teil seines Körpers in Trunkenheit. Wenn er ein gewisses Quantum erreicht hatte, würde er auch den Mut finden, grußlos von hier zu verschwinden. Sich wieder mit ihr einzulassen, was für ein unvorstellbarer Wahnsinn! Würde er denn nie von ihr freikommen? Konnte er sich nicht einmal selbst zu etwas zwingen?

Southampton zeigte sich nun mit einigen Gästen im Saal, die er in Paris kennengelernt hatte. Der Graf fiel nicht nur durch seine Kleidung auf: ein dunkelburgunderrotes Wams mit geschlitzten Ärmeln, um das lilafarbene Seidenhemd darunter zu präsentieren, eine Goldkette an der Brust und so viele Ringe an den Fingern, daß er selbst zu funkeln schien. Auch strahlte er auf erstaunliche Weise so viel Glück aus, daß man kaum glauben mochte, sein schlanker Körper sei in der Lage, all das in sich zu tragen. Jede Bewegung des hübschen jungen Mannes schien ihm selbst und der ganzen Welt verkünden zu wollen, daß er endlich einundzwanzig geworden war. Seine Welt setzte sich natürlich nicht aus dem weiten Erdenrund mit den fremden Landen jenseits der Meere, wie die Neue Welt, Indien oder das Heilige Land, zusammen, sondern nur aus dem Hof des kleinen Englands mit seinen Höflingen, seinen Supplikanten und seiner gealterten Königin.

Während der nächsten Stunden fuhren Kutschen vor, und ihnen entstiegen Herren – mal von größerer, mal von minderer Wichtigkeit – zusammen mit ihren exquisit gekleideten Damen. Sie alle strömten dem jungen Grafen entgegen, um ihm ihre Aufwartung zu machen oder ihm eine Hand auf die Schulter zu legen und ihm das Allerbeste zu wünschen. Southampton war vor Freude nicht zu bändigen. Er küßte die Damen schamlos auf den Mund und flüsterte ihnen Dinge ins Ohr, die sie laut kichern ließen. Shakespeare, der immer noch in der Fensterecke hockte, fragte sich bald, ob die Königin selbst sich heute abend hier zeigen würde und ihren hartnäckigen, verwelkten Körper zusammen mit der Last der mit Edelsteinen übersäten Gewänder und der Perücke auf dem weißen Haar tatsächlich hierher schleppen würde. William erinnerte sich, sie in jener verschneiten Nacht zu Henrys Belustigung nachgeäfft zu haben, und mußte leise lächeln.

Nur einmal schaute der Graf in seine Richtung und verzog dabei die Mundwinkel. Niemals hatten sie sich in der Öffentlichkeit so warmherzig und natürlich begrüßt, wie wenn sie unter sich gewesen waren. Shakespeare erkannte in diesem Moment, wie betroffen ihn das gemacht hatte. Ihm nicht die Hand zu geben, ihm keinen Arm um die Schultern legen zu dürfen … Er schüttelte den Kopf.

Der Abend wurde immer später, und die Musikanten verbeugten sich übertrieben und schrien begeistert, als sie ihre Bezahlung erhielten. Stets Euer Diener, Euer Lordschaft, stets zu

Diensten! Gott schütze Euch, Euer Hochwohlgeboren! Die Italiener beugten die Köpfe über die mit schweren Ringen bestückten Hände des Grafen, und die Saiten ihrer Instrumente zitterten. Emilia schien mit ihnen gehen zu wollen, und William erhob sich schwankend, riß sich, so gut es ging, zusammen und folgte ihr, um ihr zu erklären, wes sein Begehr sei. Denn der Wein hatte das Gegenteil bewirkt, und jetzt wollte er nur noch die Nacht in ihren Armen verbringen.

Sie stand neben der offenen Tür. Ein paar Schneeflocken hatten sich auf ihr dunkelrotes Kleid und ihr schwarzes Haar gesenkt und funkelten, als sei sie in Diamanten angetan.

»Wollt Ihr noch bleiben?« fragte William und küßte sie auf den Hals. »Sollen wir nicht zusammen von hier fortgehen, Emilia, und zehntausendmal auf diesen Ort pissen?«

»Ach, laßt ab ... nicht jetzt!«

»Dann will ich Euch nach Hause bringen.«

»Ihr seid ja betrunken.«

»Ich verprügele Euren Ehemann zu Eurem Amüsement, und ich erdrossele ihn mit seinen ungestimmten Lautensaiten. Sagt nur, was Ihr wünscht, Lady. Würde es Euch erheitern, wenn ich Euch herumwirbelte, bis Euch schwindlig wird? Küßt mich! Bevorzugt Ihr mich nüchtern oder trunken?«

»Nein, lieber benebelt, denn nüchtern seid Ihr gar zu trokken!« lachte sie und streichelte ihm Gesicht und Bart. »Später, das verspreche ich Euch.« Sie legte rasch seine Hand auf ihren Busen und schenkte ihm ein aufmunterndes Lächeln.

Die Kerzen waren fast heruntergebrannt, aber noch immer hielten sich einige Gäste im Salon auf und unterhielten sich am Tisch. Emilia bewegte sich weniger wie eine Lady als vielmehr wie eine Wandermusikantin auf sie zu und schob eine Strähne unter die Haube zurück, die sich während Shakespeares wilder Umarmungen gelöst hatte. Sie flatterte wie ein Schmetterling zwischen den Gästen umher, bedachte diesen oder jenen mit einem huldvollen Lächeln und plapperte auf italienisch und englisch. Wenn ihr einmal ein französischer Satz entfleuchte, legte sie gleich eine Hand auf den Busen und rief: »Oh, Vergebung! Übt Nachsicht mit einem armen italienischen Mädchen.«

Von draußen war nun leise Gesang zu vernehmen, und Southampton schrie fröhlich: »Bei der Gnade Gottes, jede Zunft hat ihre jungen Burschen geschickt, um mir heute ein Ständchen von Weihnachtsliedern zu bringen!« Er sang die Lieder mit, die er kannte, und forderte die Anwesenden auf, es ihm gleichzutun. Dazu schwang er den Pokal im Takt, und Rotweintropfen verteilten sich auf dem Boden.

Einer nach dem anderen zogen die Gäste sich nun zu ihren im Schnee wartendem Kutschen zurück. Der letzte küßte Emilias Hand etwas zu lange, hielt sie fest, beugte sich vor und küßte die Frau auch noch am Halsansatz. »Signore, ich muß doch bitten...« rief sie geziert, und der Mann lachte rauh. Er verabschiedete sich dann von dem Gastgeber, lief nach draußen und rief seinen Freunden zu, auf ihn zu warten. Southampton folgte ihm hinaus und kehrte nach einiger Zeit zurück. Die Diener räumten jetzt ab, und die Italienerin ließ sich erschöpft auf einen gepolsterten Stuhl sinken, so als habe sie alles gegeben und könne jetzt nicht mehr.

William erhob sich von seinem Platz. »Ich muß nun ebenfalls fort«, sagte er, weil ihm das Warten zu lang geworden war. Wenn sie nicht zu ihm kommen wollte, würde er eben verdrossen heimwärts ziehen.

Aber Southampton stellte sich ihm in den Weg. »Wollt Ihr mich etwa auch verlassen, liebster Will, mein Poet? Heute bin ich einundzwanzig geworden, und das muß doch gefeiert werden. Freut Ihr Euch denn nicht mit mir? Mein Vormund, Lord Burghley, besaß die übergroße Freundlichkeit, sich heute abend nicht hier blicken zu lassen. Wenn er aber doch erschienen wäre, hätte ich ihn am Kragen gepackt, die Treppe hinuntergeworfen und ihm hinterhergerufen: ›Ihr habt Euch wohl in der Tür geirrt, Sir!‹ O ja, das hätte ich. Meine Gefolgsleute wären wohl noch geblieben, aber ich habe sie fortgeschickt, wurde mir ihr ewiges ›Ja, Mylord‹ doch zuviel. Ja, ja, wenn mein ebenso alter wie häßlicher Vormund sich gezeigt hätte, hätten wir ihn zusammen verdroschen, nicht wahr, Will?«

Shakespeare stand immer noch und entgegnete: »Mylord, ich kann nicht bleiben.«

»Beim Erbarmen Christi, ich befehle es Euch aber!« rief Southampton und schlang ihm einen Arm um den Hals. »Aus Freundschaft bleibt Ihr, und nicht etwa aus Respekt vor mir ... von mir aus auch um der Barmherzigkeit willen. Wir drei hier zusammen! Bei meinem Seelenheil, wollen wir nicht Freunde sein, wir drei ...«

Durch die Fenster konnte man den Schnee heftiger fallen sehen, und die Weihnachtslieder der Zunftabordnungen hingen zusammen mit der Musik der Stadtkapelle immer noch in der Luft. Southampton und die junge Frau standen sehr nah beieinander. William hielt sich trotz des vielen Weins krampfhaft aufrecht und sah den beiden mit dem schwärzesten Schmerz im Herzen zu. Für einen Moment dachte er ernsthaft daran, seinen Degen zu ziehen und diesem unverschämten, gedankenlosen jungen Mann die Klinge auf die Schulter zu schlagen.

»Singt uns etwas, meine schwarzäugige Emilia!« verlangte der Graf.

Eine Laute stand noch in einer Ecke. Die Italienerin nahm sie auf und sang mit müder, rauher Stimme. William beobachtete sie vom anderen Ende des Saals aus seiner Fensterecke, und sein Körper brannte von ungeheurem Verlangen und unterdrückter Wut. Was für eine Torheit von ihm, hierher zu kommen! Sollte er sich nicht spätestens jetzt leise zurückziehen und Emilia bei diesem süßen, grausamen Grafen lassen, der in einer Ecke stand und langsam sein reichbesticktes Wams aufknöpfte? Sein Bauch schob sich in seiner Ermattung etwas vor, und er leerte ein Glas Wein, das jemand stehengelassen hatte. Shakespeare beobachtete, wie die beiden aufeinander zugingen und er sie küßte, während seine Finger im Mieder nach einer Brustwarze suchten. Wie betäubt hockte William voller Kummer und Enttäuschung da, bis er schließlich die Kraft fand, den Blick abzuwenden, sich zu erheben und leise zur Tür zu schleichen.

Binnen Sekunden stand sie neben ihm und nahm seine Hände. »Liebster Will!« forderte sie ihn auf. »Kommt mit uns! Kommt mit uns nach oben!«

Shakespeare preßte die Lippen zusammen und schüttelte den Kopf, doch sie ließ ihn nicht los und zog an ihm. »Kommt, ich liebe Euch, ich begehre Euch ...« Die Italienerin stellte sich mit ihrem süßen, mädchenhaften Lächeln direkt vor ihn hin, und er streckte eine Hand nach ihrem Haar aus, das nun zur Hälfte gelöst war, und dann nach ihrer Brust. Die Brustwarze schien auf intime Weise nach ihm zu rufen, und er beanspruchte sie als die seine.

»Wahnsinn, Narretei«, murmelte er und ließ sich von Emilia mitziehen. »Was habt Ihr vor, Liebste? Haltet ein, ich kann durchaus noch stehen ... Also gut, ich ergebe mich Euch.« Er warf einen Blick auf Henry, der sich inzwischen das Wams ausgezogen hatte und mit offenem Hemd dastand. Der Hut hing an den Bändern von seinen Schultern. Mit einer geschickten Fingerbewegung löste der Graf den Knoten, und im nächsten Moment flog der Hut durch den Raum, wo er auf dem Kopf einer Königsstatue landete.

»Gottes Segen über Euch, Majestät!« rief Southampton.

»Welcher König ist das?«

»Wer auch immer, er sei verdammt!«

»Will soll ein Stück über ihn schreiben, mit vielen Possenreißern. *Nun ist der Winter unseres Mißvergnügens verwandelt in glorreichen Sommer durch die Sonne von York ...*« Die drei nahmen sich am Arm und schritten gemeinsam die Treppe hinauf.

»Ach, Will, Ihr schwankt ja!« kicherte die Italienerin.

»Er hält die Feder fester als seine Beine.«

»Meine Feder hat nur Tinte getrunken ... doch nun soll sie Euch genießen!«

»Ihr Scherzbold!«

»Was hat die Uhr geschlagen?«

»Es ist schon weit nach Mitternacht.«

Die Diener hatten das Schlafgemach bereits hergerichtet. Neue Kerzen steckten in den silbernen Haltern, und frische getrocknete Kräuter und Blumen waren auf die dicken Leinenlaken des Betts gestreut, das halb hinter schweren grünen Vorhängen verborgen lag. William war schon einmal in diesem Raum gewesen, an dem Tag, an welchem er den Grafen bäuchlings und über Marlowes Tod trauernd auf dem Bett angetroffen hatte. Doch nun, in tiefer Nacht und mit dem leise rieselnden Schnee jenseits der Fenster, erschien ihm die Kammer als Hort der Wärme und intimen Geborgenheit. Alles hier war in den reichsten Farben gehalten. Angefangen von den Haarbürsten aus Silber und mit roter Emaillearbeit überzogen bis zu den neuartigen türkischen Teppichen, die man nicht mehr auf dem Tisch ausrollte, sondern auf den Boden legte! Shakespeare zog die Stiefel aus und ergab sich dem Luxus und der Weichheit dieser Neuerung. Emilia roch dunkel und nach Moschus. Sinnlichkeit und Verlangen brachten ihn um den Verstand, und sonderbarerweise fühlte er sich innerlich ruhiger und nicht mehr so aufgewühlt. William glaubte jetzt, an den Ort gelangt zu sein, an welchem man ihn schon seit langem erwartete und von Herzen willkommen hieß.

Henry schob den Türriegel vor.

Die Tänzerin bewegte sich aufreizend zum Ankleidetisch und fing langsam an, die Bänder und Schnüre des Obergewands über den vielen Röcken zu lösen. William war sofort bei ihr und öffnete die Knoten am Rücken. Danach kam der Oberrock an die Reihe, der an den Rändern etwas abgenutzt wirkte, mit seinen aufgestickten Blättern und Vögeln aber immer noch schmuck anzusehen war. Der Graf erschien lachend an ihrer anderen Seite und stach sich an einer Haarnadel in den Finger. Mit einem leisen Fluch zog er sich das Hemd aus, schleuderte es in eine Ecke, kniete sich hin und machte sich an den Lederriemen zu schaffen, die den klobigen Reifrock an Ort und Stelle hielten.

»Das ist die größte Schwierigkeit mit ihr«, murmelte Southampton dabei, »jedesmal habe ich damit zu kämpfen. Will stellt sich bestimmt geschickter damit an. Was wüßte ich schon von den Frauen oder dem Leben, wenn er es mir nicht beigebracht hätte?«

»Ach, Harry, das war doch nichts«, entgegnete Shakespeare erfreut über dieses Lob.

»Nun sputet Euch«, drängte der Graf ihn mit schwerer Zunge, »auf daß wir uns alle lieben können … Wir haben einander immer schon am Herzen gelegen und wollen das auch bis ans

Ende aller Tage so halten. Und wem haben wir das alles zu verdanken? Euch, Shakespeare!«

»Ach, gebt doch Ruhe.«

Der Reifrock knirschte leise, als er auf den türkischen Teppich fiel. Der Schauspieler half Emilia, aus dem Ungetüm zu steigen. Als nächstes beschäftigten ihrer beider Finger sich mit dem Satinkorsett, das sich tief in ihr Fleisch gebohrt hatte, und endlich mit dem Unterhemd aus einfachem weißem Leinen. Bloß und barfüßig schüttelte die Italienerin ihr langes Haar aus, so daß es die Hüften bedeckte, und streckte die Arme zuerst nach dem einen und dann nach dem anderen Mann aus. Ein süßes, kindliches Lächeln lag auf ihren Lippen, und Shakespeare hatte sie noch nie so lieblich und zufrieden mit sich gesehen.

Mit einem Schwung hob William sie hoch und trug sie zum Bett. Während er die Schöne in einem Arm hielt, küßte und zärtlich biß, gelang es ihm mit der anderen Hand, sein eigenes Wams zu öffnen und die Schnüre an seiner Hose zu lösen. Beides ließ er achtlos zu Boden fallen. Nur noch Lust beherrschte ihn, und seine Hand fand wie von selbst den Weg zu den Bettvorhängen, um sie zu öffnen.

»Bleibt uns fern!« rief er heiser in die Richtung, in der er den Jüngling vermutete. Wieder und wieder stieß er in Emilias Körper hinein, und die Bettseile krachten und dehnten sich. Federn flogen auf, und der ganze Raum roch nach warmen Kerzen und ihrer Feuchtigkeit zwischen den Schenkeln.

Jemand schrie und brüllte, und erst nach einer Weile stellte Shakespeare fest, daß diese Geräusche von ihm stammten. Die Laute kamen aus einer sehr tiefen Stelle in seiner Brust, die er vorher nicht gekannt hatte, und er drang wieder und wieder in die Italienerin ein, bis er sein letztes gegeben hatte. Dann legte Shakespeare sich neben sie und den Arm über die Augen. Er hörte, wie das Bett von neuem knarrte, ihr Seufzen und das Murmeln seines Freundes, sein jungenhaftes Grunzen und seine derben, vulgären Worte, die ihm wie ein Echo seiner eigenen erschienen. Eifersüchtig richtete er sich auf, und ihn überkam eine Woge der Gewalt, daß es ihn zutiefst erschreckte, denn er hatte sich stets als friedlichen Menschen angesehen – William wollte den Freund rüde von der Geliebten stoßen und mit der flachen Schwertklinge auf ihn einschlagen ... und während solcherart Gedanken ihn gefangenhielten, brach ihm der Schweiß aus, und er spürte, wie die Begierde von neuem in ihm erwachte. Gut gemacht, Harry, dachte er und lächelte, und wieder durchströmten ihn Glück und Heiterkeit.

Das Bett krachte immer lauter. Halb krank vor Erregung kniete er daneben und legte eine Hand auf ihr langes Haar, während sie den Kopf hin und her warf. Er strich über ihre Lippen, spürte ihre scharfen kleinen Zähne, als sie sich um seinen Finger schlossen, und berührte dann die kühle nackte Schulter Southamptons.

Dann war William wieder an der Reihe, und er spürte ihre körperliche Erschöpfung unter sich. Auch nahm er eine unbestimmbare Angst in ihr wahr, was ihn verdroß, fühlte er selbst sich doch so wunderbar.

Sie schliefen, erwachten und schliefen wieder ein. Shakespeare bemerkte beim zweiten Erwachen, daß die Kerze erloschen war, und durch den Spalt in den Bettvorhängen konnte er vage den satinbespannten Reifrock wahrnehmen, dessen Gerippe wie Gebein auf dem Boden lag, ihre funkelnde Halskette auf dem Tisch und den matten Glanz vom Schwert des Grafen und seines eigenen.

Wieder und wieder kamen sie in diesem bitterkalten Winter in dem Schlafgemach zusammen, während draußen Menschen in ungeheizten Räumen erfroren und Kinder auch ohne Genehmigung auf den Straßen um Brot bettelten. Obwohl Shakespeare alle diese Not sah, vergaß er sie doch sofort, kaum daß er die Kammer mit dem Bodenteppich und dem blumenbestreuten Bett betreten hatte und wieder mit den beiden anderen vereint war. Sie hielten sich bei den Händen, Emilia seufzte, und nichts außer ihnen zählte mehr. Weder die Bettler, die sich in Ermangelung von Schuhen Stofflappen um die Füße gewickelt hatten, noch die Kriege, noch die Rechnungen, die bezahlt werden wollten, noch die Textzeilen, die er auswendig lernen mußte – und auch nicht das ungewollte Kind, das sich heimlich unter dem leicht gewölbten Bauch der Italienerin streckte; Emilia war nicht für die Mutterschaft, sondern für das Begehren der Männer geschaffen.

Als sie vollkommen erschöpft eingeschlafen war, lag William neben ihr, hatte sich auf den Ellenbogen gestützt und betrachtete den Grafen. Seine bloßen Schultern, die Brust und die wenigen hellen Haare, so jugendlich noch, als wären sie gerade erst gewachsen.

»Ihr müßt auch schlafen, Harry«, sagte er leise.

Die Welt hörte auf, sich zu drehen, falls sie sich tatsächlich drehte, wie die Wissenschaft seit neuestem behauptete, auch wenn die Menschen auf ihr standen, ohne etwas davon mitzubekommen. Die Zeit stand still und rollte sich vor dem Kamin zusammen. Viele Nächte in diesem Winter kam William hierher, und wenn er verhindert war, bewegte sich seine Seele allein dorthin und ließ ihn rastlos auf seinem eigenen Lager zurück.

Wann immer Shakespeare konnte, stapfte er durch die leeren Straßen mit ihren Schneewehen, und die Wächter ließen ihn passieren, ohne zu fragen. Und schon von unten hörte er ihr Lautenspiel und ihren Gesang. Ob Emilias Ehemann von diesem Treiben wußte und wie er darüber dachte, erfuhren die drei nie; denn die Italienerin verlor nie ein Wort über ihn. Jemand berichtete, Lanier sei mit einem Marktkorb voller Essen und einer minderwertigen Laute auf dem Rücken im Theater erschienen und habe um Arbeit gefragt.

In dieser Zeit brachte der Schauspieler nichts zu Papier. Die Tinte trocknete in dem Glasfäßchen aus, die Ecken der Blätter rollten sich auf, und als seine Truppe das Stück anmahnte, das er ihnen zu schreiben versprochen hatte, gab er ihnen einfach ein altes.

Manchmal kam ihm sein heimliches Leben wie etwas Fremdartiges, Dunkles vor. Aber dann gab es auch die Nächte, in denen sie in dem verstaubten Haus Verstecken spielten. Das Anwesen war viel zu weitläufig, und einmal versteckte Emilia sich so hervorragend hinter dem Bettvorhang eines leerstehenden Schlafgemachs, daß die beiden Männer über eine Stunde mit ihren

Laternen von Kammer zu Kammer liefen und ihren Namen riefen.

Oh, Emilia! Cara, dove sei?

Sie liefen wie Kinder über die Flure und durch die Räume, flüsterten sich Geheimnisse zu, schauten in allen Schränken nach oder bewarfen sich mit klammen, lange nicht benutzten Kissen, Hauben und Nachthemden von Verstorbenen. Beim Schein einer Kerze entdeckten sie Miniaturen von verdienten Bürgern der Stadt, deren Gesichter ihnen vollkommen unbekannt waren.

»Das ist meine Großmutter«, rief Henry, als sie in einer Schublade auf ein weiteres Bildnis stießen. Er nahm es an sich und schob es vorsichtig in die Tasche seines Morgenmantels. Ein anderes Mal fanden sie eine Laute mit nur noch drei Saiten, und Emilia versuchte, darauf zu spielen. Je nachdem, wo sie sich gerade aufhielten, sprachen sie nur im Flüsterton miteinander, damit ihre Stimmen nicht bis in den Flügel des Hauses drangen, in dem die Gräfin schlief. Doch manchmal ließ sich nicht verhindern, daß sie laut lachten.

In einer Nacht öffneten sie einen Schrank voller reichbestickter Kleider. Diese mußten schon sehr alt sein, wiesen sie doch zahlreiche Löcher auf. Und dort standen auch flache, weiche Schuhe, deren Spitzen so lang waren, daß man sie am Knöchel festbinden mußte. Gleich schlüpften die drei in diese Gewänder und verwandelten sich in die Könige, die hundert Jahre und länger um den Besitz von England und Frankreich Krieg geführt hatten. Dann wieder wickelten sie weiße Bettlaken um ihre Körper und wurden zu Römern. Southampton setzte sich einen Lorbeerkranz aufs Haupt und erklärte gewichtig, dringend zum Forum zu müssen.

Und in manchen Nächten saßen die drei auf dem Bett zusammen und redeten über Dinge, die sie vorher nie erwähnt hatten. Der Graf sang ein Lied, das seine Großmutter ihm beigebracht hatte. Emilia erzählte von ihrem allerersten Kleid, das ihr sehr teuer gewesen war. Nie sei ein Fleck darauf gekommen, noch sei der Stoff irgendwo gerissen, bis sie aus dem guten Stück herausgewachsen war. William hingegen beschränkte sich darauf, die Freunde zu unterhalten und zum Lachen zu bringen.

Wenn er in diesen Zeiten etwas von sich verlor, so vermißte er doch nichts. So wie es eben geht: Da ist einem etwas abhanden gekommen, und erst viel später, manchmal erst nach Jahren, wird einem bewußt, daß einem etwas Wertvolles fehlt. William fühlte sich bis zur Einfältigkeit glücklich und hielt sich für gesegnet, bescherten die Freunde ihm doch auch Sicherheit und Geborgenheit. Einige Male erwachte er in solcher Benommenheit in dem Gemach, daß er nicht mehr auseinanderhalten konnte, welcher Arm, welches Bein oder welcher Bauch ihm gehörte. Tagsüber fühlte er sich nur noch müde, und der Mann, der früher geglaubt hatte, ohne das Schreiben nicht leben zu können, brachte nun einfach nichts mehr zustande. Mehrmals versuchte er, etwas zu verfassen, gab das Bemühen aber schließlich gänzlich auf. Und er war froh, nicht in seine Kammer in der Bishopsgate zurückkehren zu müssen, wo ihn nur die verstaubten Blätter auf dem Tisch unter dem Fenster anstarrten.

Dafür beherrschte Southampton seine Gedanken immer mehr: die starken weißen Arme, die aus den Schultern wuchsen, die bleichen Pobacken und die Intimität, mit ihm zusammen Emilia zu lieben. Die erschreckende, dunkle und besorgniserregende Nähe, wenn er neben ihm erwachte oder ihn schwer atmen hörte. Manchmal setzte er sich auf und betrachtete den schlafenden jungen Mann. In seinem Herzen entstand dann eine solch verwirrende Mixtur von Gefühlen, daß er gar nicht wußte, wie er sie auseinanderhalten sollte.

Einmal, nachdem er zwei Tage lang nicht richtig geschlafen hatte, erwachte er in vollkommener Unsicherheit und wußte nicht, wo er sich gerade aufhielt. Die Vorhänge waren einen Spalt weit auseinandergezogen, und der Mond stand hoch am Himmel. In seinem reinen weißen Licht entdeckte er Southampton, der ihn mit einer Zärtlichkeit betrachtete, wie er sie noch nie bei einem Menschen erblickt hatte. Henry wirkte so schön wie eine der nackten griechischen Statuen. Langsam senkte sich sein Kopf, und das lange blonde Haar strich über Shakespeares Arm. Dann küßte Southampton ihn auf den Mund, und William lag wie betäubt da.

Seine Lippen bewegten sich, um ihn mit einem »Tut das nicht« abzuwehren, aber kein Laut kam aus seiner Kehle. Inmitten der Umarmungen schrie er seinen Protest hinaus, ließ sich dann von Henry auffangen, schrie noch einmal und ruderte mit den Armen, um sich zu befreien. Und er hörte die leisen und angenehmen Worte der Beruhigung und Bestärkung. Schließlich öffnete er sich ihm. Sein Samen strömte, und er zog den jungen Mann hart an sich heran. William rang an der bloßen Schulter des Grafen um Atem, die wunderbarerweise nach regennassen Blättern und Wald roch.

Ich weiß nicht, was ich von Euch will, hatte Henry ihm gesagt, und ich weiß nicht, was ich von Euch bekommen kann ... So hatten die beiden sich überall berührt. Als William am nächsten Morgen allein in dem großen Bett aufwachte, fiel ihm sofort alles wieder ein. Was sollte er davon halten? War am Ende alles nur ein Traum gewesen? Und durfte er sich glücklich preisen, endlich den jungen Gott berührt zu haben und von ihm berührt worden zu sein?

Sie hatten sich in den Armen gelegen und danach die Gesichter voreinander hinter Haar und an einer Schulter verborgen. Wie sonderbar, den Grafen weinen zu hören und mitzuerleben, wie er sich im Schluchzen schüttelte. Nun war es an Shakespeare gewesen, ihm sanfte Worte ins Ohr zu flüstern und mit ihm zu reden wie mit einem Kind. Ein eigenartiges und rätselhaftes Erlebnis, doch hatte es dazu kommen müssen. Bei der Gnade Christi, definiere uns jemand die Liebe! Shakespeare hatte diesen jungen Mann geliebt, diesen Henry Wriothesley, den alle Welt den hochwohlgeborenen Graf von Southampton nannte. Seine Gefühle für ihn waren so stark gewesen, daß sie manchmal seine Brust zu zersprengen drohten. Er hatte ihn geliebt, als Freund, als Bruder, als Kind und als Ideal. Bei jeder Berührung hatte er seinen warmen Menschenatem gespürt. Und der junge Gott hatte nach Schweiß gerochen, nach Sex und nach den Kasernen der Soldaten, weil er doch so gern in den Krieg ziehen wollte.

Ich weiß nicht, was ich von Euch will – so hatte der Graf es ihm gesagt, und Shakespeare wiederholte sich die Worte, als er allein in dem riesigen Bett lag und das erste Grau des Wintermorgens über die nun stumpfen Farben des Teppichs kroch. Wie eigenartig, einen solchen Raum zu finden und erst dann zu erkennen, daß er sein ganzes Leben lang nach einem solchen Ort gesucht hatte, nach einem Hort des warmen Feuers, des Federbetts, der stets gefüllten Tabletts mit Wein und Speisen und all des anderen Luxus, und dabei von seiner alltäglichen Welt abgeschnitten zu sein. Nach einer Kammer, in der man alle Dinge tun konnte und auch tat, ohne vom kleinsten Anflug eines schlechten Gewissens geplagt zu werden. Ein Raum, wie ihn nur der Geist sich ersinnen konnte. Man mußte ihn hüten und wegsperren; denn er war so kostbar und geheim, daß er in der gewöhnlichen Welt kaum lange existieren könnte. Ach, wieviel süße Wildheit ihm hier beschert worden war! Wie ungekannt der bebende Schmerz danach über ihn und den jungen Mann gekommen war! War es den Menschen bestimmt, nach der Liebe zu trauern? Vielleicht dann, wenn diese gewaltsam in einen eindrang, einen aufriß, Fleisch, Knochen und Muskeln beiseite schob und in den Kern des Herzens vorstieß.

Ich weiß nicht, was ich von Euch will ... Shakespeare verstand überhaupt nichts mehr. Er wollte nicht begreifen, sondern nur noch fühlen und empfinden, auch wenn er sich davor fürchtete.

Endlich erhob er sich, kleidete sich an und ging nach unten. In der Bibliothek saß Southampton mit seinem Sekretär, und beide beugten sich gerade über irgendwelche Papiere. Henry sah nicht auf, und Shakespeare ging nach Hause, um ein paar Dinge zusammenzupacken, weil er heute Probe und eine Vorstellung hatte.

Er schwor sich, nicht mehr dorthin zurückzukehren, und tat es dennoch.

William erreichte Drury House, nachdem seine Arbeit getan war, und als er durch die Halle eilte, hörte er schon Emilia singen. Sie saß vor Southamptons Sessel auf dem Boden, und Henry streichelte ihr Haar. Doch als der Schauspieler eintrat, richtete er sofort den Blick auf ihn und sah ihn lange und mit leicht geöffneten Lippen an.

Sehr lange blieben sie im Salon zusammen und redeten über alles, was ihnen wichtig erschien, auch wenn sie es nachher wieder vergaßen. Dann gingen sie gemeinsam die Treppe hinauf. Die Italienerin schlief schon bald ein und ließ sich nicht mehr wekken. Shakespeare fragte sich, ob man ihr etwas in den Wein gegeben hatte, und erkannte, daß es sich tatsächlich so verhielt. Er drehte sich auf die Seite und betrachtete mit der größten Sanftheit und Verzückung Southampton. Und seine Seele verlangte so sehr nach dem jungen Mann, daß sie vor Schmerz schrie.

Die beiden fanden zueinander. Der Mund des Grafen wanderte über seine Brust, und in William erwuchs eine solche Erregung, wie er sie sein ganzes Leben lang noch nicht gekannt hatte. Er fluchte kurz unhörbar, legte sich auf Henry und küßte ihn; seine Zähne schlossen sich über dem dünnen Schnurrbart des Jünglings. Shakespeare küßte ihn, als wolle er seine Seele trinken, und kam lange nicht zu Atem. In seiner Brust herrschte ein solcher Druck, daß er befürchtete, daran zugrunde zu gehen, und dabei wünschte er nichts mehr, als den Grafen ganz und gar in sich aufzunehmen; das Fleisch seiner Schenkel zu verschlingen, dann die wunderbaren Schultern, den Hals, die Arme und auch das streng riechende parfümierte Haar in den Achselhöhlen. William wollte ihn auseinanderreißen und mit beiden Armen hineingreifen, um die Essenz dieses flüchtigen Gottes zu halten und nie wieder loszulassen; denn er bedeutete ihm … bei der Barmherzigkeit Christi, ja was bedeutete ihm der Graf? Dieser Fremde, dieser unendlich liebenswerte Fremde. Euch für mich. Ja, genau das wollte er, und nicht weniger, und von Anfang an hätte er sich nicht mit nur einem Teil von ihm zufriedengegeben.

Zuerst spürte er, wie Southampton lachte, dann spannte sich der junge Körper wie zum Sprung an, und endlich öffnete er sich ganz, um alles zu geben. Die beiden konnten nicht mehr voneinander lassen, wälzten sich über den dicken, weichen Teppich, zogen eine der schweren Decken vom Bett, verkrochen sich darunter und schleuderten sie schließlich fort. In der Dunkelheit der Nacht leuchteten Henrys Zähne weiß und spitz wie die eines Frettchens, und er preßte den Mund auf Williams Arm, um seine

Schreie zu unterdrücken. Sein Atem beschleunigte sich und klang schließlich wie das Keuchen von jemand, der um sein Leben rennt. Mit leiser Stimme wimmerte Southampton dann, öffnete erschrocken die Augen, umschlang Shakespeares Bauch und schoß seinen Samen wie eine weiße Flut in ihn, wie die Wolfsmilch, die man mitunter an heißen Sommertagen zu sehen bekommt.

»Ich möchte so vieles sein und bringe doch nicht den Mut dazu auf«, gestand der Graf leise. »Um der Wahrheit die Ehre zu geben, ich besitze auch nicht den Mut, für eine Sache zu sterben ... und vielleicht ebensowenig, wirklich zu leben.«

»Ihr werdet ihn schon in Euch entdecken, wenn Ihr ihn einmal braucht«, beruhigte William ihn. »Ich schwöre, Ihr werdet ihn finden!« Mit einem tiefen Seufzer schlief der Graf zwischen Decke und Teppich ein. Sein Kopf ruhte an Shakespeares Schulter, und seine Linke lag so in der Rechten des Freundes, daß der warme Goldring gegen seine Handfläche preßte.

Nie wieder, schwor sich William, und doch trugen ihn seine Füße erneut in das Schlafgemach. Manchmal trat Schuld in seine Augen, wenn er Emilia im Salon dabei beobachtete, wie sie den Kelch wieder an die Lippen setzte und danach klagte, sie fühle sich auf ganz unerklärliche Weise schläfrig. Shakespeare wußte nicht mehr zu sagen, wie er die Tage hinter sich brachte, in welchen Rollen er auftrat oder welche Kampfszenen er für eine Vorstellung geplant hatte. Und eines Tages konnte er sich an nichts mehr erinnern, weder an seinen Text noch an die Namen der Schauspieler, mit denen er auf der Bühne stehen würde. So sandte er Heminges die Nachricht, er sei erkrankt, und ein anderer solle für ihn einspringen.

Williams Leben begann und endete in der Kammer, in der er den jugendlichen warmen Körper berühren und dazu bringen konnte, in Verlangen, Leidenschaft, Abwehr und Höhepunkt zu schreien ... und auch im Schmerz – im Schmerz seines eigenen Rückzugs oder dem des Jüngeren, wenn er sich William in einer Weise hingab, wie dieser es sich schöner nicht vorstellen konnte, und derer er sich doch zutiefst schämen mußte. Und sehr oft stellte Shakespeare verwundert fest, wie zwei Menschen sich in der Liebe so vollständig öffnen konnten. Manchmal bedeutete es nur ein Erbeben des Körpers und den Erguß des Samens, andere Male aber auch das Gefühl, die Seele sei aufgerissen, so daß man taumelnd und blutend halb von dieser Welt ging, während man mit Tränen in den Augen auf den anderen starrte, der alles geworden war. In seiner Erinnerung währte die eine Woche Jahre, Jahrzehnte, Jahrhunderte. Auf ewig hatte er sich vom Strom der Zeit gelöst.

Einmal erwachte die Italienerin schlaftrunken – ihr war wohl zuwenig Laudanum in den Wein gemischt worden –, und beide redeten in großer Zärtlichkeit auf sie ein und gaben ihr die süßesten Kosenamen, bis sie die Männer nur noch verwirrt anstarrte.

Ja, gestand Shakespeare sich ein, er hatte Emilia wirklich geliebt, auch nach den bittersten Enttäuschungen, und er begehrte sie immer noch. Aber ganz anders verhielt es sich mit seinem Verlangen nach dem Grafen. Die Leidenschaft für Southampton hatte wie eine Besessenheit von ihm Besitz ergriffen. William schrie, weil sie ihn zuweilen so sehr bedrängte, und er kehrte immer wieder in das Schlafgemach zurück, um mehr von ihr zu erhalten. Der Schauspieler wollte Henry liebkosen und ihm weh tun, um ihm danach Trost und Geborgenheit zu schenken. Doch dann schob der junge Mann ihn verletzt zurück, und die Ringe an seiner Hand blitzten auf, wenn er sie zur Abwehr hob. Rasch traten ihm dann aber die erstaunlichen Tränen wieder in die Augen. Am nächsten Morgen trennten sie sich: Henry mußte an den Hof, und sein Dichter wanderte ziellos durch die Stadt.

Er lief weiter und immer weiter. Zu den Feldern vor Londons Mauern und darüber hinaus. Vorbei an den Ruinen der Klöster, und wenn er andere Menschen sah, erschienen sie ihm wirklich, wohingegen er sich in einen Geist verwandelt hatte, der nur nach Einbruch der Nacht existieren konnte. Als Shakespeare sein Theater erreichte, hörte er, wie die Musikanten spielten, um die Possenreißer auf die Bühne zu holen, und konnte es nicht ertragen. Nein, er gehörte nicht länger hierher, aber auch nicht wirklich an den Ort, zu dem ihn seine Füße jede Nacht wie aus eigenem Willen trugen.

Am nächsten Abend verfiel Southampton nach der leidenschaftlichen Umarmung in einen langen, rastlosen Schlaf. Aber William, der doch in den vergangenen Nächten nur für ein paar Stunden ein Auge zubekommen hatte, fand keine Ruhe. Er lag auf dem Rücken und starrte in die Dunkelheit. Den einen Arm hatte er schützend um den jungen Lord gelegt, der andere ruhte im zerwühlten Haar der Italienerin. Unten auf der Straße schrie eine Katze zum Steinerweichen. Seine Sinne waren so geschärft, daß er noch das leiseste Ächzen der Bettseile und sogar das Rauschen des Blutes in seinen Adern vernahm. Mit der größten Vorsicht löste er sich von den beiden, um sie nicht zu wecken, und schlich zum Ankleidetisch.

Im Schein der fast heruntergebrannten Kerzen sah er im Spiegel einen gutaussehenden Mann mit männlicher Brust. Er bewegte sich auf das Abbild wie auf einen Menschen zu, den er schon seit langem kannte, von dem er aber nicht wußte, wie er von ihm empfangen werden würde. Verwirrt strich Shakespeare sich über das Brustbein, als wolle er seine Seele berühren. Während er das betrachtete, was das Glas ihm zeigte, entdeckte er dort auch das Bett. Aber diejenigen, welche darin lagen, wurden von Schatten verdeckt. Dann erloschen die Kerzen. Er konnte nichts mehr sehen und bedeckte das Gesicht mit den Händen.

Schwerfällig, wie im Zustand der Trunkenheit, tastete er nach seinen Kleidern, und er hatte gerade den ersten Stiefel gefunden, als eine männliche Stimme aus dem Bett murmelte: »Wo geht Ihr hin?«

»Ich muß nach Hause.«

Schweigen antwortete ihm, dann sagte Southampton mit leiser, aber klarer Stimme: »Ich wünschte, es wäre nicht so weit gekommen; denn ich fürchte, Ihr wollt diese Angelegenheit zwischen uns beenden, Shakespeare. Wie eigenartig, daß alles in dem Moment vorbei sein sollte, in dem ich nicht mehr weiß, wie eigentlich alles begonnen hat.«

»Was mich betrifft, so fing es mit Sehnsucht und Verlangen an, Mylord.«

»Wonach?«

»Nach dem, was Ihr seid, und danach, Euch zu berühren … Ich wage aber nicht zu hoffen, daß Ihr ähnlich für mich empfunden habt. Doch nun muß damit Schluß sein, Mylord; ich kann nicht länger bleiben.«

Der junge Mann setzte sich auf und murmelte voller Schmerz: »Warum denn nur?«

»Weil ich mich selbst verloren habe. Verzehrt Euch nicht. Die Nacht ist kalt, und Ihr solltet Euch beide zudecken. Gehabt Euch wohl, mein lieber Harry.«

Shakespeare zog den Umhang fester zusammen und die Kapuze über den Kopf, während er auf die leere Straße hinaustrat. Augenblicklich zerrte der Wind an seinen Sachen, peitschte sie hoch und zurück, wollte sie ihm entreißen und schlug ihm ins Gesicht. Er zitterte so arg, daß er nicht mehr denken konnte. Auch wußte er nicht mehr, wohin er eigentlich unterwegs war. Shakespeare lief von einer Straße in die nächste, vorbei an den Wirtshäusern, den geschlossenen Bücherständen und den verriegelten Läden. Alles empfing ihn mit Stille und Schweigen, so als sei die Welt gestorben und er allein übriggeblieben.

Später passierte er stumme Lagerhäuser und Windmühlen, die aufgehört hatten, ihre Flügel zu drehen. Niemand lief durch die Straßen. Er bekam nur schlafende Bettler zu sehen und einmal einen Streit unter ihnen. In dieser Straße war Shakespeare schon einmal gewesen. Vor einigen Jahren hatte er sie in der Nacht beschritten, in welcher die Freunde mitangesehen hatten, wie zum Ergötzen der Menge ein Bär von Hunden zerrissen worden war. Christopher Marlowe war damals noch bei ihnen gewesen. Der Dichter war längst zu Staub zerfallen, aber hatte das irgendeine Bedeutung? Kit hatte ihm mit einem Lächeln erklärt: Ich bin nicht wie Ihr, William. Im Namen Christi, wie war er denn? Wer oder was war er?

Die Dämmerung kroch gerade zur kältesten Stunde der Nacht über die Dächer, als William tastend die Stufen zu seiner Kammer hinaufstieg, sich in sein Bett legte und so lange schlief wie nie zuvor.

Ein paar Tage später erfuhr Shakespeare, daß Henry Wriothesley von der Königin aufgefordert worden war, sie bei einer Reise zu ihren Besitzungen quer durch das Land zu begleiten. Dem Grafen blieb nichts anderes übrig, als zuzusagen. Kein Brief erreichte William. Jedesmal, wenn er auf der Stiege Schritte hörte, riß er gleich in Erwartung eines Botenjungen die Tür auf – und wurde doch regelmäßig enttäuscht.

Aus Mitgefühl besuchte er die Italienerin und lauschte geduldig ihrem Gejammer, wann Southampton endlich zurückkehrte, wobei sie ihr Taschentuch zerriß. Einige Male versuchte Emilia, ihn ins Bett zu locken, aber er lehnte jedesmal entschieden ab. Ein sonderbarer Widerwille gegen alle fleischliche Lust war in ihm erwacht, und er ahnte erst, wie tief dieser Abscheu reichte. Ihm war lediglich klar, daß er eine Umarmung weder ertragen noch geben konnte.

Das Verstehen setzte langsam ein, und mit ihm kam eine Leere, die sich beim Einbruch der Nacht einstellte und sich zu ihm ins Bett zu legen pflegte. Shakespeare wußte nicht, wo er sich vor ihr verkriechen konnte. Ihm war, als wäre er in sein geliebtes Haus zurückgekehrt und hätte es leer und ausgeräumt vorgefunden. Nicht ein Stuhl war geblieben, und nur noch ein Buch stand im Regal, das einen nie interessiert hatte, und die Fenster waren zerbrochen.

Danach kam die Trauer.

Der Kummer stieg aus seiner Brust auf, erstickte ihn, drohte, das Herz am Schlagen zu hindern, und raubte jedweden Gedanken aus seinem Gehirn. Mit ihnen dreien war es endgültig vorbei, und über die verschlungenen, geheimen Pfade, die sie zueinander geführt hatte, würden Gras und Unkraut wachsen, bis man sie nie wieder aufspüren konnte. Das Schlimmste daran war, daß er allein die Trennung vollzogen hatte, und er war sich bewußt, daß das nun endgültig hinter ihm lag. Als ihn eines Tages doch noch eine Nachricht von Southampton erreichte, in der ihm mitgeteilt wurde, wie sehr man ihn vermißte, antwortete er nicht einmal darauf.

Gerade als Shakespeare glaubte, er habe es überstanden und es ginge mit ihm wieder aufwärts, meldete sich die Trauer mit einer Macht zurück, daß er es in seiner Kammer nicht mehr aushalten konnte. William stürzte hinunter auf die Straße, rannte ziellos umher, stolperte und wollte nur noch schreien. Was einmal das Zentrum seines Daseins ausgemacht hatte, verging vor ihm. War es ihm möglich, einen Ersatz dafür zu finden? Sein wunderschöner griechischer Gott hatte sich als sterblich und fehlbar erwiesen. Und Emilia, die sie beide auf ihre Weise geliebt hatten, war nicht besser oder schlechter als jede andere Maid auch. Er hatte sich der Illusion hingegeben und darin seine Rolle gespielt. Wie dunkel, befremdlich und unzureichend die Italienerin sich nach Liebe gesehnt hatte, so als handle es sich dabei um ein Kleidungsstück, das man ohne große Mühe wechseln konnte. Und wie hatte sie sich der falschen Gewißheit hingegeben, ihre Jugend würde ewig währen. Arme, betörend schöne Emilia! Indem er die beiden erhöht und mehr in ihnen gesehen hatte, als sie waren – wohl weil er sie nicht so akzeptieren konnte, wie sie wirklich beschaffen waren –, hatte er sich selbst an den Rand des Untergangs geführt.

Zwei Tage lag William mit Fieber im Bett. Seine Vermieterin, die schon glaubte, er habe sich eine Seuche eingefangen, wollte bereits nach seinen Freunden schicken, was er ihr jedoch strikt untersagte. Während der folgenden Monate traf er sich mit keinem Menschen und lebte nur noch für seine Arbeit. William blieb allein, und der Ruß der vielen Feuer in der Stadt drang durch die hölzernen Fensterläden und bedeckte langsam die Mappen auf seinem Schreibtisch unter dem Fenster.

Die Kammer in der Bishopsgate

In diesen Wochen, in denen Shakespeare wenig mehr wahrnahm als die durcheinanderpurzelnden, halb fertigen und schmerzlichen Gedanken in seinem Kopf, wehten die ersten sanfteren Brisen von den Feldern durch die sich windenden Gassen der Stadt. Dann kam der Tag, an dem er glaubte, auf das zweite Wollwams verzichten zu können. Sofort strich ein frischer Hauch um seinen Hals, und zitternd legte er sich das Stück wieder an.

Als er nach einer weiteren Prozession nach Hause kam und das Honorar dafür in seiner Tasche klimperte, bemerkte er zum ersten Mal die ungewohnte Unordnung in seiner Kammer. Für einen Moment erschien es Shakespeare, als sei er in den Raum eines Fremden getreten. Ein Kätzchen, das er halb verhungert auf der Straße gefunden und mitgenommen hatte, um etwas Gesellschaft zu finden, schlief auf seinem einfachen braunen Wams und hatte dort bereits einen Kranz von feinen hellgoldenen Haaren hinterlassen. Behutsam hob William das Tier hoch, hielt es in der Hand und suchte nach einem besseren Ruheplatz. Doch wohin er auch blickte, stapelten sich Papiere. Als Shakespeare endlich ein Eckchen gefunden hatte, sprang das Kleine gleich auf, hatte seinen Spaß damit, eine Maus zu jagen, und verheerte den letzten Rest von Ordnung.

Shakespeare blieb nichts anderes übrig, als auf den Knien herumzurutschen und die heruntergefallenen Blätter aufzulesen. Dabei fiel ihm ein Brief in die Finger, auf dem Southamptons Siegel prangte. Nur ein einziges Mal hatte der Graf ihm seit seiner Rückkehr von der Reise mit der Königin geschrieben, und William hatte ihm nicht geantwortet. Nicht aus Vergeßlichkeit, sondern aus Unwillen, auch wenn das bedeutete, in Armut zu leben oder sich als Landarbeiter verdingen zu müssen. Doch als er das Schreiben jetzt in der Hand hielt, spürte er, daß er diese Angelegenheit unbedingt zu einem Ende bringen mußte, genauso wie so vieles andere, das hier auf ihn wartete. Er hockte im Schneidersitz auf dem Boden, das Kätzchen schlug spielerisch nach seinen Fingern, und er überflog Rechnungen und Mitteilungen. Einige davon warf er gleich in die Kohlenpfanne, andere strich er glatt, um sie genauer zu studieren.

Unter dem ganzen Durcheinander stieß Shakespeare auf eine gewöhnliche Mappe aus Pergament, und als er sie öffnete, stockte ihm der Atem; denn zwischen den Deckeln befanden sich all die Sonette, die er für seinen Mäzen verfaßt hatte. Während der Dichter die Blätter eins nach dem anderen wendete, verspürte er Übelkeit, Ungeduld, Schmach, Verwirrung, Hingabe und all die ungeordneten anderen Dinge, die ihn einmal so sehr beherrscht hatten, bis er nicht mehr gewußt hatte, wer er eigentlich war.

Drei Tage blieb die Mappe in einer Ecke liegen, und die kleine Katze spielte mit den Enden der Bänder daran. Am Morgen des vierten Tages, als die kühle Frühlingsluft ihn weckte, sprang Shakespeare aus dem Bett, stieß die Fensterläden auf und schaute hinab auf die Straße. Der Leimkocher unten, der gerade wieder einen Topf Knochen rührte, tippte zum Gruß an seine Kappe. Wenn William sich nach links lehnte, konnte er über die Dächer hinweg einen Blick auf die Straße erhaschen: auf die durchgehend in mattem Rot gehaltenen Lädenschilder, das faulige Dachstroh und die verschobenen Schindeln, auf denen sich haufenweise Vogelkot und Ruß abgelagert hatten. Doch über allem wehte der sanfte Wind eines frühen Frühlingstages und rief ihm zu, endlich herauszukommen!

Die Uhr hatte gerade zur siebenten Stunde am Morgen geschlagen, als Shakespeare sich in der Schüssel wusch. Das Wasser dazu hatte er unten an der Straßenpumpe geholt. William stutzte sorgfältig seinen Bart und zog sich die besten Sachen an, als ginge er zu seiner eigenen Hochzeit. Dann nahm er das Bündel unter den Arm, versperrte hinter sich die Tür und stieg die Treppe hinunter. Wenn William länger darüber nachgedacht hätte, wohin er nun unterwegs war, hätte er vermutlich auf der Stelle kehrtgemacht. Doch so vieles ging ihm durch den Kopf, daß er sich von seinen Füßen leiten ließ. Als er spürte, daß die Steintürme von Drury House nun in Sichtweite gekommen sein mußten, hielt er den Blick auf den Boden gerichtet. Die Gärtner waren im Park zugange, und die Stickerin kehrte gerade mit einem Korb voller Seidengarn zurück.

Am Eingang befand sich ein neuer Türsteher, der William nicht kannte. Dieser hieß ihn unfreundlich, in einem wenig vornehm ausgestatteten Raum zu warten, und machte sich dann mit zweifelhafter Miene auf den Weg zu seinem Herrn, um den Bittsteller anzukündigen. Shakespeare überlegte schon, wieder zu gehen, als der Diener zurückkehrte und ihm die Tür zum Salon öffnete.

Obwohl die Sonne bereits hoch am Himmel aufgestiegen war, herrschte in diesem Raum eine eigenartige Finsternis. Man hatte die Vorhänge noch nicht zurückgezogen, und vom Hof waren die Stimmen von Knaben zu hören, die sich im Reiten übten. Der schwere Stoff war bewußt gewählt worden, um den Salon von der flatterhaften, unwürdigen Welt der Londoner Schenken und Werkstätten zu trennen, die nur wenige Straßen weiter begann. In der anderen Richtung konnte man das hohe Gras der Felder und dahinter die Gehöfte erkennen. Derselbe reichbestickte Läufer lag noch auf dem Tisch, und auf dem Kaminsims stand immer noch der silberne Pokal mit der Gravur: *O Elisabeth, o Königin,* doch glänzte das Edelmetall im Halbdunkel stumpf.

Drüben in der Ecke der Sessel, auf dem Emilia die Laute geschlagen hatte … wie lange das her war.

Während Shakespeare sich noch einmal umsah, wurde ihm das Herz so schwer, daß er die Gefühle, die sich dort drängten, nicht mehr auseinanderhalten konnte. Dann trat der Graf ein und zog an einer Seite die Vorhänge zurück. Doch auch ohne dieses Manöver wurde es in dem Salon gleich hell, denn Henry strahlte das ihm eigene Licht aus, so als sei er Bestandteil der Sonne. Verlegenheit und Freude zeigten sich auf seinen schönen Zügen. Er nahm Williams Hände und schüttelte sie heftig nach Art der Soldaten.

»Oh, Shakespeare, verdammter Kerl, Lumpenhund! Ich habe Euch zweimal geschrieben, nein, öfter, und das heißt bei mir schon einiges, aber Ihr habt nie geantwortet! Dann habe ich Euch in einer von Jonsons Komödien gesehen, fand aber keine Gelegenheit, danach zu Euch zu kommen und Euch zu begrüßen. Als Euer Mäzen hätte ich Euch natürlich befehlen können, Euch zu zeigen ...« Southampton legte die Stirn in Falten und lächelte verlegen, als habe man ihn bei einer Lüge ertappt. »Doch heute seid Ihr gekommen. Umarmt mich, Mann, oder sind wir uns so fremd geworden, daß wir uns nicht mehr herzlich begrüßen mögen?«

»Wie geht es Euch, Mylord?« fragte der Schauspieler unbeholfen.

»Harry ... oder habt Ihr das bereits vergessen?«

»Also gut ... Harry.«

»Wie es mir geht? Nun, meine allerliebste Mutter plant, sich wieder zu verheiraten, und ich werde wohl in ein anderes meiner Häuser umziehen müssen. Ihr könnt Euch sicher vorstellen, daß ich das gar nicht abwarten kann. Lebwohl, du Haus, in dem ich meine Kindheit verbrachte! Oh, welche Zeiten wir hier erlebt haben, was, Shakespeare? Und was die Zukunft bringt ... wer vermag das schon zu sagen? Aber jetzt sollt Ihr Wein bekommen, und wir beide können uns unterhalten ... So vieles gibt es, das sich zu bereden lohnt. Nehmt doch Platz, bitte, setzt Euch! Was steht Ihr da herum, als wünschtet Ihr, gleich zu gehen, obwohl Ihr doch gerade erst gekommen seid?«

Ein Diener reichte Wein. Den Kelch hatte er noch nie gesehen, und als er sich noch einmal umschaute, schien in dem Raum nichts mehr so zu sein, wie er es in Erinnerung behalten hatte. Irgend etwas hatte sich grundlegend verändert. Langsam hob William den Kopf und lauschte dem Klatsch und Tratsch vom Hof und seinen Frauengeschichten. Dennoch spürte der Schauspieler die Unsicherheit des Grafen. Trotz der Leichtigkeit seiner Rede sprang der junge Mann immer wieder auf, um ziellos im Salon hin und her zu rennen; und wenn er sprach, sah er die Vorhänge oder den Tischläufer an, so als seien die Worte nicht an den Dichter gerichtet. Irgendwann öffnete er auch die anderen Vorhänge, und hellstes Sonnenlicht ergoß sich in den Raum.

»Ich halte mich jetzt viel häufiger bei Hof auf! O ja, denn da gibt es eine Hofdame, die ich unbedingt zu erobern gedenke.« Er drehte sich zu Shakespeare um und hatte sein strahlendes altes Lächeln wiedergefunden. »So ist es nun einmal auf der Welt bestellt, und so wird es immer bleiben.« Er marschierte zu William, ließ sich neben ihm nieder, sah ihn ernst und prüfend an und legte dann eine Hand auf seinen Arm.

»Ich wußte, daß es Euch gutging«, erklärte Henry dann, »ließ ich doch Nachforschungen anstellen. Aber ein Freund von mir, der zugegen war, als Ihr in jener Nacht Eure Komödie in meinem Haus aufführtet, fragte neulich, ob Shakespeare fortgezogen oder an der Pestilenz verstorben sei, habe es doch seit Monaten kein Stück mehr aus seiner Feder gegeben.«

Und William dachte, ich konnte nichts Neues mehr verfassen, hatte ich mich doch von mir selbst entfernt. Aber das könnt Ihr natürlich nicht ahnen ... Wie hatte ich je erwarten können, daß Ihr so etwas wüßtet? Doch andererseits, wessen Schuld war es eigentlich, daß es zu dem kam, was zwischen uns geschah? Vielleicht ist das, was wir voneinander erstrebten, auf dieser Welt nicht zu erlangen.

Shakespeare entgegnete: »Ich bin gekommen, Euch die restlichen Sonette zu bringen, welche ich für Euch schrieb. Denn es gab noch viele weitere, nicht nur jene, die Eure Mutter bei mir bestellte. Die meisten davon habt Ihr nie zu Gesicht bekommen, weil ich sie in Kummer und Verdruß zu Papier brachte und mich danach ihrer schämte. Dennoch gehören auch sie Euch.« Er reichte dem Jüngling das Päckchen.

»Aber Sonette sollten schön sein und nicht voller Leid.«

»Mag sein, doch konnte ich sie zu jener Zeit nicht anders verfassen.«

Southampton nahm sie, trat ans Fenster und fing an zu lesen. Während er dastand und die Blätter wendete, wechselten sich die vielfältigsten Regungen auf seiner Miene ab. »Wie tief Ihr doch empfindet«, murmelte der Graf. »Ich bin noch nie einem Menschen begegnet, dessen Gefühle so tief reichen wie die Euren ...

Gleichwohl habe ich es nie verstehen können und werde es mir wohl auch niemals wünschen … Es kann nicht sehr angenehm sein, von solch heftigen Gefühlswallungen geplagt zu werden.«

William sah ihn nicht an. »Verfahrt mit den Gedichten, wie Ihr wollt. Von mir aus mögt Ihr sie verbrennen. Ja, Ihr solltet die Sonette wirklich ins Feuer werfen, denn sie verraten zuviel über mich, und ich möchte nicht, daß viele Menschen das erkennen.«

»Shakespeare?«

»Ja, Mylord?«

»Ich habe Euch schon einmal gesagt, daß Männer in meiner Position in Versen dafür gerühmt werden, daß sie die Dichter unterstützen. Habt Ihr dies hier nur aus diesem Grunde verfaßt?«

»Ihr wißt genau, daß mir nie danach der Sinn gestanden hat.«

»Wie meint Ihr das?«

Der Schauspieler schloß für einen Moment die Augen. »Uns ist es nicht gegeben, den Menschen zu bestimmen, in den wir uns verlieben, noch den Zeitpunkt, wann dies geschieht. Von allen Mysterien des Lebens muß dies das größte sein. Und was ist eigentlich die Liebe? Ich spreche hier nicht von der Fleischeslust, Mylord, sondern von der Liebe in ihrer schönsten und reinsten Form. Mit ihr verhält es sich wohl so, daß alles in einem nach einem anderen strebt, und dabei scheint es keine Grenzen, kein Einhalt zu geben … Zu welchem Zweck, Mylord? Um was zu erlangen? Ich weiß es wirklich nicht. Die Anerkennung der geliebten Person vielleicht. Oder um ihre Zuneigung zu gewinnen? Warum erscheint uns das manchmal wertvoller als unser eigenes Leben?«

Der Graf stieß die Blätter in die Mappe zurück und wollte sie gerade zubinden, als er entdeckte, daß William aufgestanden war. »Nein, geht noch nicht!« rief Southampton bestürzt. »Bleibt wenigstens zum Abendessen!«

»Ihr seid zu freundlich, Mylord, aber die Arbeit verlangt nach mir«, antwortete der Schauspieler und verschwieg das, was er eigentlich sagen wollte: Ich liebe Euch nicht mehr. Shakespeare konnte es nicht einmal ertragen, diese Worte in Gedanken zu sprechen, hätte er dann doch ob des ungeheuren Verlustes laut geschrien. Auch behielt er dies für sich: Ich wollte Euch alles geben, was ich jemals war, doch das wolltet Ihr nicht haben; und schlimmer noch, Ihr ahntet nicht einmal, was alles für Euch bereit stand; und nun werdet Ihr es nie mehr erfahren.

Aber der Jüngling schien das Schweigen Williams nicht zu bemerken; oder wenn doch, so schien er es für ratsamer zu halten, wieder auf und ab zu laufen und wie beiläufig zu bemerken: »Emilia hat mir geschrieben. Ihr Mann hat wenig Erfolg, und sie bat mich um eine Pension für ihn oder wenigstens ein Geldgeschenk. Die Italienerin bildet sich sogar ein, ihr Lanier würde eines Tages zum Ritter geschlagen. Ha! Wie sollte das bei einem solchen Trottel möglich sein? Ich habe ihr eine kleine Summe geschickt, ihr aber nicht mehr geschrieben. Wenn sie in Schwierigkeiten steckte, würde ich mich natürlich melden, aber so ... Mit Euch verhält es sich anders, Shakespeare. Was werdet Ihr nun tun?«

William antwortete mit kaum hörbarer Stimme: »Ich weiß es noch nicht, aber das spielt auch keine Rolle.«

Sie unterhielten sich noch für einen Moment oder zwei, dann verbeugte der Schauspieler sich leicht und verließ den Salon. Ihm erschien es als Glück, den Weg hinaus so gut zu kennen, denn die Tränen, die seine Augen füllten, behinderten seine Sicht. Und leise murmelte er vor sich hin: Verbrennt die Sonette, wenn Ihr wollt ... werft sie nur ins Feuer. Laßt mich schweigend und allein in den Tod gehen.

Später konnte er sich nicht an den Rest dieses Tages erinnern, weder an die üblichen Schwierigkeiten bei einer Aufführung noch an seine Rolle darin, oder wie er auf die Bühne gelangt und wieder von ihr heruntergekommen war. Doch er wußte noch, daß von Zeit zu Zeit ein Gedanke durch seinen Kopf geschossen war: Er mußte Southampton drängen, die Gedichte zu vernichten. Aber wenn er versuchte, sich dies einzuhämmern, schossen ihm gleich Tränen in die Augen und verknotete sich seine Kehle; und dann hatte er die größte Mühe, sich wieder in den Griff zu bekommen, um den nächsten Text zu sprechen.

Das letzte blaßgoldene Licht des späten Nachmittags drang in seine Kammer. Er starrte mit stumpfer Miene auf die Sonnenscheinflecken auf dem Boden und auf dem Schreibtisch, als habe er so etwas noch nie gesehen. Für einen Augenblick wollte Shakespeare sich die Seele aus dem Hals schreien: Verbrennt die Sonette, werft sie alle ins Feuer … Ach Gott, warum mußte er auch so schreiben. Nicht die hübschen Verse eines Robert Greene waren ihm eigen, dafür atemlose, zärtliche und innerlich zerrissene Gefühlswirrungen. Selbst seinen Komödien war etwas davon anzumerken … Wie hatte er nur so intime Dinge zu Papier bringen können? In seinem Teil der Welt gehörte es nicht zu den Gepflogenheiten der Männer, solche Dinge auch nur auszusprechen.

Der Gedanke, sein Innerstes schriftlich niedergelegt zu haben, wurde Shakespeare immer unerträglicher, und er war schon auf dem Sprung, um die Treppe hinunterzustürzen und den erstbesten Straßenjungen mit der Nachricht zu Southampton zu schicken, die Sonette nicht zu behalten, sondern ins Feuer zu werfen … Die Tränen liefen ihm die Wangen hinunter, und er dachte daran, alle seine Arbeiten den Flammen zu übergeben. Allerdings gehörten den Schauspielern die Rechte an den Stükken, welche er ihnen verkauft hatte, aber er konnte etwas anderes tun – all die unfertigen Dramen zerstören, in deren Zeilen so viel seiner selbst eingeflossen war.

Doch Shakespeare unterließ das; denn ihm wurde allmählich klar, daß er mehr als alles andere wieder schreiben wollte. Nicht nur, um Geld zu verdienen und sich damit etwas zu essen zu kaufen, sondern um dem nachzugehen, von dem er wußte, daß er ohne es nicht existieren konnte. Das Schreiben hielt William aufrecht und schützte ihn. Wie er so in seiner kleinen Kammer dastand, löste sich ein lauter Schrei aus seiner Brust: O Herr, was hast Du aus mir gemacht?

In den vergangenen Monaten war ihm etwas verlustig gegangen, das ein Mensch niemals verlieren durfte, seine Seele nämlich. Doch die eigenartigen Wege, die das Leben mitunter beschreitet, würden bewirken, daß alles für ihn wieder so werden würde wie vorher und er geläutert und gereinigt von neuem schreiben sollte. Liebster Jesus im Himmel, dachte er. Alles, was ich erlebt und durchgemacht habe, war nur dazu ersonnen, mich zu dem zu formen, was ich heute bin.

Christopher Marlowe sagte, in mir läge einiges verborgen. Und vermutlich verhielt es sich auch so, doch was in mir schlummerte, ist erwacht und nach oben gekommen. Der Prozeß hat mich fast zerrissen, und ich blute noch aus zahlreichen Wunden, doch ich lebe! So, wie ich nun einmal beschaffen bin, war es wohl auch gar nicht anders möglich. Jack hat mich ebenfalls gut gekannt; denn nach jenem Tag, an dem all sein Geld gestohlen worden war und er befürchtete, nie mehr im Leben auf einen grünen Zweig zu kommen, da saßen wir am Bach zusammen und sahen seiner Tochter beim Spielen zu. Und Heminges erklärte: Es kommt die Zeit, in der man wissen muß, wie es wirklich um das eigene Herz bestellt ist, und dorthin zurückkehren soll.

William dachte an Stratford, an seine Eltern und an seine Schwester Joan, die nun erwachsen und stolze Ehefrau war. Im Sommer und Winter weckten sie Obst ein und füllten mit den Gläsern ganze Regale. Sie schlachteten Kalb und Schwein und legten das Fleisch in Salz ein. Und so drehte sich der Kreislauf der Erde Jahr um Jahr. Bei Gott, wie sehr er seine Familie liebte: Seinen armen Vater, dem die Gewissensbisse so sehr zu schaffen machten. Sie waren heimlich in sein glückliches Leben gedrungen und hatten ihm alles verdorben. Seine Mutter und sein Weib, die sich selbst nie mehr als ein Mindestmaß an Freude gestattet hatten, weil sie fürchteten, wenn es mehr wäre, würde ihnen das genommen. Aber er gehörte nicht mehr ihnen, sondern nur noch sich selbst. Bei Licht betrachtet, war William nicht wie sein Vater, nicht wie seine Freunde und auch nicht wie sonst jemand auf der Welt – sondern nur er selbst, und dieser Gedanke schenkte ihm Trost. Shakespeare konnte niemals besser sein, als er war; und mochte er auch schlecht in manchem sein, so stammte es doch allein von ihm, und in dieser Hinsicht konnte niemand auf der Erde es besser tun. Wenn der Schauspieler einen Spiegel besessen hätte, hätte er darin sein Gesicht erblickt, wie er es nie zuvor gesehen hatte.

Langsam, aber stetig räumte er Hemd und Hose, Rechnungen und Kätzchen vom Schreibtisch und stieß endlich auf die Papiere darunter. Ein angefangenes Stück über Johann Ohneland, den unglücklichen Bruder von Richard Löwenherz, der einen so erbärmlichen König abgegeben hatte. *Ah, bei der Jungfrau Maria, nun besitzt meine Seele Ellenbogenfreiheit. Sie entschwindet nicht durch Fenster, nicht durch Türen … Ich bin nur eine geschriebene Form, mit der Feder zu Pergament gebracht, und gegen dieses Feuer schrumpft der Rest von mir dahin.*

Alles stand bereit: die Tinte, der Streusand zum Löschen und der Wachsrest zum Versiegeln der Briefe. Shakespeare nahm einen Kochtopf vom Schemel, setzte sich vor den Papierstapel, verflüssigte die Tinte und griff zum Federkiel.

Und schon strömte es aus ihm heraus wie zu lange zurückgehaltene Worte – die Geschichte von dem unglücklichen König, der nicht lieben konnte.

Das Brot lag unangerührt auf dem Regal. Er verspürte Durst, griff aber nicht nach dem Eimer mit Ale. Die Dämmerung senkte sich über die schäbigen Dächer und Kamine der Stadt, und die Luft wurde kühler. Doch auch wenn Shakespeare fröstelte, sah er sich doch nicht in der Lage, das warme zweite Wollwams anzuziehen. Seine Glieder verkrampften, und so beugte er sich eben noch tiefer über seine Arbeit.

Und als die Nacht hereinbrach, schrieb William immer noch mit gebeugten Schultern, bis er die Worte nicht mehr erkennen konnte, die er zu Papier brachte. Doch der Strom in seinem Geist war noch lange nicht versiegt.

Historische Anmerkungen

Über dieses Buch und den historischen Shakespeare

Dieser Roman behandelt die Periode in Shakespeares Leben, die von der Entstehung seiner ersten Stücke – also seinen sogenannten Lehrjahren – bis zum Jahr 1595 reicht, als er fast einunddreißig Jahre zählte.

Während der letzten drei Jahrhunderte sind Tausende von Büchern über den größten aller Dichter geschrieben worden. Die meisten berufen sich auf zeitgenössische Quellen wie Taufregister, Hochzeits- und Todesurkunden oder Landbesitzverzeichnisse und Prozeßakten. Daneben stehen die Schriften seiner Kollegen zur Verfügung. Wie zum Beispiel von Ben Jonson, der an einer Stelle festhält, daß er »diesen Mann geliebt habe und seinem Andenken (bis an die Grenze zum Götzendienst) die größte Ehre erweisen wolle«, oder von seinen Schauspielerkameraden, die bei ihrem Eid beschworen, es habe nie einen höflicheren, sanfteren und wertvolleren Mann gegeben als ihn.

In meiner Geschichte habe ich mich auf folgende allgemein akzeptierte und/oder dokumentierte Fakten berufen: William Shakespeare wurde 1564 in Stratford geboren. Mit achtzehn Jahren schwängerte er eine Frau namens Anne Hathaway, die um einiges älter war als er, und heiratete sie. Sein Vater war Handschuhmacher, und allgemein nimmt man an, daß er heimlich Katholik war. William kam irgendwann nach 1587 nach London und wurde nach einer Weile ein erfolgreicher Schauspieler und Stückeschreiber. In dieser Zeit verfaßte er auch zwei lange Gedichte, die er seinem Mäzen und Förderer, dem Grafen von Southampton, widmete; und man vermutet, daß auch die Sonette für diesen Adligen geschrieben wurden. Nach Shakespeares Rückzug aus dem Theaterleben zog er 1610 zurück nach Stratford und starb dort an seinem zweiundfünfzigsten Geburtstag im Jahr 1616. Daß seine Ehe unglücklich gewesen sein muß, wird schon seit langem gemutmaßt. Ich habe mich dieses Umstands als dramatischer Ausschmückung bedient. Aus dieser Ehe gingen drei Kinder hervor, von denen der Junge in frühen Jahren starb.

Gemäß seinem frühen Biographen John Aubrey, der all seine Informationen aus zweiter Hand erhielt, war Shakespeare ein gutaussehender Mann. Die an einigen Stellen in den Sonetten zu findenden Hinweise auf seine Lahmheit werden von der Forschung als Anspielungen auf seine Armut interpretiert. Dennoch scheint unbestritten, daß er sich nach einigen Jahren zunehmend auf Rollen verlegte, bei denen er sich nicht zuviel bewegen mußte. Und angesichts dessen habe ich die Lahmheit wörtlich genommen und Shakespeare mit einem verletzten Knie ausgestattet. Natürlich gibt es immer noch diejenigen, die behaupten, ein anderer als Shakespeare habe die Stücke geschrieben – je weniger Worte man darüber verliert, desto besser. Anekdoten aus jener Zeit zeigen an, daß Shakespeare durchaus dem weiblichen Geschlecht zugetan war. Sein Biograph Aubrey erklärt dagegen, William sei in dieser Hinsicht sehr zurückhaltend gewesen und habe jede Einladung zu Gesellschaften abgelehnt, bei denen es zu unzüchtigen Ausschweifungen kommen würde.

Wie bereits gesagt, beschäftigt sich der vorliegende Roman nur mir der Frühphase, der sogenannten Lehrzeit des Dramatikers. Seine großen Werke – wie *Hamlet, König Lear* oder *Julius Cäsar* – sollten erst noch kommen und mit ihnen die Blüte des englischen Theaters. Shakespeare hatte in jenen ersten Jahren lange und hart mit der Armut und dem Umstand zu ringen, von niedrigem Stand zu sein. Diese Facette seines Lebens ist mitsamt ihren vielfältigen Schwierigkeiten niemals ausreichend untersucht oder anerkannt worden. William konnte viele Jahre nicht einmal ahnen, daß aus ihm einmal ein reicher Gentleman werden sollte. Und ganz gewiß hat er niemals die Marmorbüsten von ihm erwartet, die in den Jahrhunderten nach seinem Tod so manche Bibliothek zierten. Vermutlich hätte er nur verwundert gelacht.

Einige Fakten und Daten in Shakespeares Leben wurden in diesem Buch leicht verändert, andere hingegen entstammen nur meiner Phantasie. Die »verlorenen Jahre« von etwa 1585 bis 1593 stellen die Forschung immer noch vor viele Rätsel. Ungeklärt ist zum Beispiel die Frage, wie William seinen Lebensunterhalt verdienen konnte, bevor er erste kleinere Erfolge am Theater erzielte. Traditionell wird angenommen, daß er als Schulmeister und vielleicht auch als Anwaltsschreiber arbeitete. Andere behaupten, er habe in der Anfangszeit vor den Theatern Pferde gehütet. Daß er einige von den mehreren tausend Traktaten über ebenso viele Themen, die von den fliegenden Buchhändlern verkauft wurden, verfaßt hat, ist jedenfalls vollkommen unbewiesen. Fest steht nur, daß es ihm anfangs finanziell sehr schlecht ging und er jede Arbeit annahm, um nicht verhungern zu müssen.

Als Schriftstellerin war mir besonders daran gelegen, den Weg zu verfolgen, auf dem Williams künstlerisches Talent langsam hervortrat, eine Entwicklung, bei der jede neue Stufe erst nach schwerem persönlichem Ringen erreicht werden konnte. Ich glaube, Shakespeare war in seinen jungen Jahren ein charmanter Mann, der sich mit Eleganz bewegen konnte, gut tanzte und Musik und Lachen liebte. Aber er muß auch ein zutiefst sinnlicher Mensch gewesen sein. So kann es nicht verwundern, wenn seine Kollegen ihn so sehr geliebt haben. Selbst nach vierhundert Jahren spricht aus seinen Werken eine erstaunliche Anteilnahme für seine Mitmenschen.

Die Geschichte der Sonette und ihres Liebesdreiecks

»Kein Dichter hat je so tief Persönliches geschrieben«, bemerkt L. A. Rowse, der sich als Historiker mit der Zeit Elisabeths I. beschäftigt, über die 154 Sonette, die Shakespeare sehr wahrscheinlich in den Jahren 1591 bis 1595 für seinen Mäzen, den jungen Graf von Southampton, verfaßt hat. Einige der Gedichte richten sich an Shakespeares dunkeläugige Geliebte oder sprechen von ihr, jener Frau, mit der beide Männer später ein Verhältnis unterhielten, was der Dichter mit Großmut, aber verwirrt und schmerzerfüllt aufnahm. Ich bin davon überzeugt, daß die Sonette ausschließlich privaten Charakters sind. Die ersten wurden durch die Mutter oder den Vormund des Grafen in Auftrag gegeben, um den jungen Mann auf poetische Weise zur Heirat zu drängen; die übrigen bringen auf erstaunlich persönliche Weise Empfindungen zum Ausdruck wie Ergebenheit, Groll, Unterwürfigkeit, die Weisheit des Älteren, Trauer und die Leidenschaft, die die Entwicklung der Beziehung zwischen Dichter und Gönner begleiteten. Nie bestand die Absicht, sie zu publizieren, und ihre einzige, äußerst fehlerhafte Ausgabe wurde rasch zurückgezogen. Die Sonette sind uns nur durch puren Zufall erhalten.

Das Rätsel um die selbstaufopfernde, romantische Liebe des Dichters zu dem jungen Grafen, auf den er um seiner Schirmherrschaft, aber noch mehr um dessen Zuneigung willen angewiesen war, ist nie vollständig gelöst worden, und wahrscheinlich ist dies auch gar nicht möglich. Derlei komplizierten Herzensangelegenheiten ist niemals zweifelsfrei auf den Grund zu kommen, und der Umstand, daß die Sonette von einem Mann, der seiner Natur nach ausgesprochen heterosexuell eingestellt war, für einen Geschlechtsgenossen geschrieben wurden, macht die Sache nicht einfacher. Ich glaube mit Dr. Rowse, daß das Dreiecksverhältnis zwischen dem Dichter, seiner Geliebten und seinem Gönner Shakespeare in die Krise seines Lebens getrieben hat, aus der er vollkommen verändert hervorging. Von hier aus führt eine direkte Linie von seinen Jugendwerken zu der Empfindungsfähigkeit und Charaktertiefe seiner reiferen Stücke.

Noch umstrittener ist die Frage, wer denn nun die Dark Lady, die dunkle Unbekannte, der Sonette gewesen sei. In diesem Roman habe ich mich für die italienische Musikerin Emilia Bassano entschieden. In Frage kämen außerdem Mistress Davenant, die Frau eines Gastwirtes, deren Sohn, der später ein erfolgreicher Theaterimpresario wurde, von sich behauptete, Shakespeares illegitimer Sproß zu sein; Mary Fitton, eine Hofdame der Königin, die allerdings einen ausgesprochen hellen Teint besaß; Lucy Morgan, die ebenfalls Hofdame war und später ein Bordell eröffnete; oder Penelope Rich, die Schwester des unglücklichen Grafen von Essex.

Über die historischen Personen in diesem Buch

John Shakespeare, 1530(?)–1601. Der allseits respektierte Handschuhmacher und Ratsherr fiel irgendwann in seiner Heimatstadt Stratford in geschäftliche wie politische Ungnade. Die Gründe dafür sind nicht bekannt, aber einige Papiere aus jener Zeit, die zweihundert Jahre später aufgefunden wurden, lassen den Schluß zu, daß er wohl heimlich zum Katholizismus übergetreten war. Im Lauf der Zeit verlor er sein Land und sein Geld.

Mary Shakespeare, geborene *Arden*, 1540(?)–1608. Die Tochter eines begüterten Landwirts heiratete John Shakespeare 1557 in Stratford. Drei von ihren acht Kindern starben früh.

Anne Shakespeare, geborene *Hathaway*, 1556–1623. Die Tochter eines Bauern in Shottery war acht Jahre älter als William. Eine Schwangerschaft zwang die beiden, eine Ehe einzugehen. Anne bekam drei Kinder: Susanna und die Zwillinge Hamnet und Judith. Daß Anne in Williams Testament nur am Rande erwähnt wird, verbunden mit dem Umstand, daß er zwanzig Jahre getrennt von ihr in London lebte, läßt wohl den Schluß zu, daß die Ehe nicht sehr glücklich gewesen sein kann.

Ben Jonson, 1572–1637. Ein ebenso großsprecherischer wie brillanter Kopf. Sein eigentlicher Beruf, den er nach dem Willen seines Stiefvaters erlernen mußte, war der eines Maurers, obwohl er von dem bedeutenden Historiker Camden in der Westminster School unterrichtet worden war. Nach und nach entwickelte Jonson sich zu einem der berühmtesten Stückeschreiber jener Epoche und lebte für seine Zeit recht lange, auch wenn er im Alter von Krankheit geplagt wurde. Doch stets umgab ihn eine Korona von jungen Dichtern, die ihn anbeteten und allgemein als »Bens Stamm« bekannt waren. Sein Denkmal in der Westminster

Abbey trägt die Inschrift »O rare Ben Jonson« und ist heute noch zu besichtigen. Aus dramatischen Gründen habe ich ihn ein paar Jahre älter gemacht, als er im Jahr 1587 gewesen sein würde.

Christopher Marlowe, 1564–1593. Dieser rätselhafte Dichter kam in seinen frühen Zwanzigern wie ein Sturmwind über London, und das dank seiner blutrünstigen, fesselnden und wunderbar geschriebenen Dramen. Kit, wie man ihn allgemein nannte, zählte zu seinen Freunden Adlige, Wissenschaftler, Dichter und Halsabschneider. Einige Male wurde er bei Wirtshausschlägereien verhaftet; er hinterließ einen zwiespältigen Ruf. Während die einen in ihm einen Gotteslästerer sahen, nannten ihn seine Kollegen »Liebling der Musen« oder einfach den »lieben Kit«. Aus seinen Werken tritt deutlich Marlowes sexuelle Vorliebe für Knaben und Männer hervor. Er kam 1593 bei einer Kneipenrauferei ums Leben und war zu diesem Zeitpunkt gerade erst neunundzwanzig Jahre alt. Seine drei Mörder wurden von der Tat freigesprochen.

Robert Greene, 1558–1592. Dieser lyrischste unter den Stückeschreibern war nach einigen romantischen Komödien und Romanen innerlich ausgebrannt. Er verließ Ehefrau und Kind und trieb sich in den letzten Jahren seines Lebens nur noch mit Huren und Kriminellen herum. Sein letztes Werk, postum veröffentlicht, stellt eine Schmähschrift gegen den Theaterbetrieb dar. Er verleumdet darin viele seiner ehemaligen Kollegen auf das übelste und beschuldigt Shakespeare des Plagiats.

John Heminges, ?–1630. Heminges, der als Krämer begann, wurde im Alter zum inoffiziellen Vorsteher aller Londoner Schauspieler und größten Anteilseigner am Globe Theatre. Außerdem war er wohl Shakespeares engster Freund. John hatte mit seiner geliebten Ehefrau Rebecca dreizehn Kinder und sammelte nach Shakespeares Tod dessen Werke – andernfalls wären wohl etliche davon verlorengegangen. Nahe der Guildhall in London wurde für ihn ein Denkmal errichtet.

Philip Henslowe, ?–1616. Der Sohn eines Jagdhüters begann seine Karriere als Pfandleiher, Färber, Makler und Bordellbetreiber, bis sein unternehmerischer Weitblick das Theater ins Auge faßte. Nacheinander besaß er die Häuser Rose, Fortune und Hope. Sein berühmtes Rechnungsbuch, das ausgezeichnetste Dokument aus der tagtäglichen Arbeit im elisabethanischen Theater, befindet sich heute im Dulwich College, das sein Schwiegersohn, der Schauspieler Edward Alleyn, später gründete.

Graf von Southampton, 1573–1624. Mit neunzehn Jahren, als er zu Shakespeares Mäzen wurde, galt Henry Wriothesley im ganzen Land als der schönste junge Edelmann. Er folgte Essex in den Krieg und nahm mit diesem auch 1599 an der Rebellion gegen die Königin teil. Beide wurden wegen Hochverrats zum Tode verurteilt, Southampton dann aber insoweit begnadigt, als man ihn lebenslang in den Tower sperrte, wo er bis zu Elisabeths Tod im Jahre 1603 blieb. Später wurde aus ihm ein konservatives Parlamentsmitglied, das sich besonders um die Belange der Kolonie Virginia kümmerte.

Emilia Bassano, 1570–1654. Viele Mitglieder der venetianischen Musikerfamilie Bassano kamen in den achtziger Jahren des 16. Jahrhunderts nach London, um an den Höfen der Stadt ihr Glück zu machen. Emilia war die uneheliche Tochter einer englischen Mutter und eines italienischen Halbjuden. Einige Zeit wurde sie im Haus der Gräfin von Kent großgezogen, und danach war sie die Geliebte des königlichen Kammerherrn, bis sie schwanger wurde und der Lord sie mit einem Mann aus dem Volke verheiratete. Die bildhübsche Frau mit den lockeren Moralauffassungen wurde sehr alt und veröffentlichte ein Buch mit eigenen Gedichten. Zumindest ist es vorstellbar, daß sie einen starken Einfluß auf Shakespeare hatte und in ihm seine Faszination für alles Italienische erweckte. Einige Forscher sind der Ansicht, daß er in seinem späteren Werk die Figur der Kleopatra nach ihrem kapriziösen Wesen gestaltete. Vor zwanzig Jahren kam Dr. Rowse zu der überzeugenden

Ansicht, daß es sich bei ihr um die lange rätselhafte und im Dunkel der Geschichte verharrende Dark Lady der Sonette handelt.

Über das London zur Zeit Shakespeares

Das London, in das Shakespeare Ende des 16. Jahrhunderts gelangte, hatte noch viel Mittelalterliches an sich: strohgedeckte Dächer, Fachwerkhäuser und dazu einige hundert in Stein gemauerte Gemeindekirchen. Etwa hunderttausend Menschen drängten sich zu jener Zeit innerhalb der Stadtmauern – Kaufleute, Bettler, Gelehrte und Diebe. Von den größeren Straßen, die meistenteils ungepflastert waren, gingen zahllose kleinere Gassen ab, einige davon so klein, daß sie nur wenige Schritte maßen. Kurz vor Shakespeares Eintreffen hatte man außerhalb der Stadtmauern einige Theater errichtet, vor allem, um der Gerichtsbarkeit einiger puritanischer Stadtväter im Rathaus zu entgehen, die gegen solche Lustbarkeiten eingestellt waren. Andere Schauspielhäuser entstanden auf der anderen Seite der Themse in der Umgebung von Bärengruben und Hahnenkampfarenen. Die Kanalisation Londons war primitiv, und es hätte im wahrsten Sinne des Wortes zum Himmel gestunken, wären da nicht die vielen Parks und Gärten voller Kräuter, Bäume und Blumen gewesen. Schwäne schwammen auf dem Fluß, und nur eine einzige Brücke, die London Bridge, führte hinüber; ansonsten war man auf die Fähre angewiesen. Das bekannte Globe Theatre existierte zu jener Zeit noch nicht und wurde erst 1599 erbaut.

Die Sonette

Im Jahre 1591 war der Graf von Southampton, Shakespeares Gönner, für den nach Ansicht vieler Forscher die Sonette verfaßt wurden, achtzehn Jahre alt – gutaussehend, verwöhnt und der jüngste Abkömmling seiner Familie. Dem Wunsch seiner Mutter entsprechend, sollte er schnell heiraten, und die von ihr beabsichtigte Partie – die Enkelin des königlichen Ministers Lord Burghley – war eine der vorteilhaftesten in ganz England. Die ersten siebzehn Sonette wurden geschrieben, um den Grafen zu dieser Eheschließung zu bewegen. Shakespeare war zu jener Zeit ein junger Schriftsteller, der wahrscheinlich wenig Geld in der Tasche hatte und froh über diesen Auftrag gewesen sein muß.

2

Wenn vierzig Winter einst dein Haupt umnachten
Und tief durchfurchen deiner Schönheit Feld,
Dann ist dein Jugendflor, wonach wir itzt so trachten,
Ein mürbes Kleid, das unbemerkt zerfällt.
Ein ödes Lob, ein allverzehrend Schmähn
Wär's dann, dem Forscher nach den Reizen all,
Nach all dem frühen Reichtum, zu gestehn
Er sei dahin mit deines Auges Fall.
Weit rühmlicher wies deine Schönheit sich,
Könnt'st du erwidern »dies mein schönes Kind
Tilgt meine Schuld, vertritt im Alter mich,
Weil seine Reize Erben meiner sind«. –
Dies ist's, wodurch ein Greis sich neu verjüngt
Und kaltem Blut die Wärme wiederbringt.

In seinem Sonettband gibt Shakespeare schon sehr früh den Appell auf, der Graf möge Kinder zeugen, damit seine Schönheit weiterlebe; sein neues Thema ist, daß Southamptons Schönheit nie vergehen werde, weil der Dichter sie preist. Der zärtliche Ton des folgenden Sonetts weist darauf hin, daß sich der fast mittellose Autor und der verhätschelte Adlige einander inzwischen ungewöhnlich nahe gekommen sind.

18

Soll ich dich einem Sommertag vergleichen?
Anmutiger, gemäßigter bist du.
Des Maies Lieblinge jagt Sturmwind von den Zweigen,
Und nur zu früh gehn Sommers Pforten zu.
Bald scheint zu heiß des Himmels Auge, bald
Umdunkelt sich sein goldner Kreis; es weilet
Das Schöne nie in seiner Wohlgestalt,
Vom Zufall, vom Naturlauf übereilet,
Du aber sollst in ew'gem Sommer blühn,
Nie deiner Schönheit Eigentum veralten;
Nie soll dich Tod in seine Schatten ziehn,
Wenn ew'ge Zeilen dich der Zeit erhalten.
Solange Menschen atmen, Augen sehn,
So lang lebt *dies*, und heißt dich fortbestehn.

Zwar wuchs die Nähe zwischen dem Dichter und seinem Mäzen, aber Shakespeare mußte immer noch als Schauspieler durch die Lande ziehen – ein unsicherer Beruf von niedrigem gesellschaftlichem Ansehen, für den er sich häufig schämte (»hab' mich vor dem Publikum zum Possenreißer gemacht«) und der ihn erschöpfte.

110

Ach, wohl ist's wahr, ich schwärmte her und hin,
Bot mich der Welt zum Spielwerk; in die Seele
Schnitt ich mir selbst, gab Höchstes wohlfeil hin;
Mit neuen Trieben mehrt' ich alte Fehle.
Sehr wahr ist's: fremd und schielend und bedingt
Sah ich die Wahrheit. Doch, bei allen Mächten!
Dieses Straucheln hat mein Herz mir nur verjüngt;
Dich besten Freund erprobt' ich unter Schlechten.
Nun ist es alles, bis auf eins getan,

Das ewig währt. Nie kommt zu neuer Probe
Des alten Freundes mehr der Trieb mich an,
Des Liebesgottes, dem ich mich gelobe.
Gib nächst dem Himmel denn die höchste Lust,
Den Willkomm mir an deiner Liebsten Brust!

Hier ist anzumerken, daß enge Freundschaft zwischen Männern in der Renaissance häufig in den Begriffen der geschlechtlichen Liebe Ausdruck verliehen wurde. Aber wie immer ihre persönliche Beziehung ausgesehen haben mag, der Dichter ist sich bewußt, daß diese wegen ihrer unterschiedlichen gesellschaftlichen Stellung niemals öffentlich eingestanden werden kann.

36

Gesteh' ich's nur: gesondert bleiben wir,
Wie auch unteilbar unsre Herzen schlagen.
So kann ich ohne Hülfe dann von dir
Die Flecken meines eignen Wesens tragen.
In unsern Herzen ist nur ein Gefühl,
In unsern Leben zwistiger Verdruß:
Zwar irrt er nicht der Liebe reines Ziel,
Doch süße Stunden raubt er dem Genuß.
Nicht überall darf ich mich zu dir kehren,
Wo mein beweint Vergehn dir Schmach zu bringen schien;
Noch du mit öffentlicher Gunst mich ehren,
Willst du nicht deinem Namen Ehr' entziehn.
Doch, tu' es nicht! Ich halte so dich wert,
Daß, wie du selbst, mein auch dein Ruf gehört.

Doch die Beziehung ist keine von gleich zu gleich, denn was immer der Graf für seinen Dichter empfindet, so ist er es doch gewohnt, alle Menschen von niedrigerer sozialer Stellung als

Untergebene zu behandeln, und darin macht er bei Shakespeare kaum eine Ausnahme.

57

Dein Sklave, der ich bin, wie wär ich freier,
Als wenn ich Stund' und Zeit wahrnehme, die du liebst?
Sonst acht' ich keinen Dienst und keine Stunde teuer,
Als wenn du etwas mir zu dienen gibst:
Noch wag ich, Stund auf Stund' am Zeiger nach dir zählend,
Mein Fürst, die endlos lange Zeit zu schmähn;
Der Trennung Bitterkeiten mir verhehlend,
Wenn scheidend dich dein Knecht nur einmal grüßen sehn;
Noch grübl' ich eifersüchtig nach der Spur,
Wohin du gehst, was deine Absicht ist;
Still harrend sinnt der arme Diener nur,
Wie glücklich die sein werden, wo du bist.
Ein so gutherz'ger Narr ist Liebe; sei
Auch was es sei dein Tun, er hat kein Arg dabei.

Irgendwann im Verlauf ihrer Beziehung hat der Graf seinen empfindsamen Dichter schwer verletzt; vielleicht hat Shakespeare damals zum ersten Mal begriffen, daß sein Gönner eine Beziehung zu Shakespeares dunkeläugiger Geliebten unterhielt.

34

Warum verhießest du so heitern Tag,
Und ließest ohne Mantel mich verreisen,
Daß unterwegs mich trifft der Wolken Schmach,
Die deine Pracht mit faulem Dunst umkreisen?
Nicht ist's genug, daß du den Regen mir
Durch Wolken brechend hauchst von sturmgepeitschten Wangen;

Denn niemand dankt wohl für den Balsam dir,
Der Wunden heilt und nicht des Unglimpfs Bangen;
Noch kann dein Schämen meinen Gram zerstreun.
Wie leid dir sei, mein bleibt doch der Verlust.
Nur schwachen Trost gewährt des Schädigers Bereu'n
Dem, der des Schadens Dorn trägt in der Brust.
Doch ach! die Träne, die dein Auge netzt,
Wie reiche Perl' ist's nicht, die allen Fehl ersetzt!

Das folgende, erotisch gefärbte Gedicht stellt ein erstaunlich offenes Bild von Shakespeares Liebesleben mit seiner Mätresse dar, und zwar so frei, daß jene, die gern annehmen, der Dichter habe im wirklichen Leben über solchen Dingen gestanden, es als eines der »derben« Sonette bezeichnet haben. Darin betrachtet der Dichter kopfschüttelnd, wie weit sich sein intellektuelles Ich von seinen körperlichen Trieben entfernt hat.

151

Lieb' ist zu jung, sie weiß nichts von Gewissen;
Und doch, wer weiß es nicht? Gewissen stammt von ihr.
Drum laß mich, lieber Dieb, für meinen Fehl nicht büßen!
Sonst teilt dein holdes Selbst die gleiche Schuld mit mir.
Denn wie du mich verführst, verführ' ich wieder
Mein bess'res Teil zu schnödem Sinnenwahn.
Die Seele spricht zum Leib: Du kannst Gebieter
Der Liebe sein! – Fleisch hört kein Warnen an:
Dein Nam' erweckt es; seine Siegesbeute
Sieht es in dir. Von solchem Stolz geschwellt,
Wird es dein armer Knecht, der dir zur Seite
In deinen Diensten willig steht und fällt.
Laß mein Gewissen, wenn ich Liebesgruß
Dir bringe, der zu Lieb' ich stehn und fallen muß.

Der Dichter ist verzweifelt hin und her gerissen zwischen der Scham über dieses Dreiecksverhältnis und der zärtlichen Zuneigung zu seinem Rivalen und versucht, beides in literarischen Begriffen miteinander in Übereinstimmung zu bringen.

42

Daß du sie hast, ist nicht mein ganzer Schmerz;
Und habe doch fürwahr sie treu geliebt.
Daß sie dich hat, ist meines Kummers Herz,
Ein Liebesraub, der tiefer mich betrübt.
Euch Liebessünder will ich so verteid'gen:
Du liebst sie, weil du weißt, daß sie mir wert;
Und so auch sie muß mich um meinethalb beleid'gen,
Erhörend meinen Freund, der meinethalb sie ehrt.
Verlier' ich dich, mein Liebchen nimmt die Beute;
Verlier ich sie, gleich findet sie mein Freund:
Sie beide finden sich, und ich verliere beide,
Zu meiner Qual um meinethalb vereint.
Doch, Glück! Sind wir nicht eins, er mein, ich sein?
Holdsel'ger Traum! dann liebt sie mich allein.

Im folgenden Sonett scheint der Dichter sich mit seiner seltsamen, unglücklichen Lage abgefunden zu haben; mit der verwirrenden Mischung aus »Trost und Qual«, aus der er sich nicht zu lösen vermag.

144

Zwei Flammen hab' ich, die im Doppelbann,
Wie Geister, zwischen Trost und Qual mich lassen darben:
Der bess're Engel ist ein schöner Mann,
Der schlimmere Geist ein Weib von bösen Farben.
Mein weiblich Unheil, bald dem Pfuhl mich zu gesellen,

Lockt meinen guten Engel von mir fort;
Zum Teufel möchte sie den Heiligen entstellen;
Dem Reinen kost ihr falsches Schmeichelwort.
Und, ob mein Engel nun schon eingefeindet,
Besorg' ich; – zwar nicht völlig ist's bekannt; –
Doch, da mich beide fliehn, und beide sich befreundet,
Fürcht' ich, ein Engel ward des andern Höllenbrand.
Und wie es steh', ich kann es nicht vermuten,
Als bis mein böser Geist verschlingt den guten.

Verbittert begehrt der Poet gegen die Macht der erotischen Anziehung auf, die ihn an eine untreue Frau bindet.

129

Der Seelen Tod in schimpflicher Zerstörung
Ist Lust in Tat; und bis zur Tat, ist Lust
Meineidig, mörd'risch, blutig, voll Betörung,
Roh, wild, wüst, grausam, ihrer unbewußt.
Genossen kaum, und alsobald verachtet;
Gejagt mit Unsinn, und, erbeutet kaum,
Gehaßt mit Unsinn; wie ein Tier verschmachtet,
Das man mit Gift betört im engen Raum.
Toll im Bestreben, töricht im Genuß;
Besitz, Erwerb ist Wahnsinn, sonst und jetzt.
Im Schlürfen Seligkeit; geschlürft, Verdruß;
Erst ein gehofftes Fest, ein Traum zuletzt.
Wohl ist dies weltbekannt, doch selten meidet
Die Welt den Himmel, der zur Hölle leitet.

Immer wieder in den Sonetten begegnet uns die Versicherung, zwar werde der Dichter nur ein gewöhnliches Grab finden, doch seine Worte würden den jungen Grafen unsterblich machen und vor den Verheerungen der Zeit bewahren. Mehr als vierhundert

Jahre, nachdem der Poet sie als private, leidenschaftliche Zeugnisse verfaßt hatte, werden die Gedichte immer noch mit ehrfürchtigem Staunen und Freude gelesen – unsterblich gemacht aber haben sie natürlich den Dichter, nicht den von ihm Gepriesenen.

81

Entweder leb' ich, dir die Grabschrift zu ersinnen,
Oder du dauerst noch, wenn Moder mich verzehrt.
Dein Angedenken rafft kein Tod von hinnen,
Wenn auch von mir kein Lebender mehr hört.
Fortan unsterblich wird dein Name leben,
Wenn mich auf ewig Staub der Welt verbarg.
Mir kann die Erd' ein schlechtes Grab nur geben;
Du ruhst in Menschenaugen eingesargt.
Mein Freundesvers wird sein dein Monument,
Daß dich noch ungeborne Augen lesen
Und kommender Geschlechter Mund dich nennt,
Wenn alle Atmer dieser Welt verwesen.
So hält dich da, wo Odem nie versiegt,
Auf Menschenlippen atmend mein Gedicht.

Danksagung

Viele Menschen haben ihren Beitrag zum Entstehen dieses Buches geleistet. Am meisten stehe ich in der Schuld von Dr. A. L. Rowse für seine Ratschläge und die Ermutigung, die er mir für dieses Projekt gegeben hat (vor allem mit dem Vorschlag, den Roman bis zur Geschichte der Sonette fortzuführen). Außerdem konnte ich mich auf seine lebenslange Forschung der elisabethanischen Zeit und der Figur des Shakespeare stützen, dessen sanften, kreativen Charakter er auf bemerkenswerte Weise herausgearbeitet hat. Seine Studien zu den Sonetten, die leider nicht mehr im Handel sind, waren mir von unschätzbarem Wert. Unentbehrliche Inspiration und Ratgeber waren mir auch das Buch *The Book Known as Q* von Robert Giroux sowie die Schriften von Professor Stanley Wells. Peter Quennells Arbeiten waren mir ebenfalls eine wichtige Quelle – insbesondere seine Ausführungen über Shakespeares langsamen Weg zum Erfolg. Caroline Spurgeons klassische Studie *Shakespeare's Imagery* half mir dabei, größere Klarheit in die vielfältigen Facetten von Shakespeares Charakter zu bringen. Alle historischen Fehler und alle zu kühnen Phantasiesprünge in diesem Roman sind allein meine Verantwortung, können sie doch keineswegs den vorgenannten angesehenen Forschern zugeschoben werden.

Ich schulde ebenfalls der New York Public Library großen Dank, vor allem für die umfassende Forschungsabteilung. In deren Arents Collection war es mir vergönnt, viele Originalbände aus dem 16. Jahrhundert in Händen zu halten. Bedanken möchte ich mich ebenfalls bei der English-speaking Union, die es mir ermöglichte, nach England zu reisen. Dort konnte ich zum ersten Mal durch Stratford spazieren und mir die Straßen ansehen, über die Shakespeare als Knabe gelaufen ist. Ein Großteil meiner Recherchen in London fand im ausgezeichneten London Museum statt. Viele der für mein Projekt so ungeheuer wichtigen Quellenbücher konnte ich in der Guildhall-Buchhandlung erstehen. Und etliche faszinierende Details erschlossen sich mir während einer Besichtigungstour durch das neue Globe Theatre nebst dessen angeschlossenem Museum, und ich kann mich nur bei dem damaligen Direktor, Sam Wanamaker, und seinen Mitarbeitern bedanken. Da ich seit meiner Kindheit über die elisabethanische Zeit im allgemeinen und Shakespeare im besonderen forsche, ist es mir heute unmöglich, alle Quellen aufzulisten, die mir im Lauf meines Lebens untergekommen sind. Sie murmeln in meinem Gedächtnis wie Lieder, die ich immer schon gekannt habe, von denen ich aber nicht mehr weiß, wann und wo ich sie zum ersten Mal hörte. In meiner Kindheit war die Shakespeare-Zeit für mich realer als die jetzige Welt, und vielleicht ist das bei mir teilweise auch heute noch so.

Aus ganzem Herzen möchte ich meinem Mann, Russell O'Neal Clay, für seine unfehlbare Unterstützung bei diesem Projekt danken, ganz zu schweigen von seinen wertvollen redaktionellen Tips. Zu den Freunden und Kollegen, die die erste Fassung des Romans gelesen und kluge Änderungsvorschläge gemacht haben, gehören: Elsa und Sol Rael, Katherine Kirkpatrick, Peggy Harrington, Judith Ackerman und Phylis Ravel.

Auch möchte ich mich bei meiner Schreibgruppe bedanken: Katherine Kirkpatrick, Elsa Rael, Ruth Henderson, Isabelle Holland, Judith Lindbergh und Casey Kelly sowie den externen Mitgliedern Shelby Evans, Peggy Harrington und ganz besonders Madeline L'Engle, die mir stets Mentorin und oft genug Mutter war. Etliche Mitglieder meiner Kirche, der St. Thomas Fifth Avenue, haben mit ungeteilter Begeisterung hinter meiner Arbeit gestanden, und ich bedanke mich bei ihnen (vor allem meiner lieben Freundin Ellen Beschler), den Kirchenmusikern und den Klerikern: Reverend Dr. John Andrew, Reverend Gary Fertig, Reverend Richard Alton und seiner Frau Barbara und Reverend David Sellery mit Frau Christine. Mein Dank gilt auch den Schwestern der Community of the Holy Spirit und meinem Arbeitgeber, der Manpower Demonstration Research Corporation, und da insbesondere Patt Pontevolpe, Judy Greissman, Betsy Dossett, Jim Healy und Judy Gueron, zeigten sie sich doch gern bereit, meine Arbeitszeiten den Erfordernissen dieses Projekts anzupassen; auch brachten sie großes Verständnis dafür auf, wenn ich mit meinen Gedanken mal wieder in einem anderen Jahrhundert weilte. Die Freunde und Bekannten, die mich mit Rat und Tat bei diesem Roman unterstützt haben, können ihrer großen Zahl wegen nicht alle hier aufgelistet werden; dennoch möchte ich hier folgende Personen hervorheben: Bruce Bawer, Chris Davenport, die Familien McGaugley/Whitehead, Renée Pachter Cafiero und Christine Emmert, mit der ich in meiner Teenagerzeit viele Shakespeare-Werke rezitiert habe.

Dank gebührt auch meiner Familie für ihre Unterstützung und ihr nie erlahmendes Interesse an meiner Arbeit: meinem jüngeren Sohn Jesse Cowell und seiner Freundin Grace Egan; meinem älteren Sohn James Nordstrom und seiner Frau Jessica; meinen Stiefsöhnen Jeremy, Benjamin und Christopher. Des weiteren meinen Eltern Viraja (die mich ganz besonders zu diesem Buch ermutigte) und James Mathieu; meinen Schwiegereltern Genia und John Head; und meiner Schwester Gabrielle sowie meiner Schwester Jennie und ihrem Mann Gerald; und nicht zu vergessen meinem Neffen David.

Schließlich sollen hier folgende Personen nicht vergessen werden: mein Agent Donald Maass, seine Assistentin Jennifer Jackson und mein Verleger W. W. Norton. Mein Dank gilt auch der ersten Redakteurin dieses Werks, Mary Cunnane, deren literarische Ratschläge mir sehr viel gegeben haben, und der zweiten Redakteurin, Patricia Chui, die das Buch voller Freude »erben« durfte und es mit viel Erfahrung vom Manuskript bis zum fertigen Werk begleitete. Schlußendlich mein Dank an Nicole Wan, Nicole Hala und das gesamte wunderbare Team des Verlags; wie viele von euch haben zu diesem Roman etwas beigetragen!

Aus vollstem Herzen übermittle ich euch meinen tiefstempfunden Dank.

Stephanie Cowell
Die Ballade des Falken

Roman aus der Shakespeare-Zeit. Aus dem Amerikanischen von Carina von Enzenberg und Hartmut Zahn. 544 Seiten. Serie Piper 2470.

Das spätmittelalterliche London mit seinen winkeligen Gassen und imposanten gotischen Bauten, in dem Hungersnot und Pest ebenso herrschen wie die mitreißende Aufbruchstimmung zu Beginn der Neuzeit, bildet den Hintergrund für das Schicksal des jungen Nick.
Bunte Kostüme und Masken, scharlachrote Theaterzelte, imposante gotische Bauten. Im Mittelpunkt ein Mann wie Doktor Faustus: Nicholas Cooke, Schauspieler, Arzt und Geistlicher. In seinen Abenteuern spiegelt sich die ganze Farbenpracht Englands zur Shakespeare-Zeit.

»Cowell hat ideales Urlaubsfutter geschrieben, ein großes Stück lehrreicher Unterhaltungsliteratur, das Englands größte Ära mit allen Licht- und Schattenseiten als faszinierenden Bilderbogen aufblättert.«
Welt am Sonntag

PIPER

Stephanie Cowell

Der Medicus von London

Roman. Aus dem Amerikanischen von
Carina von Enzenberg. 496 Seiten. Serie Piper 2806.

Ein aufregender Einblick in eine der spannendsten Epochen englischer Geschichte: heftige gesellschaftliche Konflikte stellen Wissenschaft, Künste und Religion in Frage. Der König, Karl I., regiert in aller Pracht, während Gefolgsleute und Untertanen sich einen zerstörerischen Kampf um alte und neue Werte liefern. Hautnah erlebt und erleidet der zu hohem Ansehen gekommene Arzt und Pfarrer Nicholas Cooke die Umwälzungen der Stuart-Zeit: Sein bester Freund Tom, Berater des wankelmütigen Königs, fällt einer Intrige zum Opfer, seine Liebe zu Cecily wird auf eine harte Probe gestellt und findet erst spät Erfüllung. Als Nicholas Cooke in die Religionswirren verwickelt wird, muß er mit seiner Familie aus London nach Frankreich fliehen.

PIPER

Sándor Márai
Die Glut

Roman. Aus dem Ungarischen von Christina Viragh.
219 Seiten. Geb.

Ein ungarisches Jagdschloß am Fuß der Karpaten – einst prachtvoller Ort für festliche Soireen, wo die mit Kerzen erleuchteten Säle von Chopinscher Klaviermusik erfüllt waren. Doch nun steht es mit seinen zerschlissenen Seidentapeten und blinden Spiegeln für den Verfall einer Epoche. Sein ganzes Leben hat Henrik, der Sohn des Gardeoffiziers, hier verbracht, und nun ist der Augenblick gekommen, auf den er seit 41 Jahren gewartet hat: Konrad kündigt sich an, sein engster Freund aus Jugendtagen, der damals, nach jenem denkwürdigen Jagdausflug, überstürzt ans andere Ende der Welt abgereist war. Endlich kann das Geheimnis gelüftet werden: Welche Rolle hatte Krisztina, Henriks schöne junge Frau, für sie beide damals gespielt?
Einen einzigen Abend, eine einzige Nacht dauert das Treffen der beiden alten Männer. Mit peinigender Offenheit gehen sie den Fragen nach Wahrheit und Lüge auf den Grund. Ähnlich wie Schnitzler oder Joseph Roth vermag es Márai, die Melancholie, die mit dem Zerfall des k.-k.Reiches einherging, heraufzubeschwören

PIPER

Kenizé Mourad

Im Namen der toten Prinzessin

Roman eines Lebens. Aus dem Französischen von Brigitte Weidmann. 613 Seiten. Geb.

Kenizé Mourad, Tochter der letzten türkischen Sultanin, Selma, und des indischen Radschahs von Badalpur, der das Schicksal keine Zeit ließ ihre Mutter kennenzulernen, hat ein Buch geschrieben, in dem sich Vorstellungskraft und Einfühlungsvermögen, historische Fakten und eine märchenhafte Lebensgeschichte zu einem mitreißenden Erzählstrom verdichten.

»Eine wundersame Liebesgeschichte ergibt manchmal einen großen Roman. Wenn aber die Geschichte darüber hinaus wahr ist, ja ebenso wahr wie unwahrscheinlich, wenn sich in ihr der Untergang eines ganzen Weltreichs, einer bewegenden Epoche spiegelt, wenn die Heldin eine Sultanin ist, und Istanbul ihr Geburtsort, von wo der Zusammenbruch des Osmanischen Reiches sie ins libanesische Exil nach Beirut zwingt, die Heirat mit einem ihr unbekannten Radschah sie an einen indischen Königshof führt und die bevorstehende Geburt ihres Kindes ihr zum ersten Mal ein freies Leben in Paris ermöglicht – dann erwartet man ein außergewöhnliches Buch.«

L' Express

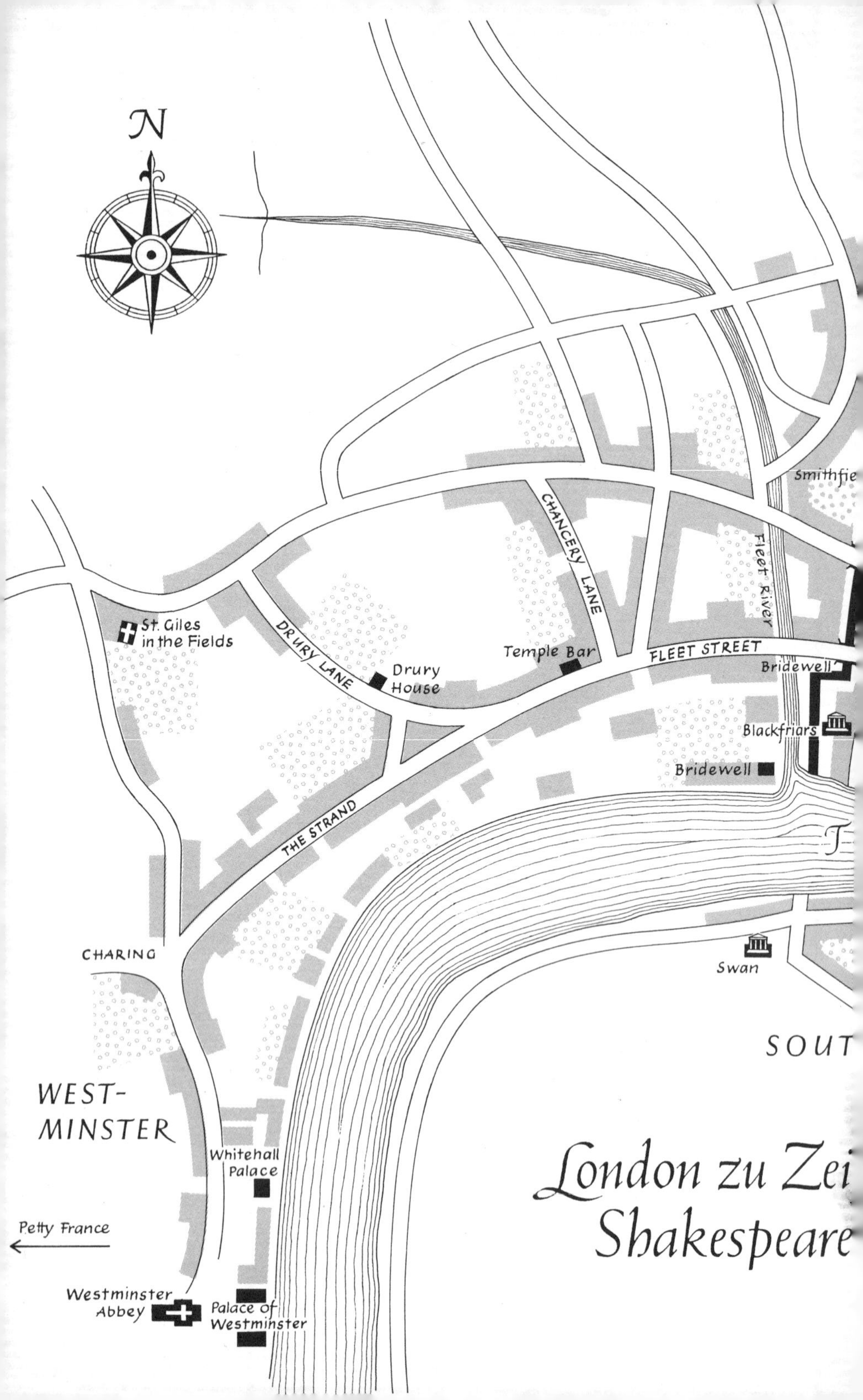
N
Smithfie
CHANCERY LANE
Fleet River
St. Giles
in the Fields
DRURY LANE
Temple Bar
FLEET STREET
Bridewell
Drury
House
Blackfriars
Bridewell
THE STRAND
CHARING
Swan
SOUT
WEST-
MINSTER
Whitehall
Palace
London zu Zei
Shakespeare
Petty France
Westminster
Abbey
Palace of
Westminster